最是元曲销魂

文舒 著

北京联合出版公司
Beijing United Publishing Co.,Ltd.

图书在版编目（CIP）数据

最是元曲销魂 / 文舒著 . -- 北京 : 北京联合出版公司 , 2017.2（2022.12 重印）
ISBN 978-7-5502-9521-6

Ⅰ . ①最… Ⅱ . ①文… Ⅲ . ①元曲—文学欣赏 Ⅳ . ① I207.24

中国版本图书馆 CIP 数据核字（2017）第 007268 号

最是元曲销魂

著　　者：文　舒
出 品 人：赵红仕
责任编辑：张　萌
封面设计：韩　立
内文排版：木　木
图片提供：www.quanjing.com

北京联合出版公司出版
（北京市西城区德外大街83 号楼9 层 100088）
鑫海达（天津）印务有限公司印刷　新华书店经销
字数400千字　720毫米 × 1020毫米　1/16　20印张
2017年2月第1版　2022年12月第5次印刷
ISBN　978-7-5502-9521-6
定价：58.00元

版权所有，侵权必究

未经许可，不得以任何方式复制或抄袭本书部分或全部内容
本书若有质量问题，请与本公司图书销售中心联系调换。电话：（010）58815874

前言

时人说起元曲，大多都用迷糊的眼光望着你，提起关汉卿、王实甫、白朴之辈，或许有几人恍然大悟，可再深说下去便无人问津了。一时间竟想不通为何影响一个时代的文化菁华竟被人忽略到如此程度。如果元人知道自己将被后世如此漠视，当年他们也就不会满怀激情地去填词作曲了。

不了解元曲就失去了徜徉元代的资格，所谓元曲正是元杂剧和元散曲的总称，由金元之际随着游牧民族入主中原而带来了新乡土文化与中原的词曲文化相结合而成。元人的精神特质从元曲里大可以看到七八分，再加上细细地揣摩其意，一个大元王朝赫赫在目。这个马背上的王朝给元曲赋予的人文精神，无法被人轻视。

贯云石在他的小曲《新水令·皇都元日》中讲过："江山富，天下总欣伏。忠孝宽仁，雄文壮武。功业振乾坤……赛唐虞，大元至大古今无。"一个没有边患、活力四射、繁荣强盛的国家，它本身具有无与伦比的自豪感，是以作为它的子民在没有对其生出怨怼之前，对它秉持着极端信赖的思想。不过当统治者一而再、再而三地让人们万般失望之后，能用笔墨作战的文人们便开始不尽地倾诉。

有离开故国的悲伤，与往日的浮生盛世告别的不甘；有羁旅在外、离愁别绪的难抑；有对人生和恋爱的情殇；有对生不逢时的愤恨；也有对整个时代灰暗背景的不满；同时亦有不断挣扎在出入边缘的可怜人。他们其中不乏潇洒之人，但满腹牢骚却总是不在少数。对他们而言，人生苦苦寻觅，苦苦把握，苦苦追求，把义愤难纾的情感捧在掌心，终日凝望，用杜鹃啼血的坚持与精卫填海的执着去书写它、祭奠它、怜惜它，或者把情感埋入旷野，撒入疏林，让万物同悲。

其实此刻再回味他们对统治者的直言不讳，但却并没有因此获罪，不禁为他们感到幸运。由于元王朝的专制性并不如明、清两代，特别是在文化政策上，蒙人对意识形态的控制非常之弱，他们无意间摧毁了宋代以前的文化硕果，所以无意识的包容令文人们敢于倾吐不满，这也间接造就了元曲文化的繁盛。

不知何人说过，生命就如同盖房子，之前盖得如何将来就如何。建造时偷工减料就会成危楼；年久失修就会出现溃墙；施工不良就会漏水；有大风会吹破玻璃；如果遇上地震便会坍塌。不过，所有的房子都会有一扇可以出入的门，就连监狱也是如此，因此当你有出路可走时，上天就会给你逃生的机会。正像蒙古人经营一个时代即使再不成功，他们也为那些希望能够一展所能而又没成功的人提供宣泄的出口：你可以选择投入官场，可以选择避走天涯，可以选择遁入山林，可以选择玩转风月。

元文人遵循了不同的人生路径、爆发的种种情感，最直接的承载物就是他们所写的曲戏。仔细去品味那涓涓笔墨和莺莺歌声，可以深切体会到他们处于一个大盛大乱时代所爆发的生命狂想。对于匆匆而去的人生而言，因一切向往而产生的温馨与美好，因一切专注而产生的哀怨与疯魔，因一切痴狂而产生的荒唐与罪恶，无不让人感到怜惜、肃然而又庄重。无论元人自身思想的对与错、是与非，后人应当用历史鸿海般博大的胸襟去宽恕他们，即使不心存怜悯，也应当真心对待，从他们的字里行间中，体会那番清幽的墨香和销魂的滋味。

最后，如若可以，请许我一段静美时光，抛开所有的背景，单纯地来欣赏元曲的美：

她是那场戏里顾影自怜的青衣，踏着细碎的音韵，迈着温婉的步调，衣袂飘飘，款款走来，待曲终人散，便安静离去，不诉归期；他玩的是梁园月，饮的是东京酒，赏的是洛阳花，攀的是章台柳，待品完那些酸甜苦辣，看尽那些冷暖炎凉，便回归自然，将身心融入天地间。任你红尘滚滚，我自清风明月。他们或梦碎断肠，或破镜重圆；或天涯相伴，或风雨同眠。多少人，多少事，多少景，也逃不过化成恍惚久远的吟诵、唇齿留香的曲调，最终渐行渐远。

掩卷之后的我们，仍可以细细回味，在婉约古典的文字里品味爱恨，了悟悲欢。正是：几多风情，兀自开放，生、旦、净、末惊艳亮相；笔尖流转，清韵盈香，幻化出千般情致、万缕柔肠。

目录

山河破碎离乱歌

才子佳人于乱世

潇洒风尘客

风物无情人有情

半点相思半点泪

市井里的众生相

绵绵思古情

千秋家国黎民苦

附录

山河破碎离乱歌

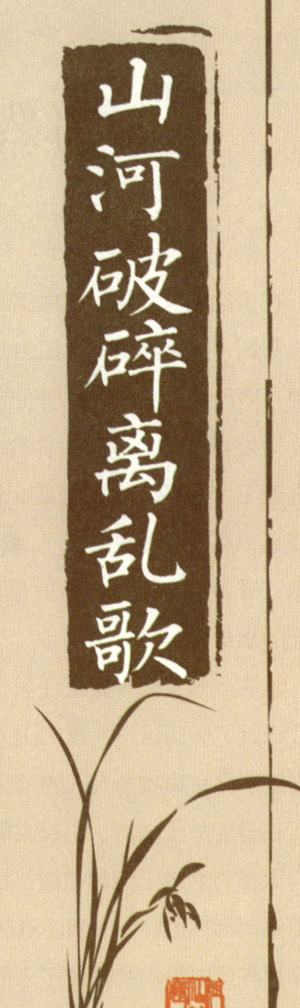

动荡的不仅是尘嚣，也是人心。一曲曲的离别歌，亲人执手谆谆，朋友把酒辞行，愁肠难断，黯然销魂。这些离乱之曲读起来看似波澜不兴，其实情浓切切，激荡人心。

黯然销魂，唯别故土

在青山绿水之中，如果偶然见到一些居住的民家，总会觉得别有一番韵味。农家的袅袅青烟，点缀着葱郁的江山，一幅可静可动的温馨画面，往往会吸引过往行人的驻足观望，猜测那小楼乌房中居住的不是野民，便是世外闲人。

地处西南的三峡，古往今来都是文人墨客最喜欢留笔墨或拽诗文的地方，在这里或许遗下了很多名士的足迹，但更多的是行走在山间的小民居。由于水域的变换和地址变迁，巫峡深处的一户人家举户迁徙，背着锅碗瓢盆、床褥席子，拉着牛、马、狗登船，准备南下换个好地方垦田居住。但让人惊奇的是，船尾竟有一棵小小的被连根拔起的水青树。

从古到今，大凡搬家迁居，搬家具、搬动物都属正常，可是竟有人带着树木，实在是件奇闻。一问这户人家的主人才知，原来他们等到换了新家之后，要把树种到门前，这样就不会有离故乡太远的感觉了。

这眷恋故土之情，说起来简单，细想之下，忍不住叫人为之动容。

人类眷恋故土纯属常情，特别是经历了国破家亡的彷徨，那噬心蚀骨的滋味，只能用黯然销魂来形容。南朝江淹在《别赋》中第一句就用了“黯然销魂者，唯别而已矣”，来形容齐梁时代动乱导致了人们流离失所。时光流转到了南宋末年，又是一个史无前例的乱世，金人南下，直打得赵宋江山不保，元人铁蹄又来袭，金人、宋人皆国灭，多少人沉浮在这世上，朝不保夕。大字儿不识一个的老百姓，背着包袱四处奔逃，逃到哪儿就在哪儿安家落户，甭说带走一棵门前的树苗，就算是心爱的小物件，也顾不得携带。那些文人墨客同样也遭受着流离失所的命运，他们比普通百姓幸运的是，可以用自己的笔和智慧创造无数的丧乱词曲和诗句，以抒情怀。看着这些充满离愁的歌曲，如何能不悲从中来。

重冈已隔红尘断，村落更年丰。移居要就：窗中远岫，舍后长松。

十年种木，一年种谷，都付儿童。老夫惟有：醒来明月，醉后清风。

玄都观里桃千树，花落水空流。凭君莫问：清泾浊渭，去马来牛。

谢公扶病，羊昙挥涕，一醉都休。古今几度：生存华屋，零落山丘。

——元好问《人月圆·卜居外家东园》

这两首曲子是文人元好问重临故土时所写。他本来是金哀宗时期的一个小史官，专司负责记录历史。他在金朝为官不过数年的时间，蒙古人的铁蹄就已来到，金国首都开封汴京失守，他成了蒙古人的被俘，后来流落在外。至于他的家乡忻州，早在他年轻时就被蒙古攻破。几十年之后，年过半百的元好问回到老家，看到家乡与从前相比发生了很大的变化。家乡的人口虽多，可是大多数都很面生，一切看起来欣欣向荣，其实已如隔世。

首曲的第一句话，交代的便是他对盛衰无常的感慨。在家乡逗留数日，元好问决定“移居”此地，并开始对定居的屋子和周围环境进行整修：窗户对着远山，屋后种植长松，而种树、种田的工作给孩子们去干，自己则坐在屋中，看庭前屋后，察看树上有几只鸟、池塘里有几条鱼。这种生活幽静闲适，却无事可做，他只好喝酒观月。但到头来却忍不住一腔酸楚，满腹故国的不堪回首。

明明回到家乡却没有回到家的感觉，听起来似乎可笑，但是如果家乡没有等你、认识你的人，土地也换成了其他国主来统领，人当然会变得对周围充满陌生感。第二首曲子便继第一首将元好问“居无定所”的情感进一步升华。

在长安城的玄都观里，曾经开满了无数桃花，清风拂过，桃舞妖娆，可是一夜之间，桃花便凋谢被溪水冲走，不留一丝痕迹。看到这种情景，元好问心情更抑郁，暗道再没必要去谈论奔流在长安城外的河水是清泾还是浊渭，来来往往的是马还是牛，总之一切都匆匆地消逝，根本就无回天之力把当时的美景挽留。

南唐后主李煜在他的词中有一句："别时容易见时难。流水落花春去也，天上人间。"元好问在曲子中也用了"花落水空留"一语，意思与李煜相去不远。桃花在词人、曲人的笔下，成了寄托怀念的物事，然而流水无情，将落下的桃花尽数吹走，使得元好问的哀思无处承载。

在第二首曲子里，元好问还借用了东晋谢安和羊昙的典故，来形容自己的悲痛心情。谢安是东晋的著名宰相，晚年受谄，辞官离开京城建业（今江苏南京），后来他又带病回到京城治疗身体，在路过西州门（建业的城门名）时，对自己的侍从说：我可能活不久了。没过多久，谢安竟真的离世。谢安生前特别疼爱他的外甥羊昙，羊昙得知舅父去世伤心不已，每次出京都避开西州门，怕触动了心事。一次，他喝得酩酊大醉，无意间走到西州门，仆人告诉了他身处的位置，羊昙一听，号哭一通，借曹植的《箜篌引》仰天悲呼："盛时不可再，百年忽我遒。生存华屋处，零落归山丘。"羊昙的这番话是说谢安大半生富贵显赫，且将东晋治理得井井有条，盛世重现，可是他的晚年却那般凄凉，惨淡地归于黄土。羊昙对人生无常的悲，正与元好问的心情相符，因此好问借来谢、羊典故，以寓自身的万念俱灰。

家园被夺，的确可悲；无家可归，则更是令人难受。法国作家都德在他的《最后一课》文中，以一个童稚无知的小学生自述的方式，写普法战争后被割让给普鲁士的阿尔萨斯省一所乡村小学所上的告别祖国课。当老师怀着悲痛的心情在黑板上写下"法兰西万岁"时，能体会个中酸楚的人，就会变得哽咽无言。

古代世界战争频发，为人类造成的罹难太多，走投无路者遍地都是。重新定居下来时，过去的阴影始终无法抛却，唯有一醉方休，感慨不管活着时享尽了多少荣华富贵，死后还不过一抔黄土。人生有限，世事无常。《人月圆》后曲的最后一句话，既是羊昙的感慨，也是历尽种种沧桑之后元好问的长叹。

一首首思念故土的曲子，唱不尽的丧乱之情，继元好问之后，许多久经动乱的文人内心当中仍对旧河山进行着哀悼，杨果便算得上是其中之一。

采莲人和采莲歌，柳外兰舟过，不管鸳鸯梦惊破。夜如何？有人独上江楼卧。伤心莫唱，南朝旧曲，司马泪痕多。

——杨果《小桃红》

杨果与元好问几乎生活在同一个时代，金亡后出来做官，然而元朝内部又极其黑暗，因此他描写事态的散曲与元好问多少会有同感。这曲《小桃红》是杨果在白日听闻河面上采莲女欢快的歌声，对兴亡的感慨本已被冲淡，可是到了晚上，江上偏偏传来商女凄切的歌，一时间悲从中来，回忆起南朝陈后主荒淫无度，与当下的帝王都是半斤八两。他的最后一句“司马泪痕多”，正是影射白居易《琵琶行》中那句“座中泣下谁最多，江州司马青衫湿”，来升华自己思念故国、离家失意之情。

去者已矣，来者可追，失去乡土，任何人都不愿如此，但又能如何？世事无常，住在山野间的小民尚且因地质的变动被逼得迁徙，那么被人情事态所逼的情况就更时有发生了。人们怀念故土故国，单只去疾呼悲呼如何伤心难过，想必也于事无补。其实，如果还有力气，不如去将故土重新建设成自己的家，让美好的江山成为后人的故土，岂不是更好？

思乡切切，断肠人在天涯

古老的先人把土地视作命根子，八户人家围成一个大院，看起来方方正正，就是个“井”字，如果背对着大院，就等于离开自己的老窝，“背井离乡”也就由此而来。几千年来，在外羁旅的游子们多数都不是自愿的。有的为了觅仕途而求取功名，有的为了生计而奔波，有的则是被迫逃亡。

中国人的“根情”历来是最重的，如果没有自己的房屋和田地，就等于树无根芥，很快就会枯死。所以千年来奔波在外的人们用无数的诗词歌赋来表达自己的思乡之情。

“采薇采薇，薇亦作止。曰归曰归，岁亦莫止。靡室靡家，猃狁之故。不遑启居，猃狁之故。”如果先秦失去了《诗经·小雅·采薇》一诗，先人的思乡就不会令人觉得情切。

一束束薇菜已经发芽长大，采一束薇菜就不免思乡。说回乡道回乡，眼看一年又过完，有家却等于没家，全为了保家卫国、跟狄夷去厮杀，连空闲的时间都没有，何谈回家？满腹惆怅心多忧思，生活疾苦难耐，可是边防动乱，自己还要随着军队辗转各地，连个书信都寄不回去。“采薇”传达的正是征夫念家的情感。

在外颠沛的游子与戍边人的心何尝不是相同的。李白的抬头望月，低头思乡；李煜的“离恨恰如春草，更行更远还生”；张养浩的“断肠人在天涯”；纳兰性德的“风一更，雪一更，聒碎乡心梦不成”。诗人们的话语一个比一个凄清，思家之情款款入人心。

与过往的王朝相比，生在元代的人多离愁，有国家民族变乱的原因在里面，也有个人的情感在其中。过去人们表达情感的有诗词歌赋或长篇散文，也有民间传奇之类的故事，不过表现张力比元代的杂剧和曲子显然要弱；另外，饱经离难的元人情感变得复杂得多，他们通过自己的笔墨和大量融合各民族、各地方言的感叹词，绘制成了易于弹唱的曲调和歌词，使得他们要表达的内容更加情深义重，催人泪下。

有关“离愁”之曲写得最让人魂断的当属马致远，他的《天净沙·秋思》已成绝响。在《汉宫秋》里他也曾借昭君王嫱之口道出“背井离乡，卧雪霜眠”的痛苦。离开家乡如同躺在霜雪上，实在难以忍受。

渔灯暗，客梦回，一声声滴人心碎。孤舟五更家万里，是离人几行清泪。

——马致远《寿阳曲·潇湘夜雨》

马致远的一曲《寿阳曲·潇湘夜雨》，点点离人心碎声敲打着人们的心弦。本曲的曲名既为“潇湘夜雨”，可见致远所在的地方必定是潇湘之地。潇湘本指湘、潇二水汇集的零陵郡，后来人们干脆用它来指代湖南等地。古有“潇湘八景”，是爱风花雪月的宋人册封的湖南八处景致。当地每逢夏秋便落雨不停，尤其是傍晚开始的淋漓小雨，激起浮动的江雾，一些渔人驾着小舟于雾间若隐若现，渔灯朦朦胧胧，更惹人遐想。若是

你此刻离家万里，心有所系，在烟雨蒙蒙面前肯定会惆怅满腹，泪水涟涟。马致远也是受到夜雨凄迷的影响，变得越发多愁善感。

像是马致远这样的羁客遍布大江南北，因秋景而生乡情的人也比比皆是。思乡本不论季节，但一年当中总有些时日会令人生出离愁，比如九九重阳日。这一天通常是与家人共聚的时刻，彼此携手登山、观花饮酒。可是游子的身边却没有亲人陪伴，因此越发觉得孤独。“独在异乡为异客，每逢佳节倍思亲。”王维也是在九月九日孤身登山时才写下忧伤诗句，由此而激发了后人无数慨叹。

秋风江上棹孤舟，烟水悠悠，伤心无句赋登楼。山容瘦，老树替人愁。【幺】樽前醉把茱萸嗅，问相知几个白头。乐可酬，人非旧。黄花时候，难比旧风流。

秋风江上棹孤航，烟水茫茫。白云西去雁南翔。推蓬望，清思满沧浪。【幺】东篱载酒陶元亮，等闲间过了重阳。自感伤，何情况。黄花惆怅，空作去年香。

——汤式《小梁州》

行役经年，佳节思亲。九月九深秋之际，曲人汤式也不可避免生出此种心绪，写下了两曲《小梁州》。汤式的生活时代与马致远大不相同，但二人同样经历了漂泊多年的日子。根据史载，马致远曾有“二十年漂泊”的生涯，大好青春全浪费了；而生于元末明初的汤式，历经元、明两朝更迭，也是流落江湖多年。直到巧识燕王朱棣，得到他的赏识才飞黄腾达。

后人说，汤式的散曲虽然明艳工巧，却内涵不足，大概也是因为经过苦难之后生活优越，而变得江郎才尽。这两曲《小梁州》写得甚是凄迷，首曲怀人，后曲伤己，大概是因为与家人朋友失散，又背井离乡多年，所以有感而发。情感到处，感人肺腑。据推测，这两首散曲很可能是在他漂泊时期所写。

二曲的开篇皆是从秋风里的一叶孤舟开始写起，小舟的背景尽是烟水茫茫，绵远悠长，与马致远的“潇湘夜雨泊孤舟”颇有异曲同工之妙，看来小舟和水雾的确是最能激发人的乡愁的情景。首曲先是作者登上高楼，看山色萧条，禁不住伤心无语，感觉那枯黄的老树都在替自己哀愁。他手持茱萸艾草，鼻尖飘散的是清冷的草香和淡淡的酒气。汤式看着眼前桌案上的两杯水酒，这一方是给自己的，另一方座位上却空无一人，顿感空虚寂寞无人伴。他禁不住暗叹，自己都已经年龄变老，那些家乡的故友亲人还有几个白首健在呢？快乐容易找到，但与旧人的友谊和情感却难以重拾，黄花依旧，人情已无。

汤式登楼无语，因为怀念故人，这是前曲暗含的内容，后曲也交代了他突然思乡的原因，正是因为九月九日重阳节。在一片烟水茫茫的景象中，白云西去雁南翔，深秋将至。这一次汤式踏进了孤舟的里面，掀起小舟蓬帘，看着眼前滚滚流动的江水，“清思满沧浪”。“沧浪”本指代屈原，屈原投江是为了以沧浪之水洗涤一身尘埃，而他汤式不可能做出屈原的举动，唯有令沧浪承载他的相思。

相思的是什么，自然是故人了。此时他又忆起陶渊明入菊园饮酒赏花过重阳节的情景，感叹陶公不在，菊园依旧，相信没有了陶渊明这个知己的菊花也必定非常孤单，就如同汤式自己失了亲人一样痛苦。

将自己化作一簇菊花，暗示没有知己陪伴，是汤式在两曲中最精妙的一笔，于虚拟处传出内心的意蕴，思故伤怀全在字里行间。此妙笔与“断肠人在天涯”几乎不相上下。

或许的确如后人评论的那样，汤式的大多散曲都显得情感做作，但漂泊天涯者的心意是无法刻意营造，如果他没有亲身经历长年的宦游和羁旅，是写不出人思黄花、黄花思人的场景的。便冲着这一点，不枉后世在曲海当中留他一笔。

羁客思乡、思故里，是人之常情，诸如马致远、汤式等人的牢骚发得应时应景，同时也能引起许多相同经历的人发出共鸣。因此，思旧阻止不得，亦没有必要去阻止，牢骚发得越多越深，证明他们越不能忘本，越不能忘记故乡给他们所带来的幸福。

游子愁，化作点点相思曲

一千多年以前，常年在外行军打仗的曹操在面对旷远的山河时，亦忍不住对他的下属道出思乡的感慨：“狐死归首丘，故乡安可忘？”相传狐狸在临死之前，即使不能回到自己的洞穴，也要把他的头冲着巢穴的方向才咽气，表示那是吾之故乡；兔子也有这样的习性，除非是意外身亡，否则死也要死在窝中。动物尚且如此，更何况是情感丰沛的人呢？万水千山，转战多年，停歇下来的时候，曹操能想到的不再是辽阔的江山尽掌握在手中，而是乡土那甜美的气息。

故乡是塑造一个人魂灵的地方，几乎每个人念叨家乡的时候，一是思念父母，二是思念那里的风土人情。久居异地，久别亲人，每每回忆，即使不会泪流满面，亦会对月长叹，夜不能眠。过年过节的时候，在异地看到家乡的节目，即便看到欢喜处，也会笑得哭出来。所以王维才有“独在异乡为异客，每逢佳节倍思亲”的感叹。家乡，成了人们日日的记忆，叫人愁肠百转。

谁家练杵动秋庭。那岸纱窗闪夜灯。异乡丝鬓明朝镜，又多添几处星。露华零梧叶无声。金谷园中梦，玉门关外情，凉月三更。

——乔吉《水仙子·若川秋夕闻砧》

此曲是乔吉行经若川时所作。他落脚若川时正是秋夜，本来应该是夜深人静，却隐约听到阵阵的捣衣声音。古人的衣物是由丝麻等物编织而成，需要用捣衣木将织物砸软，就像现代的牛仔裤需要水磨一样，越是经过锤炼，衣物会越发柔软贴身。乔家顺着捣衣声音传来的方向，望见一户人家的灯还没有熄灭，透过窗子映出里面女人孤独的干活的身影。他猜测也许女人的亲人去了远方，她思念得睡不着，唯有捣衣消遣，在忙碌中驱除愁苦。

想到这里，乔吉不由得感同身受，记忆如潮水般涌来。想到了李白的那句“高堂明镜悲白发，朝如青丝暮成雪”。拿起轩窗边的镜子，发现自己两鬓零星地出现了几点白芒，让他感觉自己又老了几岁。想到自己多年行走江湖，已然老得如此之快，那家人岂不是……不敢再这样想下去。正当此时，一叶梧桐在身边飘落，干枯的剪影被月光映在土地上，梦幻中令作者似乎做起了“金谷园中梦”。

金谷园是晋代石崇宴客聚会之地，他经常在那里大摆家宴，汇集当时的文豪“二十四友”等人，一起吟诗作对，好不快活。就连李白都曾希望造一个相同的金谷园以供朋友、亲人聚会。其实不但李白有这个想法，乔吉也希望能拥有一个金谷园，因为他已经太久没有见过家人和朋友。

想到金谷园的乔吉忽然又忆起了“李白夜度玉门关”的典故。李白路过玉门关时曾写下《子夜吴歌》，是专为丈夫出关打仗的思妇所写的：“长安一片月，万户捣衣声，秋风吹不尽，总是玉关情。”李白在《子夜吴歌》也用到了捣衣的情景，与乔吉的《水仙子·若川秋夕闻砧》中提到的捣衣声相映成趣，难怪乔吉会在曲尾引出此典。

“曲从肺腑出，出辄愁肺腑。”在冰冷的月华洗礼下，乔吉的思旧情绪越发浓烈，遂告别了捣衣与凉夜，辗转向家乡的方向行去。

瘦马驮诗天一涯，倦鸟呼愁村数家。扑头飞柳花，与人添鬓华。

——乔吉《凭阑人·金陵道中》

在穷游天涯之后，乔吉路过金陵古道，再涌思乡念头，忍不住写下了此曲。“古道西风瘦马”，看似是古人词曲中用来烘托背景气氛的媒介，乔吉的曲子也不例外。不过，“瘦马驮诗”指不是乔吉，而是唐代诗人李贺。被誉为“诗鬼”的李贺本是唐宗室郑王李亮的后裔，虽家道中落，依然饱读诗书，得了功名，怎知道遭人毁谤，不能举进士。从天堂一下子被打入地狱，令李贺大受打击，便在外流浪。他有个习惯，骑着一头毛驴，背着一个破皮囊，见到什么新鲜事物就赋诗一首，丢入囊中。他的诗集就这样不知不觉累积而成，“瘦马驮诗”的典故也就名声在外了。

元代之后的学者研究过乔吉与李贺的经历，称二人的遭遇格外相似，元人钟嗣成在《录鬼簿》中形容乔吉：“平生湖海少知音，几曲宫商大用心。百年光景还争甚？空赢得，雪鬓侵，跨仙禽，路绕云深。”意思是说乔氏一生当中知己难遇，费尽心思做文章，只为得到有识之士的赏识。然而人已到老，得到的只是两鬓斑白，所能做的只有退隐江湖。钟嗣成对乔吉的评断的确是中肯的。

乔吉的余生过着如同李贺一般的流浪生活，他在外行走多年之后，最终还是受不住想家的煎熬，生出倦鸟归乡、狐死向丘的意念。他到了金陵附近，眼看离老家杭州不远，再看到几只倦鸟向附近村子飞去，便忍不住伤情起来。在这曲小小的《凭阑人》里，前半段乔吉借李贺自比身世，借倦鸟说自己的归乡情切；后半段则是完全化为对自己的怜惜，感慨自己的青春年华就这样逝去。激起他感慨时光流逝的便是那漫天飞舞的“柳花”。

晚春的柳树该生叶了，残存的柳絮迎风扑面，沾在两鬓，如同自己生命已到垂暮，却还独身在外，实在太过孤独了。此时乔吉年龄并未至晚年，不过华发早生，而柳絮挂在两鬓上显得他更加苍老，内心倍觉凄惶。

人恋故土，特别是对走动厌倦之后，寄一封家书，恨不得魂魄与书同寄去，留下没有灵魂的躯壳，飘零十数年的乔吉也同样抱着该想法。中国台湾诗人余光中将乡愁比喻成一枚小小的邮票："我在这头，母亲在那头。"这小小的邮票等同书信，跟随着他，魂灵也飘向了落叶该归的地方。乔吉没有小小的邮票，但却有小小的思乡曲，被他放在了自己的诗袋中，虽然寄不出去，却寄托了他的情怀。

回家，困扰了无数游子的情感纠结，也是流浪经年者心中最后的祈求和挂念。得意时想到它，失意时想到它。辽阔的空间，悠邈的时间，都不会使思乡的感情褪色。乔吉的倦和归，既说自己，亦是在诉说那个年代无数游子的心声。

撷株忘忧草，带不走忧伤

忘忧草，含笑花，劝君闻早冠宜挂。那里也能言陆贾？那里也良谋子牙？那里也豪气张华？千古是非心，一夕渔樵话。

——白朴《庆东原》

撷一株小小的忘忧草，多少烦恼都可以被抛诸脑后；摘一朵含笑花戴在头上，如麻思绪在馨香中飘散开去。过去人把忘忧草叫作紫萱，认为吃了之后就像酒醉般，忘却了一切凡尘俗世，故有其名；南方人把含笑花作为百花之首，四时皆开，奇香无比，妖娆娇俏。其实，忘忧草不过是黄花小菜，含笑花也不过是茉莉而已。然而，他们被想象力极丰富的先人赐予了古色古香、文气十足的别名，化作诗词歌赋里的托物，以言作者志向。白朴在他的《庆东原》开篇，同样挪用二草，来抒写他的真情。

《庆东原》一曲，是杂剧大家白朴的信手拈来之作，他的曲中主人公浅笑晏晏，劝世人忘掉忧伤，将忘忧、含笑二草带在身边，告别悲伤的苦难。文辞看似浅显，实则意境深远。

在元代纷乱的社会背景下，经历了人世的各种动荡，令诸多世人想抛却各种烦恼，消除自己苦难的记忆。曲中抱着忘忧、含笑草的人，是众生的化身，同时也是白朴自身的写照。他想借两种植株背后的内涵来奉劝世人，把什么功名利禄都抛却，因为它们到头来不过一场空。

白朴甚是怕自己的奉劝不能打动人们追逐名利的心，便以许多因求名而变得不幸的古人来作证。他举了汉代能言善辩的陆贾、西周足智多谋的姜子牙、文韬武略的东晋大臣张华，这些大名鼎鼎的古人都遭遇被放逐远方的命运，是非功过不被帝王记着，反而成了渔樵茶余饭后的聊天内容。古人尚且如此，更别说我辈闲中人了。

白朴的感叹不无道理。元王朝朝政黑暗，让身在官场的人心灰意冷，过去那些直到功成才打算身退的人，大多数没有好下场，非死即伤，因此何必留恋官场？不如看开，不想是非功名。《庆东原》中的寥寥几语，言辞看似潇潇洒洒，轻松洒脱，事实上曲人本身并不轻松。元王朝的大多数曲人，都如白朴一样，对命途多舛发出许多牢骚，不乏名家之辈，例如乔吉。

曲人乔吉很善于写才子佳人、风流韵事，他是写这方面杂剧的专家，但因长年的漂泊生活所苦，在政治上又屡不得志，忍不住发出“多少豪雄，几许消沉”之语。

江南倦客登临，多少豪雄，几许消沉。今日何堪，买田阳羡，挂剑长林。霞缕烂谁家画锦，月钩横故国丹心。窗影灯深，磷火青青，山鬼喑喑。

——乔吉《折桂令·毗陵晚眺》

乔吉喜欢自称“倦客”，在这首散曲《折桂令·毗陵晚眺》中，首句便自诉身份“江南倦客”。他一生落拓江湖，纵有千秋之志，始终得不到功名。曾经的书生意气没了，雄心壮志也没了，都化作对生活的疲倦、对官场是非的看轻。想当年，苏轼纵横官场几十年，三起三落，最后得出了一个结论：“人生如梦，一樽还酹江月。”于是抛却一切，在阳羡买了块田，过起田园生活。乔吉在曲中提到“买田阳羡”，指的便是苏东坡的经历，也借此来比喻自己想要归隐的心意。与此同时，他也以“挂剑长林”来形容自己对世俗厌倦，欲超脱其外的感慨。

徐逊是晋朝的一小官，因看透了仕途的险恶，突然觉得生活没有乐趣，收拾收拾包袱求仙问道去了。有人说徐逊成了仙，每每到人间神游的时候就来到艾城镇（江西南昌附近）的冷水观，习惯把佩剑挂在观内的一棵松树上，再访问人世。

徐逊历尽了渺渺程途，走过漠漠平林，叠叠高山，看过滚滚长江东逝。见惯了寒云惨雾，受尽了苦雨凄风，知道了汲汲营营不现实，到头来黄粱梦一场。徐逊看淡了现实的玄机，所以清楚地认清功名利禄不值得留恋。乔吉在诗中用“挂剑长林”的目的，该是与徐逊的经历是符合的，因为徐逊抛却功名、远离尘俗正是乔吉所要追求的。

乔吉的人生经历比苏轼、徐逊还不得志，他连个芝麻小官的官印都没见过，如何能不成为官场倦客？而且，乔吉的命不好，成不了徐逊那般的“仙”，只有睡时对着“窗影灯深”，觉得自己的生命之灯即将要熄火，人生还没过得如何，仿佛便要被山鬼勾去了魂儿。

乔吉自诩文坛英雄，本该是意气风发的，可英雄消沉，变得贪生怕死，还称得上英雄吗？人生过得如此，的确悲哀。

数十年梦一场，对红尘一笑置之，不怕风雨招摇，因为比风雨更自在的是人的心。乔吉当该像白朴一样，不再因成为官场倦客才选择放开，应早早地抱着忘忧、含笑二草，打开心扉，才活得逍遥。正像佛家的偈语说的那样：“有钱也苦，没钱也苦；闲也苦，忙也苦，世间有哪个人不苦呢？”不被俗事叨扰，能忍的就忍，把痛苦当成磨炼；不能忍的就不忍，转身毅然离去。人生叹崎岖途路难，得闲且闲，到处皆有鱼羹饭，还怕没有出路吗？

不过，乔吉用他的一生都没有实现逍遥的境界，对名利双收的生活过分的奢求，使他只能在红尘里继续消沉，驻足不前。这恐怕也是该时代大部分文人都有的通病。

世上本没有“如果”

溅血的仕途虽然包含着欲望与罪恶，但往往也是最成功的。相对而言，那些在他人仕途中的流血者往往也是最倒霉的。所以从几千年前到如今，说“仕途险恶”的人绝对不在少数。有的人选择继续混迹下去，为争得一官半职而不惜将人格丢在脑后，有的人因为不敢争也不能争，选择走向世外田园，自娱自乐。元代的文人大多选择了后者，这与时代的背景有着千丝万缕的关系。

不知是否因为元代是中国既统一又史无前例动荡的时代，导致了其文化出现断层，有关一些文化人士的记载也少得可怜。除非此人出名到天下皆知的程度，否则无论他写了多少诗词歌赋，无论做了多少事情，后人对他的了解仅仅四字“生平不详”。

元代的曲人、杂剧家不像宋朝的诗人、词人那般，几乎叫得上名字的人，其从出生到死后几乎每件人生大事都能被细细道来。元人很不幸，他们大多注定要遭受被历史遗忘的悲哀。

马谦斋，生平无可考，生卒年均不详，约在元仁宗延祐年间在世。他与当时著名的曲人张可久几乎生活在一个时代，张可久生于 1270 年，死于十四世纪中叶，这段时间成为唯一能确切证明马谦斋具体生活年代的证据。一个曲作家的事迹要在别人的身上得到证明，可能并不痛快，不过最能代表其人格实质的现实依据，便只有他的作品。

手自搓，剑频磨，古来丈夫天下多。青镜摩挲，白首蹉跎，失志困衡窝。有声名谁识廉颇，广才学不用萧何。忙忙的逃海滨，急急的隐山阿。今日个，平地起风波。

——马谦斋《柳营曲·叹世》

搓着两手，把剑磨了再磨，心中思潮澎湃，追忆古往今来的大丈夫、大豪杰。对镜抚摸着自己的影子，指尖挑起的尽是白发，才想起岁月流逝，都已蹉跎，而自己却身居陋室不能一展长才。就算自己像廉颇那样是一代名将，仍会遭受别人的非议，老矣无用；就算自己像萧何那样是通世才子，如果换到这个时代，恐怕也得埋没乡间。像我这样的人，也就只能躲入深山或海滨当个无名隐士，不到世上去徒惹是非。现在的社会，平地起风波，实在叫人防不胜防。

空有抱负却出入无门，马谦斋在曲中流露出的抱怨在元代的各种文学作品中都比较多见。然而这《柳营曲》却是其中最闪亮的一篇，因为此曲有辛弃疾的那种大开大阖、痛快淋漓、生动直率的风格。辛词在宋代独树一帜，乃豪放词中佼佼者。马谦斋在《柳营曲·叹世》用了“手自搓，剑频磨”，直接让人想到辛弃疾的“醉里挑灯看剑，梦回吹角连营”一句。辛词中流露的悲伤原因在于未能完成守护宋室的大业，就已两鬓斑斑，而马谦斋的曲充满的是无法施展抱负、被埋没乡野的不甘。

另外，辛弃疾的《永遇乐·京口北固亭怀古》中有“廉颇老矣，尚能饭否”这一典故，马谦斋在自己的文中亦用此典。如此一来，越发显出马曲与辛词风格和意义上的相似。

马谦斋以《柳营曲》为调的曲子共有四首传世，首曲是“太平即事”。

在“太平即事”当中马谦斋便说了当时的社会背景“天下太平无事也”，他过着“庄前栽果木，山下种桑麻”的生活。对于马谦斋来说，太平之际本该是他这种文士实现治世志向的时候，不像乱世需要的是英雄将才。然而他却过着辞官归田的日子。在他的曲子中，虽然充满了对田园生活的热爱，事实上却在抨击元朝廷不重人才。在看似轻松活跃的“太平词话”中，有着马谦斋浓浓的悲伤和失望。他在第三首《柳营曲·怀古》当中，透露出了强烈的不满。

曾窨约，细评薄，将业兵功非小可。生死存活，成败消磨，战策属谁多？破西川平定干戈，下南交威镇山河。守玉关班定远，标铜柱马伏波。那两个，今日待如何？

——马谦斋《柳营曲·怀古》

此曲《怀古》里写了两个人物，一个是班超，一个是马援。“曾窨约”的意思是指作者曾经暗自揣摩，与下一句“细评薄”意思相同。马谦斋仔细品评了历史上那些有过丰功伟绩的将臣，看他们的行军打仗和成败经历之后，最终选定了班、马二人作为怀古对象。这两人皆是东汉名将，其功业非同小可，在危机四伏、生死存亡的戎马生涯中战策频发，在历代将才中脱颖而出。但他们也经历了无比大的风险。

动荡的不仅是尘嚣，也是人心。一曲曲的离别歌，亲人执手谆谆，朋友把酒辞行，愁肠难断，黯然销魂。

班超出征西域三十几年，平定北方的干戈，而马援南征定边，使夷人不敢越汉土雷池半步。二人为汉江山领土的划定作出了不可估量的贡献，然而今日呢，二人踪影何在？在全曲的最后，马谦斋发出了悲凉的疑问。

马谦斋的思古曲，对以往的英雄持心驰神迷的态度，但他又不得不回到现实，像弃疾的“尚能饭否”一样，痛心地呼号。马谦斋是个书生，他的志愿不是沙场，而是仕途。但并不等于他的心比古代的将军人物软弱，他也有满腔的热血和抱负，有马革裹尸的胸襟和魄力。不过，理想与现实的千丈落差却让他悲愤难当。

词曲是歌唱的艺术，它们不像诗，三两句中数个典故，寥寥数语陈述情感，需要细品回味，还要有较高的文化水准。词曲只是把人生化为了可唱可吟的歌，娓娓道出，或缠绵悱恻，或激昂悲愤，写到情深处似放实收，听罢后意思已经完全领会，却仍让人情不自禁。马谦斋的曲子，豪放中带着些许忧伤，其中有无法回避的控诉、无法拔除的悲伤，细细读来，易于理解，但总能让人回味无穷。他有弃疾的影子，却没有弃疾的奔放，在慷慨激昂中收敛着内心的苦楚，这才是马谦斋和他的曲子共同拥有的特点。

古代的贤士子舆曾说，生命的获得，是因为适时，生命的丧失，是因为顺应；安于适时而处之顺应，悲哀和欢乐都不会侵入心房。如果马谦斋能像子舆所说的那样，把生活中的不满都放下，适时而顺应地活着，那么他就不会那么痛苦。可是世上没有“如果”，马谦斋根本不可能超越这个时代存在，那些与他有着同样遭遇的士人也无法摆脱世态炎凉的现实，那么，他们所能做的，也就只有退居偏远之处，以免误落尘网。

杨柳依依，惜别凄凄

杨柳依依，不忍惜别，早在《诗经》的《采薇》当中，“柳”就成了送别必不可少的事物。原因是古人把“柳”视作“留”的谐音，表示挽留之意。当彼此分别时，折枝柳条赠给赴远方的人，意即不想和他分别、恋恋不舍。所以李白才有“年年柳色，灞陵伤别”一说，讲的正是折柳的风俗。相传古代长安灞桥的两岸，十里长堤一步一柳，由长安东去的人多在此处告别家人或朋友，都喜欢随手折柳相送。从那时开始，“柳”与文人的诗词一直有着不解之缘。

萋萋芳草春云乱，愁在夕阳中。短亭别酒，平湖画舫，垂柳骄骢。

一声啼鸟，一番夜雨，一阵东风。桃花吹尽，佳人何在，门掩残红。

——张可久《人月圆・春晚次韵》

一向多愁善感的张可久也喜好借柳抒情，但柳只是这曲《人月圆・春晚次韵》的意象之一，并不能完全说明可久的离愁。芳草萋萋、夕阳乱云、短亭画舫、马蹄东风、桃花虚门，除了垂柳以外，曲中的各种景致都蕴含着别情，丝丝入扣，寸寸沁心。

可久开篇所用的“萋萋芳草”，是从秦观那里借来的灵感。秦观在他的《八六子》一曲中写道：“恨如芳草，萋萋刬尽还生。”恨是一种绵长的痛，像芳草一样蔓延在心田，纵野火焚烧亦春风再生。所以有人才说恨比爱还苦，佛祖也强调莫要去“不辞辛劳”地痛恨一个人。然而可久从萋萋芳草那里得来的不是焚心的恨意，而是别绪，他的离愁情绪在夕阳中不断攀升，使他的脑中闪现了无数离别场景：短亭践行时举杯相送；平湖画舫中分袂诀别；垂柳下，载伊而去的青马。这些情景宛然在目，如何能不使他怆然而涕下，因此“一声鸟啼，一番夜雨，一一阵东风”，便把可久的离愁别绪推向了高潮。然而花落人去，今日再回到曾经去过的地方，他看到已经不是曾经熟悉的人了。

《人月圆・春晚次韵》一曲的最后一句隐含的其实是唐人崔护的典故。崔护因失去了心爱之人的踪影而凄绝，写下了“人面不知何处去，桃花依旧笑春风”的伤情句子。张可久借用此典，想必也是因为和“佳人”分别许久，回过头来发现佳人已经不在。

可久的“佳人”究竟是男还是女，是爱人还是好友，已经无从查知，但他的思念不比崔护轻浅，甚至有过之而无不及。

在短短的一曲中，景与情的交融没有半分罅隙，典故与内容没有半点脱节，不着一字，尽得神韵。可久的同辈中人高栻曾赞他“才华压尽香奁句，字字清殊”。可见可久每言一句，皆可让人回味无穷，在这曲中他笔下的“柳”不着痕迹地成为他诉别情的工具，心甘情愿地化作可久相思的寄托。

不过，以“柳”作为别词，并且将柳的作用发挥得淋漓尽致的人不只是张可久，曲人刘庭信更能善加利用“柳”的意蕴。

刘庭信原名廷玉，在元代以闺情曲见长，相当有影响力，他的曲子大多举世皆歌，绝对堪当流行曲作词人。但这人长得五大三粗，传闻又黑又高，朋友赠他外号“黑刘五”，大概因是家中的第五子而得名。有句话叫“我很丑但我很温柔”，这话用在刘庭信身上再恰当不过。他天性风流，喜好风花雪月的生活，以填词为自己人生的唯一爱好。在他的笔下，感情缠绵悱恻、难解难分，离别更是凄苦淋漓，看其人与其词有点恍如隔世的感觉。后人在说起刘庭信时，必提他的《一枝花·春日送别》。

丝丝杨柳风，点点梨花雨。雨随花瓣落，风趁柳条疏。春事成虚，无奈春归去。春归何太速？试问东君，谁肯与莺花做主？

——刘庭信《一枝花·春日送别》

杨柳西风，梨花带雨，雨随花瓣落，风吹柳条疏，一幕柳、梨树旁依依告别的情景赫然在目。刘庭信的《一枝花》勾勒的便是这样温柔的画面。画中的两人别得温柔婉约，没有疾风骤雨的痛，使别情反而更沁人心脾。简简单单一句“春日成虚”，足言其中的别情之缠绵。春天就要走了，春的归去意味着人将离开，今后再有良辰美景都是虚设，斯人已经走远。问春日为何离开得如此之快，问司春之神东君为何要这么轻易地带走心上人，究竟谁能给他或她做主，把思念的人挽留呢？

春日送别，愁思满腹。刘庭信的曲中人自比“莺花”，应是个女子，在送别爱人时心情跌宕起伏，不能自抑。曲子的最后一句话，更是把女子埋怨的情态写得惟妙惟肖。

刘庭信虽然天生丑陋，却多情至极，他每日于脂粉堆里厮混，自然常注意女子的风貌和情态，所以写她们的闺怨极尽能事，鲜少有人能比得了，是以他的风流之名远超同辈中人。

自古多情者易情殇，张可久和刘庭信都是多情之人，写别曲绝不会放过既可怜又可爱的柳枝，只因柳下的离别比一般的告别更能诱引出人内心的情感：一“柳”顶上千万的“留”。

此时，叫人不禁想起“章台柳”的逸事，这故事曾一度加深了许多文人对“柳”特殊的情感，大概张可久和刘庭信也深受此影响。唐代文人许尧佐在传奇小说《柳氏传》叙述了有关“柳”的故事：唐天宝年间的秀才韩翊赴京赶考，与李王孙成为好朋友，认识了李王孙的蓄妓柳氏。此女人称“章台柳”，花容月貌、才思敏捷。韩、柳二人见过多次，渐渐互相爱慕，李王孙欣然答应二人的婚事，还赠资千万给韩翊助他科考。韩翊中了探花之后恰逢安史之乱，便去参军打仗。哪知道朝廷任用的番将沙吒利自认平反有功，到处强抢民女，相中了柳氏，将她掳走。韩翊回到家寻爱人不着，便跟青州勇将许俊说了此事，许俊对韩翊与柳氏的痴情相爱感动至深，帮他将柳氏又抢了回来，终使他们夫妇团圆。

韩、柳分别时，互以词道衷情，不知折杀多少人的心：

章台柳，章台柳！颜色青青今在否？纵使长条似旧垂，也应攀折他人手。

——韩翃《寄柳氏》

杨柳枝，芳菲节。可恨年年赠离别。一叶随风忽报秋，纵使君来岂堪折！

——柳氏《答韩翃》

韩翃折的虽是柳枝，其实是想留柳氏。二人分别之际的一唱一答，都表达彼此愿朝朝暮暮、年年岁岁厮守在一起，两不相负，他们也的确不负对方的期望，在“好心人”协助下得以破镜重圆。

但是，“章台柳”中的“柳”所表现出的“欢喜”意思仅仅是在传奇小说里才有，在现实生活中，离散还是居多的，否则张可久、刘庭信之辈也就不必总是拿“柳”来大做文章。而“柳”在古往今来的诗文中也不会那般高频出现。人有悲欢离合，月有阴晴圆缺，“柳”的频繁多见，正说明“留”之困难。

不过，有时想留不能留才最让人伤痛，因为未来寂寞的不仅是送别的人，离开的人也同样寂寞。幸而许多人都意识到“此情无计可消除”，索性让它“才下眉头，却上心头”。离别未尝不是一种对人生的体味，不知道个中的滋味，就永远也体会不到相聚的幸福。

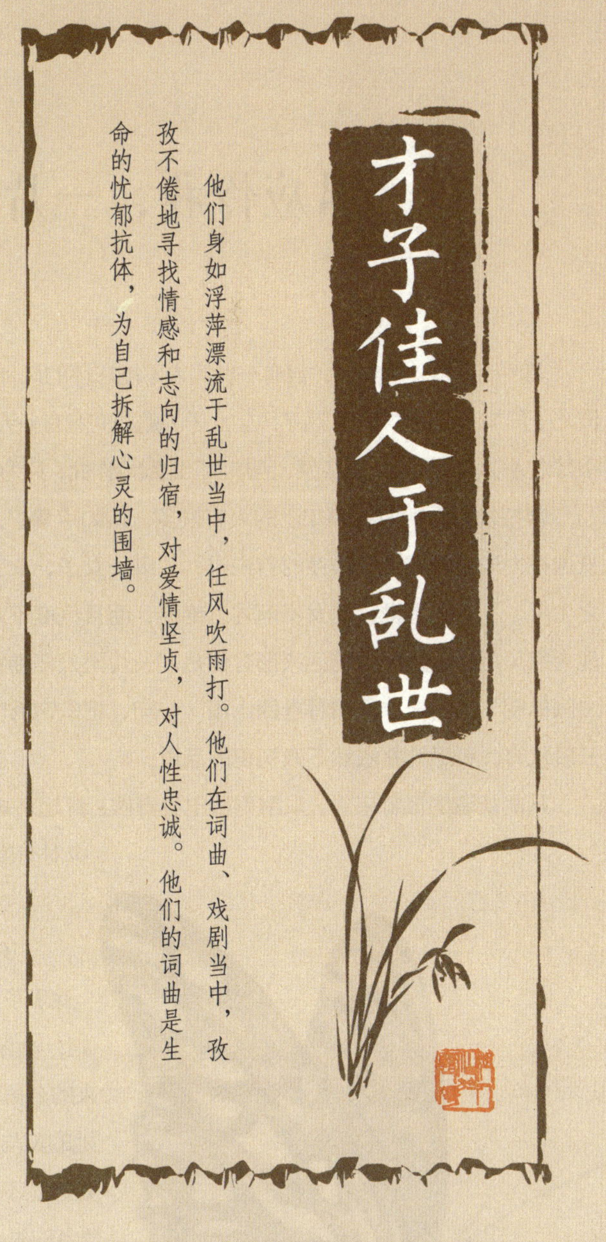

才子佳人于乱世

他们身如浮萍漂流于乱世当中，任风吹雨打。他们在词曲、戏剧当中，孜孜不倦地寻找情感和志向的归宿，对爱情坚贞，对人性忠诚。他们的词曲是生命的忧郁抗体，为自己拆解心灵的围墙。

君应怜我，一片冰心

美丽而又多才的女人，自有一种叫人不能忘怀的风骨。宋代的李师师迷倒宋徽宗和风流才子周邦彦，叫世人都知道了风尘女子的魅力究竟有多大。在元代自然也有这么一位美女，引得众才子争相为她“抛头颅、洒热血”地赠诗作曲，只为博红颜一笑，她的名字叫朱帘秀。

曾把朱帘秀视为红颜知己的人有很多，例如卢挚、关汉卿、胡祇遹、冯子振等。胡祇遹在为朱帘秀的诗集作序时曾说过：“以一女子，众艺兼并，见一时之教养，乐百年之生平。”意思是说，此女不但才艺绝佳，而且气度不凡，一颦一笑、举手投足无不显现大家风范，用胡祇遹的话来形容便是“一片闲云任卷舒，挂尽朝云暮雨”。他借王勃“画栋朝飞南浦云，珠帘暮卷西山雨”一句，把朱帘秀的名字放了进去，来形容她如闲云般从容，看尽沧桑依然不改初衷的品质。

从胡祇遹的形容来看，朱帘秀虽出身青楼，看起来却更像富贵人家女子，知书达理，应对有度。

朱帘秀又名珠帘秀，在当时梨园戏班子里排行老四，所以大家叫她朱四姐，小辈称她一声“娘娘”。梨园里出来的名角不少，朱帘秀却是顶尖中的顶尖，她的美与一般青楼女、戏名伶的香艳俗气是迥然不同的。关汉卿亦曾赞叹，上了妆登台的朱四姐有此风采，令周围一切事物都会失色。此等绝色容颜想必会令见者屏息，据说把当时的大才子卢挚弄得魂牵梦萦，至死都不能忘怀朱帘秀的容颜。

身为翰林学士的卢挚，其文采自不在话下，诗文与名家刘因、姚燧等人齐名，是当时的名士之一。朱帘秀的名声远播，自然勾起了卢挚对她的遐想。闻名不如见面，卢挚也去听了朱帘秀的戏。未曾想，一睹红颜便失了心，从此对朱帘秀的爱恋竟一发不可收拾。

情人眼里出西施，卢挚每次看到朱帘秀的表演，都说她的音色动林梢，连夜里啼鸣的黄莺都要对她甘拜下风。讲到她的容貌时已经无法用人间的言语来描绘，唯恐会亵渎了她。其实朱四姐儿的音容笑貌未必好到如此程度，但在卢挚看来完全是没来由的美。因此，当二人不得不离别的时候，卢挚才苦闷无比。

才欢悦，早间别，痛煞煞好难割舍。画船儿载将春去也，空留下半江明月。

——卢挚《寿阳曲·别珠帘秀》

人间恶，欢情薄。生活本是聚散离多，更何况卢挚有公务在身，还是大家子弟，不可能总跟朱帘秀在一起。时值春季，二人刚刚爱到浓时，他就要踏上归程，朱帘秀也要赴他乡演出，这一分别不知道要多久才能相见。于是在分别之际，卢挚写下了这首《寿阳曲》，传达内心的离别苦痛。他感叹二人刚刚聚首，就要分别，心痛欲裂。面对载着朱帘秀离去的舟船，感到周围的绿意和鸟鸣瞬间失色，一切的喜悦都被朱帘秀的画船载走，徒留他对着半江明月，靠追忆二人相处的时光来保持情爱的新鲜。

离开的朱帘秀未料到卢挚对她动的是真情，待她收到《寿阳曲》这封“情书”时，一遍遍读来，每一遍都像在心口上割下一块肉般，痛彻难当，遂写下《寿阳曲·答卢疏斋》，回应卢挚的深情。

山无数，烟万缕，憔悴煞玉堂人物。倚篷窗一身儿活受苦，恨不得随大江东去。

——珠帘秀《寿阳曲·答卢疏斋》

疏斋是卢挚的号，元人多用“斋”字做号，以表示整洁身心。但那段时间，卢挚的心那里能保持清净澄明，早如一团乱麻，扰得朱帘秀也跟着丢了魂。

坐在画舫里四处漂泊游艺的朱帘秀，凭依着船头的栏杆，看着无数山峦从画舫的窗前闪过，看着山野人家升起的青烟，黯然销魂。她早过惯了到处漂泊的日子，哪曾想过自己令卢挚这个翰林英才为她挂心消瘦。她不知道该是受宠若惊，还是应该伤心。坐在这船头心烦意乱，折磨的既是他又是自己。卢挚说他那边唯余下半江明月，自己又何尝不想成为江水，再次流到他的身旁，与他相守。

卢、朱二人隔着长江，一说一答，词曲里的情谊珠联璧合，现实的分离又苦得令江水发涩。水犹如此，情何以堪。古人相信，“两情若是久长时，又岂在朝朝暮暮”。其实情到浓时，希望的正是日日缠绵在一起。人们常说，短暂的分别是为了更长久的相见，然而又有多少爱侣因短短的一别而永世分离的呢？相见时难别亦难，别了之后再相见更为渺茫。如果相爱的两人身份有别，一个是高高在上的“玉人”，一个是青楼里的“俗人”，分别之后，则更可能永世的分别。

现实果然不容人们往美好去设想。一年之后，朱帘秀回到扬州定居不走，但与卢挚的情却不了了之。数年之后，她的风采当然比不了新生代的角儿。她虽挂念卢挚，可已经身心俱疲。正在此时有一方外人士对她格外尽心，希望能与她相守到百年，这人便是钱塘的修道士洪舟谷。此后，朱帘秀与洪舟谷的确隐居起来，不过二人的爱情是否画上圆满的句号，历史上并没有记录，不过可以从关汉卿的行迹当中略知一二。

那时，关汉卿已经在外畅游数十年，他每到一处闻得什么事迹就会写下剧本。在他80多岁的时候，关汉卿突然觉得累了，遂打道回府，途经扬州时偶然遇到了朱帘秀。当时的关汉卿已经成了老公公，朱帘秀业已嫁为人妇多年，两者相对无言，感慨万分。

听说四姐儿嫁了个洪姓先生，他对你可好？

朱帘秀只是点头，含泪不语。

这番相见并不长，关汉卿就归乡了。十年之后，一代名角朱帘秀、有文学家之称的佳人香消玉殒。朱帘秀的一生，留给了很多人最美好的回忆，也给一些人留下了刻骨的伤痛。

“二十年前我共伊，只因彼此太痴迷。”这是洪舟谷在朱帘秀死前写下的诗句，如今再看，诗歌成了催泪弹，越品越是蚀人心魂。洪舟谷这番话中似乎有两重含义：朱帘秀对卢挚久久不能忘情，而他洪舟谷对朱帘秀也是痴迷一生。

从某种程度而言，卢挚是个负心汉。当年他爱朱帘秀几欲死，可是后者回到扬州之后，他为何不再问津呢？也许士人太爱逢场作戏了，卢挚也是其中的一员。但卢挚是否也因无奈呢？自他离开了朱帘秀以后每写一曲，势必哀愁，四季之景在卢挚的眼中“阴，也是错；晴，也是错”。卢挚的辛酸不言而喻。为了这点，朱帘秀可以原谅他吧，因为世上有缘人很多，但有缘无分的人更多。

问君哪个是痴情者，不得不说洪舟谷应该比卢挚傻得多，他甘愿陪在一个女人身边，守了她二十年，这个女人到底爱不爱他，他到最后都说不清楚。一切怪只怪他们“太痴迷”，当时只道是寻常，回过头才知是枉然。

一个女人眼中的两个男人

元英宗至文宗年间（1321 ~ 1332 年），朝廷翰林院中先后有两个非常出名的学士，一个是阿鲁威，另一个是王元鼎。前者是蒙古人，一心倾向汉文化，偶像是写下《九辩》的宋玉；后者据说是汉人散曲家，也有人说其是西域人玉元鼎，后人笔误才给他换了名字。不管怎样，这两个人皆是饱读诗书的名士，至少他们的学识和内涵得到了朝廷的认可。

本来两人并不相熟，但是在一个女人的心目中，他们两个站在了同一座天平之上。这个女人便是当时的名妓郭氏顺聊。元代前期三大杂剧、散曲的歌唱大家包括顺时秀、珠帘秀和天然秀。珠帘秀自然就是迷倒诸位剧作大家的朱帘秀，而顺时秀指的便是郭氏。

郭氏容颜秀丽，姿态娴雅，性格温柔可人，她所唱的闺怨剧经常流行于大江南北，轰动一时。阿鲁威对郭氏非常迷恋，只要一有时间就到青楼里听她的戏，二人私下也常坐下来喝酒聊天，阿鲁威一心把郭氏当作红颜知己。有一次阿鲁威听人说郭氏很欣赏翰林才子王元鼎，便去找郭氏问个清楚，想知道她到底喜欢谁，但是又不好意思开口，于是拐着弯地问："郭小姐，我写的词和王元鼎相比，你觉得谁写得好？"

郭氏哑然一笑，心知他要试探自己的心意，于是淡淡地道："如果要是比治理国家、整顿地方的能耐，自然元鼎是比不过大人了，不过若要言风花雪月、儿女情长，元鼎自然比大人懂得怜香惜玉多了。"阿鲁威听完一怔，随即哈哈大笑。郭氏这个回答，可谓绝妙了。如果说做大事，是他胜了一筹，这种夸奖对男人来说自然再好不过，哪个男人想被女人说成没有能耐。然而郭氏又说自己不懂怜香惜玉，看似贬低，实际上是怪自己太不解风情，看来她对自己还是欢喜的。

作为一个名满天下的

伎，如果没有一张会说的嘴，如何能哄得男人开怀。妓女名伶们为了生活而出言讨好有权势的男人实属寻常，阿鲁威被郭氏三言两语给哄住，只能说他“英雄难过美人关”。古往今来，即便是再有胸襟的称霸者，依然在乎心爱的女子对他的看法。

阿鲁威身在官场，前半生可谓意气风发。他才学可人，仕途顺利，言辞间免不了豪兴胜人。可是他却偏偏喜欢战国浪漫主义诗人宋玉的诗，觉得宋玉的诗歌沉郁博大，内容厚而不冗，因而他自愿追随这种风格。不过，因为他是北方人，是以他的词曲里亦存在豪迈的风格。一半沉郁一半豪放，使阿鲁威的曲子“如鹤唳高空”，既动听，又能将人带入凌云之端，感受爽朗的气质。

问人间谁是英雄，有酾酒临江，横槊曹公。紫盖黄旗，多应借得，赤壁东风。更惊起南阳卧龙，便成名八阵图中。鼎足三分，一分西蜀，一分江东。

——阿鲁威《蟾宫曲·怀古》

阿鲁威的这曲《蟾宫曲》是怀古之作。但凡了解三国英雄人物，应该猜得到曲中前三句话所说的是曹操、孙权和诸葛亮三人。世间谁是英雄？作者首先让自己站在了赤壁之顶，睥睨天下，放眼千秋。苏轼当年的赤壁一歌推崇的是意气风发的周公瑾，然而，语调在急转直上后却于词尾萧条下来，道自己太多情，人生才会那般复杂。阿鲁威在《蟾宫曲》里却非苏轼对人生无常的感叹，而是品评历史名人。

曹操在历史上的正面评价要远远少于负面评价。窃国者、好战者，这样的名头追随曹操至死，后世很多文人也如此称呼他。然而其雄踞北方，横槊赋诗，“对酒当歌”，才情斐然，难道就不是风流人物吗？阿鲁威将曹操摆在了自己所写之曲的首位，可以看出他非常钦佩曹氏的能耐。除了曹操以外，三国还有许多英雄于赤壁之地留下了华丽的身影，诸如孙权。孙权于赤壁一战成名，占据江东之地，自然也有王者的风范。而卧龙先生诸葛亮更是身负奇才，以八阵图困曹军，神乎其神；辅佐刘氏，将蜀国治理得井井有条，鞠躬尽瘁死而后已，同样也是人中龙凤。魏、蜀、吴三分天下，三人居功至伟，各不逊色。

阿鲁威在曲中的称赞忽然到此戛然而止，并无任何兴叹之语。其实，他是不想发出任何叹息，因他正面临人生最美好的时光，是该有所作为时刻，所以他仅仅描述三国英雄的胸怀和业绩，无论历史给予他们何种褒贬评价，他们能在三国时代横空出世，必有其过人之处。阿鲁威只想效仿其一，一展自己的才华。

不写青青柳河畔的儿女情长，是阿鲁威一生曲作的特色，跟他比起来，王元鼎的柔情似水的确欠缺了男子汉大丈夫应有的旷达胸怀。

声声啼乳鸦，
生叫破韶华。夜深
微雨润堤沙，香风
万家。画楼洗净鸳
鸯瓦，彩绳半湿秋千架。
觉来红日上窗纱，听街头
卖杏花。
——王元鼎《醉太平·寒食》

王元鼎的这曲《醉太平》是他惯有的风格——温柔缱绻。农历三月初，也正是清明前的那段日子，人们称其为寒食节。刚刚出生的小鸦最爱挑这个时间放风鸣叫，宣告春天即将离开，夏日便要到来。经过一夜春雨润万物之后，花香深入小巷人家，唤醒了人们萌动的心灵。民间的人认为“春雨贵如油”，其实不无道理，冰封大地之后，渴求水分的万物一得到点滴滋润，当然争先出土，一尝春天的滋味。在这种氛围下，不雅致的事物亦变得雅了起来。王元鼎甚至注意到了被雨水洗刷得晶莹剔透的楼上鸳鸯瓦，还有院中随风微微荡动的秋千。就在此时，被洗净的天际那边升起一轮红日，街头传来了叫卖杏花的声音。

“小楼一夜听春雨，深巷明朝卖杏花。”这是陆游的名句，被王元鼎化用成了《醉太平》的最后一句：“听街头卖杏花。”这一化用，令全曲都瞬间发生了微妙的变化。有时候，后人在前人的诗词中常能觅得“芳草”，放入自己的文章当中，成了文章的点睛之笔。

端从《醉太平》一曲，完全可见王元鼎曲子的迤逦柔美，他的文辞能博得郭氏的欢喜是很正常的。柳永、秦观、周邦彦之辈不也正是因为词做得好，才得到那么多美女的青睐。王元鼎的写景曲子有名，闺情词更是出色，郭氏是研究此类曲子的大家，当然会爱王元鼎多一点。不过，若是论起二人在政坛的作为，王元鼎的确没有阿鲁威强。

两人同在过翰林院，皆是官宦人士。阿鲁威亦未必总是仕途顺利，他也常有多愁善感之语，例如“断送离愁，江南烟雨，杳杳孤鸿”。但他的曲子始终充满了“水落江空”“日暮江东”的豪气，在离愁别绪的怅然中，依然不减风采。这份坚强和决绝，王元鼎是望尘莫及的。

如此看来，郭氏对二人的评价竟是非常中肯。在一个女人的眼中，她的情人如能兼有阿鲁威、王元鼎两人的风姿便完美了，可是人总是不完美的。看古今多少风流人物，皆有稍逊风骚的时刻，不过，文人名士们只要保持着自己的风格和本色，总是有过人之处。即便没有阿鲁威的肝胆，有王元鼎的明丽同样不错。人不是在为别人而活，而是在为自己博得一片可供栖息之地，男人们如果不是各有特色，怎能让女人终日挂心，为他欢喜为他忧呢。

清明一世，义胆忠肝

千古谏臣以魏徵为最，宋代能望其项背的恐怕也就只有寇准，到了元朝政治混沌时期，能出现诤臣并不是件容易的事情，不过也不是不可能。元世祖忽必烈还在位的时候，谏臣王恽虽非蒙人，却得到了世祖的倾心信任。非但如此，王恽还是裕宗皇太子真金和成宗皇帝铁木真的辅佐重臣，也是他们的老师和朋友。

数十年经历三朝更迭，王恽已经成了国家元老级别的重臣，他却从不敢怠慢，始终尽最大的能力来扭转世态的不平，一生刚直不阿，清贫守职，好学善文。王恽的这种性格跟他本身豁达、积极、严谨的品性有关，另外可能也是受了文学大家元好问的影响，后者曾是王恽的老师。

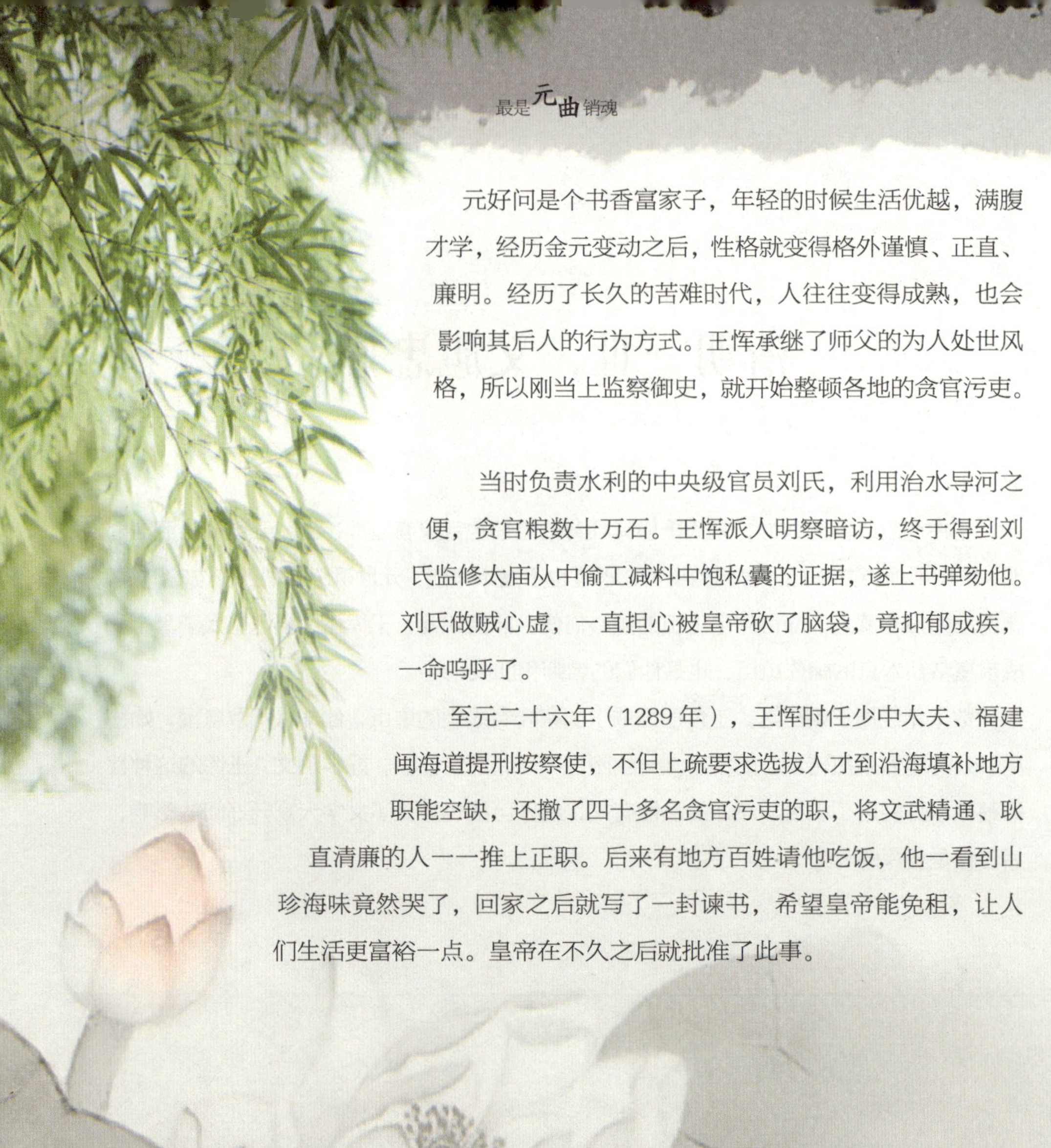

元好问是个书香富家子，年轻的时候生活优越，满腹才学，经历金元变动之后，性格就变得格外谨慎、正直、廉明。经历了长久的苦难时代，人往往变得成熟，也会影响其后人的行为方式。王恽承继了师父的为人处世风格，所以刚当上监察御史，就开始整顿各地的贪官污吏。

当时负责水利的中央级官员刘氏，利用治水导河之便，贪官粮数十万石。王恽派人明察暗访，终于得到刘氏监修太庙从中偷工减料中饱私囊的证据，遂上书弹劾他。刘氏做贼心虚，一直担心被皇帝砍了脑袋，竟抑郁成疾，一命呜呼了。

至元二十六年（1289 年），王恽时任少中大夫、福建闽海道提刑按察使，不但上疏要求选拔人才到沿海填补地方职能空缺，还撤了四十多名贪官污吏的职，将文武精通、耿直清廉的人一一推上正职。后来有地方百姓请他吃饭，他一看到山珍海味竟然哭了，回家之后就写了一封谏书，希望皇帝能免租，让人们生活更富裕一点。皇帝在不久之后就批准了此事。

王恽做的事情，大多数都能得到皇帝们的支持，官路可谓一路亨通。他终年七十八岁，到死都受到元王朝的尊重。也难怪他写的词曲，抛却了景、人的因素，总有豪情万丈。

苍波万顷孤岑矗，是一片水面上天竺。金鳌头满咽三杯，吸尽江山浓绿。蛟龙虑恐下燃犀，风起浪翻如屋。任夕阳归棹纵横，待偿我平生不足。

——王恽《黑漆弩·游金山寺》

此曲是王恽到金山一地所写的，前曲是站在金山上描写江水，后曲则是乘船后对沧浪的感叹。

金山是江苏镇江西的一个小岛，位于长江边上，金山寺自然就在此处。说起这个寺庙，让人立刻想到白娘子的“水漫金山”一事。王恽来到此处，是为了游金山寺，但他的曲中几乎没有关于寺庙的描写，也没提到白、许的故事，而是立于小山之上，望万顷碧波，看天高水远，想象自己身置于天竺圣地。

登临高处，人的胸襟会不由得变得旷达，曹操观沧海、苏轼看赤壁，皆是胸涌豪情。王恽自然也想如古人一样，做次“一樽还酹江月”的洒脱事情。不过他没有将酒水便宜了江水，而是痛饮数杯，恨不得自己有神鳖的海量，将江山绿川连同酒水一起“吸尽”。吞八荒并六合的气势，自古便是人们最向往的，王恽被风物所撼，豪情自然就扼不住了。

黑礁尖翘，水浪滔天，如同被蛟龙翻倒。王恽在后曲的开篇用了“蛟龙恐燃犀”的典故。据《晋书·温峤传》记载，温峤到长江西北的采石矶，听说矶下的水深不可测，有蛟龙等怪物，于是点燃犀角观察，果然见到了类似蛟龙的怪物。那怪物怕燃烧的犀角，吓得翻腾不已，搅起了倾天大浪。王恽看着眼前翻腾的沧浪，禁不住想起了这个典故，游兴更盛。

轰鸣的大浪让许多船调转离去，王恽却执意乘船迎浪直上。他的目的当然不是为了冒险，而是游乐的情绪蓬勃不已，不肯回头。他认为，人生就应该知难而进，在游玩的时候要趁着兴致不减时寻求刺激，在做事业的时候要趁着还有激情时忙碌不止。人生没有风险，哪来的成就呢？人们总是强调抓住机遇，机遇其实伴随的正是风险。王恽对这个道理的领悟，比今人不知早了几百年。

在王恽一生的事业当中，大多本着机遇与风险并存的观点。元王朝将人分出三六九等，对汉人尤其诋毁。他却经常向皇帝递上奏折，谏帝王“礼下庶人，刑上大夫”。《礼

记》有种说法“礼不下庶人，刑不上大夫”，意思就是说庶人没有资格受到礼遇，士大夫级别拥有特权不受刑。但这一套在王恽心里偏偏调转过来，他所提倡的是“王子犯法与庶民同罪”。在元王朝并不算开明的政治条件下，王恽可谓吃了熊心豹子胆，丝毫没有惧色，坚持自己的主张。也正因如此，才有很多人惧了他，而元朝前期的几位比较明智的帝王对他礼遇有加。

一个有原则的人，往往会使他人肃然起敬。这样一个刚直的人物，在官场里混迹多年而没有受到陷害，的确是个奇迹。

久经仕途，在外游宦多年的王恽又一次到了江南。从前游的是金山，这次则来到了江南水乡。他本想继续豪迈放歌一曲，说说自己在事业、为学、人生上的志向和体会，却发现水乡里的景象似乎调动不了他的激情，反倒是水上采莲女们欢快的模样吸引了他，让他的心顿时变得柔软起来。

采菱人语隔秋烟，波静如横练。入手风光莫流转，共留连。画船一笑春风面。江山信美，终非吾土，问何日是归年？

——王恽《平湖乐》

不知道是不是地域的原因，人们一说到江南，总会提起“采莲女”，作诗也好，写词曲也好，写小说也好，用“采莲”做文章的可不在少数。李白的“若耶溪旁采莲女，笑隔荷花共人语”；欧阳修的“越女采莲秋水畔……照景摘花花似面，芳心只共丝争乱”。王恽未能免俗，也折了文坛上的这株莲花，他的《平湖乐》没有了滚滚碧涛，而是静波水烟。

水上腾升的烟波如白练一般，在朦朦胧胧中隐约能听到采莲女们的笑声。她们探出纤手，撷下一株莲蓬，虽然因为江雾的关系，王恽看不她们甜甜的脸蛋，依然能感觉到她们的美。单听得船中传出她们的笑声，就令他如沐春风了。

此处美景之胜，本应让人乐而忘返的，可是王恽却突然伤感起来，对所有景致失去了兴趣，反而思念起北方的家乡，不知离开多年的家变成了什么样子。此处正是“萧索更看江叶下，两乡俱是宦游情”的真实写照。越是胜景，越发激起人的乡情。乡愁，化作了莲女手中那小小的莲蓬，离开了植株，采莲人的高兴却是莲子离开母体的悲哀。王恽的伤感，估计由此而来。

自江南游宦归京之后，正逢成宗皇帝铁木真生日，王恽没有送上珠宝、玉帛，只以长达十五篇的“赤胆忠心咒”：《守成事鉴》，劝诫帝王应勤劳思政、治国安邦，并一一讲出为政对策。成宗念他赤诚，特别封了他为通议大夫。可不久之后，王恽就像他在江南水乡里所流露的情绪一样，思乡情切，便隐退回到家乡汲县，在那里度过晚年。

时光匆匆而逝，那一夜，王恽的陋居里长灯熄灭，皇帝再派人去探望这位老臣时，只看到茅屋门外挂着一条白色的祭绫随风飘动。

得知王恽老死乡间的噩耗，皇帝心痛异常，送了王恽“清明”二字作为谥号。这二字对身在泥淖，却如青莲出水的王恽来说，应担得也担得起。古有“鞠躬尽瘁，死而后已”的忠肝义胆之臣，王恽用一生实现了他的这句话，称得上无愧于天地。

响当当的铜豌豆

品评过无数文人的中国国学大师王国维在讲到关汉卿的剧曲时说："关汉卿一空倚傍，自铸伟词，而其言曲尽人情，字字本色，故当为元人第一。"如果说，元代有人能完全用真性情去体会生活、书写生活，那么这个人必然是关汉卿。后人称关汉卿为"东方的莎士比亚"，言下之意便是说他在用灵魂倾听世界。

一个能写出好剧本的人绝对不是一个脱离生活的人。大多数的史实记载，关汉卿生活在 1300 年前后，号一斋。他与马致远、王实甫、白朴并称为"元杂剧四大家"，并且位列"元曲四大家"之首的位置。这个在历史上连生死时间记录都没有的人，一生都在漂泊中度过，不知从何时悄然闻名大江南北，也不知何时完全遁迹江湖。但可以肯定的是，他在人世间经历各种生活体验，终于成就了这样一个剧坛大家。

生活经历的扑朔迷离，并没有令关汉卿本人的性格变得难以揣测，相反，他个性十足，而且在当时的文坛上别树一帜，这在他的套曲《一枝花》里可以明显地看出。

【梁州】我是个普天下郎君领袖，盖世界浪子班头。愿朱颜不改常依旧，花中消遣，酒内忘忧。分茶攧竹，打马藏阄，通五音六律滑熟，甚闲愁

到我心头？伴的是银筝女，银台前、理银筝、笑倚银屏；伴的是玉天仙，携玉手、并玉肩、同登玉楼；伴的是金钗客，歌金缕、捧金樽、满泛金瓯。你道我老也，暂休。占排场风月功名首，更玲珑又剔透，我是个锦阵花营都帅头，曾玩府游州。

【隔尾】子弟每是个茅草岗、沙土窝、初生的兔羔儿，乍向围场上走；我是个经笼罩，受索网、苍翎毛老野鸡，蹅踏的阵马儿熟。经了些窝弓冷箭蜡枪头，不曾落人后，恰不道人到中年万事休，我怎肯虚度了春秋。

【尾】我是个蒸不烂、煮不熟、槌不匾、炒不爆、响珰珰一粒铜豌豆，恁子弟每谁教你钻入他锄不断、斫不下、解不开、顿不脱慢腾腾千层锦套头。我玩的是梁园月，饮的是东京酒，赏的是洛阳花，攀的是章台柳。我也会围棋、会蹴踘、会打围、会插科、会歌舞、会吹弹、会咽作、会吟诗、会双陆。你便是落了我牙、歪了我嘴、瘸了我腿、折了我手，天赐与我这几般儿歹症候，尚兀自不肯休。则除是阎王亲自唤，神鬼自来勾，三魂归地府，七魄丧冥幽。天哪，那其间才不向烟花路儿上走。

——关汉卿《一枝花·不伏老》

此曲字字珠玑，精彩异常，逐字逐句都是关汉卿个性的体现。在《梁州》的第一句中，汉卿便自夸“普天下郎君领袖，盖世界浪子班头”。历史上敢于吹嘘自己是俏郎君，而且事事皆会的，除了汉代的东方朔以外，也就只有关汉卿如此“大言不惭”。然而，当时的很多文坛中人都说关汉卿的确风流倜傥、博学多才，无论吟诗、吹箫、弹琴、舞蹈、下棋、打猎等，无一不精，而且是当世的脱口秀第一人。因此回过头再看“梁州”“隔尾”“尾”这三段唱曲中关汉卿自夸精通各种技艺，应该不是吹嘘。

关汉卿原本家学从医，曾在皇家医院任职，给皇上、娘娘们诊过脉、熬过药。他天生聪颖，学任何事情都一点就透，可偏偏对医学就是提不起兴趣，反而爱上了写剧本，天天在外游荡，厮混在各地的秦楼楚馆，和妓女乐师成了朋友，与戏子们喝酒吃饭，唱自己喜欢唱的歌，表演迷倒万千世人的戏。元末剧作家贾仲明说关汉卿是“驱梨园领袖，总编修师首，捻杂剧班头”。此话可以说是对关汉卿最大的恭维。“梨园”是古代戏剧班子的总称，汉卿被说成是班子领头、编剧一行的领导人，这般的评价其他剧作家是得不到的。

关汉卿之所以从事剧本写作而放弃医术，可以说是个谜。一来可能是他真的没兴趣当医生，毕竟每个人都有自己的志向和爱好，如果循规蹈矩地按照家庭的安排成为医生，人生就变得中规中矩，汉卿自觉就这样活到老也会满腹牢骚；二来大概他也有几分鲁迅那样的想法。鲁迅学了十多年的医学，突然改投写文章一途，他的想法是单纯医治中国人肉体上的创伤并不能改变人们受压迫的事实，必须要从精神上医治中国人。关汉卿未必有这么明确的意图，但不影响他一门心思扎进了市井、乡村，写人们的喜怒哀愁，暴露社会最底层的黑暗。他笔下的每个人物，特别是女人们，正直、善良、睿智，面对惨淡的现实和命运的捉弄，从未低头敛眉，即使是死亡。

因为有既定的生活目标，关汉卿弃医从文的信念更加坚定，在生活上也更加放纵自己。作为他的红颜知己朱帘秀也曾劝过他不要那么玩世不恭。关汉卿是个灵秀的人，本应有大好的前程等着，偏偏捡了风流子弟的头头当，家人恐怕要失望了！

朱帘秀一面劝说，一面给他倒酒。

关汉卿听了这话哑然失笑，原来如四姐儿（朱帘秀当时在班子里排行老四）这么聪敏的女子也不了解他，难道当个大夫就一定比当个戏班头子强吗？若是成了医生，总能济世救人还好，若是医死人便糟了；而写戏是娱乐群众的工作，绝对不会闹出人命。关汉卿淡笑不语，叫朱帘秀拿来纸笔，遂写下了上面这套曲子《一枝花》，并将之送给了朱帘秀。

在《一枝花》的套曲中，最精彩的部分要数“尾”曲的前两句，关汉卿自称“铜豌豆”“千层锦套头”，言下之意自己又硬又韧，谁也管不了，谁也劝不了，个性十足。他身在勾栏，周边美女如云，可却并不爱人间情事、风花雪月。他只爱吹拉弹唱，在烟花寨处处留下自己的才情和风格。他希望人们通过他的笔和戏，看看这世界疯狂到什么程度。如果有人要迫他闭嘴，就算打断他的腿脚、打歪他的嘴巴、毁他的容，只要他还能表达出意识，就绝对不会善罢甘休。除非是“阎王亲自唤，神鬼自来勾，三魂归地府，七魄丧冥幽”，他才能闭上自己的嘴。

关汉卿并不是在浪费青春年华到处拈花惹草，而是要用自己的话惊醒这个尘世。他的信念在字里行间已经言之凿凿，朱帘秀也不好再说他，反而被他的逗趣和坚持感动，将《一枝花》的曲子和词仔细收藏起来。

几千年来，言明志向的大家不在少数，但能像关汉卿这般“我本楚狂人，凤歌笑孔丘”的狂和嬉皮的人却很稀少。他生性不羁，对不平的现实社会不满，但他也心存同情，怜悯着苦难的芸芸众生。他自知没有高明的医术可以悬壶济世，不过他却用犀利的笔锋来拯救世人。

莎士比亚曾说：“若是一个人的思想不能比飞鸟上升得更高，那就是一种微不足道的思想。”关汉卿虽然站在社会最底层，但他的灵魂达到了他人难以触及的高度，这可能也是他被称为“东方莎士比亚”的最大因素。

枭雄仍旧是凡人

如果是开国功臣、身居要职，或位高权重、皇帝青睐，又或屋有重金、娇妻美妾，人生当中具备这些条件当中的任何一项，就足以过着美满的日子，而伯颜一人就将这些条件尽享。

伯颜生于西亚蒙古四帝国之一的伊儿汗国，是蒙古巴邻氏后裔，他的祖父阿拉黑、祖叔父纳牙阿都是成吉思汗的开国元勋，他的父亲晓古台和他本人臣属成吉思汗幼子托雷家族。想当年托雷做监国时期，就注定了伯颜的家族在元帝国中的不平凡。一次偶然的机会，伯颜入朝给忽必烈奏事，结果忽必烈一眼就看出他以后必成大器，将其留在身边。不久，伯颜便先后升为中书左丞相、中节右丞、同知枢密院事，专司主持伐宋的军政要事。1273 年，忽必烈汗任命他为伐宋军最高统帅，与左丞张弘范兵分两路攻打南宋。陆秀夫与宋朝的小皇帝跳海，宣告了以伯颜为首的蒙古南伐军大获全胜。

甩鞭下马，伯颜大踏步走进了位于临安的南宋皇宫，两侧铁甲兵以整齐的步伐跟在他的后面，轰鸣的脚步声响彻殿霄，盔甲明晃晃的光泽为瓦片染上了一层雪色。蒙人当时的意气风发，怎能用语言来形容。当晚，伯颜便命人大摆宴席，与张弘范举杯同庆。

金鱼玉带罗襕扣，皂盖朱幡列五侯，山河判断在俺笔尖头。得意秋，分破帝王忧。

——伯颜《喜春来》

酒过三巡，兴致所至，伯颜忍不住唱了起来。“对酒当歌，人生几何”，曹操酒后慷慨陈词，伯颜也想试试这种爽快的滋味。位极行中书省丞相之职伯颜，人生得意在所难免。在这曲《喜春来》当中可看到他之所以得意非常的原因：腰缠玉带悬金鱼配饰，出入身穿紫气东来袍，乘的是一品大臣黑盖红幡车，笔尖所写的是主宰大好河山未来去向的文书，谈吐运筹帷幄，行走迅疾如风，生平不做他事，专为帝王解忧。此等业绩，伯颜当然有理由大谈特谈。

张弘范坐在一旁听得热血上涌，忍不住也跟着迎合一曲：

金妆宝剑藏龙口，玉带红绒挂虎头。旌旗影里骤骅骝。得志秋，喧满凤凰楼。

——张弘范《喜春来》

看元帅伯颜一副自豪的模样，张弘范也以《喜春来》为牌子作了此曲，他说自己不但有玉带、红绒，还有宝剑和代表军威的虎头配饰在腰间，行头上也不输伯颜。想当初他在厓山海域与宋将张世杰对阵时，张世杰据厓山天险，以守代攻，张弘范遂封锁住了海口，切断了宋军淡水的来源，硬是将宋军围困击败。看着宋丞相陆秀夫背着幼主赵昺跳海而死，张弘范将南方海域悉数平定，甚至还在石壁上刻了“镇国大将军张弘范灭宋于此”十二字，嚣张一时，名满“凤凰楼”。“凤凰楼”地处武则天的故乡，弘范用它来指代天下，意思是说自己已经名扬大江南北。

伯颜听出张弘范话中的意思，对他颇为不屑。张弘范逼迫陆秀夫和宋室幼帝一老一弱惨死，伯颜不认为那是大丈夫该有的作为。他伯颜一生最重视的并不是名誉和富贵，而是如何管理这偌大的疆土，为帝王分忧。成大事者不单要有一颗骄傲的心，更要有广阔胸怀和深远的思想。

“得意秋，分破帝王忧。”得意之际，绝不能忘了自己身兼护国的重任。伯颜灭宋之际，始终都在想方设法为元王朝拉拢人才。当初元兵俘虏宋朝明臣文天祥，伯颜是蒙古将领中唯一主张力劝文氏投降的人。文天祥乃治世之才，如果忽必烈能得到此人相助，相信蒙古江山会更加稳固。此时的伯颜不但有眼光，而且能做到不嫉才，在元人当中难能可贵。不仅如此，在他劝文天祥时，被后者骂得狗血淋头，他却毫无怒色，这份胸襟与他在曲子中所展露出的气度如出一辙。

蒙古人南下灭宋，伯颜可以说是第一个迈出铁蹄的人。虽然在当时看来伯颜是个负面角色，但如果站在历史的角度，只能说各为其主，他在自己的职位上，做着他该做的事情，无关是非。他是元朝的一代良相功臣，与过往朝代开国功臣的畏首畏尾截然不同，他并不怕帝王的猜忌，因为他坚信自己始终忠心护国，不仅如此，他与帝王结下了深厚的友谊，互为知己。作为开国元勋，其实就当有他的恢宏气魄，无论谈吐行动都能做到来去自如，毫无遁世、厌世之气。在偌大的元王朝里，四处都是退隐之声，而他的《喜春来》却成了一反隐退的声音，令人浑身一震。

宋灭之后，伯颜随忽必烈南征北战，曾平叛王乃颜之乱。乃颜本是成吉思汗幼弟铁木哥斡赤斤的玄孙，为元朝蒙古宗王。忽必烈给他大面积的封地，为他建立行省，施行地方自治。但乃颜仍不知足，勾结成吉思汗的两个弟弟哈撒儿、合赤温的后代势都儿和胜纳哈儿、哈丹秃鲁乾等人，举兵叛乱。

伯颜与忽必烈的爱将玉昔帖木儿一上阵，将叛军打得屁滚尿流、仓皇而逃，回京之后两人分别得到嘉奖。伯颜在两年后遂升为知枢密院事。由于元江山未定，时有叛乱发生，伯颜一直奔走于战场。一生过于直顺的伯颜，从未想过有朝一日自己会遭到谗言。一些朝臣以“将在外，君命有所不受”的罪名在元世祖忽必烈面前大说特说，令忽必烈心生疑窦，忽必烈左思右想，生怕再有变乱发生，决然将伯颜罢职。世祖死后，铁穆尔即位，立刻将伯颜官复原职，但此刻已是“廉颇老矣”，一身病痛的伯颜无力再上战场，于第二年病卒家中，被追溯为“淮安王”。

淮水历来是元朝认为最重要的南北水域、气候分界线，军事意义非凡，以“淮安”二字作为伯颜的谥号，说明帝王肯定了他一生的丰功伟业。

曾经的伯颜是战场上的枭雄，做好了马革裹尸、客死异乡的准备，对军人来说这是最有尊严的死法。虽然他很想实现这个愿望，但命途的波折并没有给他机会。不过，伯颜死后被大肆追封，证明他是个真正的军人，为元初第一将当之无愧。如果伯颜能再于尘世走一遭，回忆往昔何事最销魂，当然还是他刚打下宋氏天下后在盛宴大唱《喜春来》的时刻，人生的意气风发全在雕梁画栋间徘徊；还有那些打了胜仗班师回朝的时刻，他从未想过居功至伟，随身只带破行囊衣被，上朝时军服破败，俯身跪地不求名，但望安定元江山。

功、名集于一身，还有什么不知足呢，即便死去也可以安心闭上双眼。人生一世，从何而来，复归何处，俯也是死，仰同样是死，走到最后始终是要躺下来谦卑躬身的结束。什么都拥有过的伯颜什么都不怕失去，结束得很淡然，也很坦然。

长笑白云外，名利怎么挂心

君王曾赐琼林宴，三斗始朝天。文章懒入编修院。红锦笺，白苎篇，黄柑传。

学会神仙，参透诗禅。厌尘嚣，绝名利，近林泉。天台洞口，地肺山前，学炼丹。同货墨，共谈玄。

兴飘然，酒家眠。洞花溪鸟结姻缘，被我瞒他四十年，海天秋月一般圆。

——张可久《骂玉郎过感皇恩采茶歌·为酸斋解嘲》

帝王为其设宴，文曲星为其引路，享尽了荣华富贵，却对这些视如敝屣，宁可远尘嚣绝名利，入山林与花鸟同眠，求仙问道为归路，此人便是元朝一代奇葩贯小云石海涯。张可久在忆起这位至交好友时，对其才情和一生的作为既佩服又感慨，为他可惜又为他庆幸，于是写下了上面这曲《骂玉郎过感皇恩采茶歌》，一面纪念刚刚离开人世的贯小云石海涯，同时也是回忆二人相识多年来的往事。

贯小云石海涯又名贯云石，号酸斋，1286 年出生于元大都西北郊高粱河畔一个维吾尔族人聚居的畏吾村。因家庭祖辈极其显赫，可以说他是在众星拱月的环境下长大的。贯云石的父家是武将出身，父辈众人皆在南方担任军政要职，母亲廉氏则是维吾尔名儒廉希闵的女儿。廉氏的叔父廉希宪曾任元朝宰相，被元世祖尊称为“廉孟子”，廉家另外亦有显赫的文士才子频出。幼年时期的贯云石常随母亲住在廉家的“廉园”里一面学武一面修文，在文武双重的熏陶下，很快便成为潇洒的好男儿，儒、侠二者集于一身。

父亲死后，贯云石直接继承了爵位——两淮万户达鲁花赤，此官职位居三品，握有兵权，下统十余万百姓和近万将士。不仅如此，当时朝廷内握有重权的人皆多次举荐他，元英宗特许他为太子玩伴，意思即是将他作为辅佐未来君王的班底。

权财皆在眼前，贯云石理当意气风发，可他在家乡整顿军纪、训练兵马之际，越发觉得这样的生活不适合自己。他厌恶战争和杀戮，想有所作为又不希望通过武力实现，但他却是个军人，不可能实现不溅血的仕途，只有去专心修习文学，才能让心灵得以净化。他听说京城姚燧姚大学士的学名显赫，人格亦是上上品，决定拜入姚燧门下，于是毅然决然将爵位让给弟弟，进京拜访姚燧。

弃微名去来心快哉，一笑白云外。知音三五人，痛饮何妨碍？醉袍袖舞闲天地窄。

——贯云石《清江引》

陡然放下家庭的重担，贯云石顿觉全身轻松，云淡风轻。这首《清江引》中是他真实心情的写照，也言明了云石的毕生志向，只愿觅得“知音三五人”，同袍同饮，把酒言欢。喝醉了之后舞袍弄袖，大跳醉舞，任意挥洒衣袍，天大地大，有不尽的空间可以任他施展，不必再受任何束缚。

人心已宽，便可容纳万物。在“廉园”居住的时候，贯云石结识了赵孟頫、程文海等当世显赫才子，在拜在姚燧门下后，也结交了许多才高八斗之人。他与这些人常常到山林里徜徉，谈论诗文，对饮欢歌，乐而忘返。甚至连姚燧都与贯云石从师徒变成了好友，二人常坐在一起争论问题，下棋喝茶，均引以为人生最大的乐趣。姚燧生性严谨，鲜少夸人，对贯云石的文辞却赞不绝口，认为他有古乐府的风韵，无论写诗词还是做人，皆玲珑剔透。

元仁宗即位不久（1313年），年仅二十七岁的酸斋进入翰林院成为侍读，升为皇帝的直属秘书，专门提供治国见解，参与制定国家政令。元朝的统治者在选取翰林贤臣上格外重视，基本由皇帝钦点，即使皇亲国戚，没有真才实学的人依然无法走近皇帝身边说话。翰林院负责整理国家的政策等史料，影响千秋万载之后的名声，仁宗格外重视这一点，还亲自委任贯云石为维吾尔族第一翰林学士。

获此殊荣，贯云石不可能无动于衷，开始积极参政，直言敢谏，大有前辈王恽的风采。正当此时，仁宗想借儒家学说来控制民众思想，萌生了恢复科考的想法。此刻贯云

石正在教导太子读书，领会了仁宗的意思，便与身居翰林承旨一职的好友程文海一起筹备恢复科考的条令。他们主张恢复宋代科举制，选拔人才不拘一格，仁宗表面上点头，却根本没有实际举动，贯云石大失所望。不久，姚燧的辞官隐退给了贯云石很大的刺激，他更加认为没必要再待在朝廷。

在贯云石尚未提出辞官时，一些极力反对恢复科举制度的人站了出来，暗中陷害贯云石，说他妖言惑众、愚弄东宫，想左右元王朝未来走向。仁宗虽然没有相信谗言，贯云石却闻讯惊恐，暗道原来当个文官比武将还要惊险，在沙场上明枪易躲，在官场上暗箭却是难防。如果宫廷里再出现政治斗争，根本不是自己一个区区翰林学士能承受得了的。贯云石的担忧并不是无凭无据的。

元武宗、元仁宗即位之前，宫廷内就发生过夺位渐血事件，例如武宗即位时，曾拥立过安息王阿难答为皇帝的铁木儿、阿乎台等人皆被处死；仁宗即位之后也是排除当年曾反对他做皇帝的人。贯云石在当翰林学士期间，曾进“万言书”批评仁宗对“八百媳妇国”和“吐蕃”用兵，又曾讲过太子言行不正的“坏话”，这些都是有心人可以拿来陷害他的话柄。贯云石心知只要有人想置他于死地，他很容易就会被扳倒。思来想去，越想越觉得凶险，贯云石便辞官退隐了。小小的翰林一职，他仅仅当了一年而已。

仁宗延祐二年，贯云石避居杭州，在这里建起了属于自己的陋居，仿效陶渊明过着独自耕田下地的闲适生活。可每至午夜梦回，依然对当年在朝廷经历的那场“恢复科举风波”心有余悸。

竞功名有如车下坡，惊险谁参破。昨日玉堂臣，今日遭残祸。争如我避风波走在安乐窝。

——贯云石《清江引》

此首《清江引》与上首同写于酸斋旅居杭州之际，然而上一首的情感潇洒淡然，似乎还存有年轻人的洒脱与快活，与他刚让爵给弟弟时的情绪极其切合。但再看这首《清江引》时，却明显能看到他内心的凋零，归隐只为寻得片刻的安乐。

竞逐功名如同车下陡坡，凶险异常，弄不好一头扎进沟里，摔得个浑身是伤，更有可能粉身碎骨、一命呜呼，那其中的未知之数叫人惊悚。身在官场也是一样，凶险不是简单可以参透，也许前一刻还是朝堂里的机密要臣，下一刻已中暗箭，横死牢中，还不如像他一般远远地逃开，寻找一个可居之所。此曲的末尾一句，可看出云石对世间的名利完全参破。

现实而又无奈的叹息之语，是贯云石沉迷显贵生活之后的“顿悟”，其中不乏那些不足为外人道的心酸。不过，他能及早抽身去寻求避居乐趣，却也是极为明智之举。而且恰恰是因为他避居江南杭州，在那西湖堤畔上度过了他的似水年华，使他不断找到文学上的灵感，才攀上了书写词曲的高峰，令他的曲子灵秀清新，内容生动自然，唱起来朗朗上口；也是在这绿野山川中，贯云石参透了武修的至境：止戈终生，静以养性。

生不逢时，清高世俗自张罗

敢于释放生命的激情，通常都是年少有为者，或者是那些初生牛犊，他们有时间和激情可以尽情挥霍。可是当人们用了大半生时间在享受追求梦想的乐趣之后，回过头来才发现生活在一个根本不适合自己的时代，“生不逢时”之感便由此产生。

古代遭遇“生不逢时，时不予我”的人，大都活得悲情，曲人马致远便在此列。马致远是元代负有盛名的杂剧家，他的前半生与电影里的零零发很像，大胆地去追求自己的理想。年轻时的马致远特别热衷功名，有“佐国心，拿云手”之志，明知道自己生在一个烽烟四起的时代，依然叫着“昔驰铁骑经燕赵，往复奔腾稳似船”，似乎还有征战沙场的渴望。到了中年，马致远却依然只是小官，处处受到上级的压迫，又因汉人的身份牵制，结果一事无成。到了两鬓已经斑白，他终于不得不服老，自问“因甚区区苦张罗”，终于还是对“人间宠辱都参破”了。

夜来西风里，九天雕鹗飞，困煞中原一布衣。悲，故人知未知？登楼意，恨无上天梯。

——马致远《金字经》

此曲《金字经》的内容是马致远在梦境中的所见所闻。睡梦之中的他，既不思秋，也不思君，更不思社稷。他只梦见自己成了一只鲲鹏，抟扶摇而直上九万里高空，翱翔于云海之间。

鲲鹏是庄子在《逍遥游》里提到的大鸟。据说庄子在北冥（渤海）见到了海鲸，把它的巨型尾巴当成了传说中能够飞到九重天的鹏鸟。古语有云：“海阔凭鱼跃，天高任鸟飞。”飞得高的鸟自然就被人们仰望，人们认为这种鹏鸟有志气。马致远在梦中觉得自己成了一只大鹏，飞得美妙至极，足以说明他的内心还是不服老，且仍有千秋之志。可是，当他梦醒了回到现实时，才觉出自己仍是“中原一布衣”，那种失落只能用一个“悲”字来形容。

古人排遣抑郁方式通常有几种，不是自酌对月唱歌，便是找个人吐槽。从梦中醒来的马致远，无人陪他闲话家常，他只好学汉末的王粲登楼兴叹。王粲曾作《登楼赋》一首来言明自己的心意，马致远便作了这曲《金字经》，表达一下凄凉悲怆却不服输的情感。但牢骚是发不完的，自己又不能真正变作梦中的鲲鹏飞到高处，忍不住怨恨苍天为什么不能给他架座云梯，让他顺延而上。

马致远素来是个豪迈之人，其散曲豪爽奔放，即便内含的情感悲痛至极，他仍不改曲风。让人不禁想起了当年的苏轼。早已看淡了官场的东坡居士，来到赤壁仍大呼“大江东去，浪淘尽，千古风流人物”，这份胸襟是一般人没有的。然而越是激越的词语，越是看起来放得开的情感，反而听之越叫人沉痛。马致远的鲲鹏飞天梦，在梦里是那般激越，在现实中却愈加显得凄凉。

期望有朝一日出人头地，是很多怀才不遇者最大的梦想，然而梦不过是一张白纸而已，面对现实满目的虚无生活，能够真正豪放的人鲜少出现。

筑墙的曾入高宗梦，钓鱼的也应飞熊梦，受贫的是个凄凉梦，做官的是个荣华梦。笑煞人也末哥，笑煞人也末哥，梦中又说人间梦。

——周文质《叨叨令·自叹》

这曲《叨叨令》的作者是周文质，从曲风就可以看出他并不是个豪放的人，与马致远的情怀是不能相比的。他的传世之作除了残剧《苏武还乡》写得英姿飒爽外，其余多是写儿女私情。不过，周文质的眼光也有犀利的时刻，该曲便直言荣华富贵是场梦，不似马致远那般还有所追求

在这首《叨叨令·自叹》里，周文质对商周时期的傅说和姜太公二人的经历颇不以为然。在他看来，世上根本没有贫民偶然间被帝王起用的好事。傅说是个泥瓦工，姜太公不过是个钓鱼的老头。难道世人学他们砌个墙、捉条鱼，就能被帝王赏识吗？傅说和姜太公的际遇，不过是人们做的“荣华梦”罢了。没钱的人做的梦永远都是没钱花、饿肚子；而有钱有势的人做的梦必定是升官发财梦。周文质奉劝世人不要白日做梦，那不过是个笑话而已，世态哪像人想象的那么好。

马致远与周文质的两曲同是写梦，然而意义却大不相同。前者在梦中还希冀能被起用，醒来后才知黄粱梦一场，而后者则干脆将飞黄腾达视为白日梦，一语惊醒了世上梦中人。

那时的大部分文人都像马致远一样，明知道举仕或显达是虚妄的想法，却仍在自我欺骗；而诸如周文质一类的人看得比马致远等更透一些。还有些人干脆则直指现实，道出有抱负的人为何不能显贵的原因：“不读书有钱，不识字有钱，不晓事倒有人夸荐。”“不读书最高，不识字最好，不晓事倒有人夸俏。”

不读书、不识字，不通晓人情事理，一门儿心思下地做活、做生意，这样的人很容易变得富贵，而且生活从不痛苦，反而是被标榜的对象，因为他们不愁吃穿。而那些满腹经纶的人，却往往过着极端贫苦的日子，守着书本饿死乡间。俗语有云“百无一用是书生”。知识分子如果生在一个不适合生存的世代，又或者本身不幸，再或者才学不是高人一等，那么大部分都要成为时代的尘埃，不值一提。与其终日抱枕而眠，想着做个什么样的“荣华梦”，还不如完全放下，令自己落得轻松。

《圣经》中有过这样一句话：人降临世界的时候，手是合拢的，似乎在说：“世界是我的。”他离开世界时手是张开的，仿佛在说：“瞧啊，我什么都没有带走。”人生可能就是老天爷手紧手松之间，既然生在了一个颠沛的时代，人们没办法去挑剔它，因为这个时代到处都是生不逢时的人。所以如果舍得了名利，那么清高一辈子，做个世外高人，如果舍不得，那么便与世俗同流合污，做个俗人。人生只有这两种选择。再说人出生时没有给别人带来什么，死后也不会带走什么，因此活着不是为别人，仅仅是为自己而已，是以选择变清高或选择变通俗都由自己决定。最怕的是一些人既想清高又想世俗，在矛盾中不断地自我折磨，累得自己一声都在苦痛中度过，这才是得不偿失。

潇洒风尘客

身陷七情六欲的人不能自拔，自然身处欲界，被世事的烦恼所叨扰。如何欲令自己走出迷乱的人生，唯有出入随缘。入则在人世好好地活着，出则到山野中寻找意趣，人生的路总是由自己来走，不必为了追求『得不到』而太匆匆。

不如归去，不如归去

白朴，一个扑朔迷离的传奇文人。作为“元杂剧四大家”之一的他，有着一段不为人知的悲情人生，而在离开人世时，也有别于芸芸众生。看他的《墙头马上》一剧，里面充满了对人世美好的坚定信念；再看他的《唐明皇秋夜梧桐雨》一剧，却折射出他多情悯世的一面，究竟哪一个是真实的他，也许两者都有吧。

出身官宦世家的白朴，其父白华是金宣宗时期的枢密院判，后来改投宋氏，蒙古人统一全国之后，父亲又做了元朝的官。古有“臣节”一说，忠臣不事二主，白华被逼无奈在几个王朝的士林中摇摆，却也被士林所不齿，加之他又不被朝廷倚重，因此总是自怨自责，心理压力极大。白朴就是在这种状态下出生的，自幼龄时，终日对着愁思满面的父亲，他的心灵落下了浓重的阴影。

白家是元初文坛上享有盛名的文学世家，白朴的仲父白贲虽早夭，却已有诗名在外，而多才多艺的元好问更是白华的好朋友，对白朴格外喜爱。金灭亡时，汴京城破，白华与妻儿失散，蒙古兵进城大肆劫掠，导致白朴和姐姐与母亲分离，幸而元好问及时赶到，救下白朴姐弟二人，带着他们四处奔逃，生活极为艰辛。

元好问对白家姐弟视如己出，在白朴身染瘟疫、生命垂危之际，元好问抱着他数夜未眠，直至他浑身发汗病愈，元好问才昏倒在地。对于这个无亲无故的“父亲”，白朴始终铭记于心，无论从品行还是文学上，均极力向元好问学习。看到白朴如此聪颖灵秀，元好问亦同样对他悉心栽培，在读书、为人处世方面格外用心地去培养他。

元太宗九年（1237 年），12 岁的白朴被元好问送回了父亲白华身边。白华欣喜若狂，感到十年恍如一梦，没想到有朝一日还能见到失散多年的儿女，漂泊多年也是值得。白朴就此在北方真定城安居了下来，成为当地很有名气的少年才子，很早就被朝廷启用。他刚一做官就萌生退意，因为当年蒙古兵夺他家产，伤害他的亲人，这使他对元统治者深恶痛绝，他更不解的是为何父亲仍甘愿屈于元朝的淫威之下。面对这满目苍凉的山河，他伤心欲绝，只想甩手离去。

知荣知辱牢缄口，谁是谁非暗点头，诗书丛里且淹留。闲袖手，贫煞也风流。

——白朴《阳春曲·知几》

半生荣辱，早已看得清楚，只不过不想说罢了，谁是谁非暗自琢磨，即便能辨别出对错又怎样，他改变得了现实吗？父亲的一生命途多舛，亦父亦师的元好问同样坎坷颇多。虽然白朴年纪轻轻，却在《阳春曲》中早早地显露出看破红尘的绝望。对一切彻底地看透，毫无期望可言，白朴当是怎样沉重的心思。此曲的风格亦如他的字“太素”一样，充满了沧桑的意味。

白朴原本名恒，字仁甫，父亲大概是想让他的品格保持如一，人生和仕途皆能顺利。但他却自改名“朴”，并起字为“太素”。人心如字，简单可见，白朴不希望尘世的俗气玷污了自己的人格。

他深知身在官场，不能道破仕途的潜规则，只能放开名利，去读书写诗，与经史做伴，在文丛中讨口饭吃。于是，他毅然放弃了官位，回到家中告别了父亲，四处游历，偶尔为梨园的名角写些剧本，为自己换得口粮。

在民间游历得多了，对社会便了解得更加深刻，使白朴的学问日渐增长，因此，他成为当世不可多得的名士。此时正逢元世祖欲广纳人才之际，有很多人都举荐白朴入朝为官。就在这时，元好问的死讯陡然传到白朴那里，令他更加感到世事无常，抽身官场是多么明智的决定。再说这些年来，他之所以如此极力避开仕途、缄口不语，其实也是为自己免祸，不想因为做官之后受到他人的诽谤和非议，落得身败名裂，不如带着好名声纵横江湖，还乐得逍遥。

张良辞汉全身计，范蠡归湖远害机，乐山乐水总相宜。君细推，今古几人知。

——白朴《阳春曲·知几》

白朴产生退却的想法，皆有前人的例子给他做榜样。汉时的张良辅佐刘邦平定天下之后，立刻全身而退；范蠡助越王灭吴之后远离江湖。二人皆知纵使是再大的功臣，一旦遭到主上的猜忌，足以叫他们跌入万劫不复之地。聪明的人就应该识时务，趁早隐退，乐山乐水总比看恶人恶相得好。“狡兔死，走狗烹。”如此浅显的道理，仍是有许多人无法参破，但白朴再不想牺牲在此规则当中。《阳春曲》所写的字句，便是白朴内心最真实的想法。

在白朴屡次推脱不入朝之后，担任河南路宣抚使入中枢的史天泽仍极力推荐他，白朴深感不妙，于是立刻离开真定城，弃家南游，从此过上了放浪形骸、寄身山水的生活。但他一想到家中的妻子，便觉肝肠寸断，想转身回到家中，可是迈出第一步时，却迟迟不敢踏出第二步。在他还在踌躇与徘徊时，妻子却因对他思念成疾，抑郁而亡。

妻子身亡的消息乍一传来，白朴心痛难当，跌跌撞撞地一路狂奔归家，几次都欲昏倒在路上。他不过离家十年而已，眼前依稀是夫妻二人在轩窗前甜言蜜语，而今却与妻子天人永隔，为什么老天要这样捉弄他？

白朴天生本就是多情之人，身边的人总是遭逢变故，使得他一生都在苦痛中度过，

能给他慰藉的就只剩下云游四海，看遍无关情爱的山水风月，但他在自然中并不能真正找到安慰。他每到一处，所见的大部分都是被蒙古兵洗劫的荒地，这又会激起他幼年时惨痛的记忆，阴霾始终笼罩心间。一生九患，不是别离就是死难，他数次到山间去撷忘忧草与含笑花，希冀通过植物的抚慰来忘却命途多舛，寻得片刻逍遥，却从没有一刻得意安宁。

妻子亡故之后，白朴的诗文词曲再没有温馨和希望存在，所剩的只有对人生无常的感慨。他从真定匆匆逃回江南，在扬州、苏州、杭州之地往来，偶尔觅一处小桥流水人家住上一段时日，就这样漫无目的地过了数十年。

多情的人本应不长命，因为往往会由于心思沉重而累病，积郁而亡。但白朴恰恰相反，天意弄人在他的身上一一应验，叫他活到耄耋之年仍不肯放过他。也许他和陆游的命运一样，在坎坷的人生中愤懑，在爱情被撕裂后悲伤，道一句“莫、莫、莫”，一切都说不清楚，也不想多说。

于是，在白朴八十一岁那年，他觉得生命已无可眷恋，便挑了一个吉日，走向家门外的一处深山，一面唱着忧伤的曲调，一面向树林深处走去。那天的雾气格外大，树木、人影皆不可见，隐约只能听到如楚辞般悠扬淡定的曲调从雾中传来。一阵狂风吹过，云雾散去，哪还有人影在，徒留余音在山间飘荡，原来是风声于罅隙间呼啸，造就了哽咽的山语。白朴，就如此消失在人间。

不显达时笑汲汲营营者太轻浅，该隐退时道自己太多情。显达、退隐，两厢里皆不要，说归去当真归去，悲情的白朴，半刻不愿在人间停留。

功名事了去无痕

忽必烈带领他的兵马在亚欧大陆肆意驰骋、英姿赫赫的时候，未曾料到几十年拼死打回来的江山在他死后转瞬崩溃。蒙古帝国迅速分裂成了钦察汗国、察合台汗国、伊利汗国和中原的元王朝，而统治汉人的元王朝亦迅速由极盛转衰。

生活在这个年代的文人们，开始走向了两个极端，一是身在红尘玩世不恭，沦落为芸芸众生里的蝼蚁一族；另一种便是遁入山林寻觅桃源仙境。就连那些希冀借助终南捷径上位的士人也大多意识到朝廷不能给他们真正的出路，便安静下来实实在在地过着平民生活。不过，那时仍有一些人走上了历史舞台，在退居幕后之前，留下了风光的“倩影”。

姚燧，字端甫，是元代初期最为出名的学士，虽身居京城，但驰名中原各地，许多士人闻其名而奔赴大都，欲瞻仰他的风采。如此知名的士人，却有着非常不幸的童年。

姚燧出生不到三年时，父亲便去了彼岸观花，丢下他一人在尘世飘零。伯父姚枢见他可怜，便带他移居到边境，过着仰望苍天厚土为生的平民生活。

姚燧的文学素养可能是在那段时间培养出来的，因为没有俗世的叨扰，他可以专心徜徉书海，年纪轻轻时便精通诗、词、曲、书、画，回到京城之后，迅速成为文坛的新星一颗，很快便被人推举到秦王府做文学，后来进入朝廷担任翰林学士承旨。翰林学士承旨官阶说大不大，说小也不小，如果论阶品应是三品，论职责则类似皇帝的秘书，与宫内中人算是俯首帖耳的那种关系。元成宗时期，姚燧当了江西行省参知政事，与宰相之职只有一步之遥。

幼抱文才、仕途顺利，按理说姚燧不应该痛苦，至少物质生活有保障，什么都不缺，应该快活才是。但这些年来他看到了无数的政治风波，仕宦内暗潮汹涌。在如此的宦海里浮沉，并非姚燧所愿，然而过得过不得，不是他能选择，也由不得他选择。

十年书剑长吁，一曲琵琶暗许。月明江上别湓浦，愁听兰舟夜雨。

——姚燧《醉高歌·感怀》

这首曲是姚燧在九江巡视时写的。从中不难看出他经历了十年宦海生活后，所剩的只是长吁短叹，终日在皇权之下挣扎匍匐，在各种势力的斗争间摇摆，未曾得到些许痛快。他漫步于江岸，直到暮色退去，月上枝头，便来到江上乘舟听雨，闲极无聊弹了首琵琶乐，乐声哀婉，以寄托他的哀愁。

一些名家在解读姚燧这段曲子时，认为姚燧的琵琶曲暗示的是当年白居易和琵琶女偶遇的经历。白居易与琵琶女于江上邂逅，不过是白氏一生的小段插曲，但马致远写下了《青衫泪》一剧，却将二人的偶遇变成了一段风流韵事。所以姚燧的“琵琶暗许”，意思大有可能指琵琶女芳心暗许白氏，而他用这个典故，证明姚燧的心中也有思念的人。

不过，有关姚燧“芳心暗许”谁人的猜测，完全是人们想当然，而且古人借典成文，多存在移情作用，即便姚燧真的在思念何人，是男是女都说不准。而且根据姚燧的经历而言，此曲《醉高歌》更像是发生活的牢骚，“琵琶暗许”，“许”的该是姚燧不满现状的心绪，这从最后一句“愁听兰舟夜雨”可以得到证明。兰舟听夜雨，不过因为一个“愁”字而已。愁的是何物？便是有关“十年书剑”的生涯。

事业亨通、情海无波，姚燧的生活当是美满。但他没有因幸福生活而变得沉沦，反而思路越发清晰，对事态看得更加通透。越是美满的一生，让他所见所闻所感越是强烈和现实，对仕途的批判越加有力。他比那些尚未尝到仕宦滋味，便去批判官场黑暗的人更有资格为“功名”定位。

是非感极强的姚燧认为，知识分子怀才未必得用。例如他的朋友雷损之，是个非常有能力的人，但为官三十年，一直是

个小县令而已。在雷损之还做官的时候，姚燧就预言他马上便要辞官归隐。果不其然，雷损之一满三十年官宦生涯，便淡然归田了。对于此等情况，姚燧深感不平，写了篇传记大骂官场无道。

姚燧不但对仕途唾弃，对黎民百姓的苦难生涯也饱含同情，他总试图去改变什么，可以一人之力，如何回天？

一次，在游宦江南时，姚燧在路边遇到一个缝衣的妇人。那妇人差人将做好的衣物送去给前线的丈夫，旋即又把衣服要了回来，如此翻来覆去，行为古怪。在他的询问之下，妇人才哭哭啼啼地说，她寄衣服给夫君，是怕后者在边疆受冻，可是她又怕对方已经回程了，衣服寄不到，因此心思矛盾。姚燧闻言黯然垂泪，回到寄居的府中，落笔写下了《凭阑人·寄征衣》一曲。

欲寄君衣君不还，不寄君衣君又寒。寄与不寄间，妾身千万难。

——姚燧《凭阑人·寄征衣》

在寄与不寄间，女人心灵充满挣扎的痛苦。她每一次踌躇，每一次反复，对亲人的思念就多了一重。千百重压下来，叫她难以透过气来。

有人评价姚燧的诗词歌赋，总是能用简单、纯粹、真挚的语言来彰显最现实的残酷。这曲《凭阑人·寄征衣》，虽无华丽的描写，却是元散曲现实作品中的魁首之一，其奥妙在于极易上口，而后韵无穷，话虽短少，重见字数达十三处，然意境已经到了极其深远的境界。

就这样一面批驳政治的灰暗，一面同情着世上的可怜人，姚燧在人世流浪了一个十年再一个十年，流了无数的血泪，终于在纵浪大化的过程中，不再“书剑长吁”，也不再“琵琶暗许”，而是来到一处山高水美的地方，如苏轼观赤壁般，仰天长笑，泰然顿生。

天风海涛，昔人曾此，酒圣诗豪。我到此闲登眺，日远天高。山接水茫茫渺渺，水连天隐隐迢迢。供吟笑，功名事了，不待老僧招。

——姚燧《满庭芳》

这曲《满庭芳》没有了《醉高歌》的长吁短叹，也不要了《凭阑人》的伤心难过，开篇便直逼苏轼的“乱石穿空，惊涛拍岸，卷起千堆雪”，有种天高海阔的气魄在其中。在酒圣诗豪频临的江南胜景面前，姚燧的情绪被迅速调动起来，他登高而招，远眺江山，山水迢迢，烟波浩渺，心胸豁然开朗，抬眼仰天长笑，什么功名利禄、荣辱富贵，都可以抛于脑后。他此刻的心境所容纳的只剩下眼前此刻的美景，这一回他可以彻底抛却一切归隐，不必什么老僧、老道前来奉劝，自己愿去哪便去哪，心无牵挂，了无一痕。

一代文豪，在留下了诸多供人瞻仰的作品之后，悄悄地消失在了世人的眼中。他的离去，是在几经折磨下的选择，与白朴、贯云石都那么相似。只能说，一个时代决定了它的士人普遍的命运。

虽爱尘世，依然潇洒遁去

普天之下，皇天后土，羡煞世人的居士，除了陶渊明恐怕就再也没有别人了。陶渊明是真正的居士，他为隐居而隐居。他单纯的精神，使他成了隐居者的精神鼻祖，虽然不是第一个远离尘世者，却说出了世人的心念。

“采菊东篱下，悠然见南山。”青山绿水，老树昏鸦，别管景色是美得无边，还是颓得无尽，总之旁无车马喧闹，耳边自在清净，生活的“真意”二字你就可以得到了。只有陶渊明这样超现实的人，才能想到去寻桃花源，才能了解山下采菊的乐趣。因此，李白、杜甫、白居易、苏东坡、辛弃疾都把陶渊明奉为偶像，诗里诗外都在追捧。在元代受苦受得够了的文人，没有办法发出伯颜那种兴致勃勃之语，便都开始艳羡上陶渊明，爱上了隐居的生活。

想要成为隐居者的人多是生活经历颇为坎坷的人，他们作出这种选择大多出于以下几种缘由：一些人想要谋得终南捷径，所以借隐居抬高身份；一些人终生未能融进官场大熔炉，失望无奈采取遁离；一些人进去了熔炉发现耐不住高温又跳了出来，这是明哲保身；还有一些人进去大逛一圈，发现没什么意思，就到山野寻找新鲜空气。无论原因、目的为何，总之隐居是个吸引世人的生活方式。

可怜秋，一帘疏雨暗西楼。黄花零落重阳后，减尽风流。对黄花人自羞。花依旧，人比黄花瘦。问花不语，花替人愁。

——张养浩《殿前欢·对菊自叹》

此曲是张养浩逛遍官场大熔炉之后所作。很多诗人、词人都好“自叹”，因为自言自语是一种非常有趣的排遣抑郁的方式。张养浩的《殿前欢》中“自叹”的特别之处在于他找了一株菊花作为倾诉对象，因为菊花不会言语驳斥，可以任张养浩任意牢骚。

西风碎剪叶飘零，张养浩推开了窗子，映入眼目的不是一帘幽梦，而是凄冷疏雨，从楼瓦淌下，化作雨帘。重阳节后，菊瓣满地，曾经的鲜艳夺目的花朵落去了大半。花虽败落，但那些依然在枝头盛放的秋菊仍保有风采，张养浩再一看自己，却已瘦得不成人形，他忍不住问花，自己该如何是好，花虽不语，想必它也在为自己感到忧愁。本曲以通感的手法来结束，一句“花替人愁”，顿使曲子中的愁情变得更加浓郁。张养浩的自怜自惜赫然在目，令人也想化作秋菊，成为倾听他的对象。

张养浩本并非好隐逸之人，少年时才学闻名天下，19 岁入朝为官，在真正退隐前身居要职，高官厚禄享之不尽。他为官清正、刚正不阿，“入焉与天子争是非，出焉与大臣辨可否”，百官敬畏，民心拥戴。可是为官三十年后的某一天，他突然感到“看了些荣枯，经了些成败”，一切都显得那般无趣，遂辞官回家，隐居于世外。朝廷六次召他入宫，都被他婉言拒绝。想来他是知道自己在朝中触了太多的逆鳞，早晚要遭到暗害，不如就此收场。

放下了朝政的担子，张养浩的心思全落在作曲弄文当中，对生活和命运的吟咏成了他的文学主题。一株菊花就这样化作他顾影自怜的倾听者。在《殿前欢》的曲子中，他本认为凋零的花应比他更自怜，但实际上菊耐秋风的能力远超乎他的想象，于是张养浩才想，也许菊花是在替他悲苦，是以纷纷凋谢。

心存悲伤的人看到任何东西都会产生感叹，把事物变化想象得与自己有关。秋雨化作菊花的“眼泪”，在曲人的眼中并不是自然现象，而是菊花为哭不出来的他所流。

养浩之所以写“对菊自叹”，其实还有另一层深意。菊花是陶渊明的最爱，陶渊明经常对菊咏叹，表明心迹。张养浩选用菊花，自然是说自己也想如陶渊明一样，成为一个不问世事的隐居者。往日的宦海风波已成过去，鸟儿返林、鱼儿纵渊，那时的陶公何等惬意，张养浩也想成为又一个陶公，过着池鱼在故渊的生活。

云来山更佳，云去山如画，山因云晦明，云共山高下。倚仗立云沙，回首见山家，野鹿眠山草，山猿戏野花。云霞，我爱山无价。看时行踏，云山也爱咱。

——张养浩《雁儿落兼得胜令·退隐》

脱离官场的日子是闲适异常的，他每日都到家门前的山中漫步，偶尔坐看晴空之上云来云去，欣赏如画山色，写下了上面这首退隐的曲子。举目望去，山色因云的有无而忽明忽暗，云则随着山的高低忽上忽下。天地见的景象真是奇妙。他拄着登山的拐杖，抬头看到云山相依相偎，低头可见山下的人家，周围则是山猴戏耍，野鹿徜徉，芳草遍地，如临九霄仙境。他就这样看呆了，恨不得扑进云团、投身花野。没有了烦恼，一切都变得比以往更美好。这一刻，山水与他共融为一体。

离了省堂回到家乡，每日对着荷花烂漫云锦香，张养浩玩得痛快。他还给自己的隐居别墅起了个浪漫的名字叫“云庄”，意思是说自己能够身在云端无拘无束。庄内置有一座绰然亭，风姿灼灼，周围的花与竹无半点俗气，空气中飘着清香。此等“美色”当前，用张养浩自己的话来说就是：“着老夫对着无限景，怎下的又做官去？”美景在手，实在舍不得它而去做官。

不过，处江湖之远，心虽不思庙堂，养浩仍有很多挂牵。天历二年（1329 年），朝廷以“关中大旱，饥民相食”为由请他担任陕西行台中丞前往赈灾。此时的张养浩身染重病，卧居云庄，多日不出，但想到灾民受苦受难，他强打起精神收拾包袱上任。途经潼关，看峰峦如聚，波涛如怒，张养浩不禁仰天悲呼：“兴，百姓苦；亡，百姓苦。”千年一叹，能有比此更沉痛的吗？

这一上任，养浩四个月未曾回家，每日在灾区居住，鼓励灾民，躬身劳作，终因劳瘁而猝死于灾棚之内。在字数不多的《元史》中亦曾记载过这样的情景：“关中人闻养浩死讯，哀之如丧父母，痛哭失声，震撼云霄。”

云庄外的山色依旧，庄内的人却已不在，绰然亭还在等着它的主人来乘凉，可是时间久到山色空蒙、霜落长亭，那抹淡然的身影仍然不归。原来，即便世外美得令他再不舍，他还是眷恋着值得怜悯的尘世。

只愿做个江湖醉仙

世间存在着许多酒囊饭袋、醉生梦死之人，同样也存在着该被载入史册的不死之鬼。在这偌大疆域的元王朝里，那些出身卑微、职位不高却才识渊博的剧作家，他们记载下了人世的苦难，为大千世界的芸芸众生发出不平的鸣声，并且留下了经世不朽的文学作品，这些人也应该像明德圣贤、忠臣孝子一样，被载入史册，成为书中的不死之魂。

钟嗣成在撰写《录鬼簿》时，于前言中便表明了自己为何要为元杂剧家、元散曲家立传。上面这段话便是《录鬼簿》前言的大体意思。本着这种信念，钟嗣成煞费苦心，终于令许多元文人不至于永远消失在历史长河中，即便一些文豪没有生卒年份、家学渊源可以记载，可是钟嗣成都想尽办法去推考他们的行迹、载下他们的笔墨。一部收录了诸多人心酸和成就的《录鬼簿》，成就了元文人，恰恰也成就了钟嗣成的一生。

钟嗣成在《录鬼簿》中批驳那些苟求名利的世人是“酒囊饭袋”，没有他们自诩的那么高明，他也曾屡次求功名，不成之后才退隐江湖。古语有云：“学成文武艺，货与帝王家。”对于满腹经纶的文人来说，入仕做官是最好的出路，十年寒窗苦读，不外乎

为了谋得一官半职，得以一展长才，且能混口饭吃，那些不求功名的免俗者少之又少。张养浩、马致远、乔吉、白贲、郑光祖、张可久、徐再思等曲坛名家，哪一个不是求功名之后才知是一场空。人总是像孩子一样，没有越过那道门槛就说外面的世界好，等越过去了再想回来时发现里面的世界也变了。

钟嗣成一开始也抱着同样的求名心态，儒家以天下为己任的思想充分地在他的身上有所表现。元末，少年钟嗣成寄居杭州，在当地求学，受邓文原、曹鉴、刘濩等大儒的指导，同窗好友中还有后来的戏曲家赵良弼、屈恭之等人。他并非愚笨之人，反而满腹的治世之策，一心想要报效朝廷，却屡试不中。后来虽然当了一阵江浙行省任掾史，但一直得不到升迁，终看透官场的真实面目，回家写书、教书去了。不过，他并没有因为郁郁不得志而消沉，胸中还存有文人应有的气节：宁做一个民间教学的乞丐书生，活得潇洒快活，也比浑浑噩噩地度过余生强上百倍。下面这两曲《醉太平》姊妹篇，便是他退居时表明心迹之语。

绕前街后街，进大院深宅，怕有那慈悲好善小裙钗，请乞儿一顿饱斋。与乞儿绣副合欢带，与乞儿换副新铺盖，将乞儿携手上阳台，设贫咱波奶奶！

风流贫最好，村沙富难交。拾灰泥补砌了旧砖窑，开一个教乞儿市学。裹一顶半新不旧乌纱帽，穿一领半长不短黄麻罩，系一条半联不断皂环绦，做一个穷风月训导。

——钟嗣成《醉太平》

贫而风流的生活比做个有钱人容易得多，虽然住的是破砖漏瓦，穿的是破烂袍服，教的是贫人、乞丐和小孩，但成为穷教书的其实也挺有意思。在大街小巷里讨口饭吃，

如果遇到个漂亮好心的姑娘，施舍他一两床被子，给他个扎衣服的腰带，再和他谈谈情、说说爱，让他叫她祖奶奶都成。

《醉太平》中的主人公是钟嗣成的自喻，看似倒像个泼皮小乞丐，语气满是调侃和撒泼，煞是可笑。然而，曲中人的生活境遇却正说明了元代文人“一无是处”的真实情况。在当时，民间有句流行语“九儒十丐”。意思是，文人的地位仅仅比乞丐高一等。很多人读书读了一辈子，始终未能举士，如钟嗣成般被埋没乡野，莫怪他们要嬉笑怒骂、自讽自嘲。钟嗣成在《醉太平》里显露的心声，同时也是大部分文人的怨怼和无奈。而嗣成决定写下《录鬼簿》，也正是由此引起，他希望借由自己的笔，将那些被埋没乡野的才子佳人尽数录下。

每记录一个人，钟嗣成总要反复琢磨，给予中肯评语，体察他们的生活境遇，细想他们的品格，在体味他人的生命意义时，也时时地寻找自己的生活目标。

平生湖海少知音，几曲宫商大用心。百年光景还争甚？空赢得雪鬓侵，跨仙禽路绕云深。欲挂坟前剑，重听膝上琴，漫携琴载酒相寻。

——钟嗣成《凌波仙·吊乔梦符》

因为文提挈的需要，讲到前辈大家时，钟嗣成多会作一曲或一诗为其总结或是吊念。此曲正是为乔吉（梦符为乔吉的字）所写的悼词。如果留意乔吉的人生经历，会发现他与钟嗣成的一生极其相似。两人都曾在杭州寄居过多年，空有抱负却始终作为布衣以了残生。最后，乔吉选择浪迹天涯，钟嗣成则窝在杭州城中教书写剧本。

钟嗣成笔下的乔吉，一生孤独，流浪“湖海少知音”，费尽心思争得功名，百年光景过后只剩满头白发，继而驾鹤西去。乔吉曾自称“不应举江湖状元”，表示江湖中的才子绝不去争名逐利，对自己的外出旅行和放荡生活给以安慰似的肯定。乔吉自我疏解，故作潇洒，但钟嗣成却知他实则凄苦，是以在《凌波仙》的前半曲书写乔吉悲情的生活经历。乔吉死后，钟嗣成很想到他的坟前洒一杯水酒，挂一柄长剑，弹一曲乔吉所作的曲子，以慰乔梦符的魂灵。

“挂坟前剑”是钟嗣成引用春秋时季子赠剑给亡故的徐国国君的典故。季子答应将剑送给徐国君王，可是徐君早死，所以季子将自己的剑挂在了徐君的坟前。钟嗣成用此典故，既是同情乔吉的境遇，也说自己把他当作了知音人。另外，钟嗣成弹乔吉的曲子以悼念他也事出有因。乔吉是元代词曲大家，他总结的作曲经验“凤头、猪肚、豹尾”六字诀，甚至被后人拿去用作形容写文章，影响之大可想而知。乔吉的曲子也被赞“神鳌鼓浪”“波涛汹涌”“截断众流”。钟嗣成对他的文笔佩服得五体投地，想以唱乔吉的歌悼亡他，完全发乎情、止乎礼。再者，乔吉生前确实与钟嗣成相识，作为朋友，钟嗣成抱琴在乔吉的坟头上唱悼念曲，谁人也阻不得。

纪念亡友的同时，钟嗣成何尝不是为自己的身世感到可怜、可悲。乔吉与他遭遇如出一辙，他在悠悠的琴声中叹乔吉，当然也是叹自己。乔吉生前曾明心志：“不占龙头选，不入名贤传。时时酒圣，处处诗禅。烟霞状元，江湖醉仙。”钟嗣成也是抱着这种想法，不求成为历史长河里闪耀的明星，只去饮酒观风月，做那《醉太平》里的泼皮无赖小书生，醉生梦死，人生方休。

眼前此刻，再一看《录鬼簿》中的诸多曲人，与钟嗣成的背影均渐渐重合，他们都是满怀凄怆和不平的混世遗珠，同钟嗣成一样，不再苟求成为史册里的圣贤，但愿成为野史残录里的不死鬼，至少，他们的人格和气节没有被埋没。

汲汲营营，怎敌淡然退却

在唐代的时候，有位名叫司马承祯的人，住在都城长安南边的终南山里，几十年未曾踏出半步，他给自己起了个别号叫白云，意思是如白云般高洁。唐玄宗听闻此人，知道他是个高士，便派人去请他出仕做官，却多次被司马承祯谢绝了。于是唐玄宗替司马氏盖了一座讲究的房子，叫他住在里面校注《老子》一书。司马承祯完成《老子》校注后，将书交给玄宗，便准备回到终南山继续隐居，恰巧遇上了曾经在终南山隐居，后来做了官的卢藏用。

司马承祯与卢藏用闲谈两句，后者抬手指着终南山说：“这里面确实有无穷的乐趣呀。”原来卢藏用早年求官不成，便故意跑到终南山去隐居，以示清高和才情，来提高自己的知名度，如此很快地出了名，皇帝知道后便请他出来做官。司马承祯听出卢藏用话中的言外之意，却淡然地笑了笑道：“的确，那里确实是做官的‘捷径’。”

虽然同出终南山，司马承祯与卢藏用二人却高下立见，一个想独善其身，一个想“兼济天下”，后者显然要比前者在人格上差上一大截。至少卢藏用进仕的方法并不正当。不过真正的生活中，为了“终南捷径”去隐居的人，有时往往多过那些真正看透世态的隐居者。

古人认为，士者应“出儒入道”，居庙堂之高，处江湖之远，都要先天下之忧而忧，后天下之乐而乐。对有些人来说，隐居不过是种情调，其实还是想外出济世，却苦思无门。因此本来内涵高致的隐居生活，就被那些追求“终南捷径”的文人当成了出仕的途径，此等行为不免玷污了真正的居士。所以，像陶渊明那样的居士才会备感寂寞，因为跟他一起划船觅桃源的人太少。

功名万里忙如燕，斯文一脉微如线，光阴寸隙流如电，风霜两鬓白如练。尽道便休官，林下何曾见？至今寂寞彭泽县。

——薛昂夫《塞鸿秋》

那些追求功名的人，每天就像燕子衔泥筑巢忙个不停，所谓的士人清高早就丝脉悬卵，不值一提，前人常说的“斯文扫地”恐怕就是如此。日月如梭，飞如电光，两鬓已经如白练的文人们个个都说要辞官归隐，可是到山野里去寻找，却很难见到他们的行迹，这些人大概都故作清高，拿隐居吸引别人将他请出去做官。也难怪曾经在彭泽做县令的陶渊明感到孤单，只因同路中人太少，借鸡生蛋者颇多。

薛昂夫的这曲《塞鸿秋》传唱千古，不在于他将自己表现得如何“出淤泥而不染”，

而在于他痛斥一些人虚伪作为，道破了某些“隐逸玄机”，撕破了假隐士的面皮。该曲子铿锵有力，充满了辛辣讽刺的意味，是元曲中难得一见的清醒之作。

据史载，薛昂夫是维吾尔族人，生卒年月不详，祖辈曾做过官，他自己也做过一些官职，在晚年时辞官隐居，过着写书法、作曲子的田园生活。他不是被仕宦抛弃的人，而是厌倦官场后才选择归隐。所谓人在“江湖”，看惯了“江湖”的本质，对于那些苟求名利的士人，薛昂夫见得多了，深感不屑，便在曲子中化用了唐代灵沏和尚的诗句——“相逢尽道休官去，林下何曾见一人”，讽刺为了名与利放弃尊严的假道学。

官场是什么呢？在薛昂夫的眼中不过是功名利禄和阴险危机堆砌起来的脆弱殿堂，虚伪至极，一击即破。多少士人做着“吃得十年寒窗苦，一举成名天下知”的美梦，当美梦不成真时，便黯然离去，而美梦成真时，有些或许能坚持清廉操守，剩下的则都变成了鼠辈小人。

元代曲人张鸣善就曾生动地形容混迹官场中人的嘴脸：“铺眉苫眼早三公，裸袖揎拳享万钟，胡言乱语成时用，大纲来都是哄。”（《水仙子》）这段话的意思就是说，官场小人成天为了讨好上司而挤眉弄眼、装腔作势，对下面则目空一切、颐指气使，将自己的本来面目都隐藏起来，失去了自尊；在行为上，要么张牙舞爪、蛮横无理，要么低三下四、战战兢兢；在言谈之间，尽是胡言乱语，自以为是学富五车，实则绣花枕头，不过是一群只会应声附和的蠢人罢了。

仕途中混迹了太多此等欺世盗名之徒，无论是薛昂夫还是张鸣善，他们都看清了这一点，但世事总是背道而驰，偏偏是蝇营狗苟的人能享受高官厚禄。命运的不公叫人无奈且失望，薛昂夫之所以辞官，怕是也因忍受不了宦海的可笑，不愿继续沉沦。

捻冰髭，绕孤山枉了费寻思，自通仙去后无高士。冷落幽姿，道梅花不要诗。休说推敲字，效杀颦难似。知他是西施笑我，我笑西施？

——薛昂夫《殿前欢·冬》

弃官隐退的薛昂夫去追求真正的居士生活。既然要出尘，便出尘个彻底，闲来无事看四时风景，四处去探访同道中人。此曲《殿前欢》是他于冬季所写，内容是一面观雪，一面寻觅隐居的高士。曲子虽然写的是冬景，但冬日在昂夫的笔下不是凄凄然，而是利落清爽的。拂去了衣服上的浮雪，看雪花在手背上结成了凝露，薛昂夫抚了抚挂上白霜的胡须淡笑。入山闲游间，眼前偶然出现了一片傲雪梅林，让他想起许多文人皆喜好咏梅的习惯，不知道是否能在这梅林间见到踏雪寻梅的高士？

寻寻觅觅，始终不见高士的踪影，薛昂夫颇感失望，又不得不释然。自从宋代最喜梅花的“梅仙”林逋成仙去后，世上便罕见真正的爱梅者。在薛昂夫曲子的首句中有“孤山”二字，指代的便是林逋，林逋在自己的居所前种了许多梅树，号“孤山梅”，于是后人也常以“孤山”称他。薛昂夫正是用了这个代称。

心思百转，薛昂夫在恍惚间忘了时光的流逝，也忘记了身边散发着幽香的梅花，等他回过神来天色已晚。薛昂夫自嘲地笑了，暗道还是不要写咏梅诗，如果写得不好，言语间出了纰漏，就像东施效颦一样，会笑煞“西施”（旁人）的。思及此处，薛昂夫哑然一笑，转身离去。无论是曲中的薛昂夫还是曲外的薛昂夫，都是闲适而洒脱的。

从宦海浮沉到世外仙居，薛昂夫心境在一点点转变；从辣笔嘲讽到信笔游记，薛昂夫的文风也在发生悄然的改变。然而，悠然的生活不等于会磨平他的棱角，对于薛昂夫的文字，后人的评价始终如一：字如迸珠，干净利落；文风龙驹奋迅，如并驱八骏；想象一日千里、超越时空的界限；情感上讽世有余亦流露出悯世的沉重。莫道《殿前欢》一曲是自在雅适的，那其中依然有着薛昂夫沉重的情感，一句“知他是西施笑我，我笑西施”，流露的无奈，又有多少人能体会。

汲汲营营的一生，是可笑的，苦觅终南的一生，是可悲的。薛昂夫参透了这一点，所以才写下了一曲曲警世之言，奉劝众生，不要再为表面上的浮华所欺骗。如果真的想去做个隐士，便把心思全投入进去，否则坦然与快乐，是永远也不会追随你的左右。

我辈岂是蓬蒿人

某年某月某日，京城里最出名的酒楼请来了梨园的名角演唱，老板忙前忙后招呼着闻讯而来的客人，笑得合不拢嘴。就在这时，不知从哪里传来一阵如珠落玉盘的琵琶声，奏的正是当时流行曲调《鹦鹉曲》，为曲坛名家白贲所作。在大厅里已经摆好位置的乐师们听到响动，立刻执起乐器附和。酒楼里也瞬间安静下来，人人都在屏息，准备聆听那似九天玄女发出的妙音。

坐在雅座上的冯子振摸了摸唇上的小胡子，对身边的朋友低声问道："什么歌女伶人如此奇特，惹得这么多人来看？"

朋友笑答子振："莫要小瞧了这女人，她是梨园顶尖的歌姬御园秀。白贲的《鹦鹉曲》唱到低音时调涩幽咽，梨园众秀唯有御园秀善于驾驭。"朋友说得眉飞色舞，冯子振亦听得渐感有趣。这次他来京城办公事，本以为生活会过得很无趣，没想到在酒楼里还能见到当世名秀，听闻名曲，也算得是有几分收获。

在众歌女的簇拥下，清丽美女御园秀抱着琵琶走上了舞台，几柱熏香于四处点燃之后，她缓缓地唱起了白贲的曲子：

侬家鹦鹉洲边住，是个不识字渔父。浪花中一叶扁舟，睡煞江南烟雨。【幺】觉来时满眼青山，抖擞绿蓑归去。算从前错怨天公，甚也有安排我处。

——白贲《鹦鹉曲》

此曲的大意是讲一个居住在武昌城外鹦鹉洲的渔翁，每日以打鱼为生，靠天吃饭，过着无拘无束的生活。白贲，字无咎，是元代有名的大文人，乃白朴的仲父。在当时白贲的曲被广为传唱，是梨园众家最好吟唱的曲子。御园秀的《鹦鹉曲》意思虽然简单，但是如果按照地方语音发唱腔，“父”“甚”“我”这三个字就会特别难唱，和乐之后常常无法将音调发得圆满，但若真是唱得好的话，又特别好听。御园秀非常精通这些艰涩的调子，是以才成为名角。

一首曲子唱了过去，御园秀盈盈起身向观众谢礼。观者拼命地鼓掌，有人甚至向台上抛钱财献媚。这时却见御园秀脸色转为黯然，她柔声对台下众人说：“这曲子恐怕是绝响了，唯有一首单曲，如是套曲该是多么美妙，可惜白贲辞世，再没有人为此曲作几套精妙的词出来。”她的话虽委婉，意思却是在说没人能在此曲上超越白贲，再造几套音韵和谐的歌词。

最初在一旁只是听曲的冯子振本不以为然，但听她这样一说，颇感不服，仰头饮下杯中酒，喝道：“来人，笔墨伺候！”他的朋友被他吓了一跳，心道这冯疯子诗兴大发了，便着人去拿笔墨。

冯子振拿起笔来，疾书一个时辰有余，最后叫人将一叠纸稿交到御园秀手中，然后起身拉着朋友离去。接过纸稿的御园秀一篇篇翻看，仔细查来，上面竟有四十二篇之多的《鹦鹉曲》，且曲曲韵脚工整，大都不输于白贲。

四十二曲《鹦鹉曲》，或许未必篇篇都是上好作品，但均即景生情、抒怀言志、纵论古今、感性而书，看得御园秀呆然而立，等她想要再去结识作者时，冯子振早已离开。或许一段美好的艳遇就这样被冯子振错过，但冯子振的名声却因此不胫而走。

浙东天台有个叫陈孚的人最善写文章，从不刻意雕琢，却美文倍出，享誉江南。某一天，他偶然看到了冯子振四十二首《鹦鹉曲》的抄本，突然感到自己的文章一文不值，不但把冯子振的文章供奉起来，还准备亲自去拜访他。原来冯子振文笔的魅力不仅吸引女人，连男人也为之倾慕。

冯子振究竟是何许妙人，令世间的才子佳人都为他神魂颠倒呢？冯子振，字为海粟，出口成章，最好写诗作曲，他的朋友曾言他乃“李白再世”。因为冯子振只要一喝酒，数百篇文章随即问世。四十二首《鹦鹉曲》也是酒后的真言。有一次冯子振登临居庸关，架桌饮酒，观赏风景，一时间诗兴大发，抽出布囊中的笔墨，大手一挥，写下洋洋洒洒长达五千字的《居庸赋》。文章读来雄浑浩大，恢宏瑰丽，即便贾谊、曹操再世，也得

对他钦佩不已。

喝了酒的冯子振会变得疯癫，而不喝酒的子振依然活得比别人奇特。他在朝廷任职数年之后，还是觉得骑马云游、喝酒赋文的生活惬意一些，便辞了官职到山里与和尚下棋，结交了一位世外好友中峰禅师。一天，中峰问他为什么甘于山林。冯子振仰躺在石椅上，笑而不语，过了很久才唱起了当年所作的一首《鹦鹉曲》。

嵯峨峰顶移家住，是个不唧噹樵父。烂柯时树老无花，叶叶枝枝风雨。【幺】故人曾唤我归来，却道不如休去。指门前万叠云山，是不费青蚨买处。

——冯子振《鹦鹉曲·山亭逸兴》

峰峦如聚的山巅，一个老樵夫背着担柴缓缓走在山麓间。四周并不是人们想象的美景郁林，而是老树枯枝，在凄凄的风雨中被摧折了年华。曲中的樵夫过的并不是轻快日子，隐居的生活也并不是田园、肥鸭及蜜水。有人曾劝过老樵夫不要再待在山林中虐待自己，年龄大了就要回到村里养老，何必非要留恋并不富裕的山林？可是老樵夫却宁可手执烂柯坐享山林，因为尘世的乐趣是用钱买来的，而山里的乐趣是无价的。

此曲是四十二首《鹦鹉曲》中的第一首，老樵夫的闲云野趣，其实也是冯子振心中的真正想法。文中樵夫手持的“烂柯”，来源于一个古老的故事。相传晋朝有个叫王质的人入山采樵，看到两个童子在那里下棋，于是他便放下手中的斧头，蹲在那里看棋。哪知道一盘棋下完，他旁边斧头的手柄都腐烂，原来时间已经过去数十年，他所遇的童

入则在人世好好地活着，出则到山野中寻找意趣，人生的路总是由自己来走，不必为了追求“得不到”而太匆匆。

子其实是神仙。

文中樵夫执烂柯的生活，即是冯子振向往山林的缘由。他宁肯像晋代的王质一般，与神仙划下道来，也不想再回到人世。在山中的冯子振可以像神仙一样与猿鹤为伍、麋鹿为伴，可以下棋不觉时日，这是何等的惬意。虽然这些都是设想，他只遇到了一个笨和尚中峰，过着素餐陋衣的日子，但是生活无拘无束，再没有那个互相倾轧钩心斗角的朝堂。

冯子振一生的文章、诗歌、词曲，鲜少看到柔情似水，大都是他兴起时的作品，因此充满了横空出世的灵性与超然。对他一直甚为仰慕的贯云石曾为他写了篇《寄海粟》，将他比喻成三国的陈登。陈登是个机敏高爽、博览载籍、雅有文艺的潇洒人士，深得曹操的青睐。贯云石既然称冯子振堪与陈登媲美，足以说明冯子振是元代明星级别的人物，至少才情不输于苏轼之辈。然而，苏轼在中年以后才道“人生如梦”，不如归去，而冯子振早早地便离开了充满是非的红尘，过着不显山不露水的生活，他的心，的确如冰雪般澄明。

在那个时代，男人若无事业便会让人非议，若无才气便会变得庸俗，一个既有事业又有才气的男人，却依然选择了放弃这两样离开，或许冯子振就是凭借这种潇洒，让许多的同辈与后人铭记于心。

浮生梦一场，求仙问道难成归路

元代最时尚的社会活动不是听戏唱曲，也不是逛街购物，更不是蹴鞠，而是信道慕仙，并且有关道家的各种组织及行动还格外受到朝廷的支持。所以诸多文人词家，在做官时享尽富贵或吃尽苦头后，一旦离开官场，要么选择隐居，要么便去骑驴寻仙，欲修得长生不老术，笑傲野林间，这些做法与魏晋时期的士人非常相似。而元文人行为和思想的变化，最直接地反映在他们的诗文剧曲当中。

蝇头老子五千言，鹤背扬州十万钱，白云两袖吟魂健。赋庄生秋水篇，布袍宽风月无边。名不上琼林殿，梦不到金谷园，海上神仙。

——张可久《水仙子·次韵》

腰缠十万贯，骑鹤去神山，手抱老子《道德经》，觅得道家教义的奥妙，埋首写下庄子秋水赋，撩起布袍尽览无限风月，生活乐无边。这是中年退隐的张可久在《水仙子》

开篇所说的洒然之语，全曲的内容亦是充满了玄道的意味。在这首曲子当中，张可久表明自己不再过“琼林殿”的仕宦生活，也不奢求“金谷园”的奢华日子，而改投做了老庄的信徒，加入求仙问道的大军。

作为一个儒士，张可久亦抱有齐家、治国、平天下的伟大志向，但这些信念却束缚了他的大半生，使他过得并不快乐。今后的余生他只想寻求个性解放，过一段潇洒快乐的时光，真心地去研习黄老。因此金榜题名、荣华富贵对他来说已随两袖清风去，他只愿做个散仙、花花道人，浮游在人世。

张可久的这首问道曲，有豪放也有可爱，却也不全然是超脱，否则何必提起代表功名的“琼林殿”和代表富贵的“金谷园”。“琼林殿”通常指代宫廷的殿阁，而“金谷园”是晋代富豪石崇的豪华庄园，文人们习惯用两者指代功名和富贵。这两者陡然出现在了曲子的后半段，瞬间便把张可久前半曲拉下了玄言曲的神圣马鞍，让它的宗教色彩显得不够纯粹。

然而却又不能怪张可久由超然变得通俗，因为当时的大部分文人都认为他们之所以选择投奔黄老，原因皆离不开“功名”“富贵”二词，是政治的黑暗和仕途屡不得志逼得他们走投无路。因此张可久的问道曲只有道家的神韵，而无神髓。像是张可久这样被迫遁入山林又爱好道学的大有人在，例如邓玉宾父子二人，在求仙一途上颇负盛名。

邓玉宾本是元代有名的词家，在朝廷中曾任过职，却不知因何缘由而辞官入山求仙，就此遁去。他遗留在人间的除了数十首如同空谷幽兰般的散曲外，还留有一子。此子后来被人收养，据说命运跟他的父亲极其相似，因为名字不详，后人只能以邓玉宾子称呼他。

邓玉宾子年轻的时候作过寥寥不多的曲子，均是看破红尘之词调，可见他的人生经历的确不太顺利，端从下面这首《雁儿落过得胜令》就可以看出他有多么想逃离尘世。

乾坤一转丸，日月双飞箭。浮生梦一场，世事云千变。万里玉门关，七里钓鱼滩。晓日长安近，秋风蜀道难。休干，误杀英雄汉；看看，星星两鬓斑。

——邓玉宾子《雁儿落过得胜令·闲适》

乾坤一转，日月如梭，浮生不过一场梦，世态如云般变化莫测，令人无法预料它将何去何从。道家的玄学意味，在曲子的前两句弥散开来，同时也在为后面的引经据典做铺垫。

此曲的开篇作者即表明了世事无常、官路难行、退路弥坚的现状。想必发出对生命无常感慨的邓玉宾子，此刻的内心是饱受折磨的。不过，他并未就此点透为什么感慨，而是举用四个典故：驻守玉门关的班超和七里滩钓鱼的严光；以长安城喻名利的晋明帝和以蜀道比喻仕途的李白。作者也许是想通过四人的经历和言谈来说明仕途进退之难，将个人的观点隐晦于其中。

汉班超投笔从戎，主动请缨到西域抗击匈奴，屡获全胜，被封为定远侯。但年岁的增加使他越发想入关回家，不禁对帝王道出“臣不敢望到酒泉郡，但愿生入玉门关”一语。纵有功名又如何？万里玉门关，只余自己“举头望明月，低头思故乡”，唯恐战死沙场，便再也见不到家人。班超的凄凉，谁人又能体会。再说那东汉的隐士严光，宁肯于江畔七里长滩垂钓，就是不肯见前来拜访的光武帝刘秀。他的隐居不为终南捷径，只图清净在人间。

班超和严光一进一退，进得凄苦，退得坦然。读到此处，往往会猜想邓玉宾子应当是赞同严光的做法罢，可是接下来他所用的两个典故又否认“提倡隐居”一说。

“晓日长安近”指的是《世说新语》里的一段故事：晋明帝年幼的时候在元帝怀中玩耍，有个从长安来的人觐见，元帝问有关故都洛阳的消息（此时晋已南迁，弃洛阳旧城），听着听着便哭了。明帝不明所以，问父亲为何哭，元帝只说自己想念遥远的故都，随即问明帝：“长安远还是日远？”明帝说：“日远，只听说过有人从长安来，没听说过有人从太阳那边来。”元帝惊讶不已，第二天在朝堂上当着文武百官再次问明帝，这次明帝却说“日近”，因为日可举目看到，长安却看不到。功名利禄就像长安，它距离近时官运就能亨通，然而，当你认为离它已经很近了，实则却望不到它在何处，所以仕途并不是想象中的那样可以企及。因此后来人们常以“日近长安远”来形容功名的可遇而不可求。邓玉宾子则是将这句话化为“晓日长安近”。而“秋风蜀道难”一典则指李白登蜀道。李白到四川游历，感叹登临蜀道难于上青天，而“蜀道”似乎含有仕宦之路的意思。

四个典故一路下来，邓玉宾子先说班超身在朝廷之苦，再说严光退居之闲，继而借“日近长安远”和“蜀道”来说求仕之艰。最后，作者才真正道出他的观点。活着的时候去求取功名，但仕途的险恶并不是一般人所能承受，稍有不慎便会英雄折翼，惨淡收场；而隐居也未必一定就好，往往到两鬓斑白时还是一事无成。当真是进也难、退也难。

不知是该求名利还是不该求，邓玉宾子一直在进行思想斗争，始终不能拆解。最后只能选择与父亲走上相同的路，骑驴寻仙去了。

不能面对，就只有逃避。所以不管是张可久的《水仙子》还是邓玉宾子的《雁儿落过得胜令》，虽都存在着道家超脱的思想，同时又难以脱离儒生们固有的入世情怀。因此他们永远也不可能单纯地去寻求仙道。试想如果让他们高官厚禄、香车美人，令他在朝堂之上大发言论、广泽天下，他们可能比一代权臣伯颜更加意气风发。

现实是公平也是残酷的，它不会任意给每个人想要的东西。因此无法看清这个事实，必然会为自己招惹痛苦。如果寻仙问道真的可以让自己放开，便一门心思地走下去，否则总是亦步亦趋，又是想进又是想退，哪一边料想都将无法触及。

梦中逍遥，岂是真逍遥

敢与庄子下棋论道的人，数千年不曾一见，不过敢从庄子言论中大肆搜刮其观点和喻物的人比比皆是，甚至不用修改版权，又能为文章增色。元代时期，崇庄子、尚黄老是比较受欢迎的活动，所以文人们的词曲中含有大量此类内容也不足为奇，但真正用得巧妙且有深意的只是少数。王和卿应算是比较善于借庄子发挥的文人，不仅如此，他发挥得还格外有趣，左手衔来一只庄蝴蝶，右手擒来一只庄鲲鹏，转身一变，蝴蝶与鲲鹏已经随了王姓。

王和卿是如何把庄子的蝴蝶请走？又是如何借去庄子的鲲鹏？自然是有他的办法。此人生性散漫，性格滑稽，据说与关汉卿是朋友，才学颇负盛名，可惜不问世事，放荡不羁。也许正是这种性格，才令王和卿敢擅自挪用庄子的蝴蝶与鲲鹏。

蝉破庄周梦，两翅驾东风。三百座名园一采一个空。难道风流种，唬杀寻芳的蜜蜂。轻轻的飞动，把卖花人扇过桥东。

——王和卿《醉中天·咏大蝴蝶》

此曲《醉中天》正是王和卿盗蝶之作。《庄子》中记载：庄子梦蝶自觉非常快乐，悠然得意，忘却自我；待到梦醒时分他却僵卧在床，不知刚刚是他梦到了蝴蝶，还是蝴蝶梦到了他。庄周梦蝶，充满缥缈的玄机，富有生死同在、物我共融的意味。而王和卿却去“弹破庄周梦”，引出了庄子的蝴蝶。王和卿这样做并非要通过蝴蝶去参透生死的玄机，而是单纯欣赏蝶舞。然而，他却没料到自己请来的蝴蝶如此之大，“三百座名园”，一脚踩破一个，吓跑了寻芳草的蜜蜂，将路上的卖花人扇到了桥东。

大如鹏鸟的蝴蝶，目空一切，俯视众生，霸道异常。王和卿心惊胆战，猛然醒来，才知原来是做了一场白日梦。梦的由来便是那落在窗前花枝上的大王蝴蝶，因为此蝶甚大，王和卿看着它翩然起舞的姿态，陡然陷入奇思妙想的境界，还以为自己真的将庄周的蝶带入了现实。

惠能佛祖说过，风动、幡动，其实都是心在动。好比人的内心沉睡着一只猕猴，外界有一只猩猩不断在骚扰它，要与它相见，但只要猕猴睡得安稳，猩猩怎能骚扰它。王和卿在现实中见到的蝴蝶本不巨大，而是他的心发生了千奇百怪的变化，产生变化的原因是当时的社会背景。

元代的政治体制混乱和治世无道致使民不聊生，文人大多都满腹牢骚，一些人用惆怅的笔调来发泄不满，另外一些人则用滑稽戏谑的手法发言，王和卿自然在后者之列。至于他笔下的这只大蝴蝶到底比喻的是什么人或什么事，只有王和卿自己知道；又或者从他笔下的事物中窥得一点玄机。

以物喻物，一直是王和卿比较善用的比喻手法，先有让人感到好笑的巨型蝴蝶，接下来便是那如同庄子鲲鹏一样巨大的东溟神鱼。

胜神鳌，夯风涛，脊梁上轻负着蓬莱岛。万里夕阳锦背高，翻身犹恨东洋小。太公怎钓?

——王和卿《拨不断·大鱼》

王和卿笔下的“大鱼”出现在渤海一带，很可能是一种鲸鱼，可以掀起巨浪，据说庄子在《逍遥游》中讲到的鲲便类似这种鲸鱼，由于那时人们孤陋寡闻，又未见过巨型的鱼类，所以对于溟海神往不已，认为大鱼通灵性。在《拨不断》的开篇，王和卿便称此鱼应当比上古传说的神鳌还要大。古语有“神鳌牵海”，比喻不现实的事情，但王和卿却说他看到的鱼在夕阳下露出的脊背有万里之长，足以托起蓬莱仙岛，乘风破浪，犹嫌海太小，不能任它遨游翻腾。如此神鱼，即便姜太公来了也钓不起来。

王和卿的“大蝴蝶”和“大鱼”，在他极尽夸张之能事下变得神乎其神，任何事物都难不倒。在此反衬下，为了功名利禄而蝇营狗苟的芸芸众生则显得那般渺小和无能。但王和卿并没有把他曲子的寓意明说出来，仍旧以怪诞嬉笑的手法调侃世上的各种事物。他一生写过许多类似的曲子，笑骂众生不留痕迹，因此时常会引起别人对他人品的质疑。

作为文坛朋友的关汉卿曾讽刺王和卿总是心猿意马，想些奇怪的事情。王和卿丝毫不以为意，反而以此为荣，嘲笑对方。明代史学家陶宗仪在《南村辍耕录》里曾记载，王和卿与关汉卿最爱互相讥讽对方，互不相让。王和卿的滑稽调侃闻名各地，一度制造民俗流行戏曲，颇有混世魔王的风格；而关汉卿虽然也是铜牙利嘴不饶人，对人生的态度却很端正。生活态度截然相反的两人互讽太寻常不过了。

玩世的王和卿，对人生始终充满幻灭，他轻视生命，并且把现实的所见所闻都当成笑柄。在他的一些诗文里，也流露过欲显达富贵的想法，后来却对此不再留恋，想必在此中经历了一些波折。那时的文人大多都是如此，即便王和卿表现得再特别，也逃不脱知识分子最原始的羁绊。后来的王和卿一度选择寻求黄老，上面两曲《醉中天》和《拨不断》便隐含道家的寓意。此两曲中王和卿暗讽世人，衬出自己的逍遥，可是他能真正的逍遥吗？

庄子可谓是最逍遥的人，他人认为“丧己于物，失性于俗者，谓之倒置之民”。一个人如果把自己迷失在物的世界，把真性情流失到世俗之中，那么这个人就是一个本末倒置的人，永远也无法获得心灵的自由。就好像一个人在平地上拉弓射箭，在手肘上放置一杯水，几箭落靶之后，就能箭无虚发，甚至百发百中。但是如果他登临高山，脚踏危石，身临深渊，还能稳如泰山地射箭吗？他恐怕很难忘记自己稍不留神就会万劫不复。

身在世俗的王和卿，如同站在风口浪尖之上，他看似遗忘了一切，得到了“蝴蝶”与“鲲鹏”，实则已经迷失了自我，把真性情放入了尘俗，因此他永远得不到庄子“至人无我”的境界，也不可能真的逍遥。

痴心梦做了一个又一个，梦破灭之后醒来则更加凄凉。在别人的眼中，王和卿看似快乐非常，聪明好辩，甚至被称为大家，然而，谁又能体会他内心深处的矛盾与苦痛呢？

风物无情人有情

风物无情人有情，景美景凄，都是人心情时好时坏而折射到事物上的影子。在自然当中，文人尽情和歌，或倾诉衷情，或仰天长叹。风物包容了他们所有的牢骚，给了他们一切所想所要。正是这宽大的赐予，使得他们循着文字，找到生活的真谛，变得从容。

四季悲世歌

在日本的文学中，春天如紫罗兰，代表着知心的朋友；夏天如冲击在岩石上的波涛，亦如父亲般坚强；秋天如海涅的情诗，令人想起了爱人；冬天是融化了冰雪的大地，如胸怀宽广的母亲。春夏秋冬，四季之韵，在心境不同的人看来，或欢喜，或悲愁。人们可因春夏的萌生而喜悦，可因秋冬的肃杀而哀愁，不过，到头来，真正被撕裂的不是四季，而是人的心。

春山暖日和风，阑干楼阁帘栊，杨柳秋千院中。啼莺舞燕，小桥流水飞红。
云收雨过波添，楼高水冷瓜甜，绿树阴垂画檐。纱厨藤簟，玉人罗扇轻缣。
孤村落日残霞，轻烟老树寒鸦，一点飞鸿影下。青山绿水，白草红叶黄花。
一声画角樵门，半庭新月黄昏，雪里山前水滨。竹篱茅舍，淡烟衰草孤村。

——白朴《天净沙·春夏秋冬》

春日的山水、风雨、花草、楼阁、亭台，无不是文人最容易注意到的地方。大地回春时，院内暖风拂过，柳枝摇曳，秋千微荡，小桥流水，落红旋舞，莺啼燕叫，引人相思。所谓思春，大概就是这些景物惹得人心发痒，无法按捺于室。白朴以《天净沙》作了八首小令，春夏秋冬各两首，借四时景物的风光，来形容他一生的经历和心境起伏。

上面这四首春夏秋冬曲，即是从八首小令里撷选出来的。

白朴的幼年饱经战乱，回归家园后，与父亲重逢，又新婚不久，心中满是温情，所以春曲充满了温馨畅快的意味，而不是惆怅且充满沧桑之感。

北宋秦观在写《春日》时道："一夕轻雷落万丝，霁光浮瓦碧参差。有情芍药含春泪，无力蔷薇卧晓枝。"秦观的春景写于雨后，庭院深深，碧瓦晶莹，薄雾微启，春光明媚。芍药带雨含泪，蔷薇静卧枝蔓，满是娇艳妩媚。看来无论是白朴那无雨的春日，还是秦观这有雨的春日，只要逢上赋文的人心情较好，春天便无比美好，而不是充满春愁。

白朴笔下的春日，少年的得意尽在其中，而他的夏令似乎也感染到了春令的欢愉。

第二首《天净沙》为夏令，虽然韵调和含义不及春、秋两曲，但满是甜蜜。云雨收罢，天晴气爽，绿树如荫，垂于廊道屋檐，微微颤动，极尽可爱。透过薄如蝉翼的窗纱，隐约见到一个身着罗纱、手持香扇的女子躺在摇椅上，扇子缓缓扇动，女子闭目假寐，享受夏日屋内的阴凉，那模样美得令人心动。

在这首小令中，白朴并没有交代那女子是谁，但以他和妻子多年痴恋的人生经历来看，此女最有可能是他的妻子。白朴爱妻甚深，妻子的一颦一笑、一举一动，都是他乐见喜闻的，而且在他的记忆中是那样清晰。夏日妻子乘凉的情景，至今都是他脑海中最美的画面。

然而，当仕途的风险令他被迫与妻子分离之后，白朴想念妻子异常。秋天，便是他思念家人最甚的日子。

风物无情人有情，景美景凄，都是人心情时好时坏而折射到事物上的影子。

秋令当中，落霞中的村落不是热闹而是荒僻。轻烟袅袅，老树昏鸦，一点飞鸿成了夕阳中苍凉的魅影，更加勾起说不清的愁，明明还是青山绿水，却早已叶红草白，不是金黄的喜悦，而是不能回家的恨。这样的情景令人忆起马致远的“秋思”，同样是枯藤老树昏鸦、古道西风瘦马、小桥流水人家，漂泊的断肠人独身在天涯。一幕倾颓的画面从天而降，面对如此萧瑟之景，怎能不悲从中来、撕心裂肺。马致远能达到秋思的极致，不知是否受了白朴的影响，此疑问大可不论，但两个人同样彷徨无助的模样，在夕阳下已渐渐重叠。

白朴的“秋”是一幅远处凄迷、近处清晰的山水画，不求太过形似，唯愿勾勒数笔聊以慰藉，好像电影的“蒙太奇”手法让他早早地运用到了这首秋季小令里。其实，朦胧写实法是元代文人赋文习作大多采取的方法，过于直白的词句除非内涵极深，否则缺少意境，而太朦胧了又显晦涩，因此他们才有别于唐文人的理智和宋文人的激情，而是杂糅了这两种感情意味去写文章，于深刻中见真谛。

凄迷萧瑟的秋季一过，迎来了寒风凛冽的冬季。白朴的心情此刻也跌到了谷底。他在冬季里，望见城门上所挂的警戒号角，在冷风中微微晃动颤抖，碰撞到石墙上发出微弱的响动，越发显得冬日的冷清。黄昏日落，山坡上是皑皑的白雪，凉月照亮了半个庭院，眼前流淌过一条清冷的湾流，面前是一幅衰草孤村的情景，竹篱茅舍变得枯黄，没有鸟儿肯在这里栖息，瑟瑟的寒意在静静流动，万籁俱寂。冬日，肃杀了天地各处的生机。

经过诸多中国古代文人修饰的冬天寂寥难耐，永远不像日本文学中的冬天那样会令人想到母亲。身世坎坷的白朴，在春天满怀欣喜，冬天却难免忆起难堪的过往，为自己的身世怜惜。

一代才子，生于动乱，长于亡国，漂泊于扭曲的时代，种种因素致使白朴一直不愿出仕，他也做到了真正的超凡脱俗，连遁离人世都充满了道家的玄妙，如涅槃飞升一般，破碎虚空。所以，跟那些因各种与仕宦有关的理由而隐退的人极为不同，白朴始终充满对现世的同情，对自己的怜惜。他所写的曲令、杂剧，内涵只有一个：怜悯一切值得他怜悯的人，无论是李千金、裴少俊、唐明皇、杨贵妃，还是那些香闺中的思妇、街头艺人、江上孤翁，同时也包括他自己在内。上面这四曲《天净沙》，正是他的自怜之作。然而，白朴虽有落叶飘零之苦，有魂牵梦萦的痛，但却没有半分怀才不遇之感，这恰是他的脱俗之处。也许只有他的这种性格，才能经历苦难而不幻灭，到最后寻得了自己的道，求得人生的般若。

在雨中，湿了的是心房

春雨似相思，秋雨如泣泪。

雨这东西，总会引起人莫名的伤怀，鲜少有人像好莱坞电影《雨中曲》里的吉恩·凯利，一个人在雨中边舞边唱，浪漫而温馨，潇洒且有趣。古代大多有关雨的词曲，都略带悲情，非要惹人如同老天一般伤心垂泪才善罢甘休。《诗经·郑风·风雨》，是最早把风雨幻化为情感寄物的诗，给了后人责怪风雨恼人的先例和托词。

“风雨凄凄，鸡鸣喈喈。既见君子，云胡不夷？”风吹雨打，处处凄凉，雄鸡叫个不停，但只要见到了意中人，心中就能平静。《风雨》一诗中的女孩没有因为天气不佳而伤心流泪，因为她见到了朝思暮想的人；试想假如她久久未能见到意中人，恐怕见到风雨之后也会哭成泪人。人的情感就是这样难以琢磨，风雨既能左右，又不能完全把握。但可以肯定的是，雨最容易惹人相思，这种相思既有对爱人的想念，也有对亲人的想念。

窗外雨声声不住，枕边泪点点长吁，雨声泪点急相逐。雨声儿添凄惨，泪点儿助长吁，枕边泪倒多如窗外雨。

——无名氏《红绣鞋》

此曲《红绣鞋》出于无名人士的笔下，该作者的语言并不华丽，有时却比知名人士写得更朴实真切。他可能不会用太凄美的词来形容自己的伤心，没有落花无情，没有江水东逝，没有山居秋暝，但处处是悲：窗外、枕边、瓦砾中、败叶上，湿了一地，湿了一枕，湿了的是心房。

李清照在她的词中就写过：“伤心枕上三更雨，点滴霖霪，点滴霖霪，愁损北人不惯听起来。”身为北方人的她在南方淫雨中，忆起伤心往事，催泪枕湿。无名氏的这段曲子与李清照的“泪沾巾”有异曲同工的作用，不过无名氏为什么而哭，曲中并没有写出来，读者亦不必去深究，无非就是为爱情伤怀，要么为身世悲伤，逃脱不了这两样。

雨虽然是催逼人心苦痛的罪魁祸首。不过也成了诗人、词人们最喜欢用的意象，例如曲人张鸣善，便极善用“雨”做文章，来打动人心。

身处元末动乱之际的张鸣善，对现实的污浊厌恶至极。他讥讽官场里的人“铺眉苫眼早三公，裸袖揎拳享万钟，胡言乱语成时用”，骂官场中大部分人谄媚逢迎、颐指气使、胡说八道，有失斯文。

早先在仁宗延祐年间，元朝恢复了科举制度，许多文人以为可以重拾生活乐趣，但元仁宗曾直言不讳地表示，儒家的文学有助于他的统治，至少“三纲五常”能令民众对皇帝尊崇有加。于是，朱熹规范的《四书》成了考试的重心，宋代一度提倡的素质教育沦为笑柄。张鸣善对此迂腐的做法非常不满，笑骂社会上古怪的学风：“先生道‘学生琢磨’，学生道‘先生絮聒’，馆东道‘不识字由他’。”这段话的意思是：老师不正经教学，学生不正经学习，办私塾的无非是挣钱，所谓的“文人”进了官场，就成了那些挤眉弄眼、阿谀奉承的官场小人。不仅如此，无论是仕宦还是流寇，在张鸣善看来都是祸害百姓的。

充满了战斗心的张鸣善，因为语锋太利得罪了很多人，当然也获得了一些人的赏识，但看重他的肯定不是统治者。然而作为一个小知识分子在当时无非是想一展长才，他的内心充满了生不逢时的郁闷，只有依靠讽刺来排遣抑郁。在他众多小令、散曲、套曲中，极难见到悲怆的语句。然而，如何坚强的男儿也会有软弱的一天，最后，在面对绵绵细雨随风起的时候，他也不得不举手投降，心痛难当，如同食了断肠草。

雨儿飘，风儿飏。风吹回好梦，雨滴损柔肠。风萧萧梧叶中，雨点点芭蕉上。风雨相留添悲怆，雨和风卷起凄凉。风雨儿怎当，雨风儿定当。风雨儿难当。

——张鸣善《普天乐》

风儿吹，雨儿飘，夜中的张鸣善本在做着好梦，却忽然被冷风细雨的寒意激得惊醒过来，好梦摧断，愁肠千转。雨本就容易令人难过，而其击打在梧桐芭蕉上发出的响声，则更使人的情感一发不可收拾。雨打芭蕉，半丝柔情半丝泪，张鸣善那时感到的不是柔情，而是凄清。在前半段曲子中，渗透的满是诗人的怅然。

有人认为，在《普天乐》曲中的主人公并不是张鸣善，而是一个和亲人离散的憔悴女子。如此雨夜，风助雨留，雨助风凄，风雨交加绵绵不绝，为人平添了悲怆。这风雨儿怎当？怕也要当得住，即便它是那样难当。后半段的曲子好似一个女人对雨低喃，语言软软绵绵，意境痴痴缠缠，芭蕉和梧桐成了风雨徜徉的地方，同时也卷入了女子孤苦的泪与情。

全曲像水一样一层层渗透着难过，沾湿了人的灵魂，悲得令人充满无力感。反复读来，倒觉得主人公是不是女子并不重要，关键在于是张鸣善要通过它传递的愁意。江州司马的琵琶女奏出了“大弦嘈嘈如急雨，小弦切切如私语”；而张鸣善的曲中雨，嘈嘈切切错杂如弹琴，幽咽而感人，尽是伤怀在其中。

一个人刚强不等于他不存在软肋，无意间触动了那根软骨，会使人处于情感崩溃的边缘。嬉笑怒骂一生的张鸣善，在雨夜里难当寒意，抱枕拥被痛哭，湿了枕巾被褥。是这荒唐的元朝末年，令他对身世的遭遇备感不满，令他放不开污秽的人世，想为其尽绵薄之力却不能。

风物无情，自然之雨却不幸地化作了引发人们怅然和思念的媒介。李商隐在他的《夜雨寄北》中写道：“君问归期未有期，巴山夜雨涨秋池。何当共剪西窗烛，却话巴山夜雨时。”诗中的“雨”，都是痛苦的情思，与无名氏和张鸣善笔下的“雨”，想必是在同一列的。

其实，“雨”应当为自己鸣不平的，因为它并不想惹人相思，惹人失落，可是它从未意识到，自己也许正是苍天的伤心之作，专门下凡来勾缠人心。

宁做浊世漂泊的佳公子

元仁宗延祐二年秋（1314年），贯云石离开大都不久，一个人背着行囊到处游玩，途经梁山泊，被这里的山水所迷，一时间流连忘返，久久不肯离开。苏辙曾在《夜过梁山泊》中写下“更须月出波光净，卧听渔家荡桨歌”，足可道明梁山泊一代绿柳垂岸、粉荷满地、湖光山色的宜人风景。

叫来一叶小舟，贯云石举步登上，示意渔人任意泛舟。每当看到触动心灵的风物，他都忍不住或赋诗或赋曲，渔人听得明白他诗中意境时就即兴渔歌一首，对他进行附和，二人一唱一答，颇有知音的意味。就在这时，贯云石看到船篷边上放着一条被，触手极软，一问才知是芦花棉絮做的被芯，不禁甚为喜欢，想要跟渔人买下来。哪知渔人却对他说，只要贯云石肯为棉被作诗一首赠予他，渔人就将芦花被作为回赠给贯云石。

贯云石听得一怔，随即微微一笑道：“采得芦花不涴尘，绿莎聊复藉为茵。西风刮梦秋无际，夜月生香雪满身。毛骨已随天地老，声名不让古今贫。青绫莫为鸳鸯妒，欸乃声中别有春。”

在这首诗中，贯云石赞渔人辛勤、自由、闲适，同时也在说自己很喜欢这种生活。渔人听得喜上眉梢，遂将被子赠给他。从此，“诗换芦花被”的佳话流传了开来。背着芦花被离开梁山泊的贯云石灵机一现，干脆为自己另起字号“芦花道人”，开始了追求云淡风轻的流浪生活。

行遍了千山万水，看过了种种世间人情，从扬州的明月楼到舟山岛普陀山上的日出峰，到处都有贯云石的足迹。在这些地方，他寻到了文学的巅峰，谨以他清丽的词曲慰劳江山，因为江山赐予了他美的享受。一日，贯云石落脚杭州，被西湖和钱塘胜景吸引，久久不肯离去，便在此处暂居，找到在这里定居的好友张可久，与他携手纵游西湖。西湖风光令贯云石兴致高涨至极，在泛舟之际他便写下了很多曲子，诸如《粉蝶儿·西湖十景》一曲，专门赞誉西湖景致。

描不上小扇轻萝，你便是真蓬莱赛他不过。虽然是比不的百二山河，一壁厢嵌平堤，连绿野，端的有亭台百座。暗想东坡，逋仙诗有谁酬和？

【好事近·南】漫说凤凰坡，怎比繁华江左。无穷千古，真个是胜迹极多。烟笼雾锁，绕六桥翠障如螺座。青霭霭山抹柔蓝，碧澄澄水泛金波。

【石榴花·北】我则见采莲人和采莲歌，端的是胜景胜其他。则他那远峰倒影蘸清波。晴岚翠锁，怪石嵯峨。我则见沙鸥数点湖光破。咿咿哑哑橹声吹过。我则见这女娇羞倚定着雕栏坐，恰便似宝鉴对嫦娥。

【料峭东风·南】缘何？乐事赏心多，诗朋酒侣吟哦。花浓酒艳，破除万事无过。嬉游玩赏，对清风明月安然坐。任春夏秋冬天，适兴四时皆可。

——贯云石《粉蝶儿·北》（节选）

有人说，西湖是一首诗，一幅天然图画，一个美丽动人的故事。《粉蝶儿》里的春天，莺飞草长，苏白两堤，桃柳夹岸；秋霜月下，掩映三潭；冬雨浩渺，细水楼台。水波潋滟，游船点点，远处山色空蒙，青黛含翠，偶见高塔，如临仙境。

这样如诗如画的美景，贯云石与许可久对其不能自拔总是情有可原。南宋时期官宦游人为了一表西湖之盛，“册封”了十处景观为美景之至，包括苏堤春晓、曲苑风荷、平湖秋月、断桥残雪、柳浪闻莺、花港观鱼、雷峰夕照、双峰插云、南屏晚钟、三潭印月。十景各擅其胜，组合在一起又能代表古代西湖胜景精华。贯云石的这套曲子《粉蝶儿》大概也是受了十景之说的影响，为表十处风景的华美，所以才写下该曲。

在曾亲临过蓬莱仙岛的贯云石看来，纵使蓬莱是仙境一般的地方，也比不过西湖之美。古人曾形容江山胜景有“百二山河”的说法，这个取义来源于《史记》。《史记》

中讲，险要之地一夫当关，万夫莫开，两万人守隘口足抵百万人。所以曹操在汉水上才会屡次败给刘备，只因隘口太多，曹氏百万军队不足刘氏几万人兵马。“百二山河”便由此而来。杭州西湖当然不是险要雄关，但西湖拥有“一壁厢嵌平堤”“亭台百座”，西湖美景的地位足以胜过川蜀雄关。

清代学者陆以湉在随笔漫录《冷庐杂识》当中称赞：“天下西湖三十又六，惟杭州最著。”被叫作“西湖”的湖泊很多，唯独杭州美景为最。数百年来，能够把杭州西湖的美和风韵表达得淋漓尽致的也就只有苏东坡的《饮湖上初晴雨后》与在西湖边隐居的“梅妻鹤子”林逋所写的隐逸情趣诗。所以贯云石在套曲第一段最末尾提到了二人的名字。贯云石自问文学素养达不到苏、林两位的程度，但也想试试一绘当地的胜迹。

在套曲第二段开篇，贯云石说北方有一处胜地凤凰坡极其漂亮，但与江东各处的秀丽是无法比拟的，特别是杭州。他在西湖边上放眼远眺，六桥腾临苏堤上，近处波光潋滟，莲叶无穷，荷花别样，沙鸥点点；远处翠山碧水、怪石林立。采莲人高歌，闺中少女乘着船坊，以扇遮面，羞涩地坐在栏杆旁赏湖。

眼前满是景好、花好、酒好、人好，贯云石如何能不乐不思蜀呢？而且身边还有好友张可久陪伴，二人喝酒吟诗，实在收不出兴致，多少烦恼都在这清风、明月、湖水中化作虚无。

苏东坡笑谈西湖说：“欲把西湖比西子，浓妆淡抹总相宜。”西湖无论是外在，还是内在都无与伦比。外在是自然赋予的，而内在是无数文人骚客以美文填充的。在这甜美的风光里，贯云石忘却了在京都经历的宦海风波，同时也表示自己再无涉足仕途的意思。不管曾经的高官厚禄有多么诱人，却半点比不上游戏江湖的乐趣。贯云石的好友程文海曾言他是个“功名富贵有不足易其乐者”。因为贯云石认为，功名换不来逍遥的生活与心灵。

“清风荷叶杯，明月芦花被，乾坤静中心似水。”从得到芦花被、自诩“芦花道人”的一刻，贯云石已经心如止水，绝了名利场，宁“月明采石怀李白，日落长沙吊屈原”，也不爱荣华富贵。他避居杭州，偶尔出外采药，经营了一家药店，一面欣赏钱塘西湖风情，一面以买药诊断为生，颇像许仙，只是身旁缺少了白娘子。不过贯云石求的不是白娘子，而是乐山乐水。春至包家山修禅，夏季去凤凰山避暑，秋天钱塘观潮，冬季与普通百姓在街头吹拉弹唱，偶尔到天目山与著名的中峰禅师说佛论道，下山来路遇景致随意赋诗一首。就这样在杭州城内城外亦隐亦现，“贯酸斋”“芦花道人”的种种行迹，渐渐成了民间的美谈。

明人李开先在《词谑》中记载了贯云石居杭州的一段轶事。某日有数名文客游览杭州西南大慈善慧禅寺的虎跑泉，众人喝茶间打算以“泉”赋诗。一个人在那里“泉、泉、泉”了半天，始终没有说出什么。突然有一个持着拐杖的老人走过来问他们在做什么。这些人说了缘由，老人抚须微笑道：“泉、泉、泉，乱迸珍珠个个圆。玉斧斫开顽石髓，金钩搭出老龙涎。”众人惊问：“老人家可是贯酸斋贯先生？”老人淡笑点头，与几个年轻人同坐饮酒，直到微醺才离去。

“去留无意”一词，应该足以概括贯云石的一生，不被纸醉金迷所惑，唯愿徜徉于西湖，问道于山水，求得文学圣境。后人说他与徐再思的曲并称“酸甜乐府”（徐再思号甜斋），且说他的曲风“擅一代之长”，能够引领当世的风尚，这般评价仅是流于形式，却不足以说明他的高洁。即便贯云石晚年的知交欧阳玄，在他死后为其撰写碑文，写到其“武有戡定之策，文有经济之才”之后，实在也不知该怎样形容贯云石了，只好以“其人品之高，岂可浅近量哉”草草结束。

一位浊世佳公子，抬头看的是苍天，低头量的是大地，万物的恒久虽然不能被他完全触及，但他尽量以自己的心和笔去靠近，无论是进梁山泊，还是入西湖，他都希望能在这些地方求得词曲与人格的永生。

渔父垂钓，相忘江湖

渔父是文人不可缺少的朋友，也是他们羡慕不来的“高人”。几千年来，有大批的墨客与渔父做过情感上的交流，又或者讴歌渔父，终日对着江上的渔翁发呆。这些人中从渔父那里获得禅境的人是柳宗元——渔翁独钓，清寒入定；从渔父处获得感悟的是阮籍——渔父知世患，乘流泛轻舟；希望做渔父的是李煜——一壶酒，一竿身，望如侬对浪花桃李，一春又一春；与渔父交心的是贯云石——毛骨已随天地老，声名不让古今贫。其实渔父不知道自己给了文人如此多的感悟，他们真正所想的，不过就是垂钓江滨，与鸬鹚为伴觅得生计而已。

哪个时代的渔翁，生活都并不见得有多美好，没有什么禅意，也没有什么乐趣。但文人们总是钦羡他们的生活，大概是文人们自觉内心痛苦，看渔父生活自由自在，所以他们宁愿与渔父为伍，称道渔父生活，也不再对浮躁的世界留恋。渔父，是士人试图净化心灵的身份。

为咏叹渔父煞费苦心的元代文人，乔吉大概是第一人。他一生给渔父写了数十余首词曲。在《乐府群玉》中就收录了二十首，每一首写的时间都不一样。他所到一处，只要见得渔夫水上作业，总忍不住放歌以解情怀。渔家风情所以诱人，不在于渔人收入多少，而是乔吉觉得他们能够笑傲江湖，比遭遇了险恶仕途的自己纯洁、高贵得多。

吴头楚尾，江山入梦，海鸟忘机。闲来得觉胡伦睡，枕著蓑衣。钓台下风云庆会，纶竿上日月交蚀。知滋味，桃花浪里，春水鳜鱼肥。

活鱼旋打，沽些村酒，问那人家。江山万里天然画，落日烟霞。垂袖舞风生鬓发，扣舷歌声撼渔槎。初更罢，波明浅沙，明月浸芦花。

秋江暮景，胭脂林障，翡翠山屏。几年罢却青云兴，直泛沧溟。卧御榻弯的腿疼，坐羊皮惯得身轻。风初定，丝纶慢整，牵动一潭星。

江声撼枕，一川残月，满目遥岑。白云流水无人禁，胜似山林。钓晚霞寒波濯锦，看秋潮夜海镕金。村醪窨，何人共饮，鸥鹭是知心。

——乔吉《满庭芳》四首

以上四首是从乔吉众多渔夫曲中撷取出来的。首曲讲乔吉来到古代吴楚的交界之处（江西北部），此处在离他寄居的江南苏杭之地不远。江赣北部的旷远景象入目，激发了乔吉的诗性，在这里他赏江鸭观鸬鹚，几乎忘却了自身。不去惦念前尘，不去思考未来，而是完全，天人合和。宁静的江水令乔吉全身心融入其中，抛掉所有心机，几乎进入了天人合一的境界，所以乔吉用“海鸟忘机”来形容自己此刻的精神境界。

在《列子·黄帝》中曾提到“海鸟忘机”的典故。一个人每天清晨到海边去逗引鸥鸟。鸥鸟知他无捉鸟的意思，便纷纷落下与他和平共处。这个人的父亲知道之后，让他去捉鸥鸟来赏玩。等到这人再次来寻鸥鸟时，鸥鸟却看出了他的动机，始终盘桓不落。心无杂念的人才容易让人真诚相处，渔父因为没有功利之心，所以能与鸬鹚交友、鸥鸟对歌，他心胸坦荡、无忧无虑，醒时戏水，困时抱着蓑衣躲在船篷内睡个昏天暗地，这是何等的舒适生活。乔吉看到了他们的悠闲自在，又如何不捶胸羡慕呢？

日月交辉、风云聚会，时间在不知不觉中流逝，被渔父耽误了行程的乔吉不认为自己是在浪费时间，反而觉得“桃花流水鳜鱼肥”才是真正的生活，过去留恋官场不过是浪费青春的噩梦。对命途坎坷、仕宦多波澜的他来说，也就只能把对一切现实的不满转化为对荡舟打鱼的喜爱了。逃避悲痛总比陷入悲痛更容易令他接受。此后，每至傍晚，日薄西山心潮无法平息时，乔吉对渔父的注意就更多了。

第二首曲是渔父收网后的情景。长河落日，云霞如烟，江山似一幅泼墨的画卷。傍晚的渔父本该收工，忽然嘴馋起来，便现打活鱼卖钱换酒，自斟自酌。在收网过程中，渔父放歌一曲，一副惬意的模样。等到劳作、歌唱兴尽过后，渔父们一个个划船归家，喧闹的江面恢复宁静，只剩下清澄的水波在初更的月下微微荡漾。两岸芦蒿被微风拂过，芦花闪动，发出簌簌的声响，人心好像被这声音安抚了一样，归于平静。

通常文人们写渔父曲，几乎都会提到“芦花”二字。在乔吉的第二首曲子末尾，也提到了此物。芦花其实并不美，白花点点，夜晚更没有什么美可言，然而这里孕育了白鹭沙鸥，滋养鱼类，是渔人赖以生存的地方。贯云石就言，在满目的芦花之中，渔人“虽无刎颈交，却有忘机友”，他们不求获得多少生活和生命的保障，却拥有令人间万户侯都艳羡不来的自由和陪伴他们的水上鸟。乔吉用“芦花”来为曲子收尾，即是要表达对渔父生活的喜爱。

秋江暮景，夕阳醉染山林，渔翁们过着数十年如一日的生活，近可到青山，远可到沧溟，想去哪里就去哪里。第三曲《满庭芳》所描述的无拘无束式的隐逸，即是乔吉欲选择的隐遁方式。他特别以“卧御榻”的严子陵自喻，表示自己一定不能再回头留恋仕途。

严子陵是东汉的高士，王莽篡政时曾邀请他做谋士。为了避开窃国者的怂恿，严子陵避居乡野。光武帝刘秀复政之后便给他写信，亲自登门拜访求他出仕，甚至与他同榻而眠，毫不避嫌。但严子陵看透了官场互相倾轧的现实，立刻抽身归去，隐居于富春山下，常年披着羊皮夹袄于江边垂钓，不问尘缘。

卧御榻时，腿和心都是悬着的，因为伴君如伴虎，所以睡了一夜也会浑身酸痛；披着自家的衣袄坐着睡着，就算再沉重，醒来也觉一身轻。名利本为浮世重，能放下才是聪明人。想到这里，乔吉重归现实，写下了上面的第四首曲子。他纵览四下的风景，再次低头望着眼前泛着波光的湖水，内心已是豁然。于是他卧舟水上，听着浪打浪的声音，看晚霞染红江水，观秋潮时涨时停，仰望行云流水，不去寻找他人共饮，对川水残月独酌，将鸥鹭视为知音。

四曲专写渔父的曲子，从白日写到午夜，从夏暑讲至冬寒，从头至尾其实就是乔吉的自白书。他不停地告诉自己，一定要相忘江湖、相忘江湖，他觉得没什么好留恋，也不必留恋，只去过着渔人的生活，远离市井，自制珍酿，笑语欢歌。可做渔父就一定快乐吗？事实上渔父也有他的苦，如能有更美好的生活，打鱼的人也未必多。就像乔吉不想慕名利而活，却根本忘不了自己的境遇，最后只能做一个尘世里自我安慰的可怜人，在若隐若现间苦痛。

踏雪寻梅慰寂寥

踏雪寻梅是古代高士惯做的雅事，也是中国文人独有的情趣。梅开自冬季，冰雪中独芳的特性，令许多好诗文的人忍不住拿其做嫁衣，为自己的文章增添几分韵致。早在《诗经》当中，梅已经成了北方各国民歌不可缺少的角色，殷商时代的人甚至拿梅子入酒入菜，成为饮食必不可少佐料。到了南北朝时期，梅花已成不可不观的胜景，许多身在南方的人因一生未能观梅而引为憾事，而有关梅的传说更是不计其灵敏。

相传隋代有男子名为赵师雄，在游浮罗山时留宿山中，夜里梦见与一位衣着朴素的女子饮酒。女子的身上芳气袭人，她身后跟着绿衣童子不时地欢歌笑语。天亮时分，赵师雄从梦中惊醒，却发现自己睡在一棵梅花树下，树上有翠鸟鸣啼，暗道也许自己遇到的是梅仙，而那童子大概就是枝头的翠鸟了。赵师雄在浮罗山中等了数日再梦不见梅花仙子，终惆怅地离开了。

这个有关梅的故事只是传说，事实上也许是梅的芳香引人多想。梅的确是会让人遐想的事物，否则也不会有那么多名士对其追寻不止。

梅花冰肌玉骨，傲绝于霜，独步早春，暗香浮动。唐代李白、杜甫、柳宗元、白居易均爱梅的风骨，宋代的隐逸诗人林逋更视梅为妻子，为梅写了诸多小诗。林逋的《山园小梅》中有“疏影横斜水清浅，暗香浮动月黄昏”两句，直指梅的清幽神韵，几乎可以说是咏梅的绝唱了。苏轼、陆游也同样为梅不吝笔墨。元人诸多陷于离难，能有情致赏梅的人不多，可一旦见到了梅花，依然肯为其奉上自己的心意和情感，其中以“酸甜乐府”二人为最，他二人皆是心思敏感、会苦中作乐的人。

“酸甜乐府”即是贯云石和徐再思，两人一号酸斋、一号甜斋。他们乐山逸水，爱写男女相恋，酸甜莫辨，其中的滋味如果不亲自体会，就不能得到他们曲中所写的黯然销魂的滋味。这二人都爱梅不已，不过一个是无意间与梅相恋，一个却是有意追随梅的影子。

南枝夜来先破蕊，泄露春消息。偏宜雪月交，不惹蜂蝶戏。有时节暗香来梦里。

芳心对人娇欲说，不忍轻轻折。溪桥淡淡烟，茅舍澄澄月。包藏几多春意也。

——贯云石《清江引·咏梅》

酸斋咏梅的小令共有四首，皆以《清江引》为曲牌，这是其一、其三。第一首写早春的梅花，此时冬雪尚铺盖大地，梅花初放似像报春，却不如桃、李、杏、樱那样争春，也不惹任何蜂蝶来嬉戏，而且到了夜晚，它的幽香丝丝缕缕的，还能进入人们的梦乡。梅在月下幽静孤高，不流俗，不媚骨，正如贯酸斋本人一般。陆游曾作诗：“高标逸韵君知否，正在层冰积雪时。”正是因为梅花在千层冰雪的覆盖下依然独特芬芳，才能数千年来长啸于春。这样超凡脱俗之花，在酸斋心中就是他自己的象征。于是他在夜晚起身穿衣，去追寻梅香的源头。如此便有了上面的第二首咏梅曲。

酸斋一个人独步在月色如水的郊外，看着无边的静谧天空、浩渺银河，长长地叹息一声。翻过小桥溪水，隐约可听到冰下溪水的叮咚作响。远处是还冒着淡烟的茅舍，似乎是农家在烧炉取暖。正当此时，又一缕淡淡的梅香再次顺着微微的寒风溜过鼻尖，混合着农家烟火的味道，沁人心脾。酸斋顺着香气飘来的方向望去，才发现月下溪边正绽放的寒梅。他急忙走过去，本想抬手折一株拿回家去，但又怕损害了梅的姿态，惊动梅仙，只好忍住采撷的欲望，想象着眼前是一个绝世梅仙。

在酸斋的眼中，这个梅花仙子是冰做的肌理、玉做的肤脂，衣服飘然欲飞的模样，而且似乎在对酸斋说些什么，欲语还休。如此更令酸斋不敢折枝，怕惊动了梅仙。然而天色灰蒙蒙发亮，午夜快要离去，清晨即将到来。酸斋所想象出来的仙女渐渐消逝，原来她竟然是雾霭造成的幻象。此刻，空气中只剩下了梅花带来的春意。

贯酸斋笔下的梅，清幽而优美，叫人只敢远观而不敢近看。此梅曲是佳作，作者亦是佳人。而甜斋徐再思笔下的梅，也拥有同样的韵致。其实那些懂得欣赏梅骨的人，心同样都是玉洁冰清。

昨朝深雪前村。今宵淡月黄昏。春到南枝几分？水香冰晕。唤回逋老诗魂。

——徐再思《天净沙·探梅》

甜斋徐再思与酸斋同在黄昏之后月下赏梅，情致却不同。酸斋是闻香气而去寻梅，甜斋则是为寻梅而闻香。

这首《天净沙》与酸斋的《清江引》同写于冬末春初时节，此时梅花开得并不多，必须去仔细探寻。甜斋已经寻了几天，先到前村，后到村外，终于见到了梅花。他看到的梅有着水般的清新和冰样的骨感。在黄昏之中，幽梅的姿态、香气、内涵均美到极致，已经足以唤回梅仙林逋的魂魄，来教甜斋如何去咏梅、爱梅。

看“酸甜二斋”的咏梅曲，无论是他们有意无意与梅相恋，梅花对他们的回报已经足矣。那些踏雪寻梅的高士，忍着彻骨的冰寒寻求梅仙，梅仙同样对他们的情感一一应求。然而惊破寒冬的梅花不希望人们再给它太多的咏叹，也不希望人们将它标榜得那样孤高。

后人常以“梅花香自苦寒来”来形容梅花的骄傲，只在寒冬腊月现身。而且很多诗人、词人自比梅子，想要从梅的身上沾得几分高洁的气息。然而，他们真的了解梅的心意吗？

天寒地冻，在冬风的摧残下，孤寂的不只是人心，天地也是孤单地沉寂着。梅或许正挑这时候现身，陪天地度过那难熬的苦寒，大概这才是它的精神，度人度己。

与君携手同游江山

对常人来讲，山中应该是个能淘宝的地方，至少能从山中寻野味，得珍贵的药材。而对于文人来说，山野是采风的最佳地点。

“空山新雨后，天气晚来秋；明月松间照，清泉石上流。竹喧归浣女，莲动下渔舟。随意春芳歇，王孙自可留。”一幅高山流水、凉雨秋风的万物空灵野趣图赫然呈现在眼前。不是这《山居秋暝》的作者王维太多情，而是山里的万物将它们的妖娆展现给王维，让后者不得不发出欣然之语。

在众多元曲当中，那些说隐居生活的曲子大多充满了王维诗话的闲趣。这些曲子有景有情，不过却缺少王维笔下“浣女”的灵气。一个小小的洗衣女怎么能唤醒自然的生机呢？因为她生于斯，长于斯，是山中万物灵气的集合体。而元人的山水田园曲，往往丢了这份灵气，不过还是有一些曲人拾起了王维般的灵机，将自然的景物瞬间激活。

生活在元中期的曲人吴弘道经过多年的仕宦生涯后感到非常疲惫，便休假去游山玩水。一次他在山林中游玩，偶遇一个背柴的樵夫。这樵夫颇为有趣，腰间挎着酒葫芦，一会儿喝一口酒，喝罢便吆喝两声，唱起山歌。他挑着柴一摇一摆地往山下走去，歌声在山路间环绕，久久不散。

这家村醪尽，那家醅瓮开。卖了肩头一担柴，咍！酒钱怀内揣。葫芦在，大家提去来。

——吴弘道《金字经》

樵夫的优哉感染了吴弘道，于是他便写下了这首《金字经》，来形容樵夫的无忧无虑。与世无争的樵夫，卖柴只为换酒钱，洒脱自在。也许在其看来，只要能在山林中挑着一担柴，喝着葫芦里的小酒，然后跷着二郎腿，眯上一觉，便足矣。这正是知足者常乐啊！

用柴换得酒钱之后，樵夫将钱揣入怀中，拍了拍腰间的葫芦，大笑着离去。樵夫的笑声令弘道心领神会，顿觉人情淡薄的社会开始有了不同，除了尔虞我诈的人际关系之外还有着清雅的世外灵气。难怪那么多名士爱田家生活，陶渊明到死都追求桃花源，看来个中的确是有大玄机。

虽然吴弘道并没有从山林中得到王维的野趣，但他却得到了陶公归田园的精髓。这使他更加确定自己辞官的决定是对的。于是下山之后，弘道辞去了江西检校掾吏一职。此时的元朝又少了一名清正廉明的官员，山水田园里却又多了一人凑热闹。

泛浮槎，寄生涯，长江万里秋风驾。稚子和烟煮嫩茶，老妻带月包新鲊。醉时闲话。

利名无，宦情疏，彭泽升半微官禄。蠹鱼食残架上书，晓霜荒尽篱边菊。罢官归去！

暮云遮，雁行斜，渔人独钓寒江雪。万木天寒冻欲折，一枝冷艳开清绝。竹篱茅舍。

——吴弘道《拨不断·闲乐三首》

官场上的俗气一旦见多了，既不能让人得到名利，也会使许多人拉开距离。这样的现实令吴弘道厌倦，因此他决定效仿陶渊明，去过“蠹鱼食残架上书，晓霜荒尽篱边菊”的山野生活。“罢官归去”的吴弘道拉着妻子和孩子，开始去寻觅古人的足迹，一边旅行一边过足觅古之瘾。上面这三首《拨不断》，第一首是他的辞官前后的心理历程，二、三首即是游历山水时的见闻。

踏上方舟，将今后的人生寄托在水上，水走到哪里人便去哪里，好不惬意。长江万里不见尽头，江上秋风拂过面颊，带来屡屡茶香，原来他叫小儿子在船头煮的茶早已经好了。吴弘道抚须微笑，揽着妻子的肩膀一同走进船舫，品茶闲话。看着贤惠妻子烹出

味美的肥鱼，他佐酒吃下去，那味道美妙至极。酒足饭饱之后，一家人围坐茶炉前闲话家常。

时间在温馨的生活中悄然逝去，冬季的降临令人始料不及。转眼间，遮天蔽日的暮云腾升，栖息在南方的大雁向着更远的方向飞去，两岸万木霜冻易折，独留冷艳梅花和江面渔翁垂钓。

吴弘道所见到的“渔翁独钓寒江雪”画面，在很多人的诗中都曾出现，他在此处用到这一典，与柳宗元的用意略有相同之处，然而意境又不尽相同。柳宗元到湘南的永州时，被那里宝石般的山水、晶玉般的江雪所迷。千山万径中，没了飞鸟人踪，如墨般的山水寒江，旷远幽深的情境里只有一个渔翁乘舟独钓，一切都变得静谧，构成了不可言喻的“禅说”。是以他写出了一首《江雪》：“千山鸟飞绝，万径人踪灭。孤舟蓑笠翁，独钓寒江雪。”柳宗元笔下的钓翁之意不在鱼，而是在享受明净、空禅的境界，以求冰天雪地中淡定自若地活着。

但吴弘道的钓鱼翁不似柳宗元的那般孤寂和超然于外。吴弘道乐山乐水，他在江上遇钓雪孤翁，是在其彻底归隐之后，因此他的心中满是山水乐趣，见到的两岸景致，包括枯木、梅花、竹篱、茅舍，在他的眼中都是钓翁的陪衬，他营造的画面与柳宗元在《江雪》中的清冷完全不同，而是充满了“生”的气息。

柳宗元通过钓鱼翁来表现自己的孤傲不群、誓不低头，而吴弘道借渔翁来突出自己愉快的心情，后者与前者比起来，后者的钓翁之“禅”真正充满了“悦”的感觉。

元曲人在历代文人当中也是比较善于营造“禅”与“悦”的文学意境。虽然这个时代的文学硕果不及唐宋，但士人因大多尝尽人生种种，又经颠沛流离，隐遁山林，所以在生活境界的领悟上并不输给前朝的文人。

不过，吴弘道的这几首曲子给人的感觉略有不同。与不同时代的文人相比，吴弘道的曲子不追求境界有多么高远，只图一点乐趣；而与同时代的文人相比，大多士人的内心都充满苦涩感，导致他们的文风也带着苦涩和怨怼，吴弘道却一反常态，完全是一派悠然自得，与家人同乐的模样。

其实，人有悲欢离合，月有阴晴圆缺。很多文人都懂得这个道理，但他们不愿意释怀。而吴弘道心知自己无法控制时间和现实境况，可是他能够控制自己的心境，既然进入官场而不得志，那就带着家人快乐地去过山外青山楼外楼的生活，找一找前人的踪迹，为自己觅点乐子，也不失为一种消遣。他不必去非要扎进田园吃苦受累，即便心中向往陶公，也不必非要如陶公一般过着苦涩的日子，人想要自己变得快乐，应当有很多法子。

一只小虫，予人禅机

文人多喜好咏物，有说花草、有说山水、有说建筑、有说绘画，但能把蚊子说得娇媚无边的，恐怕只有宋方壶一人。

宋方壶本名子正，后改名为“方壶”，这二字来源很有意思。他生活在元末明初年间，因避战祸而一直隐居山中，曾移居华亭，住在莺湖西面一处三面环山、一面朝水的地方。屋子修得四四方方，可遮风挡雨，他时常仰望天空，感到自己如同坐在一个“方壶”之中，喝酒下棋，惬意无比，于是把名字改了，表示自得其乐。还有人说他曾到过一处名为“方壶”的仙山，在那里住了很久，便给自己起了与山相同的名字。无论名字来源怎样，皆可看出宋方壶很少入世，大多都是过着隐居的生活，平时以蚊虫为伴，是以作出咏叹蚊子的文章也未尝不可。

妖娆体态轻，薄劣腰肢细。窝巢居柳陌，活计傍花溪。相趁相随，聚朋党成群队，逞轻狂撒蒂　。爱黄昏月下星前，怕青宵风吹日炙。

【梁州】每日穿楼台兰堂画阁，透帘栊绣幕罗帏。帐嗡嗡乔声气。不禁拍抚，怎受禁持？厮鸣厮咂，相抱相偎。损伤人玉体冰肌，殢人娇并枕同席。瘦伶仃腿似蛛丝，薄支辣翅如苇煤，快棱憎嘴似钢锥。透人，骨髓。满口儿认下胭脂记，想着痒　　那些滋味。有你后甚是何曾到眼底？到强如蝶使蜂媒。

【尾】闲时节不离了花香柳影清阴里睡，闷时节则就日暖风和叶底下依，不想瘦躯老人根前逞精细。且休说香罗袖里，桃花扇底，则怕露冷天寒恁时节悔。

——宋方壶《一枝花·蚊虫》

在自然当中，文人尽情和歌，或倾诉衷情，或仰天长叹。

乍一看这首套曲的第一段曲，读者往往误以为作者在咏叹一名美丽的女子。该女子有着妖娆的体态、不盈一握的腰身，怕风吹日晒，喜爱在月下谈情看星星。可是人们何曾听过美女“窝巢”“成群结党”？仔细再读文章，才知宋方壶所写的并不是一个人。

在“梁州”一曲中，宋方壶尽力表达自己对蚊子的讨厌程度。首先被蚊子叮咬后会痛痒难耐，在身上留下一个红肿的胭脂印；它的叫声令人郁闷发狂，在夜晚时出入于亭台楼阁缝隙处，看到罗帐、闻到血气便会见缝插针。白居易就曾在《咏蚊蟆》中写道：“咂肤拂不去，绕耳薨薨声。”深表对蚊子的行为和声音唾弃。“梁州”里写的正是蚊子的这种形态，瘦骨伶仃、羽翼薄小、尖嘴猴腮，专挑美女叮咬。

“尾”曲写吃饱喝足的蚊子到了白天就拣一处花香四溢、树影连连的地方，枕着暖风睡觉。看到枯朽的老人根本不屑一顾，因为他们的血没味道；而遇到妙龄美女时立刻飞扑上去。原来蚊子咬人也讲原则，也分时节。

宋方壶的咏蚊其实本是骂蚊，但他把文章写成了极美的骂文。言辞优美，字里行间韵味十足，处处可以看到蚊子的轻盈姿态，实则是骂蚊子见缝即钻的无耻，表示宋某人对蚊子的不屑。

明曲学家王骥德研究曲律时说，咏物如果是骂题，不在于说物体的外表如何，而是将它的功用或者是神韵描绘出来。佛家所谓不即不离、是相非相就是这个道理。看似一目了然，但并没有琢磨到其真谛，这样的咏物文才是绝佳上品。

宋方壶笔下的蚊子，就有这种“似相非相”感。其实蚊子并非真的蚊子，而是宋方壶对尘世的一种比喻。红尘如蚊，而他就是冷眼观蚊的人，也许这就是宋方壶生活的禅道。

世间的人挣扎于七情六欲，可是久而久之，便对缠人不休的欲望生出疲厌：“这些诱人的色声香味，不要再来到我的面前，使我眼见心烦。”可是各种欲望依然如旧，不断纠缠人心，于是人们按捺不住大发雷霆，再次诅咒：“我要你迅速消失，永远不要再出现，为什么你还来纠缠，让我见到心生烦恼？”其实折磨人的不是眼前的“声色货利”，不是各种各样的欲望，而是自己的内心。一个人经过长途跋涉，非常疲乏和干渴，当他看见一条竹筒连成的水道淌出清清的细流就赶紧跑过去捧水便喝。喝饱后他满足地对竹筒说："我已经喝够了，水就不要再流了。"但此话说完后，水依然细细地流着，这人心中恼火，喝道："我喝完了，叫你不要再流，为什么还流？"

水从自然之力，怎能任人摆布呢？人要想获得真正的智慧，便要离开欲望，收摄自己的七情六欲，这样才能得到解脱。为何要执着于眼前的纷繁事相，诅咒它再也不要出现呢？蚊子在遵从着它的生命轨迹，不管你如何讨厌，只要不对它给予理会，它对你来说就没有影响。宋方壶选择隐居和玩转山水，同样抱的是这种游离和超脱的心态，尘世对他来说只是一恼人事物，他为什么还要执着于它呢？不如冷眼旁观它，这样它也就不会来叨扰自己，给自己造成困扰。

元文人中有一些人一直秉持着这种态度，若即若离地在尘世生活，对万水千山流连不已，对花花世界大为皱眉。可是，大部分的士人仍在被"兼济天下"的想法束缚着，即使离开了俗世，也不能真正安生。宋方壶自言四壁芳草、仰望高空，怡然自得，但还是写了许多对社会不满、讨伐奸党林立的词曲，对新兴的明王朝不胜拥护，也就是说，他还不能真正放下。人总是在说话之时，做着违心之事，是无奈还是看不透呢？

半点相思半点泪

亦舒曾说：『爱一个人绝不潇洒，为自己留了后步的，也就不是爱。』因为世人爱得疯魔，所以元人写得痴狂。他们在情感索求上失败，希望在曲中寻到情感的永恒。问君为何如此痴，全以为当初不过是件再寻常不过的事，然而蓦然回首，才道佳人难再得。

相思刻骨，最是累人

“我住长江头，君住长江尾；日日思君不见君，共饮长江水。此水几时休？此恨何时已？只愿君心似我心，定不负相思意。”李之仪的一曲相思词，不知应了多少痴男怨女的心声。滔滔江水连绵不绝，思念之情亦如水滚滚不停。柔情蜜意、贪嗔痴恨，化作江水，盘盘转转。只愿君能怜我一片痴心，彼此都不要负了相思意。

词中的描写处处有情，把“相思”二字说得通透。相思为何？南朝后齐的王融在《咏琵琶》中写道：“丝中传意绪，花里寄春情。”如果男女相爱，情感不可断绝，那么当男女不常见面时，情感如同藕丝般不断，“相丝”也就产生了。

“相丝”即“相思”，相思如“丝”，剪不断，理还乱。因此无论古今人士都说相思最苦。不过怨妇的苦与少女怀春的苦可是不同，怨妇的那个苦在心里，例如关汉卿的《大德歌》四首，不见那女主人公说一句相思的话。可是少女的苦只苦在嘴上，心中既有惆怅，又有甜蜜。

在万千的元曲当中，最会写少女怀春、日日相思的当属徐再思。他的名字是“再思”，即“再三思量”的意思，其曲的内容也大多有“再三思量”的意蕴，不知是否机缘巧合。

徐再思的恋情曲缠缠绵绵，用词和情感都能营造出回环往复的效果，这点并不是那些好以男性身份揣测女性心思的诗词者能轻易做到的。

平生不会相思，才会相思，便害相思。身似浮云，心如飞絮，气若游丝。空一缕余香在此，盼千金游子何之。征候来时，正是何时？灯半昏时，月半明时。

——徐再思《蟾宫曲·春情》

许多散曲作家写男女相思，通常凭借外物来隐晦言明，关汉卿便是个中的行家。不过徐再思的《蟾宫曲》中却句句都是“相思”二字，但丝毫不令人觉得啰唆的。

徐再思的这首《蟾宫曲》，题名既然是“春情”，自然与相思、思春有关。看曲子表达的口吻，主人公应当是少女，因为徐再思在第一句就说了“平生不会相思，才会相思”，显然这是初恋情怀。

少女正值豆蔻年华、情窦初开之际，刚与爱人分别，便害起相思病。思来想去，浑身无力，好像生了重病，晕眩得如置身云端，心如飞絮，气若游丝。仔细嗅那空气中的味道，似乎还有俏郎君身上的气息残留，可是他的身影却已不见，好想他快一点回来。可是他到远方云游去了，何时才能回来呢。盼着盼着，月儿半落，灯儿忽明，依旧不见俏郎君的身影，相思更加刻骨铭心。

人们常说，初恋的爱情是甜的，如同吃了蜜果、仙丹，一旦分开，思念就会越演越烈，令人长吁短叹。通常患这种相思病的都是春天，是以才有“春情”一词。

徐再思笔下的少女，在春天幻想爱情幻想得厉害，无论欢喜与悲愁，总之最喜欢在春暖花开时凭栏倚望，盼望情郎归。那种苦中带点甜蜜，甜蜜里又渗透苦涩，跟关汉卿笔下的思妇截然不同。有时，仔细读徐再思的曲就会有一种错觉，那些相思中的女孩似乎就是他的化身。

清代的褚人获在《坚瓠集·丁集》里留有徐再思的一段轶闻，说他曾在外漂泊十余年不归家，很可能在太湖一带游荡。徐再思是元代后期出了名的才子，虽然没当过大官，但是很多文人雅士都听过他的名字。如此出色的人，在外漂泊肯定与其际遇有关。长期的游荡生活，令他的心脆弱而柔软，多易触景生情，因此他的文笔总是那样柔得如水，易于渗入人的内心，勾出人的同感。

相思有如少债的，每日相催逼。常挑着一担愁，准不了三分利，这本钱见他时才算得。

——徐再思《清江引·相思》

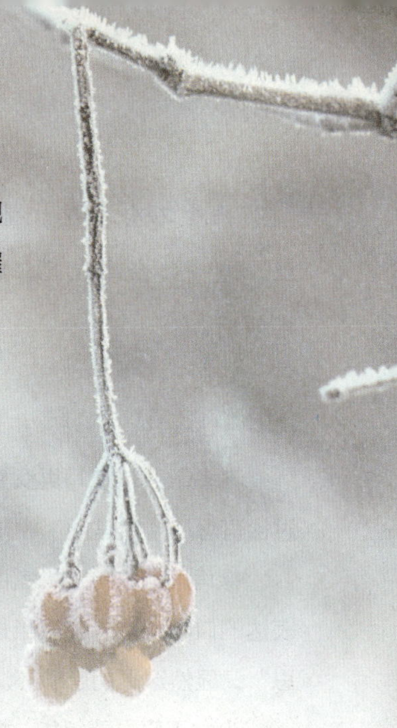

此曲与上一曲一样，也是徐再思的相思曲名作。再思把思念比作欠债，而且这债还不起，放“情”贷的每天都来催逼。终日背负这沉重的愁苦，不知道什么时候能偿还完情债，也不知道改偿还多少，恐怕只有见了思念中的人时，才知道如何计算本钱与利息。

徐再思的《清江引》，简简单单几十字，不用典，不取巧，只用本色语言，用债务来比喻相思。元代的高利贷在中国历史上是出了名的凶狠。如果思念好比高利贷款般难还，可以想见此时人的心有多么痛苦。徐再思这一比喻实在是妙。关汉卿也曾把思念比作高息贷款，却没有徐再思说得形象逼真。

相思，缠缠绵绵，是痛并快乐的，然而世上最毒的也是相思，思来想去，害的最终都是自己。多少戏剧大家所编纂的爱情剧目中，因相思而死的男女不在少数，比如梁山伯与祝英台，相思成就了他们永恒的悲剧。许多故事因为有了人的美好寄望，所以结局设定了男女走到一块儿，然而事实往往残酷得多。

曾经在网上流行过一首小诗，讲述男女情窦初开的时候，情人“就是那只轻盈飞舞的蜻蜓，旋落在我初露的尖角上，声声弹响我颤动的心弦”。然而分别之后，“那份渗入骨髓的相思，我将要用几生，才能把它拔除”？刻骨铭心的思念就像一根倒刺扎在心坎儿，恐怕用几生积蓄的力量都不足以承受被拔出的痛苦。

很多人都非常喜欢相思豆这种东西，把它串成链子戴在手腕，缠住情人的心意。然而大部分人都不知道，相思豆却是世间罕有的毒物，其毒性超过砒霜。若是不小心咬碎，它的汁可叫人肠穿肚烂。古人之所以给这种豆子起名为“相思”，其实并不是说“相思”可爱，而是说它害人不浅。

徐再思笔下的“相思”，虽没有明确的害人不浅，其实可怕到甚至超过了元代最凶残的社会现象。相思不累人吗？看多少男女为它寻死觅活，就知道相思确实累人了。然而，明知道它会让人万劫不复，可是作为情感丰沛的人类，却不断地让自己去做它的祭品。

最珍贵的不是“得不到”和“已失去”

在民间的传说中有一种鸟，雌雄双飞，形影不离。根据《尔雅》的记载：“南方有比翼鸟，不比肩不飞，其名谓之鹣鹣。”看来这传说中的鸟确有其踪。后来人们常常用“鹣鹣情深”来形容男女之间爱恋之深。白居易亦曾诗云：“在天愿作比翼鸟，在地愿为连理枝。”大概在诗人、词人的内心，都把“比翼鸟”看作爱情的神圣代表。

然而，世上当真能做到比翼双飞的男女又有多少，劳燕分飞或许更多，要么便是为了爱情失去更多值得珍惜的事物，落得“鸳鸯织就欲双飞，可怜未老头先白”的下场。不过尽管如此，仍有人如飞蛾扑火般投向了爱情的烈火，纵使粉身碎骨亦坚持自己的决定。白朴在《墙头马上》里塑造的经典人物李千金，便有这样惊人的魄力和不悔。

《墙头马上》是白朴一生戏曲里的最得意之作，倾注了他的很多感情。剧中的主人公李千金，名字就是“千金”，也可以视作她的代称。她是洛阳官宦人家的小姐，刚过二八年华，小女儿的心事便由原来的红妆刺绣及玩耍转变为考虑嫁人的问题。

剧情是从李千金在某日趴于墙头向外张望开始写起。长年不出闺门的她，因为对外面的世界格外好奇，便爬上梯子登墙，看院外大街上的风景。心情略显惆怅的千金深吸了一口气，轻轻地唱道：

【寄生草】柳暗青烟密，花残红雨飞。这人人和柳浑相类，花心吹得人心碎，柳眉不转蛾眉系。为甚西园陡恁景狼藉？正是东君不管人憔悴！

——白朴《墙头马上》第一折

开始是写李千金所住的园内情景：“柳暗青烟密，花残红雨飞。”在李千金眼中，园内景物残破，徒惹佳人不快，实则是佳人不快，才看不惯园内的风光。

就在她百无聊赖的时候，突然见到一个俊美至极的书生骑马经过。两人四目相对，风拂过，掀起二人的发丝，勾勒出他们清新的轮廓，那一瞬间，他们彼此均感如沐春风。

千金脸上一红，急忙从梯子上下来，躲在墙后。

骑马的书生并不是普通人家的子女，而是工部尚书裴行俭的儿子裴少俊，但千金并不知晓。裴少俊当时年过十八岁，墙头惊鸿一瞥，觉得千金貌若天仙，一时间心潮涌动，文思泉涌，随手写了首诗，抛进了李家的墙内。躲在墙后的千金拾起诗来看了看，微笑着回写一首抛出去。此后，两人便常以传小诗的形式恋爱。以诗传情是古人常常采取的形式，像是王实甫的《西厢记》里就有类似的情景。

李千金的乳母发现二人偷偷恋爱，可怜他们爱得辛苦，便帮他们两个私奔。裴少俊遂把李千金偷偷带回家藏在后院，整整七年，裴家人都没有发现千金的存在。在这七年当中，李千金还为裴少俊生了两个孩子：儿子端端六岁，女儿重阳四岁。

许是天不从人愿，又或者事情早晚要曝光。端端和重阳在玩耍的时候被工部尚书裴行俭发现了，后者几番追问裴少俊，才知道他尽然早已暗结连理，便大骂李千金不知礼数，迫使裴少俊休了她。李千金据理力争，但裴少俊却拗不过父亲的威逼而休了她。痛苦异常的李千金唯有回到洛阳，却发现父母双亡，一时间悔恨不已，心念着“家万里梦蝴蝶，月三更闻杜宇。则兀那墙头马上引起欢娱，怎想有这场苦、苦。都则道百媚千娇，送的人四分五落，两头三绪。”（《墙头马上》第四折【醉春风】）想当初只顾着恋爱，可七年下来却落得被休的下场，父母又双双亡故，人生还有什么希望？万念俱灰下，她去了父母的坟前守孝，寻个清净。

时光匆匆流逝，大半年过去了，裴少俊中了进士，担任洛阳令一职，将父母接到洛阳，打算与千金再识前缘。但是千金那时早就断绝了复婚的念头。而且她痛恨裴少俊耳根子软，就那样休了自己，缘分已被隔断，还有什么可续，于是死活不肯答应复婚。

而裴行俭这时知道了李千金竟然是自己的旧交李世杰之女，便主动跑去跟她道歉，

希望她再做自己的儿媳妇。李千金被求得心烦，又看到自己的儿女抱着她的大腿不肯松开，无奈之下只好原谅裴少俊了。总之一切便是皆大欢喜。

一个墙头、一匹高头马，成就了这段姻缘，所以白朴为李千金与裴少俊的故事起了《墙头马上》的名字，以言表对墙头、马背等“媒人”的感激。白朴为李、裴设定的美好结局，让这个故事成为元杂剧四大爱情剧之一，也是难得的喜剧。然而在真实的生活中，李、裴二人原型的结局却并非如此。

这个故事本来源于白居易的一首诗《井底引银瓶》：“妾弄青梅凭短墙，君骑白马傍垂杨。墙头马上遥相顾，一见知君即断肠。”一个女子爱上了一位男子，二人同居了五六年，终被家人发现。男方家里认为，没有三书六聘就进门的女人，甚至连妾都算不上，便将女人逐出门。回到家中的女人趴在墙上，看着墙外骑马而过的夫郎，二人虽然近在咫尺，实则已远如天涯，一时间心如刀割，肝肠寸断。白居易在写唐明皇与杨贵妃的时候，说出了“在天愿作比翼鸟”的美好愿望，可是同是在他的这首诗中，写的却是“劳燕分飞”。

现实的残酷让人们心灰意冷，所以人们把美好的寄托全放在向往当中。许多古代的悲情故事，在曲人、剧作家的笔下都变成了欢喜结局，这些作家们想从世人那里看到感动和欢乐的泪水，而不想看到他们为一个个悲情故事而痛哭流涕。

乔吉在《天净沙·即事》一曲里曾写道：“莺莺燕燕春春，花花柳柳真真，事事风风韵韵。娇娇嫩嫩，停停当当人人。”在爱情美满的人眼中，一切的事物都变得美好，莺莺燕燕不再是杜鹃啼血，花红柳绿不再是满地飘零，女人也娇娇嫩嫩、风韵十足，男人自然也春风得意、丰神俊朗。

美好的感情不只会令当事人变得风采十足，也会使欣赏他们的人觉得赏心悦目。在古今文人的笔下，爱情无论好坏，都是行文的永恒主题，人们在怨怼情感生活不美满的同时，也愿意给予他厚望，因此不如把惨剧化作喜剧呈现给世人。这也就是白朴写成《墙头马上》的重要原因。

然而，《墙头马上》的启示却不单纯是如此，其实人世间的真正爱情不是去珍惜那些“得不到”和“已失去”的东西，而是当珍惜眼前人。人们总是说，失去了才知道珍惜。但是为什么偏要等到失去了才珍惜呢？为什么不在拥有的时候牢牢握住呢？

夕阳西下，一个人形单影只地与垂暮一起消失在地平线下。再回首，无人在身后等待你的归去。这就是情人们想要的吗？断然不是！

白朴笔下的李千金，得到了后世的大量“粉丝”，是因她面对爱情够坦诚坚贞，在决裂的那刻也够坚定果断，虽然最后她看在孩子们的分上原谅了裘少俊，但她的骨气并没有放下。李千金敢爱敢恨，不怕“得不到”，也不怕“已失去”，一个女人拥有超越时空的魅力便在于此。

很久以前在日本有这样一种说法，当青年恋人在相爱达到最高潮时，有的竟然选择双双跳入火山口中，让他们的爱情永垂不朽。这种以死为代价的痴恋虽然并不可取，但他们对爱情的忠贞让闻者的灵魂都为之震颤。在得到的时候去拼命地守护，爱情才能不会落地成灰。

爱若久长，忍得别离

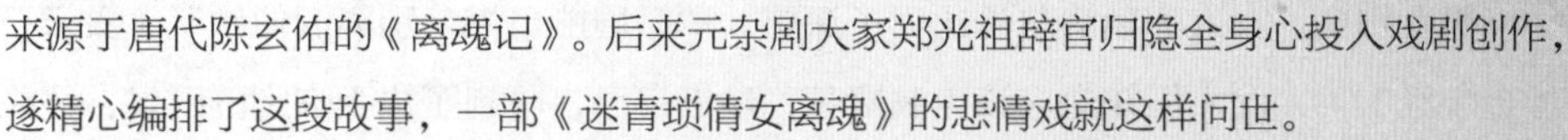

“倩女幽魂”出于蒲松龄笔下的《聊斋志异》，其中聂小倩的可怜与宁采臣的钟情，通过当代演员张国荣和王祖贤的倾情演绎，成就了中国式的“人鬼情未了”。然而最早的“倩女离魂”却不是从蒲松龄开始，而是来源于唐代陈玄佑的《离魂记》。后来元杂剧大家郑光祖辞官归隐全身心投入戏剧创作，遂精心编排了这段故事，一部《迷青琐倩女离魂》的悲情戏就这样问世。

郑光祖的“倩女”并非聂小倩，也不是真的鬼，而是因情而差点离魂死去的富家小姐张倩。张倩与秀才王文举从小指腹为婚。王文举不幸父母早亡，家庭落魄，适婚年龄时到张家提亲，不料张母嫌弃王家无权无势，打算悔婚。为了让王文举知难而退，张母便借口说只要他中了进士，就将张倩许配给他。

张倩对情感格外忠贞，知道母亲有意为难，便在王文举赴京应试时来到柳亭与他告别，一面勉励，一面诉衷情。热恋中的人硬是被分开，个中滋味难解难纾。

【元和令】杯中酒，和泪酌；心间事，对伊道。似长亭折柳赠柔条。哥哥，你休有上梢没下梢。从今虚度可怜宵，奈离愁不了！

【后庭花】我这里翠帘车先控着，他那里黄金镫懒去挑。我泪湿香罗袖，他鞭垂碧玉梢。望迢迢恨堆满西风古道，想急煎煎人多情人去了，和青湛湛天有情天亦老。俺气氲氲喟然声不安交，助疏剌剌动羁怀风乱扫，滴扑簌簌界残妆粉泪抛，洒细濛濛邑香尘暮雨飘。

【柳叶儿】见淅零零满江千楼阁，我各剌剌坐车儿懒过溪桥，他矻蹬蹬马蹄儿倦上皇州道。我一望望伤怀抱，他一步步待回镳，早一程程水远山遥。

——郑光祖《迷青琐倩女离魂》第一折

这三段唱曲，便是张倩和王文举在亭中送别的情景。《元和令》一段单讲二人饮酒告别。和着泪饮一杯苦酒，张倩知道就算对王文举说尽千言万语，也不可能将他拉回身边，对方去赶考毕竟是为了自己，她所能做的只有折柳相赠，让他别把自己忘了。过去中举的人经常会忘了糟糠妻，再娶一房妻室。张倩怕王文举也做负心人，再三叮咛他不要三心二意，不然她对母亲表示坚持不改嫁就没了意义。

看着书生的马渐行渐远，她也登上了马车，但仍在掀帘眺望。《后庭花》《柳叶儿》两段里便满含告别之后张倩不舍的情绪。望着古道迢迢，她在西风中垂泪，风过泪干，下一缕泪水又沾巾。俗话说，女人是水做的，泪水总是女人最好的武器，但这次李倩没有用泪水去挽留王文举，而是在后者离开许久才潸然泪下，其中的用心良苦青天可鉴。天若有情天亦老，本以为青湛湛的上天不会被自己感染，哪知回城的途中已经烟云弥漫，羁乱的风刮个不停，扫走了一地落叶。在呜咽的风雨声中，张倩更加控制不了自己的情绪，哭出声来，但她却再不敢望对方一眼，就怕自己的不舍让欲走的书生掉转马头，耽误了前程，那样两个人就再没有结缘的可能性了。

男女别离，女人的离情总是比男子深重。“峨眉能自惜，别离泪似倾”（贯云石《金字经》），女人们知道应该克制凄苦，珍惜自己，可到了执手临别的时候，往往难以自抑。等到夜半三更无人陪时，则更加愁不能寐，看天上明月一弯，更显清冷。张倩克制得了临别时的泪水，却无法遏止别后的相思。所以王文举离去不久，她便思念成疾。

《迷青琐倩女离魂》此后的三折子戏，即是张倩因为相思而离魂、由离魂再到回魂的经过。一开始，张倩只是终日做着王生归来的梦，听到些许动静便趴到阳台上去看。错认了人之后独自伤悲，恨自己不应该在柳亭赶王文举走。就这样在“远浦孤鹜落霞，枯藤老树昏鸦”中，听着长笛一曲，思念情郎，最后她病卧榻上，昏迷不醒。原来是魂魄不听人指挥，跟着王文举的脚步赴京赶考去了。

王文举还以为张倩真的追着自己来了，便高高兴兴地和她的魂魄在京城生活了三年，直到状元及第衣锦还乡，打算正式拜访岳母大人，于是便修书一封给张母。哪知道两人一回到家中，张母便狂奔出来说张倩是妖魅，自己的女儿则快要病死了。王文举闻言大惊失色，拔剑就要杀了跟在自己身边三年的“人”。张倩一时凄苦，魂魄一下子竟回到了自己的卧房，看到自己的原身形销骨立，不成样子，不禁悲从中来。哪知道一时激动，魂魄瞬间又回归身体之内，整个人终于醒了过来。张倩与王文举的结局可想而知，在郑光祖的笔下得到了一个圆满的结局：二人厮守，皆大欢喜。

元人最喜欢把爱情和美的愿望放在他们所写的戏曲当中，然而这也恰恰成了他们在现实中身世不幸的最佳对比。越是在剧中欢欣，在戏外则越是痛苦。情若是久长，别离也就没有那么痛；人生如果美满，悲欢离合不过是调剂品而已。由此可以看出，郑光祖在写离魂倩女的情感时，最后的欢喜结局并不是他真实情绪的表露，反而是第一折的别愁，被光祖写得细腻处见真情，说明他内心充满对身世可怜的凄苦。

钟嗣成的《录鬼簿》里记载，郑光祖是个生卒年不详却有才情的人，与关汉卿、马致远、白朴齐名。少年时习儒，后来做了杭州的小官吏，一直居于南方。因为性格方直，与官场的人处不来，干脆半公半闲，与当地的伶人歌女为友。有时他看这些风尘中人身世可怜，便为其写剧以供他们赚钱，自己也能拿一些稿费混口饭吃。他在《迷青琐倩女离魂》的剧中可怜张倩与王文举殊途之情，大概是看遍了伶人、歌伎们不能情有所终，便为他们虚构理想的爱情花园，也为自己寂寞的心找到一个可供栖息的秘密园地。这也是他从来不去触碰散曲和小令的原因，并不是他没有文采，因为散曲会暴露一个人的情绪，他怕说得越多越是伤心，所以只写剧本。然而，这并不代表他无心，反而是因为有心，他才写得出堪与《西厢记》媲美的《倩女离魂》。后人说他写剧本不为政治只为调剂生活，从不去揭露现实，可从张倩与王文举在柳亭惜别的情形，不难看出其中都是他对真实生活的种种叹言。

侬本多情，当为自己而活

古有三姑六婆，“三姑”是指尼姑、道姑、卦姑；“六婆”则是指牙婆、媒婆、师婆、虔婆、药婆、稳婆。一说到媒婆，就会让人忍不住想起包子头，罗圈腿，大红嘴，唇上还有一颗瘊子的老太婆，身着花花衣服，到处去给人说媒。瘸的说成能飞的，哑的说成能吹的，全靠一张嘴，对他们有好印象的都是父母之辈，想追求自由恋爱的年轻人看到他们就会敬而远之。

电视剧里给媒婆的形象画了一个永恒的框框，让人们大多讨厌至极，但是对于红娘这个角色，却很少有人望而却步。俗话说，做一次媒添一次寿，很多人都愿意做一次“红娘”，给别人牵红线，搭鹊桥，最后享受谢媒酒外加谢媒金。红娘之所以这么受欢迎，不得不归功于王实甫。

王实甫的《西厢记》并未让后人锁定张生、崔莺莺等角色，却把最佳女配角红娘推上历史舞台，实在是他的不经意之举。《西厢记》原本是由唐代元稹的传奇小说《莺莺传》改编的。主要讲张生和莺莺恋爱的波折，红娘不过是个不起眼的丫鬟，但在王实甫笔下却加了她的戏份，将其作为张生和莺莺爱情的催化剂。不料这一增戏份，却把红娘捧红了。

不必细述《西厢记》的种种情节，只简单讲讲张生与莺莺的邂逅与续缘。崔相国身故，夫人郑氏为丈夫送灵柩回河北安平安葬，身边带着女儿崔莺莺。在行至河北的途中因故受阻，郑氏等人只好暂居河中府普救寺。

寺中的住客当中还有一书生张生，他本是前礼部尚书之子，父母死后家境败落，赴京赶考也经过此地，在普救寺中停歇数日，碰巧正遇到在寺中游览的崔莺莺和红娘。张生见莺莺美貌如花，立刻一见钟情，唐突地送了莺莺一首赞美诗。他原以为会遭到莺莺的拒绝，没想到莺莺竟然回了一首诗。从此二人就这样悄无声息地以情诗为媒介开始恋爱。几日下来，崔夫人发现女儿的行为反常，暗中叫红娘监视莺莺，却不料红娘会阵前倒戈，反而帮助两人私下幽会。

当朝叛将孙飞虎听闻崔莺莺有“倾国倾城” 之容，便率领五千人马，围困普救寺索求美人。崔夫人一心解围，声称只要能解“普救寺之难”，就将崔莺莺许配给那人。张生立刻书信一封给他的八拜之交、征西大元帅杜确，铲除了孙飞虎这个大害虫。但之后崔夫人却突然出尔反尔，声称莺莺已经许配给公子郑恒。张生只有和莺莺隔墙以琴表心意，通过红娘进行书信来往。

红娘之所以极力撮合张生和莺莺的情事，一开始是热心，后来则带几分私心。在她帮助张生穿针引线时，张生表示过要好好酬谢她，她却说：“不图你甚白璧黄金，则要你满头花，拖地锦。”“满头花”和“拖地锦”其实是古代婚嫁的礼服，她的意思是希望张生能娶她。

女作家侯虹斌对这点曾有过一段解读：红娘是崔莺莺的丫鬟，以她的身份只能终身为婢，嫁人也只能嫁给下等人，生子生女都是奴婢。但古有“陪嫁丫鬟”一说，小姐嫁出去之后，富家有权纳小姐的丫鬟为妾。红娘极力撮合张、崔两人，也是她相中了张生的人品，希望后者能顺带娶她。而且她不止一次暗示过张生，明里暗里都在问张生如何“报答”她。她的想法并没有原则性错误，利己考虑是因为身份卑微而引发的权宜之计，倘若张生断然不娶她，她也没办法。何况她并没有损害任何人的利益。

在红娘的协助下，张生与崔莺莺虽然能隔墙幽会，但无法见面依然让两人活得很苦。几天之后，张生就因相思而病倒，莺莺也因日思夜想魂不守舍。崔夫人便叫来红娘严刑逼问，才知张、崔两人一直有来往。红娘料定夫人听闻之后会怒不可遏，不但不怕，倒干脆为张、崔辩驳起来，指责夫人不通人情。

【秃厮儿】我则道神针法灸，谁承望燕侣莺俦。他两个经今月余则是一处宿，何须你一一问缘由?

【圣药王】他每不识忧，不识愁，一双心意两下投。夫人得好休，便好休，这其间何必苦追求? 常言道“女大不中留”。

【麻郎儿】秀才是文章魁首，姐姐是仕女班头；一个通彻三教九流，一个

尽描鸾刺绣。

【幺篇】世有、便休、罢手，大恩人怎做敌头？起白马将军故友，斩飞虎叛贼草寇。

【络丝娘】不争和张解元参辰卯酉，便是与崔相国出乖弄丑。到底干连着自己骨肉，夫人索穷究。

——王实甫《西厢记》（第四本第二折）

这五段唱腔出于《西厢记》第四本第二折，是红娘最出彩的段子。“圣药王”“麻郎儿”“幺篇”三段曲子是红娘赞崔、张是才子佳人、情投意合，而张生的义兄还是大将军，与崔家门当户对；而“秃厮儿”“络丝娘”两段里，确实红娘直接损老夫人不守信用，坏人家姻缘，连心头肉的好女儿都不管不顾。五曲铿锵有力，完全展露了红娘伶牙俐齿的一面。

老夫人被红娘一连串的抢白，弄得一句话也说不出来，思来想去，考虑到张生义兄杜确的身份，只有同意二人交往，但要求张生必须考取功名才允许他和崔莺莺结婚。不久，张生果然考得状元，立刻赶往家中报喜。然而一波未平，一波又起，郑恒突然横插一脚，欺骗莺莺张生已经成了卫尚书的东床快婿，意图染指莺莺。好在张生和杜确及时赶到，惩治了小人郑恒。而张生终于得偿所愿，抱得美人归。此时的张生早把答应红娘的事情忘在脑后，小小的红线人只能黯然退出了舞台。

红娘的可爱、大胆、泼辣赢得众多人喜爱，然而人们总是看不到一个角色背后的悲剧。据说当代学者吴晓铃曾在他的书中说红娘想要张生娶她为妾才肯那般全力帮忙的，这个言论在当时遭到很多读者的痛骂。其实，是由于人们对戏剧形象要求过于完美的惯性在作祟，让人们不愿承认红娘的私心，然而这却是王实甫要在《西厢记》里真正突出红娘的原因。红娘的个性再坚强泼辣，但她一样是一个需要呵护的小女人，她并不是人们心目中的神，而是一个没有社会地位的女人，仅仅想要为自己寻找出路。她撮合莺莺与张生，既不损人又可利己，这才是真实的人性。王实甫正是站在人性的角度进行着艺术的探索。

贾仲名在追忆王实甫时曾言："风月营密匝匝列旌旗，莺花寨明飚飚排剑戟。翠红乡雄赳赳施谋智。作辞章，风韵美，士林中等辈伏低。"每日混迹在妓馆市井的王实甫，见"卑贱者"无数，了解到他们每个人活着的方式都有所不同，生活际遇也大相径庭。他如此写红娘，一是对此类女性心存同情，二是真的想在戏曲中为普通世人挣得永世流芳的机遇。

如今再听人们说"愿天下有情人终成眷属"的时候，深感他们其实也是在为自身祝福，红娘不过是把这一切付诸行动，至于成不成功，是否能为自己也争得一片天地，则全看天意是否成全。但是，红娘依然活得有血有肉，这才是王实甫欲为世人呈现的大雅和大俗的交融。

此缘非我有，何必去营营

有人说，爱情是一种毒品，它令人欢喜到发狂，即使人世间最丑陋的事物，在情人的眼中都变得诗情画意。如同一个乞丐披上了金装，乞讨的双手都变得无比纯洁、令人感动。可是当对爱情毒品成瘾到最后难以自拔的程度时，往往会导致人们对其痛恨到发狂的地步，此时即便最美丽的事物摆在这人眼前，他也会觉得一切都是那般令人生厌。可是即便如此，大多数人都选择饮下这种毒品，在爱与痛的边缘徘徊，奉送了欢笑与青春，用泪水来偿还。

眼中花怎得接连枝，眉上锁新教配钥匙，描笔儿勾销了伤春事。闷葫芦刻断线儿，锦鸳鸯别对了个雄雌。野蜂儿难寻觅，蝎虎儿干害死，蚕蛹儿毕罢了相思。

——乔吉《水仙子·怨风情》

已经不止一位文人讲过“花本无情”的道理，但是许多人仍愿意用它来形容人的内心和妆容。乔吉便是如此。

美丽的花向来是赏心悦目的，但乔吉笔下的主人公情场失意，但见花开，丝毫不觉得花美，反而觉得花是虚幻，结不成主人公想要的连理枝。在这里，花化作了主人公情人的替身，既然花成虚幻，说明曲中人正处于失恋阶段。这个失恋人痛苦失意，愁眉不展，眉心如同上了深锁，找不到钥匙来拆解，真想拿起笔来一笔勾销了伤心往事。

失恋，怎一个“愁”字了得，否则陆游再见唐婉的时候，也不会看着满城春色而发出“东风恶，欢情薄”的惆怅之语。如果失恋能够用笔将其勾销的话，人们也就不会为此总是伤心了。所以曲中人的心才纠结难疏，暗暗责怪老天怎么错点鸳鸯谱，导致“从此萧郎是路人”的后果。不过怨天怨地又如何，左右都以分手收场，自己还像点了壁虎朱砂一样为男人坚守着爱情，像春蚕吐尽丝般去执着地爱着，到头来才发现那人原来爱得根本不是自己，实在太傻。

曲中“蝎虎儿干害死”指的是汉唐时期皇宫中流行的“守宫砂”，是宫女们给帝王守贞的标志。点守宫砂所需用的事物是壁虎的尸身。过去人们称壁虎为“守宫”，用朱砂喂养它，就会使它变成红色。当壁虎食满七斤朱砂之后，将之血肉碾碎，点到女人的身上，可以终年不掉，直到女人失了贞洁方才消失。曲中人借壁虎朱砂一故，便是想说自己太痴傻，为了一个不值得再留恋的人而坚守爱情。

不过到最后，曲中人已经解开负心薄幸人给她的心结，未尝不是好事。总强过《长门赋》中望眼欲穿的阿娇，好过被思念弄至香消玉殒的唐婉，好过托尔斯泰笔下卧轨的安娜。这些女人都不能真正地忘情弃爱，所以悲伤难遏，或凋零，或自尽。

其实，真正的爱情不应该是毒药，不应该是捆绑人的枷锁，不应该是令人疯狂的催化剂。真正的爱情，应当是相濡以沫，互相信任，互相体贴。例如千年之前司马相如与卓文君相恋的事迹，他们的爱情可以说是人们心目中理想的恋爱典范。

司马相如与卓文君，一个是众星捧月的才子，一个是养在深闺的佳人。他们的故事开始于司马相如做客卓家，在厅堂上见到了卓文君，一见钟情，遂弹奏一曲《凤求凰》：“凤兮凤兮归故乡，游遨四海求其凰，时未遇兮无所将，何悟今兮升斯堂！有艳淑女在闺房，室迩人遐毒我肠，何由交颈为鸳鸯，胡颉颃兮共翱翔！”在诗中包含了司马相如的大胆追求之语。

卓文君为他在爱情上的坦然和他的文采深深地着迷。暗中与司马相如来往，后来甚至携手私奔。卓文君与司马相如回到成都老家之后，看到司马相如家徒四壁，便回到自己的临邛老家开了酒肆，以卖酒养家。司马相如也亲自当起了店小二，二人毫不畏苦，过得美满至极。夫妻情深终于得到了卓父的认可。

然而司马相如在发达之后，自觉身份不凡，终日沉迷酒色，竟兴起纳妾的念头。直到卓文君送给他一首《白头吟》，低唱“愿得一心人，白头不相离”，才恍然顿悟，心知不该风流，忘了昔日的情深，后悔不已，从此再不敢生异念，专心如一。

婚恋本就是你情我愿，能算得到开始，亦算不得结局。如果真正互相倾慕，不必强求，不必刻意守贞，彼此就能心意相通，生死相随。杨过和小龙女对爱情坚贞的程度，令无数人咋舌。“十六年后，在此相见；夫妻情深，务失信约”。小龙女本以为必死无疑，希望用十六年的时间来使杨过的情思转淡。可是十六年后杨过依然跳了深崖，欲与小龙女同葬一处。如果不是他这一跳，怎能与爱人重逢？倘若他不是如此深情，又怎么会再见爱人，原来冥冥之中自有机缘。

问世间情是何物？直教生死相许。那些不用去算计来的爱恋，只用真心疼爱对方的感情，方才纯洁无垢。

对爱情的纯度过于猜忌，无非是作茧自缚。忙活的是自己，对别人也造成相等的伤害。而对失去的爱情过于执着，痛心的是自己，折磨的则是家人。所以爱情应当多一份真挚和胸襟，情深便无悔，情淡也要懂得放手。庄子就曾说：“此身非我有，何必去营营。”爱情不是策划而来，亦没有保险可言，情到浓时自然好，情到浅时自然分，不是自己的就不必去经营。恨欲狂，爱欲狂，本没必要的。

多情应笑我，早生华发

在元代，任何人都可以被遗忘，但关汉卿不可以，作为东方戏曲大师的他给了很多人深刻的记忆。关汉卿脾气倔强，单是他自比一颗千锤百炼也不变的“铜豌豆”，不知使多少人对其刮目相看。然而关汉卿的洒脱个性里也是伴着柔情的，因为他的戏剧太过耀眼，人们只注意到他那疏狂的个性和不羁的处世态度，往往忽略了他所写的小曲，其中有他太多的似水情深。

有人说，男人爱揣测女人的内心，喜爱用女人的口吻去落笔成文，是因为部分男人的心柔软多情，但是无法直接开口诉说内心的痛苦与甜蜜，只好通过女人来表达。也许这个说法是对的，至少关汉卿是个多情的人，他同情怜悯那些身在民间底层的妇孺，所以他非常喜欢写他们的生活和情感，并且常常以他们的口吻，诉说人世的不平和对生活的向往。不仅如此，关汉卿最深情的笔触不是遗落在戏曲当中，而是为数不多的散曲。

关汉卿的散曲写闺怨和妇愁的要多过写初恋女孩的欣喜，尤以一组《大德歌》为最。选择写闺怨曲，是因为在那个时代伤心的人通常多于欢喜的人。而且伤心人的事情，更能勾起人们的共鸣。

子规啼，不如归。道是春归人未归，几日添憔悴。虚飘飘柳絮飞，一春鱼雁无消息，则见双燕斗衔泥。

——关汉卿《大德歌·春》

春天是心灵萌动的季节，正是谈情的好日子，人们也总是喜欢把这个季节作为许诺的时光：来年春天会怎样……

关汉卿笔下的春天，也是情动的季节，不是情窦初开的思春，却是相思的伊始。曲中的主人公是一位思妇，在春日的早晨聆听杜鹃“不如归去”的叫声，心生些许忧伤。这样的时节让她想起去年情人临走时候的情景，情人曾说会在今年的春天回来的，可是她等得柳絮漫天飞舞，落入水中化为腐朽，等到燕归来衔泥做窝，春风阵阵，情郎却杳无音讯。此时的思妇的等待，大有“衣带渐宽终不悔，为伊消得人憔悴”的执着。

一曲《大德歌》，七语情词，虽没有一句提到“相思”，然而句句却道出相思无尽，其中的百无聊赖、痛苦迷茫已经沁入人心。道是无情却有情，此时无声胜有声。杜鹃啼血，虽无“相思”意思，女子的心声已在其中。

春去夏来，思妇的相思渐成猜忌，爱恋最后化作了抱怨：

俏冤家，在天涯。偏那里绿杨堪系马。困坐南窗下，数对清风想念他。蛾眉淡了教谁画？瘦岩岩羞带石榴花。

——关汉卿《大德歌·夏》

他这个冤家啊，怎么还不回来，是不是已经远走天涯，或者恋上了新欢，不要她这小小的芳草了？独留她一人困坐窗前，凭栏倚望，数着一道道飘过的清风思念情郎。百无聊赖下，无心对镜画蛾眉，也无心修整妆容，形容憔悴不堪，信手拈来庭中石榴花戴在发髻间，配上自己的惨淡妆容，实在不称。

古人通常以“绿杨”来形容女子，“绿杨堪系马”的意思就是男人被女人牵绊住了。女主人公之所以这么说，是担心男子移情别恋。而她的担心不无道理，自古痴情女子居多，但痴情男却不多见。思念越发深的女主人公，竟然穷极无聊到去数清风有几道，足见她的心思烦乱和茫然。

“蛾眉淡了教谁画”这句话里，还隐含了“张敞画眉”的典故。张敞是西汉时的官员，乃治世之才，格外擅长整顿地方治安，为此有人说他杀人如麻，很冷血，偏偏张敞是个爱妻如命的人。他的妻子童年时期跌伤过脸，眉骨受挫，长大后眉毛有一块儿长不出来，所以需要天天仔细画眉。张敞与妻子向来恩爱，经常亲自为她修理眉毛。本来这是人家的闺房之乐，却成了远近的笑柄、茶余饭后的绯闻，就连皇帝都把张敞找来询问。张敞却毫不避讳地说：“闺房之乐，有甚于画眉者。”在张敞看来，画眉才是夫妻间最快乐的事情。

女人都渴望有一个像张敞这样懂得风月的情郎，关汉卿笔下的女主人公自然也是。然而，她的情郎早已经不知去向，留下渐渐暗淡凋零的她在那里。

不知不觉秋雨来临，花谢人凋零，就这样在闲愁中，比花娇的夏天过去了。女子的思念也越发强烈。

风飘飘，雨潇潇。便做陈抟睡不着。懊恼伤怀抱，扑簌簌泪点抛。秋蝉儿噪罢、寒蛩儿叫，淅零零细雨打芭蕉。

——关汉卿《大德歌·秋》

风雨凄凄，如此夜晚，恐怕连传说中唐五代最能睡觉的陈抟也会睡不着的。相传陈抟在华山修道，一睡能三年不醒，被称为“睡仙”。曲中女主人公以陈抟无法入睡，来强调风雨恼人。其实，真正恼人的并不是风雨，女人是因为心乱而无法入睡。

她日夜被相思和猜疑所煎熬，所有的恨与痛一股脑地都涌上来，忍不住泪流不止。此时，秋蝉寒蛩“窃窃私语”，外面雨水击打在芭蕉叶上，噼啪作响，好像在为她的寂寞叹息。

秋雨本是无情物，却因女人的烦恼而惹了俗尘。那一刻，相思中的女人，瘦弱不堪，只等冬风摧残。

雪纷纷，掩重门，不由人不断魂，瘦损江梅韵。那里是清江江上村，香闺里冷落谁瞅问？好一个憔悴的凭阑人！

——关汉卿《大德歌·冬》

冬季，窗外簌簌的大雪飘下来，如同梨花般飞舞，掩盖了大门与窗棂，外面一片静默，直叫人魂欲断。远望被裹着积雪的黄芦掩盖住的清江旁，梅花都已瘦得不成样子。那清江上的村庄里灯火炊烟，说明有人问津，而女人的香闺却冷清清无人问，只余她自己凭栏眺望盼郎归。好一个憔悴的凭栏人。

一年四季，在关汉卿的笔下就这样悄悄地过去。女主人公盼过春天，盼过冬天，盼来盼去魂也销。与情郎分别，痴傻地等待，耽搁了最珍贵的时光，爱人一去不归，再坚强的心灵恐怕也会化为死灰。可是她却仍抱有幻想，坚持坐在窗边痴望，难道是绝望后变得痴傻？还是打算再等一年呢？

亦舒曾说：“人为感情烦恼永远是不值得原谅的，感情是奢侈品，有些人一辈子也没有恋爱过。恋爱与瓶花一样，不能保持永久生命。”一个傻女人痴等情郎，换来的无非是失望。其实，越是被别人忽视，人越要珍惜自己，浪费青春年华，到头来不觉得冤枉吗？

关汉卿的四首《大德歌》，一年四季写相思，把女人的心思揣摩个透，同时，他也在怜悯她们的单纯，暗暗希望她们不要再默默等待，勇敢地追求自己的幸福生活。

闻弦歌知雅意，看关汉卿的剧，道他是个铿锵利落的大丈夫，充满对人间疾苦的怜悯；再看他的曲，则见到了这大丈夫的另一面，细腻多思，这恐怕与他的经历有关。辞掉宫廷医官工作的关汉卿，一直在大江南北四处游历，在民间采集剧本的灵感，像个游学者般。见惯了人间的爱恨离合，他的情感很难不丰沛，否则就无法写出那般多的剧本。

女人，是几千年来的弱势群体，也是关汉卿笔下最多提到的话题。像关汉卿一样懂女人的文人，在历史上并不多。如果关汉卿也不为她们怜惜，不为她们不平，难觅知音的她们实在是太可怜。也许正因为这样，关汉卿的四季相思曲，才那般情真意切。

人间自是有情痴

红楼之内，一个是阆苑仙葩，一个是美玉无瑕，若说二人没有奇缘，偏生却又相遇，若说是有奇缘，最后却化作水中月、镜中花。《红楼梦》中的贾、林二人两小无猜，他们的爱情虽没有实现生死相随，但结局已经相去不远。如果曹雪芹能活着写完红楼的结局，也许宝玉也会追随黛玉而逝去。

“人间自是有情痴”，痴情者往往会变得难以理喻，出现令人心神俱裂的行为，生死相随，通常是他们的最终结局。人们总在感叹，不应为了感情而失去理智，然而当面对那些如同疯魔的痴情者，人们也不得不对其肃然起敬。所以元好问在看到大雁自杀殉情时，才忍不住道出了“问世间，情是何物，直教生死相许”的感慨。

金庸曾借元好问的词和故事，刻画了《神雕侠侣》中那对大雕殉情的场景，同时也塑造了杨过、小龙女倾城绝恋的故事。像是杨、龙那样的痴在现实生活中没有吗？恐怕是不多见吧，不过谁也不能排除没有这样的人。曲人鲍天佑就曾经塑造过这样一个痴情女子，而此女在历史中确实有其原型。她便是《王妙妙死哭秦少游》中的妓女妙妙，可谓情痴一个。

鲍天佑是元代的杂剧家，遗留下来的作品残本仅有《史鱼尸谏》《曹娥泣江》《宋弘不谐班超（与汪勉之合作）》《投笔哭秦少游》《比干剖腹》《杨震畏金为富不仁》。

这些剧目大多都是残本，无一完整，而且都是悲情作品，无论含义和情感，皆如“老蛟泣珠”，低吟沉郁，重而不闷，辛而不酸。所以他笔下的痴情人，越发显得情深义重。

《王妙妙死哭秦少游》一剧主要是讲妓女王妙妙与秦观的一段情缘，秦观死后，此女千里哭丧，最终为秦观殉情。女主人公妙妙在历史上却有其人，但只是个名不见经传的歌姬，在宋人的笔记小说里连她的名字都没有详细记载，所以鲍天佑特别为她起了名字。她是秦观一生所遇见的众多女人之一，与秦观的真正情人楼东玉和陶心儿相比，她几乎不值一提，她能在历史中留下一个小小身影，并为后人传诵，原因大概就在于她的痴情吧。

秦观是宋代的风流人物，乃苏门四学士之一，好诗文又多情。试想，能写出“两情若是久长时，又岂在朝朝暮暮”这样的男人，就算女人没有见过他，也会被他的才情所迷。他一生只有一个正妻徐文美，但秦观却不爱她。也许是父母之命、媒妁之言得来的妻子，他痛恨这段婚姻，也因此冷落了娇妻。是以秦观把词文给了很多名妓，却从不肯对妻子稍加辞色。婚姻生活的不顺令秦观流连在外，写出了无数风流词作，亦迷倒了远近的名伶。

身居长沙的名妓王妙妙与秦观素未谋面，却因他的词而对他倾心不已，在她的心目中，秦观是个完美的神。她所唱的曲子均是秦观所作，长沙人皆知名妓妙妙的偶像是秦观。

秋香因为一句“别人笑我太疯癫，我笑别人看不穿；不见五陵豪杰墓，无花无酒锄作田”而爱上唐伯虎，妙妙当然也能因“金风玉露一相逢，便胜却人间无数”而爱上秦观。会甜言蜜语、风花雪月的男人，总是比木讷的男人更胜一筹。

不久，秦观被贬谪到长沙，听闻此处有这样一个仰慕他的歌伎，便隐瞒身份接近妙妙，问她为何因为三两句词而爱上一个陌生男人，这样岂不太草率？万一秦观长得貌丑如猪，妙妙岂不是吃亏？妙妙却说，如果能见到秦观的真人，无论怎样，就算做他的妾

侍，她也心满意足。

如此情真令秦观不禁暗暗咋舌，遂表明了身份，与妙妙成为无话不谈的知己，甚至赠词答谢她的情意。然而好景不长，秦观需要再次南下，不能携她同行，两人只有分别。在临走之前，秦观还写下“郴江幸自绕郴山，为谁流下潇湘去”的词给妙妙，言明归期不远，定会来接她一起回乡。谁知此去一别千里，妙妙再闻秦观的讯息，才知秦观去世，二人已是天人永隔。

【甜水令】则见那闹闹哄哄，聒聒噪噪，道姓题名，围前围后。湿浸浸冷汗遍身流。哭哭啼啼，凄凄凉凉，不堪回首，愁和闷常在心头。

【折桂令】困腾腾高枕无忧，却和你梦里相逢，元来是神绕魂游。一灵儿杳杳冥冥，哀哀怨怨，荡荡悠悠。凄惶泪流了再流，思量心愁上添愁，空教我淹损双眸。折散了燕侣莺俦，至老风流，佳句难酬；觑了这一曲新词，便是他两句遗留。

——鲍天佑《王妙妙死哭秦少游》

那一晚，午夜惊梦，梦中到处是一片闹哄哄和哭声，然后是一幕骇人的景象，将妙妙吓醒。她在梦中似乎看到少游（秦观的字）掀帘而进，来到她的榻边，轻抚她的脸庞，却没有说话，只是泪流满面。醒来的妙妙心中一阵哀怨，愁上添愁，暗道梦中的情景是不是有不好的寓意？难道是秦观的灵魂前来找自己道别吗？犹记得秦观临走时给自己赠诗的情景，可他一直未归，难道是出事了？

这两段曲子是《王妙妙死哭秦少游》残本里的片段，主讲妙妙在秦观走后的忐忑情绪。她为了给秦观守节，闭门不待客，也不去秦楼楚馆唱歌，只为了等秦观归来带她远走他乡。可是她却做了这么不好的梦，一时间心绪不宁，便叫人出去打听秦观的下落。未了不出三日，去打听的人带来一纸自雷州寄出的书信，上面写的竟是秦少游死于归途的噩耗。

拿着报丧信的妙妙顿感万事皆休，所有的希望化为灰烬，徒留自己为他喝上一杯痛煞人心的祭酒。她疯了一样地回到住处，收拾细软，披上了丧衣，千里迢迢奔赴秦观去世的旅馆，看到了秦观的灵柩停放在那里。她走上前趴在棺沿上，伸手抚摸心爱之人的尸身，围着棺木缓缓移动着脚步。不知过了几时，运送棺木的人叫她起身，准备合棺，她却突然失声痛哭，低吟“去意难留”，仰天倒地，竟没了气息。

“我欲与君相知，长命无绝衰。山无陵，江水为竭，冬雷震震，夏雨雪。天地合，乃敢与君绝！”山盟海誓亦不过如此吧。一个女子为了心爱的人伤心而死，魂去了黄泉路上，亦要寻得爱人。纵使此刻海不枯石不烂，天与地不贴合，其情亦可使天地四时为之哀痛。

爱情无分身份等级，即便妙妙是一个歌伎，身份远不及《红楼梦》中的痴儿女，也不及金庸笔下的神雕侠侣，但是她的情深亦能创造无比的哀恸，足以让她为爱情牺牲的精神到了无人可比的境界。

所以才有人形容：一幕剧的结局，如果是同生便是喜剧，如果是同死便是圆满，如果一生一死，才叫真正的悲剧，因为那是天人永隔。王妙妙因爱秦观的才而爱其人，宁选择圆满亦不要分离，她当然值得后世赞赏，也难怪明代小说家冯梦龙称：千古女子爱才者，唯长沙歌伎王妙妙是一绝。

汤显祖曾言：“情不知所起，一往而深，生者可以死，死者可以生。生而不可与死，死而不可复生者，皆非情之至也。”爱情升华到了极致，生死的界限就会变得模糊。按中国人的说法，今生不能结缘，来生也要续缘，缘定三生即是如此。如果没有生死相随的意愿，便不能称为至情至圣。

虽然为爱生死相随，可歌可泣，然而活在现实的人们，大多也做不到这种程度。是以才越发显得王妙妙的一往情深。“人间自是有情痴，此恨不关风与月。”在情痴面前，任何人都会为自己的渺小而自惭形秽。

市井里的众生相

元代的市井继承了宋代的繁华，也容聚了元人的困苦和性灵的挣扎。在这里可以看到才子佳人、达官显贵、落拓文人、市井小民，也可以看到生活的玄机。

身在泥淖，出水芙蓉

如果女人一口一句“公子、官人”，一颦一笑间妩媚的眼神，再生得眉朗星目、面若桃花、体态轻盈、风柳腰身、盈盈跨步，唱起歌来再语娇声颤、字如贯珠，余音绕梁三日而不绝，纵使此女不是天姿国色，也能轻易叫人拜倒在她的石榴裙下。别说男人抗拒不了，普通的女人恐怕也要甘拜下风。

在古代，大多数的名妓几乎都能做到以上的程度。对于她们来说，想要得罪一个男人不容易，但想要迷倒一群男人可不难。然而在看到诸多名妓的风光外表时，亦应知妓女其实是非常屈辱、悲惨的职业。比较出色的艺伎通常还能受到尊重，然而更多的妓女在男子的面前始终无法抬头挺胸，不但如此，她们还要受到鸨母的剥削。曾有无名氏写过一段曲子，大骂鸨母“为几文口含钱做死的和人竞，动不动舍命亡生”，将鸨母的丑态凸现出来。

中国几千年的老传统，死人埋葬前要在口里面放个铜钱，意思是封口钱，叫化为鬼魂的死人不要上来念叨活人。便是这种死人钱，鸨母也要拿到，她们才不管人的死活，只要是钱，就要撒泼、滚地地抢过来。鸨母们拉着丑恶的嘴脸逼良为娼，恶毒至极，从不顾人死活。即便不是所有鸨母都如此贪婪狠毒，但大多数都是为了赚钱不惜一切代价。虽然这些鸨母几乎都曾做过妓女，她们却对从事同行业的可怜女子丝毫没有同情心，人性的可悲之处也在此。

许多妓女为了逃脱声色犬马的生活，为摆脱贫贱苦苦挣扎，拼命学艺以提高身价，希望能被懂得怜香惜玉的情人收做妾。对她们来说，如能觅得良缘，便是天大的幸运。关汉卿就曾写过一部

《赵盼儿风月救风尘》的戏，讲的便是妓女们为命运挣扎的故事。

赵盼儿是关汉卿杜撰的一代名妓，是现实世界当中风尘女子的代表。剧中的她，有着风月女子的共性，年轻时对爱情有所向往，年长时才知道人间缺乏真爱。但她仍怜悯那些与她同病相怜的女子，希望帮她们找到真爱。

少女时期的赵盼儿貌如桃花、聪颖异常、天真烂漫，在心中勾勒过梦中情人的样子，想着和他携手畅游江南，在波光潋滟的西湖上荡舟对赋，过上惬意美满的生活。这是每个风尘女子的共同愿望。然而当时光匆匆而逝，赵盼儿才知飞上枝头不可能，找个理想男性嫁掉则更是做梦。

十年风尘生活，让她深知自己一厢情愿，说出肺腑之言："待嫁一个老实的，又怕尽世儿难成对；待嫁一个聪俊的，又怕半路里轻抛弃。"这是妓女内心的最大矛盾，现实由不得她不清醒。因此当她看到了同行的小妹宋引章抛弃了好心穷书生安秀实，打算嫁给浪荡子弟周舍时，出面坚决反对。

【胜葫芦】你道这子弟情肠甜似蜜，但娶到他家里，多无半载周年相弃掷，早努牙突嘴，拳椎脚踢，打的你哭啼啼。

【幺篇】恁时节"船到江心补漏迟"，烦恼怨他谁？事要前思免后悔。我也劝你不得，有朝一日，准备着搭救你块望夫石。

——关汉卿《赵盼儿风月救风尘》第一折

这两段唱腔是赵盼儿奉劝宋引章的话，阅人无数的她，什么样的男子是好男儿，她一眼就可以看出。周舍善于甜言蜜语，家里又是富贵人家，但并不等于他是好人。宋引章还是个小女儿家，贪图周舍的俊俏嘴脸，又觉得他比书生安秀实更能让自己过得殷实，便毁了与安秀才之间情定三生的约定。但赵盼儿却看出了个中的凶险。她断言周舍"酒肉场中三十载，花星整照二十年"，意思就是说周舍一肚子花花肠子，根本不是个值得托付终身的男子。如果宋引章跟了他，难保不会变成一颗望夫石。

但是，在赵盼儿苦劝之下，宋引章仍执意要嫁给周舍，盼儿无奈，预言宋引章必会经常遭受打骂，被丈夫冷落。因为官宦子弟大多都把漂亮的妓女当作玩物，根本不可能把她们当人看。然而，宋引章贪图一时之快，硬是跟了周舍回其老家郑州。结果事情正如赵盼儿所料，宋引章婚后备受周舍的凌辱与折磨，只有写信向赵盼儿求救。

赵盼儿闻讯心焦，立刻前往郑州搭救宋引章。她有一副好嗓音，又是风月上的场面

元代的市井继承了宋代的繁华，也容聚了元人的困苦和性灵的挣扎。

人，很快在当地的妓院中成为名角。她私下对宋引章说："我着这粉脸儿搭救你个女骷髅，割舍的一不做二不休，拼了个由他咒也波咒。"她嘴上埋怨宋小妹单纯，不听自己的话，真想就这样抛下她不管，但她是刀子嘴豆腐心，还是决定要救宋引章出火坑。

几日之后，色鬼周舍听说郑州来了一位名妓，立刻前去瞻仰风采。那名妓自然就是赵盼儿了。在赵盼儿的有意接近下，周舍终于上钩，赵盼儿遂软磨硬泡地让周舍写休妻书。

周舍架不住美人的央求，迷迷糊糊地就把休书写了。拿到休书的宋引章终于得以逃出生天，而赵盼儿也迅速收拾行李离开郑州。周舍这才发现自己中计了，连忙上官府去告状，扬言有人拐骗他的妻子。哪知道此时的安秀才也到了郑州官府，说周舍勾引自己的爱妻。两方对峙之下，周舍当然理亏，被官府痛打了一顿，还被剥夺财产，成了穷光蛋。安秀才自然是平安抱得美人归。

赵盼儿得知小姐妹终于苦尽甘来，欣喜不已，她的心也豁然开朗。人生在世，到死黄土一抔，她要不得功名的碑墓，因为她是个女人，也要不得贞节牌坊，因为她是个妓女。所谓"夫人有夫人的福分，奴婢是奴婢的命，奴婢怎能做得了夫人"。不过尽管地位卑贱，她依然希望能为自己的生活搏一搏，即便自己搏不出一片天，至少为同是天涯沦落人的姐妹讨个好生活。正是因为赵盼儿的坚韧、聪敏和讲义气，使得她这个角色成为剧坛上最鲜明的女性人物之一。

历朝历代，妓女一直是最下等的职业，出卖身体换取钱财，为普通人家和官宦人家的女人最不耻，男人也看不起她们。宋代有个叫沈君章的士子，常去妓馆寻欢作乐，一天在妓馆留宿偶感风寒，两腿特别疼痛，他的母亲为他按摩说：儿子读书良苦，半夜学习时少了炭薪，这才冻坏的。沈君章听到这话，直觉太不好意思，发誓以后再也不去那些下贱的地方了。沈君章把自身的伤痛怪罪到妓女的身上，足见他并不是一个君子和伟丈夫。如果不是为生活所迫，没有女人甘愿做妓女的行当，滑铁卢桥上的马拉、巴黎名妓玛格丽特，哪一个不是因为有苦衷才投身风月。如果男人们都能对爱情聊表忠贞，亦不会有那般多的可怜女子堕落风尘。如果男人们不去想着享乐和捧场做戏，女人也不会变为玩物。为什么男子一定要把自己的过错推到女子的身上呢。

关汉卿写下《赵盼儿风月救风尘》的剧本，原因在于他同很多名妓相交至深，关汉卿对她们的遭遇深表同情，亦希望她们能坚强起来为命运拼搏。一个人拥有玉骨风姿，不是与生俱来，而是后天培养出来的气质所定。虽然那些沦为妓女的女子遭受了诸多不平的待遇，只要她肯抬头挺胸，并以自己高超的技艺和不屈的气节来应对世人，一样会得到尊重，一样会化作出淤泥而不染的芙蓉。不仅如此，她们还会成为一道装点时代的最美风景。

温柔乡里寻慰藉

“儒人不如人”是石君宝曾借《秋胡戏妻》这幕戏曲评判了元代穷困潦倒的文人。有钱的文人易腐败，没钱的文人好幻想，元代的病态社会培养了大批心理极度不平衡的士人。石君宝作此论断不是一竿子打翻一船人，事实几乎就是这样。

钟嗣成在《录鬼簿》里专为“门第卑微、职位不振”者立传，也是因为他同在此列，不想就此埋没青史而变得一文不值。前文不止一次说到“十儒九丐”的说法，元人也多数自感地位卑下，心有怨怼。张可久曾唾弃过读书，乔吉痛恨过官场，关汉卿笑骂人间，邓玉宾父子只愿问道。

盼功名无望，求富贵无门，做大事纯属逞口舌之快。许多元人用情于指尖，施力在笔端，写下无数济世之志。然而他们总是眼高手低，摆脱不了红尘的捉弄，在人世苦苦挣扎再挣扎，什么名、利、功、禄皆没有得到。最终，为了自我安慰，对自己道一句“省得也么哥”。

在功名富贵求不得的情况下，元代的士人希冀能从情场上获得些许安慰，然而情场真的能给他们慰藉吗？

爱情作为精神安慰品，不断地消磨着元士人的时光。对于寻常的爱情和婚姻士人大多选择避讳，因为他们担不起责任，所以大部分人都去妓院中寻芳，依靠从温柔乡里欲死欲仙的滋味来摆脱现实的痛苦。不过。妓院的老鸨求的是财，有钱的文人子弟与妓女相恋可以，耳鬓厮磨也可以，只要公子哥们交给老鸨足够的酒钱和赏钱，老鸨绝对不会干涉。但这样的才子往往游戏人间，对青楼美女好时千依百顺，不好时甩袖便走。卢挚与朱帘秀的苦恋就是最好的例子。世人虽不能笃定是卢挚负心，但朱帘秀毕竟不是好人家的儿女，她想和卢挚长相厮守几乎是做梦，卢挚也不可能轻易地带一名妓女回家。而换作无钱无权的书生墨客，即便在妓院里遇上好的姻缘，因为无权无势，也会被残忍地拆散。那些才子佳人结合的故事，只有在杂剧中才遍地开花。

《西厢记》《墙头马上》《赵盼儿风月救风尘》《迷青琐倩女离魂》，哪一个不是男女主角历经波折终于长相厮守，像是此类的戏剧不在少数。落魄文人在剧中尽管倒霉至极，也可以被好人家的女子相中；若是书生们与妓女结合，妓女也会成为他们求学的动力。最后书生金榜题名，衣锦还乡，靓女立在门前，引颈望郎归。男才女貌者相见刹那，抱作一团痛哭流涕，执手互道衷情。在元人的戏剧中，真是处处大团圆结局。

然则跳出戏外看现实，能相守的少之又少。恐怕只有樊事真和周仲宏之间的爱情轶事能让一些好事者聊以慰藉。樊事真是元大都的名妓，与当朝参议周仲宏相恋多年。周仲宏去江南做官时，樊事真立誓绝不再以色事人，如果有负于他就自毁一目。周仲宏走后，有一家富豪公子哥相中了樊事真，鸨母既怕对方财雄势大，又心存贪念，强迫樊事真顺从。不久，周仲宏回到京师，樊事真上门拜访，直言自己被逼就范，突然拔出金簪将自己的左眼刺瞎。周仲宏又是骇然又是心痛，将她从妓院里赎了出来，收做妾室，两人算是得了和美的结果。

樊、周和美只是建立在周仲宏的家里没有更多说法的基础上。周仲宏虽然爱樊事真，但最终也只能将她作为妾氏，即便周仲宏终身没有妻子，以樊事真的身份也难登“大雅之堂”。

妓女想要攀高枝，实则难上加难。元前期梨园名角天然秀，因夫君早亡而一嫁再嫁，如果是一般人家的女子早被要求守贞了，而艺伎无从选择。既然当了婊子还想学贞妇，不但男人不相信，许多女人都会对之唾弃。现实的残酷令妓女们无法全身心去爱一个潦倒男人。于是许多男人在温柔乡中情场失意之后，对妓女满是失望。

没算当，不斟量，舒着乐心钻套项。今日东墙，明日西厢，着你当不过连珠箭急三枪。鼻凹里抹上些砂糖，舌尖上送与些丁香。假若你便铜脊梁，者莫你是铁肩膀，也擦磨成风月担儿疮。

——刘庭信《寨儿令·戒嫖荡》

上面这曲的作者刘庭信虽然貌丑，风流才子的名声却响彻大江南北。他一生与众多艺伎和妓女结成朋友，仍不免对她们的无情生怨。这曲《寨儿令·戒嫖荡》就是他最好的心声。终日泡在秦楼楚馆，不去想过去未来，只顾着身心舒坦。可是在群美之中，他刘庭信甘愿化作蝴蝶流连于花丛，因为美女们嘴里含了蜜糖幽香，那妖娆姿态和温言软语，就算你是铜皮铁骨，也能把你磨破，落得一身是伤。

看来，在文人眼中，风月场中的女子如同曼陀罗，看着美好，沾了却如同惹到毒素。真情真意与你相爱的，你不能与她相守；假情假意的无非是想从你这里赚钱。看透套路的人便像刘庭信一样笑骂，看不透的就会送妓女一句“害人精”。

杂剧作家杨显之在《郑孔目风雪酷寒亭》，大写特写妓女害人不浅。主人公郑嵩与妓女萧娥暗中相好，为她特意去求当地的府尹，让萧娥除了妓籍。萧娥从良后，想如何从郑嵩那里得到大笔的财产，便打算嫁给他为妻。可是郑嵩有妻子萧县君，正是萧娥最大的绊脚石。一次，郑嵩出门后多日不归，萧县君想让丈夫快点回来，便谎称自己已死，激郑嵩回来。哪知道萧娥突然跑去郑家哭丧，还说自己和郑嵩有奸情。萧县君一气之下竟然怒极攻心而死，萧娥顺理成章做了郑嵩的夫人。此后郑嵩每次出门，萧娥便偷偷虐待他和萧县君生的儿女，还与专门吃软饭的流氓高成私通。郑嵩发现种种事实之后，一怒之下杀了萧娥，虽然出了口恶气，可是已经家破人亡，自己还犯下了杀人罪。

男人看女人，特别是妓女，大多都不是用欣赏的目光瞅着他们。有时他们认为，被妓女负心比被妻子负心还要可恨。一句“人尽可夫”便是情殇者对妓女最恶毒的批判。

在妓女身上得不到慰藉，元人试图从家人那里寻找温馨，可是被生活的境遇所迫，不是妻离子散，便是远游他乡。白朴逃亡南方而痛失爱妻；徐再思从相思入骨最后到忘尘弃爱；乔吉官场、情场两失意，惨淡经营一生。两情久长，在绝大多数元人眼中是个笑话。终于，在对现实彻底幻灭之后，文人们唯有寄托一杆毛笔。

然则，生死无常，情爱无常，元文人苦苦寻觅，苦苦追求，寻找自己的知心人，可是自然无尽，人生有限，他们茫然间浪费了青春。在元王朝的摧残下，变成了流星，将自己燃烧殆尽。

茶中得心静

唐代陆羽在《茶经》讲道："茶之为饮，发乎神农氏。"也就是说，中国饮茶起源于神农。神农是华夏农业的鼻祖，他在山中历尽千辛万苦，尝尽百草，终于得知了哪些植物可以食用，哪些可以治病，哪些可以休闲。据闻一次他在野外以釜锅煮水时，刚好有几片叶子飘进锅中，煮好的水色微黄，喝入口中甘甜止渴、提神醒脑，神农便把此草称之为"茶"。从此，饮茶成了中国人的习惯，也成了交朋友、做生意不可缺少的手段。

暮春之初、流火盛暑、寒冬腊月，无论哪一个时节，爱好雅致生活的人们总喜欢呼朋唤友，于亭中、竹楼、内室列座饮茶，聆听各种轶事。而有关咏茶的诗文在历代当中均产生过许多，尤以宋、金两代为甚。到了元代，由于人们生活节奏的匆忙与动乱的时代背景，饮茶成了一件奢侈的活动，人们很难得到休闲的时光。览遍上万首元曲，竟只有曲人李德载写过十首有关茶的小令。李德载的咏茶曲，在言语的修饰上没有华丽辞藻，反而充满返璞归真的天然之美，比宋、金两代颇显雕琢的茶词更加耐读有味。

茶烟一缕轻轻飏，搅动兰膏四座香，烹煎妙手赛维扬。非是谎，下马试来尝。

蒙山顶上春光早，扬子江心水味高。陶家学士更风骚。应笑倒，销金帐饮羊羔。

金芽嫩采枝头露，雪乳香浮塞上酥，我家奇品世间无。君听取，声价彻皇都。

——李德载《阳春曲》

这三首曲子，均是李德载在茶肆里跟人聊天时所写。他生活在元仁宗年间，仁宗对朱熹"理学"非常感兴趣，不但恢复之前废弃的科举，而且极力推崇汉人入朝，是元代汉人生活最放松的阶段，此前此后再也没有这样的“明治”。李德载幸运地生活在那个年代，这可能也是他有心情写茶令的原因。另外，元代饮茶是一种普遍的休闲生活，元大都“茶楼酒馆照晨光，京邑舟车会万方”的情景随处可见。元学者王祯有言：“夫茶，灵草也。种之则利博，饮之则神清。上而王公贵人之所尚，下而小夫贱隶之所不可阙，诚生民日用之所资，国家课利之一助也。”也就是说，当时的贩夫走卒、宫廷官府，把茶既当成生活用品，也视为赚钱工具。

既然茶离不开元人的生活，有李德载这样专好为茶写曲的人当然不稀奇。从这三首曲子可以看出，李德载当时的心情散漫而舒服，品茶成了他生活必不可少的一部分。

首曲《阳春曲》所讲的是德载“烹茶”的过程。一缕茶烟升腾，搅动了人视线，茶烟的后面是空蒙缥缈俄山色，令人目眩。李德载烹茶所用的兰脂香膏燃烧时所产生的香气，通常会引人进入平和宁静的状态。所以人们经常说烹茶可以养生，也有这个原因。德载自问烹茶很有一手，比之扬州煎茶第一人陆羽并不差，如有过路的人不信，可以下马亲自来品尝他的手艺。

“烹煎妙手赛维扬”一句中，所含的典故便是扬州陆羽善煎茶法。“维扬”二字是扬州的另一种称谓。相传陆羽是中国煎茶法的创始人，人们一直沿用着他的煎茶法。在元代，“煎茶”“点茶”有很多说法，“点茶”即是用沸水泡茶叶，而“煎茶”自然就是水茶同煮，即是由陆羽的发明改进而来。李德载在这里自诩比陆羽有过之而无不及，

颇有点自傲的模样。不过，他在路边煎茶，倒也不是为了显摆自己的茶道，而是想与路边的人结交，多聆听一些江湖故事罢了。

在有人坐下饮茶之后，李德载继续说自己的茶、水之妙，究竟妙在何处，第二首《阳春曲》的前两句便已道出。原来他的茶水之妙在于，茶为四川名茶蒙顶茶，水为江苏镇江金山西的泠水泉。据说蒙顶茶奇香无比，在唐代就享有盛名，许多诗人在文中都曾提到；而“扬子江心水”指的是扬子江滩涂上的金山泠泉，素有天下第一泉之称。好茶好水煮出来的香茶一壶，抱着此茶的李德载，认为自己比陶公还要独领风骚，真是比在那销金帐内享受荣华富贵、吃尽山珍海味要舒适自在得多。

从煮茶到饮茶，这只是李德载享受的过程，他更要去亲自体会采茶的乐趣。是以在第三曲中，写下了李德载亲自登山采茶和卖茶的过程。清晨早起，李德载去山中，将尚带甘露的嫩茶尖从枝头摘下，配以牛奶，煮出绝顶美味的奶茶。李德载称此等极品奶茶，天下间只有他这一家。虽然很多人不相信他的奶茶品相极高，但不能否认的是，他的茶身价倍涨，甚至连皇族都争相订购。

这三曲咏茶曲，有李德载的自夸在其中，同时他也是在为茶肆大做广告：茶养生润性，茶道也是一种有趣的活动。

茶之所以在中国大行其道，不但因为中国是它的原产地之一，茶文化早早就在这片土地上落地生根，更因为饮茶和茶道符合了中国人的传统精神。

沏茶、赏茶、闻茶、饮茶，可以美心修德、陶冶情操、去除杂念，是一种和美的仪式，非常符合佛、道、儒的“内省修行”。由于元代宗教信仰自由的原因，茶在各教均有强大的市场，而三教的精神特质在茶中均一一可见。

“四大皆空，坐片刻不分你我，两头是路，吃一盏各走东西。”洛阳古道一茶亭的楹联，既有佛家智慧，未尝不是道家、儒家的箴言。

佛教的茶宴伴以青灯孤寂，一缕清水自高而下，盏中清浅，茶叶旋和，明心见性；道家茗饮寻求空灵虚静，空山不见人，唯有沏茶声，充满避世和超尘；儒家以茶励志，在饮茶中交流，你我共敞心扉，谈论世事，充满入世的味道。无论儒释道哪种饮茶目的，皆旨在和谐、平静，以天人合一为中心。

天人合一，是中国很早就提出的观念，强调的是人、自然在精神特质的契合。当人的内心与世界天然结合的时候，于极乐中来去、于天地间遨游、于人际间纵横，三者都不是难事。采茶、烹茶、饮茶皆要求人们守静。摘要摘得用心，煎要掌握最佳火候和时辰，饮要一洗二三饮，闻茶再品香。人在此刻宁心静气，则变得虚怀若谷、洞察分毫。非但如此，与人对饮，可消泯彼此戾气，情意缓缓流动，兴致徐徐舒张，思想可驰古今，与前人同梦携手。茶既然能产生各种宁心静气、调养身心的效果，无怪李德载对茶肆如此钟情痴迷，并且力图给饮茶文化大做广告。

不管古今中外，东方的茶与茶道所蕴含的天人合一精神，都深深地吸引着世人的目光。

与无边宇宙相比，人类渺小若尘。如不能与天共荣，五行协调，就必然要遭受生活的背弃。周作人先生说：茶之道给予人们的是于微苦中见甘甜的和合之味，在不完全的现实中享受美与和谐，在刹那间享受永久。他饮茶的想法与数百年前李德载饮茶的想法如出一辙。

一杯轻茶饮尽，唯余袅袅清香，看大雁南飞、寒鸦滴露；折煞了三千世界，而人的心中只有一片淡泊，物我两同。李德载饮茶，力图于茫茫尘世中寻得刹那的清闲，享受片刻属于心灵的宁静。

在这里可以看到才子佳人、达官显贵、落拓文人、市井小民，也可以看到生活的玄机。

红尘问道，心魔难除

金庸先生在《射雕英雄传》末尾曾写过一段丘处机与成吉思汗相识相知的逸闻。正史中关于元世祖与丘处机相交的内容虽然提及不多，但在医药史上有关两人的交集却非常多。

长春子丘处机本是宋末的道士和养生家，乃全真教“北七真”之一。在金老先生笔下他不但武功厉害，为人也甚为刚直，但事实上他最善于的不是打架而是以修道养生。元太祖成吉思汗人到中年，思及江山未定，很怕衰老死去，也觊觎道教能炼制不老仙丹，听说中原道士丘处机法术超人，便在西域雪山召见了他。

“世上是否真有长生不老之药？”元太祖殷切地问出心中隐藏很久的问题。丘处机微笑摇头：“有养生的法门，但却无长生仙丹。勤政爱民才是敬天之本，清心寡欲才是长生之药。”

丘处机的回答非常玄奥，也很明显地说出真正的道学是养生修心，而并非用来修炼成仙或长生不死。成吉思汗对他的话非常信服，特别为丘处机在大都北京建了白云观，道家在元朝的地位便非同寻常。

长春子的“道”是坦然而诚恳的，也是真正的修养之本。但是，由于统治者扶持道教的目的渐渐不单纯（元朝开国之初对宗教政策宽容得格外单纯，忽必烈甚为推崇张天师道人一脉，武当山道教更是元王朝皇帝们捧在掌心的圣地），他们为了麻痹百姓而令道教大肆繁衍，使整个元王朝兴起了非纯粹的道学之风。这时候，许多人爱“道”就爱得存在误解了。例如一些元人痴迷于“炼金术”，这种“炼金”法虽没有丝毫科学依据，却叫无数人倾家荡产，为其魂牵梦萦。

不过，道学最大的影响还在于令很多人力图忘尘弃爱，进入山林田野寻找修仙的方法。特别是大批的士人因为仕途不得志，宁愿相信摸不着边际的求仙路。这个结果虽然不能说是完全负面性的，但在这种世风影响，直接导致元文学处处存在“道情”，使许多文学作品虽然读来舒适，却内涵不足。

人生底事辛苦，枉被儒冠误。读书，图，驷马高车，但沾著者也之乎。区区，牢落江湖，奔走在仕途。半纸虚名，十载功夫。人传《梁甫吟》，自献《长门赋》，谁三顾茅庐？白鹭洲边住，黄鹤矶头去。唤奚奴，鲙鲈鱼，何必谋诸妇？酒葫芦，醉模糊，也有安排我处。

——张可久《齐天乐过红衫儿·道情》

张可久的这曲“道情”是读书人对功名彻底失望之后而生的，几乎可以说是古往今来大部分文人的真实心声。人生一世为谁辛苦为谁忙，埋头苦读，图高车驷马、名声利禄，为半纸虚名忙忙活活几十年，到头来朱门未得，反而落得一身骚。于是张可久在曲中暗怪：为什么自己不能像写下《梁甫吟》的诸葛亮和写下《长门赋》的司马相如一样遇到明主？纵有一身才气又如何呢？看来只能逃脱现实，找个如白鹭洲、黄鹤矶那样的好地方，纵情诗酒，总会有个能容纳自己的地方。

明珠暗投是自诩治世之才的悲哀。张可久悲愤不已，一肚子牢骚，却挣脱不了现状，他只好自我安慰，决定去隐居。曲子里充满了消极厌世的想法，也暗含道家遁世的虚无思想。然而张可久是因不能在尘俗里找到出路才去追求道家的世外生活，他的“道情”实在充满了太多“机心”，比单纯想去访问仙人的一些人，他的“道情”还是太不单纯了。

一个空皮囊包裹着千重气，一个干骷髅顶戴着十分罪。为儿女使尽些拖刀计，为家私费尽些担山力。你省的也么哥？你省的也么哥？这一个长生道理何人会？

——邓玉宾《叨叨令·道情》

这是邓玉宾所写的《叨叨令·道情》。他与张可久同写道情，张可久的还带有俗世的气息，邓玉宾的这首就完全是一首“道情曲”。邓玉宾生在元世祖至元文宗年间，做官不久便突然改去修道，曾言“不如将万古烟霞赴一簪，俯仰无惭”。在他看来，宁肯头插一根木簪，也比做官来得轻松，起码无愧于天地。足见元文人大多都觉得做官实在愧对自己，也愧对他人，因为做官的人常常手持官印而毫无作为，不能为穷苦的百姓做事。

在这曲《叨叨令》中，邓玉宾显露的“道心”高于张可久，他对“道”的理解更深一重。邓玉宾在曲中笑称人身不过一副空皮囊、干枯骨，其实他的这句话表明了他在求道一途上已经有一定境界，将自己的躯体看作是身外之物。

“皮囊”本是佛教用语，指的是人的躯壳。佛家认为，潜心修炼到涅槃境界者可以抛却躯体，灵魂不灭。道家借“皮囊”一说，认为人的躯壳内是千重“元气”，就像灵魂一样的东西。要保住元气，就必须清心寡欲，以免泄了真元。至于曲中“干骷髅”顶着“十分罪”的说法，则大有来头。《庄子·至乐》里有载：庄子路遇一副骷髅，问旁人这骷髅的主人是因战乱亡国或被诛杀至死，还是因为行为不端，给父母子女带来忧患而自尽，又或者是冻死饿死，又或是寿终正寝，旁人皆不清楚。晚上庄子睡觉时，骷髅的主人托梦给他说：“你说的都是人间种种困难和罪孽，只有一死才能解脱。”庄子故事里所讲述的苦难，便是人这副皮骨一生都摆脱不了的罪。

邓玉宾用这两个典故，是要告诉世人：人的破皮囊和干骷髅，如果清静无为就能保存元气得以长生，若背负种种罪孽就会生不如死。种种罪孽来源于何处，便是为子女使尽心力，不惜蝇营狗苟；为家庭拼命攒钱，不惜做下诸多勾当。邓玉宾觉得为了这些事情会使人丧失自我，所以他奉劝世人“省省”吧，要想真正地长命百岁、安康幸福，一定要借贪欲，戒奢望。

从邓玉宾的曲中，人们能够找到丘处机奉劝成吉思汗的影子。丘处机劝成吉思汗去私寡欲，与邓玉宾奉劝世人的意思是共通的。

因此，张可久的曲子里就是因为缺少邓玉宾之曲的“戒贪戒奢”，所以张可久的文章才有牢骚之嫌，而邓玉宾却有闲云野鹤之趣。

“道情”在不同人中有着不同的意义，虽然邓玉宾的“道情”已经超脱，但他与可久一样，仍是带有着对人生不满的“心魔”。他们不可能像庄子一样抛开一切“机心”和虚荣，任人“一以己为马，一以己为牛”。被人说成是畜生，庄子可以不在乎，可是换作中国几千年来的文人墨客，能忍受辱骂的人能有多少？这就注定张可久和邓玉宾不能做到毫无“心魔”，而盛行于元代的道教也不过是士人寻求解脱的契机。

红颜无是非，何曾是祸水

美女的概念目前为止还没有人能把它完全诠释清楚，总之如果你在路上看到一个女人，她的漂亮程度足以让你忽略眼前的任何事物，那么她就算是绝色美女了。自古爱美之心人皆有之，形容美女的诗词不在少数。曹植的《洛神赋》中“翩若惊鸿，婉若游龙”“皎若太阳升朝霞”“灼若芙蕖出渌波”等数十句铺排，堪在形容美女的语言中称冠，与什么“北方有佳人，绝世而独立”等诗词比起来，后者显然落了俗套。

红馥馥的脸衬霞，黑鬒鬒的鬓堆鸦。料应他，必是个中人。打扮的堪描画，颤巍巍的插著翠花，宽绰绰的穿著轻纱。兀的不风韵煞人也嗏。是谁家，我不住了偷睛儿抹。

——张可久《锦橙梅》

张可久所写的这曲《锦橙梅》中的女子，虽然没有曹植的“洛神”那样令人惊叹，但楚楚动人的模样依然让张可久甘愿丢了魂魄。此美人面如桃花，鬓如漆鸦，容光焕发的模样，令人想起《诗经·卫风·硕人》里那段形容女子的话：“手如柔荑，肤如凝脂，领如蝤蛴，齿如瓠犀，螓首蛾眉，巧笑倩兮，美目盼兮。”

通常来说，女子的手、脖颈、齿鼻、眉目、笑容、肌肤都是容易被人注意的地方，哪一处有缺憾，都会破坏整体的美感。张可久所遇到的美女，对镜描妆，美艳动人，身着轻纱、头戴珠花，一举一动都媚态十足，在张可久的心目中无人可比。在美女面前，张可久暴露了男儿痴状，这让他感到很不好意思，暗怪自己为什么不停地偷看人家，弄得自己好像登徒子一般。

俗话说，情人眼里出西施，不是情人的美女在男子眼中一样是西施，为了绝美的女子而变得神魂颠倒、如痴如狂又怎样？美女就是应该被人人欣赏，才能算作美女，例如《陌上桑》里的罗敷，如果耕者、行者看到路边干活的她而不驻足发呆，后世又怎么会有大批诗词家们用“罗敷之美”来形容女子的美态？不仅如此，美女的容颜对文学的启发能力实在令人惊叹。

除了张可久写遇美曲外，很多曲人也写过遇美记，那些形容名妓、名伶的就暂时不算，写民间美女的人不在少数。元朝末年，张鸣善担任淮东道宣慰司令史时，路遇一个美貌女子，对其喜爱不已，但他只是远观，并没有主动结识这女子，沾得一段露水姻缘。这名美女使他终生铭记在心，张鸣善特意为她赋曲《普天乐》。

海棠娇，梨花嫩。春妆成美脸，玉捻就精神。柳眉颦翡翠弯，香脸腻胭脂晕。

款步香尘双鸳印，立东风一朵巫云。奄的转身，吸的便晒，森的销魂。

——张鸣善《普天乐·遇美》

曲中女子有海棠、梨花般的面容，冰肌玉骨的身体，巫山缥缈的长发，这种美态并非人间应有。她颦笑转身踏步、举手投足探身，无不叫张鸣善心驰神迷、陶醉其中。她有“硕人”的美貌，罗敷的风姿，堪比历朝的美女，她临走时送出的“秋波”，欲夺张鸣善的魂魄。张鸣善久久地凝视着美人的背影，即便美人早已消失不见，他依然站到斜阳下，不肯离去。

一笑倾人城，再笑倾人国。如果该女子真张如鸣善所形容的美貌，估计又一红颜祸水现世。中国古代一直公认的四大美女西施、昭君、貂蝉和杨玉环，四人的容貌能把鱼看得不游、雁子看得落下、月亮自觉不如、花儿感到羞愧。人如果美到这种程度，别说令人忽视了时间的流逝，忽略眼前拥有的一切，就算在“牡丹花下死”，仍要道一句“做鬼也风流”。

张可久、张鸣善人均是儒雅之辈，但他们在见到美人时也都成了俗人，因此自古多少男子拜倒在美女的石榴裙下，真是情有可原。那些在美人面前能把持得住的人还好，仅作欣赏而不想占有；把持不住的人就只好倾家荡产、倾国倾城，于是美女就常常被人们认作祸根，一句“红颜祸水”把她们定了位。

不知道谁人说“自古红颜多祸水”这句话，将美女丢入了道德的深坑。生得貌美便要遭受千人所指、万人唾骂的地步。从妲己、褒姒、妹喜、西施，到飞燕、玉环、陈圆圆等，每每国家败亡，世人不怪时代的错误、统治者的败坏，却要把千古罪名推到女人身上，可笑之至。

谁言好看的女人就一定要扮演倾国倾城的角色呢？昭君为国出塞，终生未得归家，独有青冢向着黄昏。曹植心中的洛神，有人说她是乃兄曹丕的皇后甄宓。甄宓容姿卓越，多才多艺，助曹丕治国，后因遭到郭女王的陷害而死，一代佳人香消玉殒。

美女不一定祸国，美女也一样能拯救天下。反而是有些丑女，成为祸国殃民的罪魁

祸首。例如晋惠帝司马衷的皇后贾南风，相貌奇丑无比。根据史书记载，她身材矮小，面目黑青，鼻孔朝上，嘴唇地包天，眉上有块大胎记，如不是名门之女，提前许配给了司马衷，谁会想娶她。如果不是考虑到前朝废后的后果，司马衷又怎么会一辈子活在这个女人的阴影下。贾南风善妒成疯、滥杀无辜、诛灭异己，她的干政直接导致“八王之乱”，使西晋“宗室日衰”，中土彻底分裂。

其实女子是否为祸患，无关美丑，而在于其心灵的好坏，还有她扮演的社会角色。像是历史上也不乏好的丑女，齐宣王之妻钟无艳、梁鸿的老婆孟光、诸葛亮之妻黄硕，这些都是史载上的超级丑女，却个个才德兼备，因此得到“巾帼不让须眉”的美誉。

人丑不要紧，德行善恶决定了她的名声如何。所以祸国与否，不要把女人的容颜作为话柄。古代美女除了妲己、妹喜天性有几分残忍外，很多历史红颜活得无辜而无奈，她们沦为男人的玩物，男人在无能的时候就要怪她们是祸水。有些男人甚至明知“倾城与倾国”，却道“佳人难再得”，宁可亡于牡丹下，仍要对其趋之若鹜。这两种男人相比较，虽然都不是什么真正的好男儿，但那些宁做风流鬼的男人总比矢口否认自己过错的男人要坦率得多。

“红颜非祸水，贱妾亦可惜。千忧惹是非，皆因尘俗起。”有文人为女子鸣不平，写下了这首诗，目的也许就是为了扳倒历史的僵论。美丽的女子沦为祸国的“魁首”，这是尘俗给她们硬上的枷锁。难道就因为她们的美貌，她们的罪孽就大到足以把一个国家、一个城市葬送吗？倾国倾城，皆是男人们把自己的过错推在了女子的身上，这一点很可笑。

男人如果真正爱一个女人、欣赏一个女人，并且得到她的青睐，那么就该去珍惜她。如果男人们得不到，像是张可久、张鸣善的远观行为亦不失君子风范，因为他们懂得尊重女子。只有真诚的喜悦，才与美感同在，责怪女人是“祸水”，是因为那些人不知道什么叫真正的美。

生有不同，死无异类

古代世界把人分三六九等，这些似乎是世人的共识，到现在中国还流行“下九流”一词，虽然跟千年以前的意思大不相同，但仍带有强烈的贬义。过去人们按照“职业”把人划分成“三教九流”。“三教”自然是儒、释、道，而“九流”的说法可以在当时流行的一个顺口溜中窥得一二。

上九流指：一流佛祖二流天（玉皇大帝），三流皇上四流官，五流阁老（重臣）六宰相，七进八举九解元（省试第一名）。中九流指：一流秀才二流医，三流丹青四流皮（皮影），五流弹唱六流卜（卜卦），七僧八道九棋琴。而下九流包含的大多是社会最底层的人士，可以称其为古代第三产业：一流高台（唱戏）二流吹（乐师），三流马戏四流推（剃头），五流池子（北方澡堂子）六搓背，七修（修脚）八配（给家畜配种）九娼妓。劳动者自食其力，比之上九流和中九流付出的代价不知多上多少倍，却沦为最被看不起的阶层，这就是时代的怪圈。有些下九流人的精神甚至比之上九流要高尚得多，然而在元代能够看清这些现实的人为数很少。

有钱，有权，把断风流选。朝来街子几人传，书记还平善。兔走如梭，乌飞如箭，早秋霜两鬓边。暮年，可怜，乞食在歌姬院。

——刘时中《朝天子》

端看上面这曲《朝天子》，辛辣讽刺，内容揭露社会的黑暗，想必作者刘时中该是个愤世嫉俗的汉子，然而事实上他本人温文尔雅，性格谦逊，此文章的风格与本人的性

格相差很大。此曲成曲于湖上，是刘时中与友人野外郊游所作。大凡文人郊游时所写的文章，多以咏物为主，以喻心情。而他这篇文章偏偏充满了愤怒和驳斥，实在有趣得很。

史载，刘时中与文子方、邓永年等几个友人同游洞庭湖、凤凰台等地时，曾写下大量以《朝天子》为牌子的小令，江南风情、小桥流水、人情冷暖、物是人非，这些在他的小令中如冰凉溪水沁人人心，言语间清新脱俗却不离现实。然而唯独此曲却是大骂纨绔子弟，令儒雅的刘时中有口不择言之嫌。

曲中写的是个家中有权有势的得意少年，总是摆出一副自以为很帅的模样到花街柳巷去狎妓风流，把各地青楼名妓的牌子全部翻了个遍。每天晚上，妓馆门前都有少年保镖在那里巡视，记录此少年的留宿地，报给该少年的家人，让家人确定他是否平安无事。

相传当年杜牧在淮南节度使牛僧孺的幕府当掌书记时，每天晚上都到娼妓那里留宿，牛僧孺便派了几个巡夜的跟着他，在妓馆外面防止他遭政敌暗算。这少年有杜牧当时的几分风流，却没有杜牧的才气，加之家里的放纵，导致他变得不学无术，蹉跎了最好的时光，结果变成败家子，到老了家中一贫如洗时什么都不会做，只能回到当年自己逛的妓院门前讨饭。

有人说，人不风流枉少年，然而风流少年却枉然。刘时中大概是在泛舟时听了某位朋友吹嘘经历的风流韵事，一时间看不过去，便写了此曲，暗讽一些纨绔子弟。

芸芸众生，富贵贫贱之人有许多。人们想要从下九流变上九流难于登天，然而从上九流沦为下九流却非常容易。有些人因为不识上进，自认生活过得不错，其实其思想和行为比下九流的人龌龊不知几百倍。例如那些威风凛凛的武将，比孙子、吴起盛气凌人，但真正懂得兵法的并不多；那些头戴高帽、一派潇洒的文臣，真正懂得治理国家的也不多。寇盗横行不能狙击，百姓困苦不能救助；贪官污吏不能彻查；法纪败坏不能整顿，让这些人做国家的“栋梁”，国家如何能不亡。

刘时中痛斥金玉其外、败絮其中的人，同时也在表达自己对朝廷不懂用人的不满。知识分子的义愤填膺全在字里行间。整曲言语直白却惨淡，有“酒肉臭”的辛辣，却不失和煦，损人损得既有水准，又不失风度，这是此曲在众多讽刺时政的曲子中鲜见的“清丽”。也许是因为刘时中本人的性格使然。

写此类讽喻曲的元人，尤以曲人张可久居多。张可久的性格直来直去，其讽世曲自然充满了“战斗”的意味。

人皆嫌命窘，谁不见钱亲？水晶环入面糊盆，才沾粘便滚。文章糊了盛钱囤，门庭改做迷魂阵。清廉贬入睡馄饨，胡芦提倒稳！

——张可久《醉太平·无题》

从曲子的用词可以看出，张可久保持了他的一贯风格，在扭曲的时代写着愤世的曲。在他的眼中，整个元王朝的存在就是一个悲剧。人人皆嫌贫苦，对富贵巴结不得，对钱看得比命更重要。世人尽数变得心思污浊，见钱眼开。那些有德行的人，写出的好文章拿去当作糊钱袋的缝隙，以防铜板掉出去；而那些明明应该是出入人才的官府却变作了迷魂阵，多少清高者进去了就成了俗人，清官被一脚踢到了凡人堆，任人踩踏。

糖衣炮弹对人来说是最致命的诱惑和敌人，特别是那些有官职在身的人。而一些自命清高的人在糖衣炮弹的面前，经得住挑逗的，往往因为受不了官场污浊便去做了庶民，而经不住挑逗的，便渐渐沦陷，继而遗臭万年。张可久认为，这两种道路都不可选，还不如一开始就不进官场的大染缸，过着三杯两盏淡酒、糊里糊涂的生活。

有人说，那个时代的有识之士有心施为，无力回天。在金钱和权利的诱惑下，人世成了染缸，因为不能从中解脱，他们只好在痛斥完了之后装作糊涂，睁一只眼闭一只眼过一辈子。这是消极抵抗，严重缺乏时代的强音。不过当你面对扭曲的时代与人性时，它已经不是你所能改变。

拿一个时代的错误来苛刻自己，这完全是没有必要的。所以张可久的装糊涂，或许才是人生的较好选择。人人都喜欢快乐，而烦恼往往不请自来。生气、悔恨、抱怨，消极时时萦绕在他们的脑袋当中。不过他们不必担心太久，表面的盛世总有荒芜的一天；金玉其外的橘子不加以贮存同样会如它的内在一样干瘪；活得无论多高尚的人，身份如何高贵，与贫贱者同样会化作一堆枯骨，埋土成灰。所以即便沦为下九流人士，也别为自己的身份感到愤慨，人生中不管有多少机缘巧合，到头来，所有人的结果都是一样。

大丈夫不可因财而热血

“一个极度贪财和吝啬的人，爱钱比爱声名、荣誉和道德还厉害，他看见了一个跟他要钱的人，马上会难受得抽筋。跟他要钱就等于在他致命的地方打了他，就等于在他心上刺了一刀，等于剜掉了他的五脏。”这是《悭吝人》里仆人拉弗赉史对老吝啬鬼阿巴贡的评价。

钱当然是个好东西，爱钱之心人人有之，能抗拒它的人是因为还不需要它。但对待金钱如果过于紧张，就肯定不是好事。老阿巴贡到头来爱情、亲情、财产全部都丢了，这就是吝啬鬼最真实的下场。

元朝中后期民间有一道士，本名为钱霖，字子正，号素庵，人们叫他抱素道人，晚年他居于嘉兴鸳湖，小窝名为“藏六窝”，是以他又称自己为泰窝道人。抱素的人生乐趣是到处游历，颇有济公大师的风范，看到什么稀奇古怪的事情都要问一问、管一管，他在没出家之前就已经有了这个习惯。

他旅居浙江时曾见到当地一个行为卑鄙的大财主，此人爱好克扣别人、聚敛钱财，甚至对自己都倍加吝啬，堪称少见的大吝啬鬼。抱素对他的种种行为甚感好笑，便借了很多典故用文章讽刺这个财主。

【耍孩儿】安贫知足神明佑，好聚敛多招悔尤。王戎遗下旧牙筹，夜连明计算无休。不思日月搬乌兔，只与儿孙作马牛。添消瘦，不调裀鼎，恣逞戈矛。

【十煞】渐消磨双脸春，已雕飕两鬓秋，终朝不乐眉长皱。恨不得柜头钱五分息招人借，架上衵一周年不放赎。狠毒性如狼狗，把平人骨肉，做自己膏油。

【九煞】有心待拜五侯，教人唤甚半州，忍饥寒攒得家私厚。待垒做钱山儿倩军士喝号提铃守，怕化作钱龙儿请法官行罡布气留。半炊儿八遍把牙关叩，只愿得无支有管，少出多收。

【五煞】这财曾燃了董卓脐，曾枭了元载头，聚而不散遭殃咎。怕不是堆金积玉连城富，眨眼早野草闲花满地愁。干生受，生财有道，受用无由。

【二煞】恼天公降下灾，犯官刑系在囚，他用钱时难参透。待买他上木驴钉子轻轻钉，吊脊筋钩儿浅浅钩。便用杀难宽宥，魂飞荡荡，魄散悠悠。

【尾】出落他平生聚敛的情，都写做临刑犯罪由。将他死骨头告示向通衢里甃，任他日炙风吹慢慢朽。

——抱素道人《哨遍》（节选）

这首《哨遍》有十二曲，分别为“般涉调”“耍孩儿”和十煞，可谓元代的变相讽刺小说，因为篇幅过长，只撷取一二拿来共同品咂。它的开文就言明，曲中所写的是满身铜臭的财奴，此人专好“蝇头场上苦驱驰，马足尘中厮追逐”，对于攒钱不厌其烦，简直是舍生忘死。

古人有一个观点，安贫乐道神明才会保佑，聚敛钱财时有遭殃。虽然不是至理名言，不过倒也有几分道理。单纯地去敛财，节省他人也节省自己，既会失去亲情和友情，也会令自己生活在饥寒交迫当中，有时还会闹笑话。历史小说中最有名的吝啬鬼严监生就是省钱的个中高手。严监生出于明代小说《儒林外史》，他生活极为拮据，

连老婆的丧葬钱都舍不得掏。他在临终之际，一直伸着两根指头不肯断气，大侄子、二侄子以及奶妈等人都上前猜度他的意思，却没有一个人说中，最后还是他的小妾赵氏走上前说："我知爷您的心事，您是为那灯盏里点的两根灯芯吧，怕是费了灯油。"于是赵氏去挑了一根灯芯，严监生终于点头咽气蹬腿了。

严监生这样的吝啬既少见又可笑，不过抱素道人笔下的财主比起严监生有过之而无不及。此人放高利贷、开当铺，为了把钱看住，雇军队看守，叫法师施法术别让钱变没了，自己则像个学道者一样坐在床上盘腿盯着金山银山。更夸张的是，此人连"王戎遗下旧牙筹"都不放过。王戎是魏晋竹林七贤之一，好喝酒吃肉，经常用牙签剔牙，签上沾了肉渣。财主连带肉渣的牙签都不放过，足见他有多么吝啬。

不过，此人从不忘外出嫖妓、寻欢作乐，却不管家人的死活。而严监生虽然吝啬，但不至于完全失了亲情，在情感上还存在人性，和这财主的卑劣和丑态没办法相比。"十煞""九煞"便是写财主以上的种种行为。

人有了钱便好求权利，有了权利则更加方便贪钱，然而本着这种想法的人往往死无葬身之地，因为古往今来的大贪官都是惨淡收场。

"五煞"一曲讲的即是贪财者亡命的下场。曲中提到了董卓、元载等贪臣。董卓修郿坞用来藏自己的金银财宝，结果被吕布所杀，街头陈尸多日，痛恨他的人还在他的肚脐上点灯。俗语说，肚脐眼儿点灯，心照不宣。董卓的横征暴敛路人皆知，肚脐上盛点蜡于情于理。而元载则是唐中期的权臣，贪污受贿无数，最终仍是逃不了被杀的下场。在皇帝眼皮底下贪钱，要看皇帝和同僚的心情，稍有差池还不掉了脑袋？

没钱也苦，有钱也苦。有人称有钱就是一条龙，没钱化为一条虫，可财多架不住败坏，架不住因财引来的祸患。《哨遍》"二煞""尾煞"二曲中，写该财主在官场上没有打点明白，被人故意找碴下狱。等财主想起花钱消灾时已晚，最后折磨得魂飞魄散，曝尸街头。

世人往往视财如高墙，费尽心思爬了上去，以为能够爬得更高，却不知另一侧就是悬崖，一失足成了千古恨。天作孽犹可恕，自作孽不可活，为了钱财，人们往往变得愚蠢至极，可人们仍趋之若鹜，并认为它能为自己带来一切。可当上天的恩宠抛弃了某人时，他身上隐藏着的愚蠢就会瞬间爆发出来，而这种愚蠢过去从未有人察觉，甚至连他自己也毫不知情。

因为道教比较盛行，元代曾大肆流行过炼金术，很多人对此深信不疑。炼丹术士试

图用水银和铅炼金子，妄想借此发财。他们东家走西家窜地借钱买材料，但没有人成功，可还是有人对炼金术痴迷不已，甚至连家人的死活都不管。抱素道人写下《哨遍》的曲子，部分原因即是讽刺当时社会上爱财、敛财的现象。

爱钱是发自人本能的欲望，因为没有钱就无法生存，要遭受饥饿、贫寒的折磨。中世纪的法国作家拉布吕耶尔都曾坦言："只有一种悲痛能够持久，那就是因失去财产而产生的悲痛；时间能够减轻一切痛苦，唯独对于这一种却会加深。"可是钱要来得有益，才能使人真正获得好处。古语有云："受大而不苟取，力裕而不求逞，致远之才也。"如果财大气粗能帮你交朋友，能让你办成好事，有钱未尝不是件乐事。但若因爱钱而为自己惹了一身麻烦，甚至招来杀身之祸，还不如没钱得好。

"大丈夫未肯因人热，且乘闲、五湖料理，扁舟一叶。"人为无财无名而着急，恼得是自己，也常常会给别人带来麻烦。只要吃饱穿暖，扁舟一叶，四处逍遥就可了。

一人一世界，一佛一如来

“人如果倒霉，喝凉水也会塞牙缝。”这是中国老百姓常说的一句话，此话在许多人的一生当中屡次应验，如果放入戏剧当中，也会成为人们一大笑点。元人所写的杂剧中，许多人物皆倒霉透顶，以冤死的窦娥为最，另外，还有一个倒霉的穷秀才，前半生过得既惊天动地又憋闷死人，此秀才就是马致远《半夜雷轰荐福碑》一剧里的主人公张镐。

北宋的皇帝赵恒曾说过一串让古代知识分子倍加推崇的话：“书中自有千锺粟”“书中自有黄金屋”“书中车马多如簇”“书中自有颜如玉”。皇帝认为书里什么都有，只要好好读四书五经，考取功名便前程无忧了。这是宋帝王推崇科举制度的广告词，也被知识分子们奉为经典，沿用了千年。例如《聊斋志异》当中被狐狸精迷得晕头转向的书生，以为自己真的在书中找到了颜如玉。

但《雷轰荐福碑》的主人公张镐在读了万卷书，成了学究级人物之后，却发现读书什么用也没有，伤心至极。

【油葫芦】则这断简残编孔圣书，常则是养蠹鱼。我去这六经中枉下了死工夫。冻杀我也《论语》篇、《孟子》解、《毛诗》注，饿杀我也《尚书》云、《周易》传、《春秋》疏。比及道河出图、洛出书，怎禁那水牛背上乔男女，端的可便定害杀这个汉相如！

——马致远《半夜雷轰荐福碑》第一折

这段话出自《半夜雷轰荐福碑》第一折，是张镐对科举制度发出的不满，道出了“百无一用是书生”的观点。张镐是潞州长子县张家村的大才子，他自认这些年来下足了苦功夫，把经史子集某章、某页、某行、某个标点都牢记在心，但这样又如何，还不是吃不饱、穿不暖，都不如“水牛背”上的世俗男女，他们都过上了幸福的日子，有的甚至当官发财，而自己却在穷乡僻壤里成了教书先生。

满腹牢骚的张镐感叹自己的不幸，不过他的生命仍有可能出现转机，因为他有一个非常有来头的老朋友，便是在朝廷做一品参知政事的范仲淹。

根据北宋仁宗时期民间传说里记载，范仲淹与张镐二人是结拜兄弟。马致远的《半夜雷轰荐福碑》剧本有一部分便是根据这个传说改编。剧本里写道：一次，范仲淹离开汴京路过潞州长子县，顺道去探望义弟张镐，见他满腹经纶却只是当了穷乡僻壤里的老师，实在屈才，就对他说："老弟，你是个状元之才，人家都说书中有田、有屋、有车、有妻，为什么你不去科考？"其实张镐并不是不想去考功名，是怎么努力也不中举，遂摇头说："别人说的那些都是虚话，我看没有文化的人当官的有很多，真正读书人都跑去教书了。"

范仲淹思考半晌，说："你去写封自荐书，我拿去给圣上看，说不定能谋得一官半职，你再去找我的三个朋友，这三人必然会照顾你的。"张镐一听，顿时来了精神，拿起笔大手一挥，万言自荐书不到片刻便写了出来。范仲淹看完之后非常满意，揣入怀中，并给了张镐三封信：第一封是给洛阳黄员外，第二封是给黄州团练副使刘仕林，第三封是给扬州太守宋公序。

范仲淹走后，张镐便收拾包袱去投靠三人。他一路走来也不知道触了什么霉头，刚到黄员外家门口，就看到人家办丧事，原来黄员外归西了。于是他改投奔黄州团练副使刘仕林，却在十里之外就听到刘氏的死讯。张镐一见自己想投靠谁，谁就倒霉地死掉，心道难不成是自己克死了他们？想到这里，他心灰意冷，就想回老家算了，但是身上的钱已经花了，又赶上下大雨，只好走到临近的寺庙躲一阵子。

寺庙是座龙神庙，张镐寻思在此求个上上签，为自己转运，哪知道每次得到的都是下下签，不禁气急败坏，在庙里写了首诗骂龙神不准。他骂龙神的诗不小心被路过的龙神看到，龙神暗暗发誓定要给张镐好看。不久，张镐来到名为"荐福寺"的寺中落脚，住持见他身世可怜，就让他照着寺中颜真卿所刻的荐福碑文临摹些书法作品，拿到市集上卖。谁知道隔天碑文就让龙神呼唤的雷霆给劈碎了。张镐一见老天存心跟他作对，几乎举头撞墙。不过他的霉运不只如此，范仲淹本来举荐他已经成功，皇帝派人去接他入京，可是被指派的人弄错了名字，招了一个叫张浩的人入京做官。

张镐得知被人冒名顶替，有口难言，一时间万念俱灰，正要自尽，幸好范仲淹及时赶到拦住了他。原来冒名的张浩被认出是假的，被朝廷处以极刑，所以范仲淹才亲自出来找张镐。不久，张镐终于顺利考上状元，还与扬州太守宋公序的女儿结了连理。

小说和戏剧里的人物际遇总是富于戏剧性，先是倒霉透顶，最后峰回路转，皆大欢喜。但真正的人生又哪来那些峰回路转。马致远的一生，在前文已经提到些许，在他生活的年代，蒙古统治者虽然开始“遵用汉法”，但仍不是特别重用汉人，马致远在当了一阵地方小官之后，始终不能升官，便只好辞职。他带着满肚子牢骚去隐居，自称参破名利已是世外闲云野鹤，可却不自觉地把自己的情感融入戏剧当中。张镐大骂龙神不长眼睛，很可能也是马致远对统治者不满的影射。而他写张镐的一生际遇，很大成分上是阐释自己一生都在走霉运，读书不如不读书。但戏剧里的张镐有贵人相助，现实中的他却没有好的机遇，于是，他把自己的美梦寄托在了故事当中。

以古人的事来影射现实生活，似乎是小说家、戏剧家最爱做的事情。写过《苏子瞻风雪贬黄州》一剧的费唐臣，也借用苏轼遭王安石排挤，几次被贬又复职的事情来说读书人仕途坎坷。

张可久曾写过一首曲子：“故人何在，前程哪里，心事谁同？黄花庭院，青灯夜雨，白发秋风。”找不到过去的朋友，又不知未来的前程，只看着满院黄花飘落，孤夜星灯，早已华发白如雪。这种心情正像“荐福寺”里的张镐，又像身在世外的马致远，也像那个时代许多文人的命运。

唐时的诗人黄滔写过一首小诗：“流年五十前，朝朝倚少年。流年五十后，日日侵

皓首。”五十知天命的年纪，该有的都有了，没有的怎么奢求也得不到。人如果没有贵人相助，一切就得靠自己，在年轻的时候多想些出路，年老时便不怕饿死异乡。常言道：“一人一世界，一佛一如来。”每个人都有自己的命运，它本是有迹可循，并且充满了机遇，只看你能否把握住种种机会，去为自己争取更好的生活。如果没有，你所能做的也就只有顺其自然。

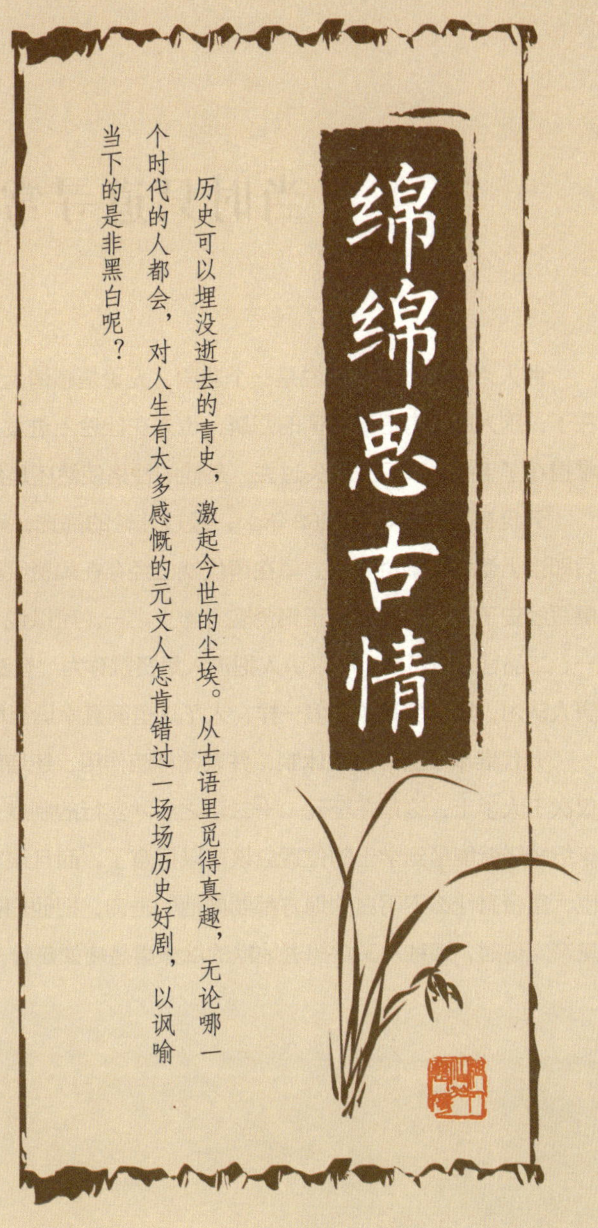

绵绵思古情

历史可以埋没逝去的青史，激起今世的尘埃。从古语里觅得真趣，无论哪一个时代的人都会，对人生有太多感慨的元文人怎肯错过一场场历史好剧，以讽喻当下的是非黑白呢？

当时只道寻常事

曲人卢挚的一生可以说是一个悲剧，无论是感情上还是事业上。他与其他人的不同在于，别人既没有得到感情的归属，也未在仕途上迸发出光芒，而卢挚把这两样东西都掌握在了手中，最后又错失过去。是他的性格使然还是他时运不济，后人很难评断。

元世祖至元五年（1268 年），经过几轮的筛选，卢挚荣登进士榜单前列，不久之后即当上翰林院集贤学士。早在唐代就已经存在集贤院这样的文书办事机构，专门负责撰写经史子集，宰相亦属于集贤院大学士之一。可以说，从集贤院出来的才士，被升为一、二品官大有可能。所以唐人把进入集贤院称为“登瀛洲”。相传瀛洲是东海的仙山，唐人认为，集贤院就像仙境一样，入了这里简直幸运至极。

元代继承了唐集贤院体制，并兼翰林院作用，还增编了不少部门，其中学士的地位仅次于大学士，这是在至元二十二年之后才实行的制度。此前以学士最大。所以，卢挚年纪轻轻就能坐到学士的位置应该可以得意了，而且该官职相当于皇帝的机要秘书和谏臣，皇帝有什么不明白的地方都要向他们垂询，把他们视作知己。不过，当臣子不再受皇帝宠信时，那种从天堂掉进地狱的滋味更是痛如剜骨。

朝瀛洲暮舣湖滨，向衡麓寻诗，湘水寻春，泽国纫兰，汀洲搴若，谁与招魂？空目断苍梧暮云，黯黄陵宝瑟凝尘。世态纷纷，千古长沙，几度词臣？

——卢挚《蟾宫曲·长沙怀古》

早晨还在朝中办事，晚上却已被放逐到遥远的南方。朝夕不过几个时辰，境遇却是天壤之别。古人把“瀛洲”比作天子脚下，卢挚借“瀛洲”与“湖滨”对比，来说自己的遭遇朝廷的放逐。

卢挚做集贤学士没多久，就因得罪人而遭谗，被贬谪到湖南，路经长沙偶感风物，写下了上面这曲《蟾宫曲》。他在江南待了数年之久，以《蟾宫曲》为牌子写了十余首怀古曲，名义上感叹千秋万世，其实是倾倒一肚子的苦水。

曲中第一句交代自己遭遇的背景后，接下来便写他在湖南的见闻：徜徉在衡山之麓，漫步于湘水之滨，鼻尖嗅到的是岸芷汀兰散发的幽香，眼前是漫天芳草，令人想起了以秋兰为佩的屈原和在江边追忆屈原的宋玉。哎，像是宋氏一样肯为屈原招魂的有几人呢？千年时光匆匆而逝，他来到了湘水之滨，举目遥望远处苍梧山与黄陵庙，不禁想到了舜帝和他的两个妃子娥皇、女英，思古之情油然而生。

“空目断苍梧暮云，黯黄陵宝瑟凝尘”两句，所指的便是舜帝与娥皇、女英的故事。司马迁在《史记·五帝本纪》里曾讲到，舜到南方巡狩，死于苍梧山下，便葬在此处。而《水经注》中记载，娥皇、女英对舜帝忠贞不已，舜帝死后，她们纷纷溺毙于湘水殉情。人们为了纪念二女而在洞庭湖畔修了黄陵庙。卢挚用这两句话来描写暮霭覆盖的苍梧山和黄陵庙，并为尘土掩埋的二妃抒发自己的哀伤和追悼之意。

卢挚思屈原、宋玉，思舜帝、二妃，皆是有缘由的。长沙湘水畔，多少年来留下了无数骚客的遗憾。卢挚也怕在这里度过余生，再难回到帝王身边施展长策。为忠臣者最怕遭冷弃，他的伤情在曲中不言而喻。

凡善于作诗成对的文人，只要见到有古人痕迹的事物时总不免多愁善感一番，要么慷慨激昂，以抒壮志；要么感时伤事，黯然出尘。卢挚感怀身世，在对人生无望的幻灭之后，不得不放手。

问黄鹤惊动白鸥：甚鹦鹉能言，埋恨芳洲？岁晚江空，云飞风起，兴满清秋。有越女吴姬楚酒，莫虚负老子南楼。身世虚舟，千载悠悠，一笑休休。

——卢挚《蟾宫曲·武昌怀古》

辗转到了湖北武昌，卢挚此时仍戴着集贤院学士的高帽，却终日闲极无聊。一日他登临名闻天下的黄鹤楼，忽而有只惊起的白鸥横空飞过，与黄鹤楼钩织成了奇妙的画面，就像黄鹤惊动白鸥一般，令白鸥不敢停留。此情此景，激发了卢挚的灵感，遂写下了这首武昌怀古曲。

举目望去，看到远处的鹦鹉洲，卢挚蓦然想起死在此处的汉末才士祢衡。祢衡因为恃才傲物、桀骜不驯，相继得罪曹操、刘表等人，最后一个收留他的江夏（武昌）太守黄祖也受不了祢衡的嘴，将他处死。祢衡的饮恨在卢氏看来可悲可悯，卢挚认为，一个有才能的人因为高位者的不赏识而就此淹没，难道不是件恨事吗？

不过，浩瀚长空，云淡风轻，有吴越美女香酒陪伴，卢挚觉得不应因为一点伤古之情就浪费了眼前的景致，辜负“老子南楼”的美意。“老子南楼”本是《晋书·庾亮传》里的一个小故事。东晋六州都督庾亮镇守武昌时，他的部下殷浩等人月夜乘船登南楼赏夜景，庾亮得知后也来凑热闹。部将们见状纷纷走开，为自己偷闲的行为感到不好意思。庾亮却笑着说：“你们不用这么着急走，就算先生老子来了这里，看到胜景也不忍离开的。”说罢便亲热地与殷浩等人饮酒作乐，谈论国家大事。

卢挚借“老子南楼”来劝自己，不要辜负良辰美景。面对身世如虚舟，无根无底、四处飘荡的境况，卢挚虽然伤怀，可是却于事无补，他能做的只剩下自我释怀。历史记载中的卢挚温柔多情，词曲清丽，在他的众多曲子当中，这曲《蟾宫曲·武昌怀古》竟突发豪放之言，叫人不免惊讶。难得卢挚能如此看得开，在尽是淫雨霏霏的元代发出清音。

但不可否认的是，卢挚时刻都透露出对现实的不满，他的怀古曲既不是为赞扬古人而作，也不是为天下黎民所写，通常都是为自己的一点辛苦诉说埋怨之言。他无力改变现实，能做的只剩下饮酒作乐，寻求离开浮生的解脱。也许正是他想放又放不掉的优柔寡断，注定了他事业的不顺、情感的失败。如果他能专心为他心爱的女子朱帘秀而钟情，他的一生想来能获得些许安慰，然而就连忠贞的爱情，他也让其如冰般消融在掌心。

一醉解千愁，酒醒愁更深

“酒”这东西说好不好，说坏也不坏。对酒鬼来说，酒肯定是导致人更颓废的罪魁祸首，但对文人来说，酒往往是其灵感爆发的催化剂，是大大的妙物。中国饮酒习俗源远流长，是宫廷、家庭饮宴必不可少的“芳物”，也是一种礼仪、情趣和心境。喝酒有功、德、趣、祸等说法，不是饮酒就有错，少喝怡情，大喝才伤身。此外，酒和诗存在着不可拆解的因缘，若是没了这东西，中国历代的文化将会缺少非常精妙的一笔。

宋代民间传说中记载过一个书生，名叫赵元，嗜酒如命，他曾言：“我这里猛然观望，风吹青旆唤高阳。吃了这发醅醇糯，胜如那玉液琼浆。喜的是两袖清风和月偃，一壶春色透瓶香。花前饮酒，月下掀髯；蓬头垢面，鼓腹讴歌；茅舍中酒瓮边刺登哩登唱。三杯肚里，由你万古传扬。”

喝酒喝到醉生梦死，一觉醒来的赵元发现已经日上三竿。他笑眯眯地手提壶烧，却觉得它比琼浆玉露更使人清爽。既然家徒四壁、两袖清风是他的现状，与其对命运不断埋怨和奢求，还不如月下饮酒、捧肚歌唱。三杯酒下肚，说不定吟出什么千古名句，后世传唱呢！

赵元这玩世不恭之态，是许多爱酒的文人的缩影。例如晋代竹林七贤中的刘伶，对酒的痴迷程度比赵元有过之而无不及。由此可见，中国文人对酒及酒文化青睐有加。

赵元本是宋代民间传说中一个因酒得奇缘的小人物，他是落魄的富家子弟，平时好酒贪杯，被妻子刘月仙和岳父、岳母嫌弃。刘月仙及她的父母总是任意打骂赵元，把他视为废物，后来甚至欲除他而后快。赵元只能依托醉酒来逃避现实的苦难。他的好酒并不如古代名士那样风雅，一不是为了激发诗性，二不是通过喝酒得出一些文化结论，他喝酒只为解脱。不过，他后来却经历了一系列好事，这些好事都是因酒和美如蛇蝎的老婆刘月仙，倒也可以说是冥冥之中，自有定数。

素有“小关汉卿”美称的元代戏曲作家高文秀借赵元的故事发挥，写了《好酒赵元遇上皇》一剧，顿时在民间引起了不小的轰动，让市井之人再次肯定“酒”是好物。在高文秀的笔下，赵元历经酒难、酒缘、酒功、酒趣等过程，让观剧人着实为他捏了一把汗。看罢剧目之后，人们忍不住开怀叫好。

赵元的“酒难”由他的蛇蝎老婆刘月仙引起。此女嫌弃赵元不长进，暗暗在外面与东京臧府尹有暧昧关系，一心想要嫁给臧府尹。刘、臧二人为了做长久夫妻，遂设了一个诡计，差赵元送文书到汴京给丞相赵光普，却故意把文书晚三天交给赵元，让他延误日期。宋代官府有明文规定，延误一日杖四十，延误三日就处斩，赵元心知死路一条，又不得不送，满腹哀愁地上路了。

一场梨花大雪来临，天寒地冻，不过赵元并没有对老天发出怨怼，反而感谢上天，因为大雪让自己躲进了路边酒馆，与他的知己——“酒大人”见面。

【牧羊关】见酒后忙参拜，饮酒后再取覆，共这酒故人今日完聚。酒呵，则到永不相逢，不想今番重聚。为酒上遭风雪，为酒上践程途。这酒浸头和你重相遇，酒爹爹安乐否？

——高文秀《好酒赵元遇上皇》第二折

这段曲子写得好笑有趣，是赵元见到“酒”之后的表现。他一路冲进酒馆，叫来“酒大人”，对其又是参拜又是讨好。赵元视酒如亲人，还以为自己赴死之前肯定不能再见它，没想到因为暴风雪而与“亲人”重逢，实在让他又惊又喜。剧中第二折这段求爷爷告奶奶的感激话，听来让人忍俊不禁。他那充满谐趣的话被微服出巡、落脚酒店的宋太祖赵匡胤一行人听到，赵匡胤忍不住留意到此人。

赵元一边喝一边唱，忽然听见旁边的掌柜在与人大声理论，顿觉对方打扰了他的酒兴。他上前一问掌柜，才知有几个人喝完酒却没钱付账，他便大方地替这些人付了钱。不料没有酒钱的几人正是赵匡胤一干人等。赵匡胤不小心丢了银子，所以无钱付账，他欣然接受了赵元的恩惠，并与赵元把酒言欢。二人聊得甚是投机，均觉得遇到了知己。赵元一时酒劲上来，便开始对赵匡胤诉苦，讲刘月仙和臧府尹如何害他。

赵匡胤闻言思索半晌，声称自己认识宰相赵光普，并且在赵元的手臂上写下了一封“求情信”。赵元带着手臂上的“求情信”到了京师，见到赵光普之后，赵光普立刻对他客客气气，还推荐他当上高官。

衣锦还乡的赵元，见到臧府尹被赵光普发配边疆，刘月仙也被杖刑一百，两人都受到应有的惩罚，他便心满意足了，遂向朝廷辞去官职，回到了他的酒坛边，又开始了与美酒相伴的生活。

赵元自认自己是“愚浊的匹夫，不会讲先王礼数”，宁归隐而不进取。其实，他身上有着古代文人共同的气质，入仕之念并非一点没有，但他自言一介匹夫，是因为世上人心难测，伴君如伴虎。爱人的欺骗、上司的陷害令他对现实充满失望，而“酒大人”从不会骗人。在酒的面前人可以变得毫无心机，酒也可以为人解除一切烦恼。在赵元看来，贪杯是一种不可言喻的幸福，比升官发财更为现实。

高文秀之所以选中赵元的经历做自己剧本的内容，也是想借他来映射自己。赵元因酒难而遇酒缘，巧得功名，是高文秀以及所有元文人的梦想。如果他们能赶上帝王微服出访，与帝王结缘，说不定也可入朝为官。可现实状况的悲惨又令元文人知道一切仅是想梦而已，所以高文秀又安排赵元回到“酒大人”身旁，这是元文人无奈之下的隐忍。郁结于他们心中的不甘之痛和不仕之忧，如双刃剑一般折磨着他们，他们只能从舞台戏剧中寻求自我麻醉。

然而，人们常说“一醉解千愁”，却不知酒醒愁更深。无论怎样，一个人借酒堕落总是不值得称道的，世界上越是没有人爱自己，自己才越要爱自己。

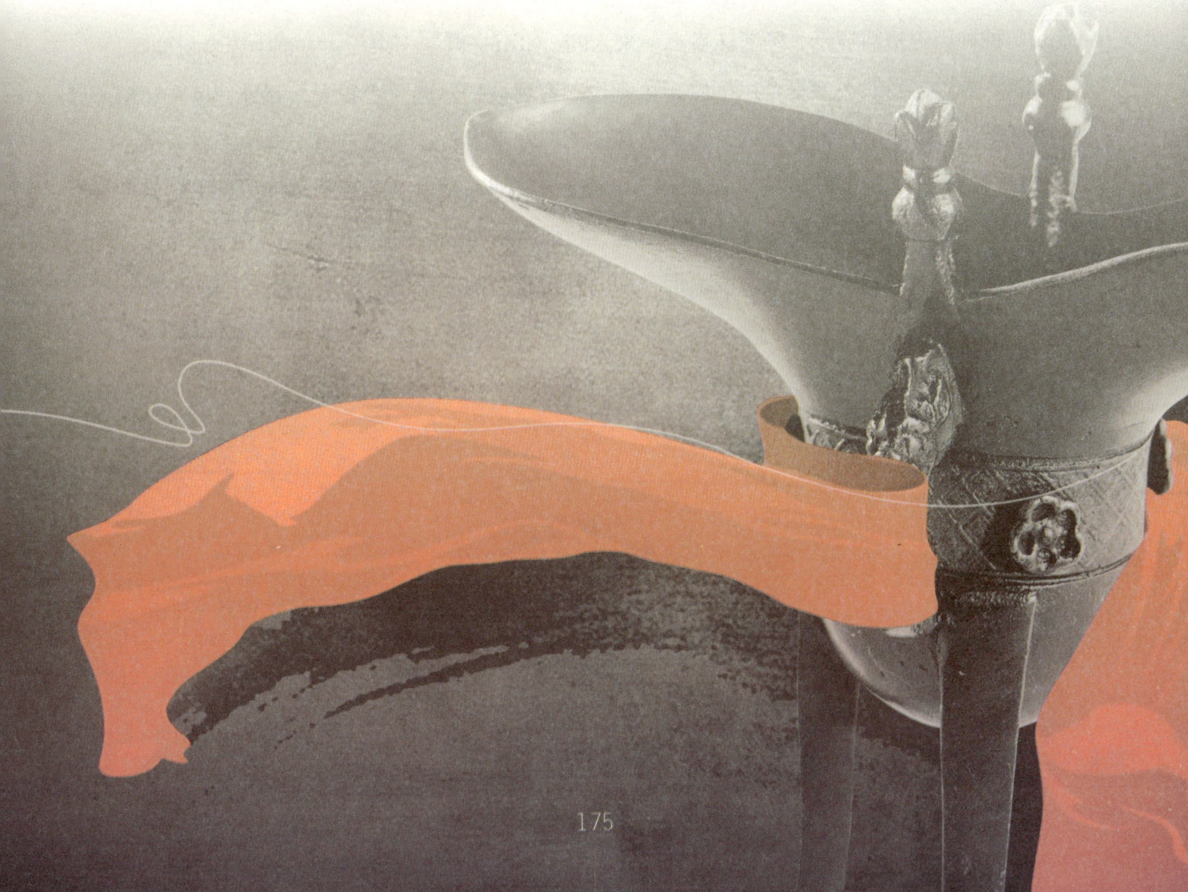

尴尬的杨贵妃

澳洲土著居民毛利人以胖为美，在世界各民族都是罕见的，族中女子大多重300多斤，虽然胖却很灵巧，甚感可爱。中国流行以胖为美，唯有唐朝时期，“胖美”不是在某个民族内产生，而是风靡全国的时尚体态，主要是由于当时的国力鼎盛、文化繁荣和民政宽松。

唐人认为，国家雍容华贵、大方得体，因此彰显世人美丽的女子也应丰腴才对。加之唐朝流行高耸发髻、花纱长袍彩衣，女子多袒胸露背，如果瘦骨嶙峋，看起来就像个骷髅，当然不适合唐时大方的装束。正是这种美学观念，唐朝第一美人杨玉环顺利选秀入朝，成为唐明皇之子寿王的王妃。

种种历史资料显示，杨玉环身高一米六四，体重一百三十余斤，应是中等身材偏胖。她能歌善舞，当然不会是个水桶腰，否则也不容易被朝廷选秀者看上。此外，杨玉环精通音律，聪颖非常，机智过人，善解人意，不但寿王喜欢，老皇帝唐玄宗也很喜欢这个“媳妇”，找了种种借口将她送去做了女道士，将她和寿王的关系割裂开；几年后唐玄宗又找了个理由将杨玉环招入宫中，但这一回则是作为自己的妃子。

唐玄宗不顾人伦，夺子所爱，但在那时并没有遭到道德上的谴责。而杨玉环受宠，

杨家借女人上位，反而成了天下人的话柄。是以当安禄山逼宫时，杨贵妃成了最大的替罪羔羊：淫乱祸主，其罪当诛。

睡海棠，春将晚，恨不得明皇掌中看。霓裳便是中原患。不因这玉环，引起那禄山？怎知蜀道难。

——马致远《四块玉·马嵬坡》

马致远在写这首形容杨贵妃的《四块玉》时，不知是抱着怎样的心态，多少对这个美女持的是鄙视态度的。他笔下的杨贵妃美则美矣，却并不招待见：暮春时节，海棠春睡的杨贵妃姿容娇艳，玄宗恨不得把她当作掌中明珠，然而偏偏就是这个美女成了中土大唐的祸患。玄宗与她终日在宫中轻歌曼舞、饮酒作乐，不顾朝政，节度使生出异心，在地方起兵造反，祸国殃民。最终节度使安禄山叛乱，攻入潼关，玄宗带着杨玉环及残兵逃亡蜀中。逃亡大队路过马嵬驿时，扈从的禁卫军哗变，要求玄宗诛杀杨玉环以谢天下，重拾明君姿态。把杨玉环视若心头肉的玄宗悲痛不已，但为了稳定军心保命在先，仍是牺牲了曾经引以为精神支柱的胖美人。马致远的曲子讲的就是这段故事，他明说唐明皇无道，其实是说杨玉环红颜祸水。

然而，真正该受到谴责的是这二人吗？唐明皇倾国之后舍不得江山和性命，将心爱的女人送上刑场，他的内心也是备受煎熬的。真正可恨的，不应该是背负祸国罪名的杨玉环，也不是自私保命的唐玄宗，因为他们只是相爱，相爱又有什么错呢？一切皆怪他们没有扮演好自己的角色。不明智的皇帝和混乱的朝廷接纳了一个错生时代的女人，便乱了天下。所以，后人还是认为，白居易对二人情感的中肯评价是最能让人接受。

此生长恨天地有时限，唯愿在天成了比翼鸟，在地连理枝纠缠。杨贵妃与唐明皇也不想成为一个昏君、一个祸水，他们只想厮守到老而已。然而这点愿望也因为他们的身份而未能实现。此时再看白朴的《唐明皇秋夜梧桐雨》，对唐明皇与杨贵妃不免生出同情，才知相爱不能相见的滋味，那等心酸怎一个“愁”字了得。

【滚绣球】长生殿那一宵，转回廊，说誓约，不合对梧桐并肩斜靠，尽言词絮絮叨叨。沉香亭那一朝，按霓裳，舞六幺，红牙箸击成腔调，乱宫商闹闹炒炒。是兀那当时欢会栽排下，今日凄凉厮辏着，暗地量度。

【三煞】润蒙蒙杨柳雨，凄凄院宇侵帘幕。细丝丝梅子雨，装点江干满楼阁。杏花雨红湿阑干，梨花雨玉容寂寞。荷花雨翠盖翩翩，豆花雨绿叶潇条。都不似你惊魂破梦，助恨添愁，彻夜连宵。莫不是水仙弄娇，蘸杨柳洒风飘？

【黄钟煞】顺西风低把纱窗哨，送寒气频将绣户敲。莫不是天故半人愁闷搅？前度铃声响栈道。似花奴羯鼓调，如伯牙《水仙操》。洗黄花润篱落，渍苍苔倒墙角。渲湖山漱石窍，浸枯荷溢池沼，沾残蝶粉渐消，洒流萤焰不着。绿窗前促织叫，声相近雁影高。催邻砧处处捣，助新凉分外早。斟量来这一宵，雨和人紧厮熬。伴铜壶点点敲，雨更多泪不少。雨湿寒梢，泪染龙袍。不肯相饶。共隔着一树梧桐直滴到晓。

——白朴《唐明皇秋夜梧桐雨》第四折（节选）

这段唱腔摘自《唐明皇秋夜梧桐雨》的第四折，讲的是唐明皇马嵬坡杀死杨国忠、逼杨玉环自缢之后回宫时的情景。那时安史之乱渐渐平定，回到长安的玄宗不问世事，退居西宫颐养天年。可是痛失挚爱，他如同丧失了魂魄，而爱情沦丧之后他的权利又被架空，爱情与事业两厢皆无好结果的玄宗凄凉不已。面对着西宫内杨玉环的画像，他更加心痛欲死。

“滚绣球”“三煞”“黄钟煞”三段均是描写唐玄宗当时的心情。他回想在长生殿的那晚，与杨玉环并肩坐在长廊上，对着在夜风中簌簌作响的梧桐，誓言生生世世不分离。还有在沉香亭的那天，杨玉环跳着绝美的舞蹈，他唱歌，她舞袖，彼此眉目传情，好不快活。这些好像都在昨日发生一样，但一转眼物是人非事事休，只剩下自己对着凄迷细雨、冷冷殿阁，看百花落尽，绿叶萧条，睡着了惊醒，躺下去一夜无眠。

夜里西风寒气逼人，在窗棂间滑过时发出奇怪的声响，仿佛是西蜀栈道上的马铃声、渔阳鼙鼓的惊魂声，令玄宗冷汗淋漓。败落的花叶、月下阴影重重的山石、枯静的荷塘与翅沾湿露的蝴蝶，看上去死一般的寂静，然而他又看到昏黄的灯火在闪烁，耳边听到了虫燕喧闹泣鸣和恼人的捣衣声。玄宗弄不清自己究竟听到或看到什么，只因他心乱如麻、彷徨无措，有声也是无声，无情也是有情。这一夜梧桐雨，沾湿了周遭的事物，而他的泪早已打湿龙袍。

白朴将玄宗放进了梦幻凄清的西宫，让他游离于内无法超脱。此举略显残忍，然而在宫中玄宗的一举一动却可真实地反映出玄宗的情谊。在《旧唐书》中讲过，玉环“每倩盼承迎，动如上意”。玄宗平时的饮食起居、行走踏步，稍有行动，玉环皆能领悟，

帮他处理好接下来的事情，此等体贴，并不仅是一个纯以美色得到皇帝青睐的妃子所能做到。皇帝三宫六院，艳妃如云，何以偏偏专宠玉环？皆因玄宗视她为知音。步入老年的玄宗就算再好色，凭他年轻时的明智也不至于为了一个美女而弃江山，而且，纯是贪图床笫之欢不足以让唐玄宗迷失心智。是玉环的体贴入微让唐玄宗枯燥的中年仿佛得到了春雨，玄宗实则为自己找了最佳的柏拉图情侣。

如此去看待玄宗与玉环的爱情，则更不忍对他们有非议。白朴一生在情感上饱经伤痛，令他能深切体会两人的苦痛，所以他格外同情杨玉环的身世，让唐玄宗梧桐夜雨一席话，作为献给杨玉环最美的祷文。

一品贵妃的杨玉环，坐到女人一生能够坐上的最高位置，从权力方面而言她应该知足了；作为古典美女，她风靡全亚洲，甚至连日本都有她的衣冠冢，她应该甚感欣慰。因此在许多文人笔下，她被唾骂成妖妇的尴尬或许稍能减弱，毕竟不是她特意为成为祸水而生，只不过恰好那时她生得很美、聪敏多情，而又胖了那么一点点，结果成了中土天下的尴尬。对她，人们应该多几分正视，多几分包容。

佛祖眼下的花花世界

修行是佛家人必不可少的作业，是否能修得真佛法，则要看个人的悟性和定力。冯梦龙在他的“三言二拍”中讲过，修行不是件容易的事，有许多和尚打坐多年，往往过不了七情六欲的关，特别是“色戒”。

元代是佛教兴盛的又一时期，寺庙林立，和尚众多，有关修行的故事自然也不少，也许是文化发展到这个时候，小说戏剧的流行为记录民间故事提供了方便，而元朝文化的紊乱致使许多文人不是特别在意正统的宗教思想，结果一些专门记录和尚偷情的故事纷纷浮出水面，百姓把这些当成生活娱乐、茶余饭后的趣事，津津乐道。

王实甫曾根据宋人张邦畿的《侍儿小名录拾遗》中的一段故事写下了《度柳翠》一剧。原故事的内容主要是讲五代时有一僧人，号至聪禅师，在山中修行多年不敢怠慢。一日他下山碰上了一个叫红莲的美人，竟然动了春心，与红燕艳好，最终两个人一起坐化升仙。这段色情轶闻对佛家而言颇为不敬，却是小说、戏剧作者笔下最好的材料。王实甫看过之后遂动笔重新编写了故事，可惜因种种原因剧本散佚，直到杂剧家李寿卿再次改写，才成就了一部在民间流传极广的名剧《月明和尚度柳翠》。不过这部“度柳翠”可谓前无古人后无来者，因为无论是张邦畿、王实甫还是明人冯梦龙，都写了“和尚遇色劫”的故事，唯独李寿卿抛弃了这种色情“笑话”。

要了解李寿卿剧本的特别之处，就必须先说冯梦龙版本。冯氏向来善于编写故事，刻画极尽能事，他笔下遭遇色劫的和尚法号玉通禅师，是从宋代到明代几百年来各个版本通用名称。

话说南宋临安府尹派人请玉通和尚到山下参禅，玉通不答应，柳府尹一气之下派了美女吴红莲上山勾引玉通，结果令后者大破色劫。玉通受不了心魔，一怒之下气死了，转世投胎成柳家的女儿柳翠，长大后沦落为妓女，专门败坏柳家的名声。后来，柳翠遇到得道和尚月明，被其点化，终修成正果，坐化成佛。

这段民间异趣经李寿卿的笔，内容与冯梦龙大相径庭。李寿卿并没有大写特写“红莲色劫”，反而把柳翠的前世写成了观音大士手中的柳枝。元人信佛者极多，元世祖即位至顺帝末年的百余年间，蒙古人在中土大肆兴建佛寺，忽必烈甚至册封西藏名僧帕思巴东来为“帝师”，管理全国佛教。南方禅宗盛行，天台、白云、白莲等佛教宗派也活跃于全国各地，各有各的市场，可以说佛教已经深入人心，不可轻易亵渎。处于这种宗教气息浓厚的氛围当中，李寿卿又是当世名作家，而元中期的宗教信仰评论自由程度也不及王实甫所处的时代宽泛，所以寿卿不敢轻易去开“和尚与妓女”的色情玩笑，而是选择了中庸法，折中了容易被禁的内容。

剧中第一个登场的不是柳翠也不是月明，而是观音菩萨。她手持玉屏柳枝，忽然发现枝条上沾染了尘土，暗道原来柳枝仍没有摆脱尘俗的叨扰，便罚它下凡经历轮回之苦，三十年后再度修炼成佛。于是这根柳枝就投胎成了杭州抱鉴营的风尘匪妓柳翠，被富户牛员外包养。柳翠平时在外行为不检点，但因太漂亮而深得牛员外的欢喜。天上的佛祖怕柳翠无法自度成佛，派去了佛祖第十六尊罗汉月明尊者去人间点化她。

柳翠与转世的月明尊者邂逅是在柳翠父亲去世十周年的法事上。牛员外为了讨好柳翠，特别到嵩亭山显孝寺请了十个和尚下山为柳父超度。显孝寺很小，主持凑了半天才弄出九个和尚，思来想去只好把伙房做饭的疯癫和尚月明叫来凑数。这疯癫和尚正是月明尊者的转世。

月明自称“疯魔”，没酒、没肉、没美女绝不下山，直到主持一一应允，他才跟着去了，并且打定主意要与柳翠见面。主持对他的想法心存唾弃，却不知他的目的其实是为了引导柳翠返本还原，重回西天。

【混江龙】直待要削开混沌，月为精魄柳为魂。一任着纷纷白眼，管甚么滚滚红尘！恰才个袖拂清风临九陌，又早是杖挑明月可便扣三门。则为我这半生花酒为檀信，其实的倦贪名利，因此上不断您这腥荤。

——李寿卿《月明和尚度柳翠》第一折

这段曲子的内容充满了佛家因果轮回的思想，是月明下凡的理由。柳翠为因，月明为果，二者同下凡间互为因缘。明月虽在人间遭尽白眼，图的不是名、利、色，而是为柳翠打开一条偿还罪孽之路。

于是，明月对柳翠的第一次度化开始了。他见到柳翠之后，便奉劝她快快脱离声色犬马的日子，早些超越生死，免却六道轮回。可柳翠舍不得青春少年，她可以凭借美貌和身材来换取钱财，以前过惯了享受的生活，若是半路出家，她就等于失去了一切可依仗的资本。不过青春总是有限，等到人老珠黄时才后悔，慧根就难续了。

剧中的第二折是月明的又一次度化。柳翠因为心中有愧，夜夜梦中都会见到月明在跟她讲佛法，有时又梦到自己变成梨花猫儿思春。由于月明是罗汉转世，可算出人的梦境，他对柳翠的梦了若指掌，知道后者一面想要出家，一面又贪恋凡尘的心思，便再去找柳翠劝说。不过，柳翠仍舍不得自己的三千发丝，却不知发丝正是她烦恼的来源。明月苦口婆心再三劝谏，在睡梦中把柳翠引至阎神面前，让柳翠看清人死后的凄惨情景。又把投胎轮回于六道的境况讲出来，终令她点头答应出家修行。其实柳翠本身也是有慧根的，她前世为观音大士的柳枝，终日沐浴无边佛法，听月名和尚整天念叨，也听出些门道。

【黄钟尾】你道是这回和月常相守，我为你走了两番也。才赚的春风可便树点头。聚莺朋，会燕友，蜂衙喧，蝶梦幽，啭黄鹂，鸣锦鸠，噪昏鸦，覆野鸥，袅金丝，春水沟，拂红裙，夜月楼，酒旗前，望竿后，风又狂，雨又骤，霜正严，雪正厚，霜来欺，月来救，我救的这月里杪椤永长寿。师父，你如今带我那里去？我着你访灵山会首。待我辞别那一班儿姊妹弟兄就跟的去。也不索别章台的这故友。师父，为什么不着我别去？你道我为甚么不着你别去？我则怕你又折入情郎画眉手。

——李寿卿《月明和尚度柳翠》第二折

“黄钟尾”这段曲子是月明和尚给柳翠讲的一个佛偈。他打了一个有趣的比喻：在水沟边迎风飘零的垂柳，一生受尽蜂蝶百鸟鸣叫的折磨；在珠楼酒家旁的细柳，受尽脂粉与酒旗的沾染。二柳年年月月遭风霜雨雪的摧残，得百般凌辱，这是劫数也是历练，而帮助柳树脱离苦海的正是那天上明月。这个比喻的言外之意很明显，天上明月指的便是月明和尚，那二柳便指柳翠了。

受教的柳翠心无杂念地决定出家，月明和尚的任务终于圆满完成，他打算脱离凡胎回佛门圣地灵山，等着二人再次相见。最后月明还怕柳翠再动凡心，特别再三嘱托她不要再堕落风尘。

看过了世间种种绰约风姿，告别了生命里牵肠挂肚的人，柳翠追随在明月的身后，脱离苦海荣归西天，回到观音大士的玉瓶。

佛偈有云："一切有为法，如梦幻泡影。如露亦如电，应作如是观。"一切事相皆是缘聚则生，缘散则灭，变化无常，无从捉摸。如梦幻泡影、雨露霜电，今有明无，只要淡然视之，不被它迷惑，就修成佛家的正果了。

李寿卿借《月明和尚度柳翠》一剧，想通过它来度化那些还看不透人生疾苦的人们。剧中的词曲唱起来典雅脱俗，意境幽玄，叫人可从神明的按语中得到对生命的顿悟。其实，所谓的"顿悟"都是李寿卿自身对生命和生活的诠释，这是他早凡人一步得到的慧根。难怪明代曲学研究者朱权在《太和正音谱》中将李寿卿列至元杂剧作家的第四位，可见一个人的作品不贵多而贵精，在于他给了后人何种启示和规劝。

孤儿复仇记

复仇似乎是小说家永远也写不完的话题，莎士比亚笔下的王子哈姆雷特、大仲马笔下的基度山伯爵埃德蒙，他们复仇的过程是如此惊心动魄，以至于影响世界各地复仇小说的情节演绎。在中国历史上一样上演过许多复仇的故事，因为有杀戮就会有仇恨，但有些是虚幻的纸上谈兵，有些则是真实的存在。

《赵氏孤儿》是中国古代最有名的复仇记之一，不但司马迁特别为此著文，就连法国思想家伏尔泰都忍不住将其改编送上舞台，在欧洲一度引起轰动。当时的欧洲正流行一股“中国风”，无论是物质上还是思想上。西方人认为，中国人的想象力和行动力既奇特又令人震惊。诸如大丈夫“其言必信，其行必果，已诺必成，不爱其躯”，这是中国儒家信义所讲的核心，做人最重要的是一个“义”字，为此被千刀万剐亦万死不辞。伏尔泰可能就是看中了这种忠义哲学观，才将《赵氏孤儿》的故事引进，而且他认为，《赵氏孤儿》是只有在中国才会发生的复仇式悲剧。

一幕历史剧既然能引起全世界的关注，不应该让它的剧作者纪君祥无人问津。有人考证说，纪君祥又作纪天翔，大概生活在元世祖忽必烈时期，虽然被称为戏曲家，留下来的作品却少得可怜，但一个成名之作就足以令他著作等身。到底出于什么目的令纪君祥去改编这段发生于春秋时期的故事呢？必先了解它发生的背景与作者所处的现实有多么相似。

司马迁在《史记·赵世家》中详细地讲了“赵氏孤儿”一事，纪君翔为了使其变得更加富有戏剧性，在某些细节上投注了自己的臆想。是他的巧妙编剧，使得西方人对“赵氏孤儿”的故事关注起来。

晋景公年间，大奸臣屠岸贾欲称霸皇廷，密谋陷害忠烈名门赵氏，并将其一家老小全部杀害。唯一漏网的是当家的赵朔之妻，她是晋成公的妹妹，腹中怀有赵朔之子，由于她当时身在皇宫，才躲过此劫，并在不久后产下一名男婴。赵朔的好朋友程婴和门客公孙杵臼发誓要为赵朔报仇，将这名男婴秘密保护起来，但此事还是被屠岸贾发现，后者立刻下令追杀赵氏遗孤。

程婴一路逃亡，仍是被屠岸贾的部将韩厥拦住去路。程婴本以为必死无疑，却没想到韩厥竟然放了他们。望着程婴离去的背影，韩厥心道：“我若是献出去图荣进，却不道利自己损别人。可怜他三百口亲丁尽不存，着谁来雪这终天恨？怕不就连皮带筋、捻成齑粉，我可也没来由，立这样没眼的功勋！”（《赵氏孤儿大报仇》第一折）

杀一个手无寸铁的婴孩，对韩厥来说是不仁；想到赵氏一家若因自己的阻拦而不能得雪仇恨，他韩厥就是不义。不仁不义之事，韩厥自认绝对做不出来，思来想去，干脆自尽算了，成全了自己，也成全了别人。屠岸贾大概做鬼也想不到为赵家遗孤第一个献出忠魂的竟是自己的手下。

为了找到程婴和赵氏孤儿的下落，屠岸贾扬言要屠杀晋国所有一个月以上、半岁以下的婴儿。未免连累无辜，程婴带着自己的儿子与公孙杵臼逃往一个方向，引敌人来找，另一方面让他的妻子带着赵氏遗子逃往另一个方向。屠岸贾果然率师追杀程婴和公孙二人。程婴假意投降屠岸贾，“出卖”公孙杵臼和婴儿。公孙杵臼心中明白他的苦衷，咬牙陪他做这场“血泪秀”。

【南吕·一枝花】兀的不屈沉杀大丈夫，损坏了真梁栋。被那些腌臜屠狗辈，欺负俺慷慨钓鳌翁。正遇着不道的灵公，偏贼子加恩宠，着贤人受困穷。若不是急流中将脚步抽回，险些儿闹市里把头皮断送。

——纪君祥《赵氏孤儿大报仇》第二折

【双调·新水令】我则见荡征尘飞过小溪桥，多管是损忠良贼徒来到。齐臻臻摆着士卒，明晃晃列着枪刀。眼见的我死在今朝，更避甚痛笞掠。

【驻马听】想着我罢职辞朝，曾与赵盾名为刎颈交。是那个昧情出告？元来这程婴舌是斩身刀！你正是狂风偏纵扑天雕，严霜故打枯根草。不争把孤儿又杀坏了。可着他三百口冤仇甚人来报？

——纪君祥《赵氏孤儿大报仇》第三折

这三段唱腔，内容是公孙杵臼大骂朝廷败坏，昏君无道，竟让屠岸贾这等卑鄙小人位列三公。他直言皇帝老子简直有眼无珠，又假意骂程婴“狗贼”，“出卖”自己和赵氏。

屠岸贾怕程婴作假，边让程婴鞭打公孙，程婴只好忍着心痛抽打公孙，而心中却在淌血，几乎把银牙咬断。他暗道此仇不报，誓不为人。到最后，他只能眼见着亲生儿子死于乱刀之下，而好朋友公孙杵臼也一通撞倒在地上，头破血流而亡。

背着“忘恩负义”的骂名，程婴将赵氏遗子带在身边，躲在深山老林里隐居。在与世隔绝、青山绿水的桃源中，程婴将报仇的念头不断灌输给赵家小子。这样做是对还是错，程婴一直在挣扎，但是想到赵家满门三百口皆死于屠岸贾之手，如果不除掉此人，恐怕连天都不容。

山中一日，世上千年。不知不觉，赵氏遗子赵武立世成人，联合屠岸贾的“亲信”，里应外合将屠岸贾诛杀，还了赵氏和程婴等人的清白。然而，程婴想到自己的孩子和朋友皆不能复生，痛不欲生。他被接入了豪华的赵府，却并没有享受的心情，而是每日待在屋中，沉默地坐在案席之上，到了夜晚，对月无语。

隐约间，他好像看到了点点青鸦，几株桑树，闹闹吵吵，一簇耕夫。这些是他在深山里最常见到的情景。过了一会儿，他仿佛又看到了那些死去好友的魂魄在面前晃来晃去，好似在召唤他一般。

忘不了山中的生活，因为隐居能消除他心中的罪孽，然而青山也治愈不了他痛失朋友的悲苦。除了一死，程婴想不出还能用什么来祭奠那些死去的人。

在真正的历史当中，程婴自刎了，以死来祭奠朋友的魂灵。不过在《赵氏孤儿大报仇》这部剧中，纪君祥让程婴免于一死。因为如果他的结局也以死收场，就真是大悲特悲的惨剧了。即便不是个纯正的悲剧，近代中国著名学者王国维仍认为，《赵氏孤儿》与《窦娥冤》至少情节不相上下，“列之于世界大悲剧中，亦无愧色也”。更有甚者说《赵氏孤儿大报仇》跟《哈姆雷特》的戏剧地位持平，毕竟它取胜在既有真实历史支撑，又富有传奇色彩，而莎士比亚的《哈姆雷特》不过是“凭空捏造”。

其实赵氏孤儿传达的无非是儒家仁义礼智信的“义”。在孟子那里，“义”有个有趣的诠释：“鱼，我所欲也，熊掌，亦我所欲也；二者不可得兼，舍鱼而取熊掌者也。生，亦我所欲也，义，亦我所欲也；二者不可得兼，舍身而取义者也。”对贪心的人来说两全其美当然更好，可是“生命”和“道义”不是东西，如果两个不可以同时要，按照中国人的观念，自然是“道义”重过“生命”。所以韩厥、公孙和程婴都制造了令人极端费解的“自杀事件”。

中国古代的“自杀事件”之所以被外国人相中，并被他们拿去改编成符合外国人观赏角度的剧目，是因为外国人对中国的“忠义观”很感兴趣。而对朋友忠诚、对事业忠诚的人，在全世界人那里都可以引起共鸣。《赵氏孤儿》动人的一面，就是凭借“忠义“二字，在意识形态上融入了外人的心灵。

汉宫青冢上，隔世遇知音

那一夜深宫里的幽怨之音，令宫槐的宿鸟、庭树的栖鸦都要屏息。是谁的琵琶乐惊醒了帝王梦，让汉元帝在宫中四处寻觅幽怨的乐曲从何而来？

元帝走进了他这辈子都不会去、也不能去的冷宫院内，在一帘深幽的帐幕之后，看到了一抹纤细优美的身影。那一刻他惊呆了，为何这冷宫之中却有如此清艳女子，而他从未有过印象。

【醉中天】将两叶赛宫样眉儿画，把一个宜梳裹脸儿搽，额角香钿贴翠花，一笑有倾城价。若是越勾践姑苏台上见他，那西施半筹也不纳，更敢早十年败国亡家。

——马致远《汉宫秋》第一折

此女的面容倾国倾城，汉元帝一看到她，便觉惊为天人，比之西施有过之而无不及。如果越王勾践早遇到她，西施也要被忽略不计。想到这里，汉元帝更加不理解，就算自

己终日在朝堂上忙于政事，也不可能轻易忽略这样的优雅女子，究竟原因为何？

让汉元帝深深着迷的女子，便是在汉宫中待了几年的王嫱王昭君。她没料到在半夜里弹琴，竟然会惊动帝王，犹以为自己身在梦中。想当年画师毛延寿从中作梗，在她的画像上点了丧夫痣，使她甫一进宫就幽居冷殿。一晚，她忧思难消，本打算趁着夜里无人，拂曲聊以慰藉，竟然引来一心希冀见到的人。

汉元帝与王昭君邂逅的一幕，便是《汉宫秋》第一折开篇所写的场景。马致远的《汉宫秋》作为元代的名剧，所写的虽然是昭君，但它的特别之处是不写昭君出塞，而是架空一段昭君与元帝相爱的过程。在全剧中，马致远尽情地发挥着自己的想象，放纵自己的笔调，去写一段欲舍难离、可歌可泣的爱恋。

剧中的元帝和明妃王嫱，前者的体贴，后者的温柔，他们相处的时光温馨无比。可惜天若有情天亦老，月若无恨月长圆。昭君得宠之后，画师毛延寿畏罪潜逃至匈奴，为了报复元帝和昭君，便将昭君的画像送给单于。单于顿时为王昭君的美貌所迷，本准备南下进攻的念头也打消了，派使者到汉室索婚，只要元帝将昭君奉上，一切皆可商量，要是汉元帝敢拒绝，匈奴“有百万雄兵，刻日南侵，以决胜负”。

汉元帝本以为满朝的文武百官会支持他打仗，哪知这班人马个个吓得屁滚尿流，哭爹喊娘地要求他把昭君送给匈奴王。这些“卧重裀，食列鼎，乘肥马，衣轻裘”的重臣，本应食君之禄、担君之忧，却在关键时刻都龟缩起来。面对这些废物，元帝一个人又能做什么？就这样，元帝忍着心被撕裂的痛楚，在大殿上为王嫱和匈奴单于主持婚礼，那一刻，他的拳头紧握，指甲嵌进掌心，掌心渗出的鲜血被隐没于明黄的袖中。

被逼献出心爱的女人，元帝的痛苦王嫱是明白的，但是她能不走吗？那些大臣们为了讨好匈奴，迫元帝将自己放手，已经把她比作了颠覆国家的妲己。只要她走了，既能保证汉室的平安，也不至于让心中所爱背负亡国之君的罪名。

王嫱其实是非常聪明的，美丽、果敢、睿智，女人应有的她都有，女人没有的她也有。塞外虽是苦寒之地，朔漠相连，低头不见地界，抬头望不尽天边，却任她行走，无拘无束，比她在汉宫里受千夫所指强上百倍。如果因她而令中土黎民受苦，她就变成千古罪人了；如果她的走能息止干戈，或可流芳永世。

事实证明，王嫱的选择是正确的。中国的文人最不齿不洁的女人，无论是身体的背叛还是心灵的背叛。但是当一个女人为了所谓的民族大义而牺牲“贞洁”，便是永世赞

对人生有太多感慨的元文人怎肯错过一场场历史好剧，以讽喻当下的是非黑白呢？

赏的对象。许多人可怜王嫱远赴千里，埋骨他乡，魂向中土不能回，为她写下不计其数的挽联，为她歌功颂德。王安石也说过，王嫱既成就了中土数十年的安宁，也使得她自己的爱情得到了皈依。也许王安石这样说是对的，元帝虽然为了昭君痴迷，却没有力量守护她，相反是单于给了昭君婚姻上的皈依。但是，马致远的《汉宫秋》不想苟同他人的看法，而是对元帝与王嫱不能情有所衷给予了最大的怜悯。

【梅花酒】呀！俺向着这迥野悲凉。草已添黄，兔早迎霜。犬褪得毛苍，人搠起缨枪，马负着行装，车运着糇粮，打猎起围场。他、他、他，伤心辞汉主；我、我、我，携手上河梁。他部从入穷荒；我銮舆返咸阳。返咸阳，过宫墙；过宫墙，绕回廊；绕回廊，近椒房；近椒房，月昏黄；月昏黄，夜生凉；夜生凉，泣寒螿；泣寒螿，绿纱窗；绿纱窗，不思量！

——马致远《汉宫秋》第三折

此段所写的尽是元帝送别昭君时的痛苦心情。他在灞桥之上，远眺着护送王嫱的马车隐于荒草戈壁，感到自己的魂也快要离体追随而去。元帝一想到昭君从此便要受苦，终日对着荒草霜天，身边伴的不是贴心的人，他便痛苦难当。塞外的生活是何等凄苦，随处可见退了毛的狗、扛着红缨枪的牧人，四处都是骚马枯车，荒凉不已，相比待在那里，过的日子也一定是辛苦的。

昭君伤心地离开了，目送她离去的元帝也不得不乘车回咸阳，可是每过一道宫墙，每走一条回廊，两个相爱之人的距离便远了几里。对元帝来说，汉宫之内，只余一片孤寂，只剩凉夜昏月，只闻寒蝉悲泣。再也听不到昭君的琵琶声了。

这一段曲子情感缠绵悱恻，马致远笔下的汉元帝，多情得超乎想象。但剧情没有就此打住，还有更悲惨的事情发生了。

得到王嫱的单于率兵北去，王嫱却做出了惊世之举。她一方面不舍故土，另一方面思念元帝成疾，便在汉番交界的黑龙江投水而死。昭君死的当夜，汉元帝做梦惊醒，突闻窗外孤雁哀鸣，顿时泪如泉涌。他跌跌撞撞地跑出寝殿，叫宫人去打听昭君的消息，才知昭君刚刚已经自尽。而单于怕和汉室因此起了干戈，将画师毛延寿遣送回来。

元帝痛煞，几欲撞墙，下令叫人砍了毛延寿的脑袋，以慰藉昭君在天之灵。数年后，元帝也抑郁而亡。

在《汉宫秋》里，王嫱与元帝的爱情虽然生不能在一起，但得到了共同赴死的结局，这是马致远对忠贞爱情的理解。

历史上的王昭君，为了更远大的目标顽强地留在蛮荒之地，既传播中土文化，又宣传和谐共处的观念，匈奴人因此而受益良多，并奉她为神女，在大青山脚下为她建造了永世不倒的衣冠冢。而《汉宫秋》戏里的王嫱惹人生怜，一心守护自己的爱情，在爱情不能完美时则捐躯赴国。

昭君，是一个多么特别的女子。至少，她令两个男人为她神魂颠倒，一个从此江山不再是江山，英年早亡；一个从此江山是美人，放弃了侵吞辽阔中原的梦想。她凭借着智慧守护中土大地，比起那些只知风花雪月、荣华富贵、野趣山林的男人们不知勇敢多少倍。真正应该遭到鄙视的是那些一心以“和亲”祈求和平的人，该遭唾弃的是妄图依靠女人成事的男人。

唐朝诗人戎昱叹曰：“汉家青史上，拙计是和亲。社稷托明主，安危托妇人。岂能将玉貌，便拟净少尘。地下千年骨，谁为辅佐臣。”把江山的安全记挂在女人身上，江山之主用来干什么？社稷之臣呢？王昭君幸运地成了匈、汉和平的媒介，然而历史上有多少女人都成了牺牲品。人常说“红颜祸水”，怪女人误了江山，其实江山才误了女人的幸福。

不同于古今的大家，马致远不仅借昭君诉说自己的国仇家恨、民族不融的痛苦，而且更倾心地顾及一个女人背井离乡的感受，写她与元帝两地鸳鸯的悲情。他借元帝的口，说出“十年生死两茫茫”的爱别离之痛：不必思量，思量也断肠。

王嫱与元帝的深情相爱，恐怕也就只有比较多愁善感的马致远去留意。二人在塞上青谷、汉宫秋月里遥遥望，依稀邂逅了隔世的马知音。马知音也借了二人不能魂守的事实，状告时代弄人。

千秋家国黎民苦

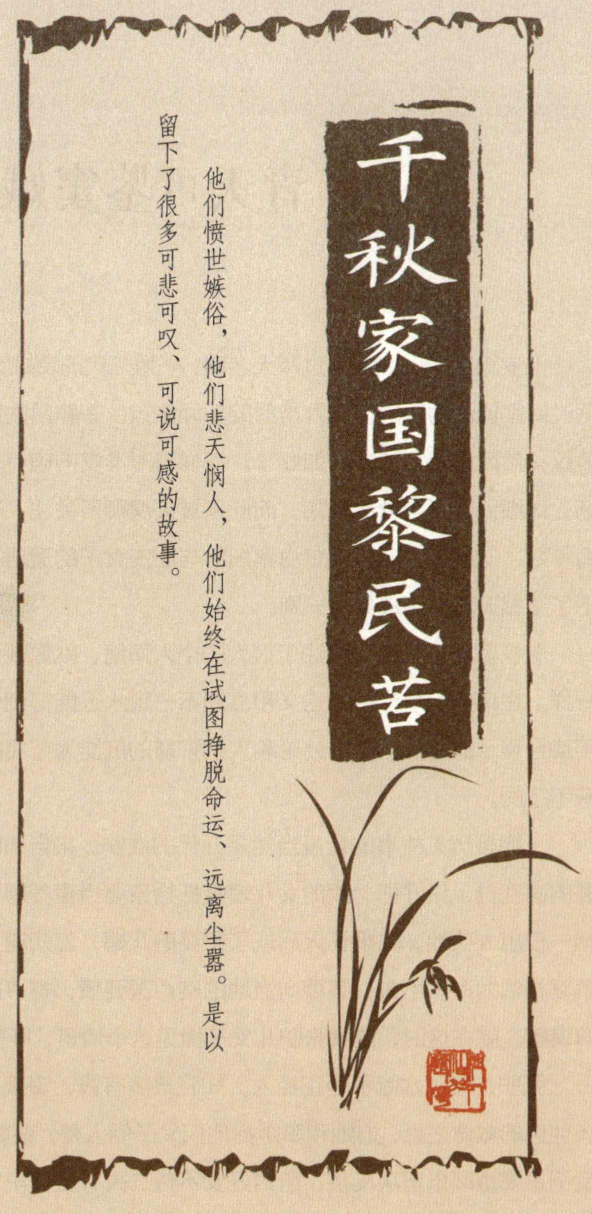

他们愤世嫉俗，他们悲天悯人，他们始终在试图挣脱命运、远离尘嚣。是以留下了很多可悲可叹、可说可感的故事。

青天可鉴窦娥冤

淮安地区的历史上出过两大名案，一为元代的窦娥案，一为清代官员李毓昌被害案。据说两案皆惊动全国，成为当时的新闻焦点。李毓昌的案子有详细的史实可查，并没有争议；然而窦娥案就并非如此了。据说当时淮安的确有一个女子被冤毒害婆婆，枉死刑场，详细情节不为世人所知。而此事被关汉卿所关注，凑巧他又想到《烈女传》中“东海孝妇”的故事，深感“东海孝妇”与淮安女子的遭遇相同，不禁大为感慨，遂埋头写下了《感天动地窦娥冤》一剧。

关汉卿对这个故事投注了很大的个人情绪，就像莎士比亚倾情写下《威尼斯商人》一样。在评判和争论中，正义和真理不一定永远能得到公平的裁判，所以关汉卿选择了用舞台展示的方法，凭借公论和人们智慧的沉淀为冤屈的女子鸣不平——真理是永远蒙蔽不了的。

《窦娥冤》故事的背景当然是元代的淮安。来自山阴的书生窦天章因为无力偿还蔡婆的高利贷，只好把七岁的女儿窦娥抵给蔡婆当童养媳，自己则赴京求取功名，希望有朝一日出人头地。窦娥长大后成了蔡婆的儿媳，怎知道丈夫不到两年就死了，剩下她和蔡婆相依为命。不久，蔡婆向当地的赛卢医要债，赛卢医心生歹念，把蔡婆骗到郊外打算谋害。就在这时，流氓张驴儿父子撞见这个情景，吓得赛卢医慌忙逃跑。

张驴儿父子本就不是正经人，知晓蔡婆有钱，窦娥又漂亮，便起了贪欲，要求蔡婆还他们的救命之恩，迫她和窦娥招他们父子俩入赘。蔡婆自知被侮辱了，但却不敢做声，反倒是窦娥闻讯坚决反抗。所谓好女不侍二夫，更何况对方还是个流氓，窦娥是无论如何也不能答应婚事。

可是，张驴儿贼心不死，趁着蔡婆有病，送上混着毒药的羊肚儿汤给她喝，打算毒死她，就此抢占窦娥。哪知道他的梦做得美，却不料蔡婆闻汤后感到恶心，给了张驴儿的爹喝，结果一碗“索命汤”要了张驴儿老子的命。

世人讲：善有善报，恶有恶报。张驴儿害人不浅，反而害了自己的爹，本应该吸取教训，但他反而调转过来诬陷窦娥毒死自己的爹。官府的大老爷不明事理，不分青红皂白地对窦娥严刑逼供，窦娥终于屈打成招，遂被判了死刑。窦娥在被押赴刑场时，不知有多少围观的人为她鸣冤。

【正宫·端正好】没来由犯王法，不提防遭刑宪，叫声屈动地惊天。顷刻间游魂先赴森罗殿，怎不将天地也生埋怨。

【滚绣球】有日月朝暮悬，有鬼神掌着生死权。天地也！只合把清浊分辨，可怎生糊突了盗跖、颜渊：为善的受贫穷更命短，造恶的享富贵又寿延。天地也！做得个怕硬欺软，却元来也这般顺水推船。地也，你不分好歹何为地！天也，你错勘贤愚枉做天！哎，只落得两泪涟涟。

——关汉卿《感天动地窦娥冤》第三折

窦娥的这两段流传数百年的经典曲目，实把“天公不作美”的民间俗语说得真切，令人忆起周星驰的经典电影《九品芝麻官》。清咸丰年间，提督之子常威垂涎戚秦氏的美色，将其迷奸，事败后杀了其夫家十三口，又收买证人诬告戚秦氏与家丁私通，戚秦氏屈打成招被判死刑。候补知县包龙星发现其中的蹊跷，欲为戚秦氏翻案，反而被诬陷丢了官职。他无奈之下，只得上京告御状，中途几经波折，终于得到皇帝的协助。包龙星苦练口技，终于在公审堂上舌战群臣，得以为戚秦氏洗冤。

窦娥与戚秦氏的命运遭遇有很多相似之处，但是戚秦氏有心存仁念的包龙星相助，而窦娥却被没有王法的官府一门心思地冤枉到底。于是窦娥感到莫大的委屈，怨气冲天，遂指着青天白日，怪老天不分黑白，在人间种下了罪恶的种子。在“滚绣球”一段，窦娥借盗跖和颜渊二人的命运，责骂上天无德。

盗跖是春秋时期和孔子同一时代的民间起义领袖，被统治者认定为残暴、凶狠的化身，后来民间亦把其视作恶势力。当时的盗跖横行几国，屠城劫掠，最后却得善终。而颜渊是孔子最贤能的弟子，宅心仁厚，学识渊博，几乎达到了圣人的境界，可却英年早逝。两人恶得善终、善得恶果，实在不公。窦娥借此二人之事说流氓张驴儿逍遥法外，而自己则受尽苦难还要枉死。这一段控诉韵脚分明，入耳消融，直撼人心，亦显现了关汉卿的大家手笔。

一些学者认为，促成窦娥冤情的是元代社会背景，由于官僚机构的腐败，贵族、地主、富豪无不奢华成风，地痞流氓随处可见，这些都导致大量冤假错案的产生。窦娥被打打得“一道血，一层皮”，“才苏醒，又昏迷”，从中可以看出污吏的残忍和愚蠢，当时人心的邪恶和叵测。也许这种说法是正确，而事实上，整个古代封建社会的本质都是如此。那个时代的女人过着屈膝的生活，不是牺牲品就是玩物，早在窦娥被父亲抵押出去的时候，就已经锁定了她命运的航向。窦娥并不是没有挣扎，但她没有武曌的胆识，没有风尘侠女的自保能力，也没有王昭君那般的美貌能玩转江山。她只是一介妇人，换作任何一个时代，都可能遭遇摧残而凋零，只恨她错生于元代，元代错生了她。

剧中的窦娥深知通过官吏公正判决来为自己平冤已是泡影，她唯有心死，举头发下重誓，如果她是被冤枉的，头颅被砍下之后，鲜血必然一滴不剩地溅在飘飞的八尺素练上，六月飞雪将掩埋她的尸身，淮安一带必干旱三年。窦娥的诅咒果然一一应验，百姓

们皆知窦娥确实是被冤枉。

窦娥惨死之后，人间终遭报应，但关汉卿并没有就此煞笔。他不但要通过上天为窦娥鸣冤，还要在人世当中还窦娥一个清白。窦娥的魂魄找到在京城里当上官员的父亲窦天章诉冤，窦天章遂千里迢迢回乡为女查案，终于把张驴儿千刀万剐，以命抵命。然而，此时的窦娥已经死了，一切都无法挽回。

关汉卿与窦娥在魂灵上是有交集的，关汉卿借窦娥的身世控诉当下这个必将毁灭的世界，而窦娥的精神正是关汉卿的写照。窦娥虽然不是个才女，不会用诗词歌赋来抨击时代，但她却有种折不弯的风骨；而关汉卿也不是个重华丽辞章的文人，他仅仅保持着自己的个性和写作手法，来暴露现实生活的不公。

元时代的文人，大多写着四平八稳的文章，视野却越发变得狭隘，社会也变得萎靡不振。世态之颓气，并不是关汉卿能一扫而罢的，他自己很清楚，但他仍要用窦娥的魂灵，来惊动愚昧的现实世界，以扫世态的颓气。

闲是天许，忙是自取

在一片吟风弄月、离愁别恨的文学气氛中，曲人刘时中残忍地打破了众多元文人的美梦。他从来都不打算令身边那些沉迷于酒色生活的朋友感到舒坦。并不是他不能这样做，而是不可以。不过他的儒雅性情，使得他并不是冷酷的人；他也并不自命是百姓的代言人，呼吁人权社会，只希望把“人间烦恼，一洗无余”（《折桂令》）。

总是去干涉别人的生活、批评社会现状，令刘时中感到非常疲累，但是他的曲子仍旧被称为元代的“史诗”。他一唱一吟，都是当时的贫苦者在死亡线上挣扎的血泪，在那时绝无仅有，后世也罕见。

【叨叨令】有钱的贩米谷、置田庄、添生放，无钱的少过活、分骨肉、无承望；有钱的纳宠妾、买人口、偏兴旺，无钱的受饥馁、填沟壑、遭灾障。小民好苦也么哥，小民好苦也么哥，便秋收鬻妻卖子家私丧。

——刘时中《端正好·上高监司》（节选）

这段“叨叨令”是刘时中套曲《端正好·上高监司》里的段子。该套曲子的开篇写的是元代发生了一场罕见的大饥荒：“众生灵遭磨障，正值着时岁饥荒。”这一年粮食罕有，物价日益上涨，奸商富户自认奇货可居，高价兜售粮草以获取暴利，许多贫苦者饿死路中，乞丐成群结队四处乞讨。

根据《元史》的记载，元顺帝至正十四年（刘时中生活的年代）的确有旱情发生，流民四起。刘时中应该是经历了这段日子，见到途有饿殍才忍不住绘下这幅灾民图。当时官府曾下达过赈灾令，但并没有显著成效。而事实上如果民众能共渡难关，并不一定会死那么多人。在上面的“叨叨令”一曲中这样写道：有钱人仍旧屯田置地、喝酒嫖妓、买卖人口，没钱的人注定要骨肉分离、忍饥挨饿、家破人亡。“有钱就是大爷”，不管在任何时代、任何社会背景下，这句话都是至理名言。

在众人绝望之际，《端正好·上高监司》的曲子中塑造了一个“救世主”式的人物——高监司，此人在现实当中是存在的，因为《端正好》一曲是刘时中写给高监司的万言书。

刘时中笔下的高监司开仓赈济，日夜奔走抚恤灾民，惩治奸商和鱼肉百姓的官吏，毫无偏私。他“爱民爱国无偏党，发政施仁有激昂。恤老怜贫，视民如子，起死回生，扶弱摧强。……天生社稷真卿相，才称朝廷作栋梁。这相公主见宏深，秉心仁恕，治政公平，莅事慈祥。可与萧曹比亚，伊傅齐肩，周召班行”。刘时中甚至将高监司的仁慈和政绩看作古人所谓的“仁政”，而且此人堪比萧曹、伊傅那样辉煌一时的良相名臣。

刘时中盛赞高监司的德行，其中不乏奉承的意思。因为他希望高监司能够看到自己这封揭露地方政府营私舞弊的谏书。整个曲子里揭露了当时社会现象：时值灾情严重时期，官商却囤积大量纸钞以供挥霍，搅乱市场正常经济秩序，祸患乡民。政府表面上道貌岸然，出资出力，实则他们下发的纸币一文不值，根本用不上。刘时中力捧高监司，实则企盼他能到朝廷进言，整顿地方吏治。

按理说身为父母官，高监司赈灾和在朝廷进言是分内之事，并不应被刘时中提醒，但刘时中依然在高监司面前示弱，说尽好话，足可看出他心中的无奈和朝廷的腐败。茫茫人世，刘时中找不到可以投诉的人，当他看到高监司救灾的情景，认为或许此官还有些人性，其他的官吏都是巴不得所有的人都死于非命，好将那些民众的财产收入囊中。

【滚绣球】且说一季中事例钱，开作时各自与，库子每随高低预先除去，军百户十锭无虚。攒司五五拿，官人六六除，四牌头每一名是两封足数，更有合干人把门军弓手殊途。那里取官民两便通行法，赤紧地贿赂单宜左道术，于汝安乎？

——刘时中《端正好·上高监司》（节选）

这段“滚绣球”描写的是官吏横征暴敛和贪污受贿的嘴脸。由于元政府对币制管理非常混乱，官吏和商人伙同起来玩转钞法，钻朝廷的空子，私下印制纸钞，一旦有收益便可坐地分赃。按照衙门里的老规矩，大官分大头，小官得小钱。库府官员、军百户、攒司、官人、四牌头人人有份，连门军、弓手这些看管人员都能拿到好处。官宦中所谓的“有钱人”还和商贾串通一气印制假钞，四处骗钱；一些官员甚至借朝廷的名义回收

破损钞票，声明全部烧毁，实则偷拿出去再用到市场进入流通。

官人、商人没有成本地拿着“钱”到处挥霍，受苦的不过是毫不知情的普通百姓。这种无形的凶险比官、商直接奴役打骂穷人还要可怕。鉴于这种现象，刘时中希望高监司“青天大老爷”能将情况禀报朝廷，解决社会上种种问题，以免民众生变，引发动乱。

刘时中的担忧是有先见之明的。元顺帝是元朝最后一个皇帝，本为元惠宗，“顺帝”是朱元璋给起的谥号。元惠宗弃江山于不顾，终日活在权臣的羽翼下，导致民间起义大爆发。后来起义军攻破大都之后，顺帝仓皇往西北宁夏方向逃走，死于异地。朱元璋建立明朝之后，赐惠宗谥号“顺”，意思是他顺应天意将皇位给他。这种带贬义的谥号不被元人承认，却成了历史的公认。

生活在元顺帝时期的刘时中，在对高监司发出劝言时各地已经出现小规模起义，起义若是闹大，元王朝的根基必将不保。但一个高监司又能如何，就算他肯帮刘时中递上谏言，可是腐败已经渗透到了元朝廷内部，有道是上行下效，地方政府胡作非为其实不过是整个朝廷内部变化的缩影罢了。

一曲《端正好》，充满了刘时中的愤恨和伤悲，他满怀希望，可是他也应该清楚到最后得到的必定是失望。毕竟社会已是如此，除非明主降世，朝廷来一次大清洗。然而，刘时中不服输的个性和怜悯世人的柔情，让他又放不下受苦受难的黎民。

闲，天定许；忙，人自取。

逍遥的日子是上天许给世人的，关键在于世人肯不肯过这样的日子；而忙碌是人自找来的，为尘世操心也是自愿的。是以，兼济天下成了很多士人欲做的事，与此种观念捆绑在一起的刘时中，也融入了这前仆后继的队伍当中，泣血修心。

未尝穷人苦，安知世人贫

历代对社会表示严重不满的文人都有很多，杜甫的一句“朱门酒肉臭，路有冻死骨”足以概括世人对社会的逆反情绪。若以朝代而言，元代大概是自汉以来，中国统一王朝中社会最动荡的一个朝代。此时借文学作品大发牢骚的人特别多，有的恨不得摔了锅碗瓢盆、砸墙捶地，也要把朝廷骂得狗血淋头。

可是，古代的知识分子有统一的毛病，那就是不当官、未做大官、做大官不痛快的人牢骚最多，但他们上批朝臣，下悯百姓，然而真正地去写民间生活贫苦的却寥寥无几。即便一些不得志的士人生活在农村，也是一副甘食陋饭、乐得逍遥的模样，其实穷困潦倒，不然元代也不会有“九儒十丐”一说。

宋遗民谢枋得在《送方伯载归三山序》中讲：“介乎娼之下，丐之上者，今之儒也。”

此话的意思是，文人甚至比娼妓还要不如，仅仅高于乞丐而已，一些士人常常吃不上饭，过着乞讨的生活。

倚篷窗无语嗟呀，七件儿全无，做甚么人家？柴似灵芝，油如甘露，米若丹砂。酱瓮儿恰才梦撤，盐瓶儿又告消乏。茶也无多，醋也无多。七件事尚且艰难，怎生教我折柳攀花。

——周德清《蟾宫曲》

坐在破烂的窗前，抬头屋顶漏，低头水积洼，家里柴米油盐酱醋茶样样凑不全。柴如药材灵芝般珍贵、油如清晨甘露般难采取，大米贵如丹砂，其他的所剩无多。生活七大件短此少彼，倒也真够贫穷。人都过得这样的日子，哪还顾得上去“折柳攀花”、放浪生活呢？

这曲《折桂令》是当时有名的音韵学家周德清所作，他乃宋词人周邦彦的后人，《录鬼簿续篇》对他的评价极高。周德清对作曲、作词甚有心得，终生未出仕，说不上是真的不想做官还是没做成官。至于他的生活是否真落魄到粗茶淡饭的地步虽无从考证，但也不能否认曲子里写的人不是他。

元人亡命天涯不少，一如周德清般的著名儒生都度日艰难，更别说其他人了。根据史载，元中期名臣吕思诚未当官之前，家境贫寒，时值旱灾，家中没米没粮，他要把自己唯一的儒袍拿去典当，妻子非常不舍。为此吕思诚曾自嘲：“典却春衫办早厨，老妻何必更踌躇。瓶中有醋堪烧菜，囊里无钱莫买鱼。不敢妄为些子事，只因曾读数行书。严霜烈日皆经过，次第春风到草庐。”一个满腹经纶的书生，吃完上顿吃不上下顿，穿的是破衣烂裤草鞋，那落魄滋味肯定不好受。文人尚且如此，更何况普通百姓，对百姓来说，啃树皮、吃草根或许才是家常便饭。

士人之窘总是难以启齿的，所以那些生活再落魄的才子，诸如乔吉之辈，饿着肚皮时也从未写自己吃不上饭的情况。对他们来说，宁饿死也不低头，可周德清显然不这样认为。在他曲子的末尾，流露出对“气节”的鄙视：没饭吃的人还想着风花雪月，不是太不现实了吗？

羁客乔吉曾深深眷恋扬州名妓李楚仪，五体投地地拜在她的石榴裙下，把她奉为掌中珍珠，可自己的困苦身世容不得他为李楚仪付出更多。最后扬州路总管贾固将李楚仪纳为禁脔。乔吉曾自比杜牧，每每想起杜牧与妓女张好好貌似完美的恋情，就幻想自己与李楚仪还有“可能性”。不过李楚仪还是成了他到嘴边的鸭子，飞走了。

乔吉活得很不现实，而周德清远比前者要清醒，也比一般的士人更回归现实。在他看来，没有本钱地隐居避世，注定要“享受”苦日子，有今天没明朝。

元朝民间极端困苦有着奇怪的社会根源，生活在宋代的人虽然并没有过上小康般的生活，但至少宋人大多数不会挨饿。可元王朝就大不相同了，官方所行的混乱经济政策仿佛故意恶整百姓一般。中国历史除了混战时代在货币发行上比较乱以外，数元代币制最混沌，且比战乱时代有过之而无不及。

宋代和金代流行纸币分别为交子、会子和大钞、小钞。忽必烈即位元皇帝之后立刻统一了币制，并规定政府每年发行纸币不超过十万锭银。可是币制实行十几年后，国家发行纸币数量年复一年暴涨，到了元朝中叶通货膨胀已经无法抑制，许多官吏和商人从中作梗获取暴利。官商勾结贪污受贿、垄断市场坐地分赃、强取豪夺鱼肉乡民的事情时有发生。活在这种情况下的穷人更穷，不聪明的富人也成了穷光蛋。元曲人苏彦文仅存于世上的一篇《斗鹌鹑·冬景》，即是写饱受官商摧残之后的穷苦人生活境况。

地冷天寒，阴风乱刮；岁久冬深，严霜遍撒；夜永更长，寒浸卧榻。梦不成，愁转加。杳杳冥冥，潇潇洒洒。

地冷天寒，阴风乱刮。岁久冬深，严霜遍撒。夜永更长，寒浸卧榻。梦不成，愁转加。杳杳冥冥，潇潇洒洒。

【紫花儿序】早是我衣服破碎，铺盖单薄，冻的我手脚酸麻。冷弯做一块，听鼓打三挝。天那，几时挨的鸡儿叫更儿尽点儿煞。晓钟打罢，巴到天明，划地波查。

【秃厮儿】这天晴不得一时半霎，寒凛冽走石飞沙。阴云黯淡闭日华，布四野，满长空、天涯。

【圣药王】脚又滑，手又麻，乱纷纷瑞雪舞梨花。情绪杂，囊箧乏，若老天全不可怜咱，冻钦钦怎行踏?

【紫花儿序】这雪袁安难卧，蒙正回窑，买臣还家，退之不爱，浩然休夸。真佳，江上渔翁罢了钓槎，便休题晚来堪画。休强呵映雪读书，且免了这扫雪烹茶。

【尾声】最怕的是檐前头倒把冰锥挂，喜端午愁逢腊八。巧手匠雪狮儿一千般成，我盼的是泥牛儿四九里打。

——苏彦文《斗鹌鹑·冬景》

曲子开篇交代的是穷人的生活背景：广漠的洪荒宇宙皆被寒冷所充斥，容身于岁苦严霜之中，夜似乎更加漫长。冷侵床榻，卧不成眠，人心苦得只想唱“可怜可怜我这个小叫花，给几块煤炭、馒头度度寒”。篇首的一句“杳杳冥冥，潇潇洒洒”，不是说人

冷得要命还要“美丽冻人”，而是曲中人对衣不蔽体的自嘲自叹。曲中的主人公为疾苦而惆怅沮丧，眼巴巴期盼着快点天明，挨过一时算一时。然而天明日暖没有多久，飞沙走石、霜雪烈风又袭长空，漫天雪花飞舞，主人公却毫无欣赏的心情，因为他只知道苦寒和过冬的难处，而感受不到丝毫的天地之美。

穷人过冬唯一个“苦”字能形容，没有风花雪月的好事，也没有踏雪寻梅的风雅。所以在“紫花儿序”一曲中，接连举了数个典故，提醒世人在冰天雪地中是极难遇到好事，也无欣赏雪景的情致。

第一个典故指晋代周斐的《汝南先贤传》中的“袁安卧雪”。晋时，一年冬天大雪封门，洛阳令到州里巡视灾情，见家家户户都扫雪开路出门谋食，全城只有一户人家门口没有动静，雪封路途，不可通行，正是城中名士袁安的家。洛阳令以为袁安已经冻死，叫人凿门而入，看袁安窝在被里不动，便问何故。袁安说：“雪天人人饥饿受冻，我不想出门去麻烦别人。”洛阳令被袁安度人的心意所感动，将之举为孝廉。

苏彦文在《斗鹌鹑》里所描写的寒士，与袁安一样贫苦，但却不可能像袁安般走运。不仅如此，寒士就连像南朝宋代的吕蒙风雪天到寺庙讨食的事情都不敢做，因为他怕与吕蒙遭遇相同的尴尬，被人赶回寄居所。又比如韩愈获罪贬谪潮州遇雪感叹、孟浩然灞桥风雪寻梅、柳宗元江上看渔翁垂钓、孙康映雪苦学、宋人陶氏扫雪烹茶的雅事，这些事情更不是贫苦寒士所能奢求。一个人如果冷得要死了，也就不会想到风雅之事。他只盼冬季快点过去，端午快点到来才好，那是天朗气清，空气暖和，容易觅食，也不用受冻。

未尝穷人苦，不知世人贫。生活不够艰难，同情之词不过都是站在高处的观望之语。久在外漂泊的苏彦文大概是曾经历过《斗鹌鹑》里所写的困窘日子，是以字字见血，声声控诉。而他也成了元代仅有的几个关心农村生活的曲人之一。虽然他那无可考的生平无法断定《斗鹌鹑》的生活一定是他所经历过的，但可以断定，他的心是真正与元代底层社会中人同在。

寂寞帝国的死角

元朝后期，元英宗硕德八剌即位时一心以德治国，实施了一套基本国策，如果他的国策能延续下去，相信中国的历史都要改写。但一场宫廷阴谋令这位仁君死于非命，其宗亲也孙铁木儿即位为泰定帝，开始铲除异己，任用非人。从此元王朝内部皆由权臣所左右，先是儒臣当道，阿鲁威、王元鼎等士人即是托了此福而出仕；然后是权臣燕帖木儿、伯颜（蔑儿乞部伯颜）相继上位，执掌朝廷，不可一世；接着是佞臣哈麻，扼杀了元朝最后一道曙光的，是元顺帝最后的倚仗名臣脱脱。元朝这段急速衰败的过程仅仅历时二十二年。

朝政的混乱引发的就是民间的动乱，生于该时期的人，除了那些所谓的起义英雄外，都应当说是不幸的。元后期曲作大家曾瑞恰恰就生活在此时期，亲眼见证了元衰的步骤。

钟嗣成一生吊过许多文人，曾瑞是他深深佩服的一位儒家高士，钟嗣成每听到有关曾氏的消息都格外谨慎地记录，曾瑞的言论和勉励世人之语令他铭记在心，后来，钟嗣成在《录鬼簿》中为曾瑞写下悼词：“江湖儒士慕高名，市井儿童诵瑞卿。更心无宠辱惊，乐幽闲不解趋承。身如在，死若生，想音容犹见丹青。”

曾瑞一生未入仕途，性格温润却一身傲骨。他家居杭州，终日神采奕奕，穿着整齐往来于闹市，到处结交江湖人士，偏偏不屑于官宦，自号“褐夫”，意思就是一介布衣，乐得自在。他喜欢写曲绘画，从不吝手笔，如同一位老师或和蔼的长者，宽厚待人。江浙一带对他信服的人众多，钟嗣成亦是他的粉丝之一。曾瑞的诗词连市井里玩闹的孩子都能信口念出，足见其在民间的威信之大。

与民同乐的曾瑞亦与民同忧，而生于民间长于民间的曾瑞是最有资格诉说人间疾苦的曲人。不过，他并没有直抒自己的不满，而是以寓言曲的方式来讥讽。

元文人当中，有些人极好写寓言来讽喻统治者的无能，像是言语比较犀利的邓牧，他的《越人与狗》和《楚佞鬼》，写的虽然是神魔鬼怪，其实借鬼怪来暗指元朝官宦和军人。曾瑞则是完美地把曲子和寓言结合起来，写下了《哨遍·羊诉冤》的套曲，替被欺压的百姓说话。在他之前借动物说人言的还有姚守中的《牛诉冤》和刘时中的《代马诉冤》，所以曾瑞不算开先例，不过他选“羊”来喻世，可谓用心良苦。

羊是古代的祭品之一，在星相中属十二正宫之一，即是后来人们说的摩羯星座。平顺的形象和温润的性格令羊有吉祥、美满、和顺的含义，是人们专门用来宰杀的祭品，命运非常悲惨，往往遭受生吞活剥。所以平时形容人弱小的词也都是“小绵羊”“替罪羊”一类，这就是曾瑞不忍的原因。

【幺】告朔何疑，代衅钟偏称宣王意。享天地济民饥，据云山水陆无敌。尽之矣，驼蹄熊掌，鹿脯獐豝，比我都无滋味。折莫烹炮煮煎爊蒸炙，便盐淹将卮，醋拌糟焙。肉糜肌鲊可为珍，莼菜鲈鱼有何奇，于四时中无不相宜。

——曾瑞《哨遍·羊诉冤》（节选）

此段曲子所讲是战国时期一段关于羊的典故，在《孟子》当中有所记载。秦代以前，各国流行以羊血涂抹钟以歌颂功德的祭祀仪式，叫作“衅钟”。齐宣王见仆人牵牛而过，仆人准备宰牛用来“衅钟”，宣王见牛害怕而大腿发抖，心中不忍，就叫人以羊代替。孟子便说，宣王见牛害怕而不忍杀他，是仁爱之心。

事实上，宣王并不是真的仁慈，他觉得牛可怜，难道被杀的羊不可怜吗？人们将杀羊看作是理所当然的事情，并以羊肉作为美食，无论时节或地域，人们都舍不得美味的羊肉。

羊肉并不是不可食，但人们对羊的做法实在令人目不忍视。

【一煞】把我蹄指甲要舒做晁窗，头上角要锯做解锥，瞅着颔下须紧要绘拙笔。待生挦我毛裔铺毡袜，待活剥我监儿踏碑皮。眼见的难回避，多应早晚，不保朝夕。

【二】火里赤磨了快刀，忙古歹烧下热水，若客都来抵九千鸿门会。先许下神鬼彪了前膊，再请下相知揣了后腿。围我在垓心内，便休想一刀两段，必然是万剐凌迟。

【尾】我如今剌搭着两个蔫耳朵，滴溜着一条粗硬腿。我便似蝙蝠臀内精精地，要祭赛的穷神下的呵吃。

——曾瑞《哨遍·羊诉冤》（节选）

上面这三段曲子从《哨遍》当中节选出来，内容大抵都是人们对羊的残忍宰割。羊被单纯地杀掉似乎满足不了人们的欲望，有人还将羊的蹄子切下来做窗帘挂饰，把角锯下来做成刀柄，生剥羊毛做地毯和袜毡，活剥羊皮制成革。羊被千刀万剐，受尽皮肉之苦，人们却乐得在一旁观赏，有的还拿刀直接切下活羊的肉下锅。剩下没皮少肉的赤裸裸、血淋淋的羊奄奄一息。

为羊诉冤的曾瑞，怜悯羊的同时也是在怜悯世人。政局动荡导致地方吏治混乱，许多政府官员如同活剥羊的屠夫一样盘剥平民。

在元王朝铁马宏疆的背后，人们总是向往它辽阔的疆域和统治的领域，看到它不是流星、不是昙花的雄图一面，称颂它经马可·波罗在西方展现的芳华，最后说上一句“如果忽略它东征西讨……”难道这些就足矣诠释元王朝了吗？

帝国如风，元王朝的确如同天之骄子。可是，在它光华的背后沉寂着永恒的黑暗。在观看一个王朝光鲜的外表之时，悠游于市井之中的曾瑞，所看到的正是社会上充满阴暗的死角。

他们愤世嫉俗，他们悲天悯人，他们始终在试图挣脱命运、远离尘嚣。

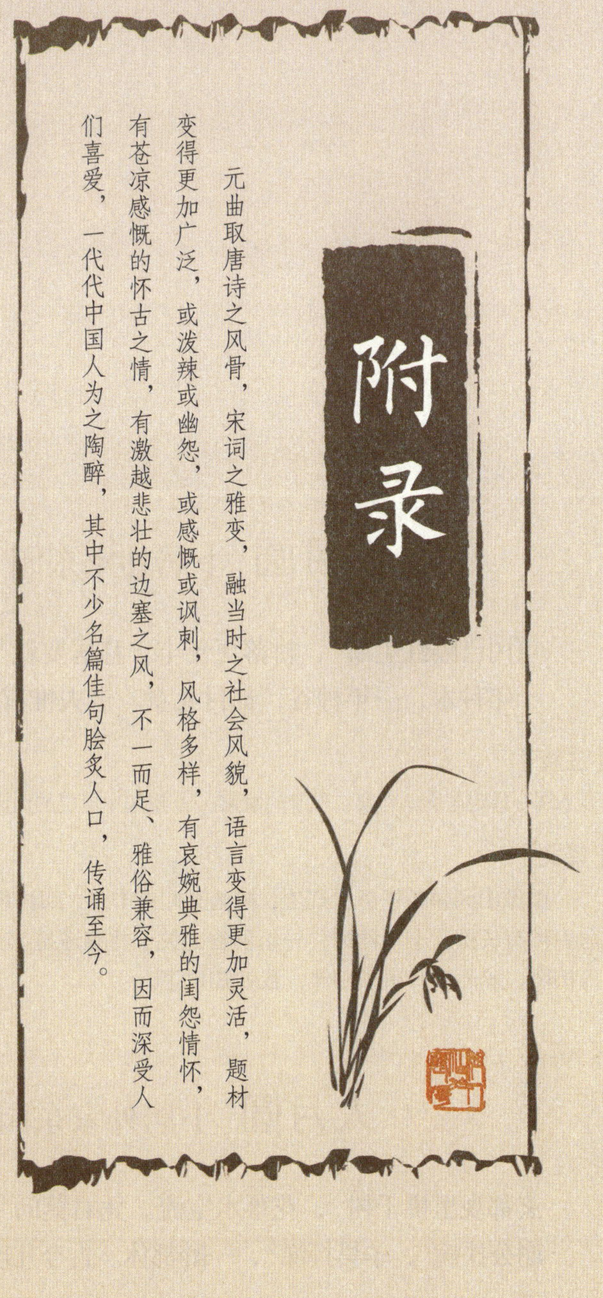

附录

元曲取唐诗之风骨，宋词之雅变，融当时之社会风貌，语言变得更加灵活，题材变得更加广泛，或泼辣或幽怨，或感慨或讽刺，风格多样，有哀婉典雅的闺怨情怀，有苍凉感慨的怀古之情，有激越悲壮的边塞之风，不一而足，雅俗兼容，因而深受人们喜爱，一代代中国人为之陶醉，其中不少名篇佳句脍炙人口，传诵至今。

◎ 人月圆　卜居外家东园[1]（一）◎

重冈已隔红尘断[2]，村落更年丰。移居要就[3]：窗中远岫，舍后长松。十年种木，一年种谷，都付儿童。老夫惟有：醒来明月，醉后清风。

【注释】

①卜居：择定居所。外家：母亲的娘家。②重冈：层层的山冈。③就：靠近。

【译文】

重重山冈隔断了俗世红尘，村落又迎来丰年。即将移居新的住处了，窗中可见远山，舍后种有长松。十年种树，一年种谷，关于将来还是都交给年轻人吧。只要醒来时有明月相照，醉酒后有清风相伴，我就知足了。

◎ 人月圆　卜居外家东园（二）◎

玄都观里桃千树[1]，花落水空流。凭君莫问[2]：清泾浊渭[3]，去马来牛。谢公扶病[4]，羊昙挥涕[5]，一醉都休。古今几度：生存华屋，零落山丘[6]。

【注释】

①“玄都”句：唐刘禹锡《戏赠看花诸君子》：“玄都观里桃千树，尽是刘郎去后栽。”玄都观，唐代长安城郊的一所道观。②凭：请。③“清泾”二句：语本杜甫《秋雨叹》：“去马来牛不复辨，浊泾清渭何当分。”清泾浊渭，泾、渭皆水名，在陕西高陵区境汇合，泾流清而渭流浊。④谢公：谢安（320—385），东晋政治家。在桓温谋篡及苻坚南侵的历史关头制乱御侮，成为保全东晋王

朝的柱石。孝武帝太元年间，琅琊王司马道子擅政，谢安因抑郁成疾，不久病故。⑤羊昙：谢安之甥，东晋名士。⑥“生存”二句：三国魏曹植《箜篌引》：“生存华屋处，零落归山丘。”言人寿有限，虽富贵者也不免归于死亡。

【译文】

玄都观里曾有无数株桃花烂漫盛开，而今早已花谢随流水，不复存在。请您不必去探求明白：奔流着的是清泾还是浊渭，苍茫之中是马去还是牛来。谢安重回故地已经满是病态，羊昙曾为他的去世流泪痛哀。这样的存殁之感，在我酩酊一醉之后便淡然忘怀。要知道古往今来有多少同样的感慨：活着时身居高厦大宅，到头来免不了要在荒凉的山丘中把尸骨掩埋。

◎喜春来　春宴◎

春盘宜剪三生菜①，春燕斜簪七宝钗②。春风春酝透人怀。春宴排，齐唱喜春来。

【注释】

①“春盘”句：立春那天，人们常用生菜、春饼等装盘，邀集亲友春游，庆贺春的到来。②七宝钗：用多种宝物装饰的妇女用的首饰。

【译文】

立春到来，应该采摘生菜和各种果蔬装满春盘；佩戴的春燕上斜斜地装饰着七宝钗。春风吹送着酒酿的香气透人心脾。排好春宴，大家一齐歌唱着《喜春来》。

◎骤雨打新荷①◎

绿叶阴浓，遍池塘水阁，偏趁凉多。海榴初绽②，妖艳喷红罗。老燕携雏弄语③，有高柳鸣蝉相和④。骤雨过，珍珠乱糁⑤，打遍新荷。

人生有几？念良辰美景，一梦初过⑥。穷通前定⑦，何用苦张罗。命友邀宾玩赏，对芳樽浅酌低歌⑧。且酩酊，任他两轮日月，来往如梭。

【注释】

①骤雨打新荷：《太平乐府》认此作曲牌，而元陶宗仪所著《南村辍耕录》卷九云：“小圣乐乃小石调曲，元遗山先生好问所制，而名姬多歌之，俗以为骤雨打新荷者是也。”《螾（yǐn）庐曲谈》载：元遗山“所作曲虽不多，而甚超妙。其《骤雨打新荷》小令即是”。足见此曲在元初就颇负盛名。②海榴初绽（zhàn）：海榴，即石榴，因其自海外引入，故称。绽，开放，

裂开。句言当时石榴花刚刚绽蕾开放。③ 老燕携雏弄语：雏（chú），幼小的（多指鸟类），此指幼燕。老燕子携带着小燕子呢喃学语。④ 高柳鸣蝉相和：和（hè），和谐地随着叫。此句讲高柳上的蝉儿，互相鸣叫唱和。⑤ 珍珠乱糁：糁（sǎn），米粒儿（方言），此作“撒”讲。这里形容雨点打在新荷之上，恰如撒乱的晶莹珍珠一般。⑥“人生”三句：意谓人生短暂，而那良辰美景，同梦幻一般，俯仰即逝，无法挽留。⑦ 穷通前定：穷，阑厄，不如意。通，通达顺利，得志如意。这句话是说人的命运如何，都是注定了的，不会因个人的作为而变化。⑧ 对芳樽浅酌低歌：芳樽，芳，芳香；樽，酒杯，古代盛酒的器具，此讲盛着女美酒的酒杯。酌（zhuó），斟酒，饮酒。全句是说，面对着美酒，浅饮低唱。

【译文】

绿叶茂密相遮形成一片浓郁的凉阴，池塘边所有的亭台楼阁，恰成了最凉快之处。石榴花刚刚绽蕾开放形成花海，团花锦簇仿佛红色的罗裙。老燕子携带着小燕子呢喃学语。高柳上的蝉儿，互相鸣叫唱和。雨点打在新荷之上，恰如撒乱的晶莹珍珠一般。人生能有几个百年？想眼前这般良辰美景，不能让它白白地在眼前消逝。人的富贵贫穷，都是前生注定了的，何苦到处奔波忙碌。不如呼朋唤友，对芳樽浅酌低唱。暂且喝个酩酊大醉，任他日月轮转，时光来往如梭。

◎ 喜春来 ◎

清香引客眠花市，艳色迷人殢酒卮[①]。东风舞困瘦腰肢。犹未止，零落暮春时。

【注释】

① 殢（tì）：迷溺，此指病困于酒。酒卮（zhī）：有足的酒杯。

【译文】

在这美好的春天，鲜花散发的清香惹得人留宿在花市，鲜花那艳丽的丰姿使人迷醉于酒盅。花枝迎风招展起舞，仿佛累瘦了腰肢的美人。然而却依然不知疲倦，直到春色已尽，这时才散落飘零。

◎ 小桃红 ◎

满城烟水月微茫，人倚兰舟唱，常记相逢若耶上[①]。隔三湘[②]，碧云望断空惆怅。美人笑道：莲花相似，情短藕丝长。

【注释】

① 若耶：溪名，位于浙江绍兴南。② 三湘：指湖南的漓湘、蒸湘、潇湘。

【译文】

月亮在遥远的星空照耀着整座城市，全城仿佛笼罩在这一片烟水间，美人倚兰舟吟唱。曾记得我们在若耶溪相遇，水隔三湘，只能望穿碧云蓝空，空自惆怅。美人笑着吟唱道，思慕之心依然未减，相处的日子不多而相思却也是像藕丝那样长。

◎ 小桃红 ◎

采莲人和采莲歌，柳外兰舟过，不管鸳鸯梦惊破。夜如何？有人独上江楼卧。伤心莫唱，南朝旧曲[①]，司马泪痕多[②]。

【注释】

① 南朝旧曲：指南朝陈后主的《玉树后庭花》曲。② 司马泪痕多：唐诗人白居易作《琵琶行》："座中泣下谁最多，江州司马青衫湿。"此用其意。

【译文】

采莲人唱和着采莲歌，划着一叶小兰舟从杨柳岸边驶过，欢声笑语响彻两岸，全然不顾忌把浓睡中的人从鸳鸯梦中惊醒，这是怎样的一个良宵？原来还有人独自睡卧在江楼上，请别吟唱那些令人伤心的南朝旧曲，失意之人本来就伤心落泪难以自禁。

◎ 小桃红 ◎

采莲湖上棹船回[①]，风约湘裙翠[②]，一曲琵琶数行泪。望君归，芙蓉开尽无消息[③]。晚凉多少，红鸳白鹭，何处不双飞。

【注释】

① 棹：桨，作动词用，犹"划"。② 约：束，裹。湘裙翠：用湘地丝织品制成的翠绿色的裙子。③ 芙蓉：荷花的别名。谐"夫容"，一语双关。

【译文】

采莲后拨转船头从湖上返回，风儿吹裹着身体翻动着翠绿的湘裙。忽然听人弹奏一曲琵琶，听了竟然泪水涟涟，盼望远方的人归来，可芙蓉花都凋谢了，还是没有一点儿消息。夜晚天气转凉，有多少鸳鸯、白鹭不是处处双飞？

◎小桃红◎

碧湖湖上柳阴阴，人影澄波浸，常记年时对花饮。到如今，西风吹断回文锦[①]。羡他一对，鸳鸯飞去，残梦蓼花深。

【注释】

① 西风吹断回文锦：以回文锦被西风吹断，暗喻夫妇的离散。回文诗是我国古代杂体诗名，回环往复读之，都有意义。相传始于晋代的傅咸和温峤，但他们所作的诗皆不传。今所见以苏蕙的《璇玑图诗》最有名。苏蕙是东晋前秦的女诗人。据《晋书·列女传》说："窦滔妻苏氏，名蕙，字若兰，善属文。滔，苻坚时为秦州刺史，被徙流沙，苏氏思之，织锦为《回文旋图诗》以赠滔，宛转循环以读之，词甚凄惋。"

【译文】

碧绿的湖面上笼罩着柳荫，人影在澄清的水波中浸晃，经常回想从前双双花前对饮的美好时光。到如今，人各一方，回文锦也无从投寄。只羡慕那成对的鸳鸯比翼双飞，消逝在蓼花深处，徒给人留下零乱不全的春梦。

◎干荷叶（一）◎

干荷叶[①]，色苍苍，老柄风摇荡。减了清香，越添黄。都因昨夜一场霜，寂寞在秋江上。

【注释】

① 干荷叶：原是以"干荷叶"起兴的民间小曲，而"干荷叶"在当时又被作为女子色衰失偶的隐语。

【译文】

干枯的荷叶，颜色变得苍黄难看，老茎被风吹得不住摇荡。清香减退了，越发显得枯黄。都是因为昨夜下了一场霜，给这秋天江面上的荷叶更添寂寞、凄凉。

◎耍孩儿　庄家不识勾阑[①]［套数］◎

风调雨顺民安乐，都不似俺庄家快活。桑蚕五谷十分收，官司无甚差科[②]。当村许下还心愿，来到城中买些纸火[③]。正打街头过，见吊个花碌碌纸榜[4]，不似那答儿闹穰穰人多[5]。见一个人手撑着椽做的门，高声的叫“请请”，道：“迟来的满了无处停坐。”说道“前截儿院本调风月[6]，背后么末敷演刘耍和[7]”。高声叫：“赶散易得[8]，难得的妆哈[9]！”要了二百钱放过咱，入得门上个木坡[10]。见层层叠叠团圞坐[11]。抬头觑是个钟楼模样[12]，往下觑却是人旋窝。见几个妇女向台儿上坐。又不是迎神赛社[13]，不住的擂鼓筛锣。一个女孩儿转了几遭，不多时引出一伙。中间里一个央人货[14]。裹着枚皂头巾顶门上插一管笔，满脸石灰更着些黑道儿抹[15]。

知他待是如何过？浑身上下，则穿领花布直裰[16]。念了会诗共词，说了会赋与歌，无差错。唇天口地无高下，巧语花言记许多。临绝末[17]，道了低头撮脚，爨罢将么拨[18]。一个妆做张太公，他改做小二哥[19]。行行行说向城中过[20]。见个年少的妇女向帘儿下立，那老子用意铺谋待取做老婆。教小二哥相说合，但要的豆谷米麦，问甚布绢纱罗。教太公往前那不敢往后那[21]，抬左脚不敢抬右脚。翻来覆去由他一个。太公心下实焦燥，把一个皮棒槌则一下打做两半个[22]。我则道脑袋天灵破[23]，则道兴词告状，刬地大笑呵呵[24]。则被一胞尿，爆的我没奈何[25]。刚挨刚忍更待看些儿个，枉被这驴颓笑杀我[26]。

【注释】

①庄家：农户。勾阑：宋元时演出戏剧杂耍的场所。②官司：官府。差科：差役。③纸火：还愿用的香烛纸钱。④花碌碌：花花绿绿。纸榜：指演出海报。⑤那答儿：那边。闹穰穰（rǎng）：人声嘈杂，乱哄哄的样子。⑥院本：金元时流行的一种戏剧演出形式，以调笑、歌舞为主。⑦么末：即杂剧。刘耍和：金时著名艺人，其故事后被编为杂剧上演。⑧赶散：指没有固定演出场所的民间戏班子。⑨妆哈：正规的全场演出。⑩木坡：观众坐的梯形看台。⑪团圞（luán）：环绕。⑫觑（qū）：把眼睛眯成一条缝看。钟楼模样：指戏台。⑬迎神赛社：古时逢神诞或社日，按习俗要鼓乐迎神，祭祀祷告。⑭央人货：即殃人货，指害人精。⑮满脸句：形容黑白相间的脸谱。⑯直裰（duō）：长袍。⑰临绝末：临结束的时候。⑱爨（cuàn）：为宋杂剧、金院本的开场戏。拨：开始表演。⑲小二哥：指张太公的仆人。此角色应是前面所说的“央人货”改扮的。⑳行行行说：边走边说。㉑那：通“挪”。㉒皮棒槌：演出时所用的道具，又叫“磕瓜”，用以增加声音效果。㉓则道：只道。此人不知那皮棒槌打作两半是演出需要，只道是演员用力过猛所致。㉔刬（chǎn）地：平白无故地。㉕爆：胀。㉖驴颓：骂人话。指张太公。

【译文】

风调雨顺，百业安泰，都比不上咱农夫欢快。粮食、蚕桑收成都好，衙门里也没什么税差摊派。在村里向神前许下还愿，所以来到城里将祭物购买。正从街头走过，见垂挂着一张花里胡哨的告示，那里特别热闹，人群挤挤挨挨。门扇由木条钉就，一个人手撑着把守，“请!”“请!”一声声喊不绝口。“来迟的话，客满了，可就坐不进喽!”又说：“一场两段杂剧，《调风月》先演，《刘耍和》排后。”高声叫：“野鸡班子哪里不见？包场子的正班可是绝无仅有!”收了我二百钱放进了门，入门就见木制的看台，成个坡形，环状的座位一层又一层。抬头望戏台像个钟楼模样，朝下看只见黑压压的人群。戏台上坐着几位娘们，又不是求雨或社日要迎神娱神，为何她们敲锣打鼓忙个不停？一个女孩儿转了几圈，不多久引出一伙演员。中间那副净真是丢人现眼：扎巾，顶头上插枝笔管；满脸涂着白粉，更抹上几道黑炭。不知他怎么混过一天？浑身上下，只穿件花布的直统袍衫。他念了些诗词，说了些韵语，口齿伶俐没错句。耍嘴皮有天没日，说不完的插科打趣。临末时低住了头，双脚并立，念了下场语。小品结束，开始了正剧。一个演员扮演张财主，他改扮小伙计。两人边走边谈行向城里。见一个小妇人帘儿下站立，老财主百计千方想娶她为妻。请伙计去把亲提，豆谷米麦，布绢纱罗，索要了一批批。他让财主往前挪就不敢往后挪，叫抬左脚便不敢右脚跨，翻来覆去花样大。张财主着恼将副净打，打折了手中的皮磕瓜。我只以为他脑袋开了花，只以为要打官司告到县衙，禁不住放声笑哈哈。只被一泡尿涨的没办法，原想再看下去却憋得忍不下。这老王八差点儿把我笑死。

◎一半儿 题情◎

鸦翎般水鬓似刀裁①，小颗颗芙蓉花额儿窄②。待不梳妆怕娘左猜③。不免插金钗，一半儿蓬松一半儿歪。

【注释】

① 鸦翎：乌鸦尾上的羽毛。水鬓：油亮的鬓发。② 花额儿：美丽如花的额头。③ 待：打算。左猜：猜疑。

【译文】

一头秀发乌黑亮丽，鬓角处像刀裁一般整齐，缀饰着小颗芙蓉的头饰下，额头留得窄窄的。真不想在妆台前打扮自己，可就怕我娘生疑。不得已把金钗插起，结果不仅蓬乱了头发，连钗儿也向一边歪欹了。

◎醉中天 咏大蝴蝶◎

蝉破庄周梦①，两翅架东风。三百座名园一采个空②。难道风流种③，唬杀寻芳的蜜蜂④。轻轻的飞动，把卖花人扇过桥东。

【注释】

①“蝉破”句：意为蝴蝶大得竟然把庄周的蝶梦给挣破了。庄周梦：庄周，战国时宋国人，曾为漆园吏，有《庄子》一书。据说他曾梦见自己化为大蝴蝶，醒来后仍是庄周，弄不清到底是蝴蝶变成了庄周，还是庄周变成了蝴蝶。②一采个空：一作“一采一个空”。③难道：一作“谁道”。风流种：一作“风流孽种”。风流才子，名士。④唬杀：犹言“吓死”。唬，一作“諕（huò）”。諕：吓唬；杀：用在动词后，表程度深。

【译文】

从庄周的梦境挣破而出，双翅乘驾着东风。三百座名园的花蜜都被它一采一个空，谁说它是风流种？连闻香而至的蜜蜂也被它吓得惊慌失措。蝴蝶轻轻一展翅飞动，就把卖花的人都扇过桥东去了。

◎拨不断 大鱼◎

胜神鳌[①]，夯风涛[②]，脊梁上轻负着蓬莱岛[③]。万里夕阳锦背高[④]，翻身犹恨东洋小。太公怎钓[⑤]？

【注释】

①神鳌：传说中一种有神力的大海龟。②夯（hāng）：用力撞。③蓬莱岛：传说中的海上三仙山之一。④锦背：色彩斑斓的鱼背。⑤太公：即姜太公。

【译文】

胜过了那神奇的大鳌，力气可以对抗海上的大风浪，脊梁上轻松地背负着蓬莱岛。游过了千万里，夕阳下只看到它的锦鳞高高地耸立，就是翻个身还嫌东洋太小。这样的大鱼，太公怎么钓？

◎一半儿 题情◎

将来书信手拈着，灯下姿姿观觑了。两三行字真带草。提起来越心焦，一半儿丝捋一半儿烧。

【译文】

拿过书信在手里拈着，在灯下仔仔细细观瞧。两三行字儿有的端正有的潦草。提起来就越觉得心焦。一边儿撕扯，一边和把它烧掉。

◎蓦山溪 闺情◎

冬天易晚，又早黄昏后。修竹小阑干，空倚遍寒生翠袖。萧萧宝马[1]，何处狂游？

【幺篇】人已静，夜将阑[2]，不信今宵又。大抵为人图甚么，彼各青春年幼。似恁的厮禁持[3]，兀的不白了人头[4]。

【女冠子】过一宵，胜九秋[5]。且将针线，把一扇鞋儿绣。蓦听的马嘶人语，甫能来到[6]，却又早十分殢酒[7]。

【好观音】枉了教人深闺里候，疏狂性奄然依旧[8]。不成器乔公事做的泄漏[9]，衣纽不曾扣。待伊酒醒明白究。

【雁过南楼煞】问着时只办着摆手[10]，骂着时悄不开口。放伊不过耳朵儿扭。你道不曾共外人欢偶，把你爱惜前程[11]，遥指定梅梢月儿咒。

【注释】

① 萧萧：马嘶鸣声。② 阑：深。③ 恁（nèn）的：这样的。厮：相。禁持：约束，拘束。④ 兀（wù）的不：怎么不。⑤ 九秋：九年。⑥ 甫能：方才。⑦ 殢酒：病酒。⑧ 奄然：安然。⑨ 乔公事：混账事。乔，假。⑩ 只办着：一味地。⑪ 前程：将来。

【译文】

冬日里的白天很短暂，早又是暮色昏黄。竹丛边的栏杆啊，我独自倚着它一回回候望，衣袖早已冰凉了。他骑着骏马，究竟在何地轻狂地游荡呢？

人已静下来，夜色渐渐深了，不想今晚又与往常一样。为人一世究竟求些什么呢？不就是为了彼此不辜负青春年少的好时光嘛！像这般受约束，无法欢娱，怎不叫人白了少年头啊！

好容易才挨了一个晚上，却比九年还长，姑且拿出针线，来绣那一扇鞋儿。猛然听到马儿的嘶鸣和郎君的话语声。方才盼到他归来了，却是一副烂醉如泥的模样。

白白让我在闺房里等候了一晚，郎君那疏狂放荡的性情却一点儿也不改。这不成器的在外头厮混还露了马脚，内衣的纽扣不曾纽上。唉，等他酒醒了定要细细地问个究竟。

（待他醒了）盘问的时候他只是一味地摇手不认账，骂着的时候他就是一声不吭。饶不了他，我扭住他的耳朵不松手：你说你不曾与外人勾搭，那你就对着这梅树梢间的月儿发下毒誓，把你爱惜将来的盟誓再对我说一遍吧。

◎ 小桃红　江岸水灯 ◎

万家灯火闹春桥[①]，十里光相照。舞凤翔鸾势绝妙[②]。可怜宵[③]，波间涌出蓬莱岛。香烟乱飘[④]，笙歌喧闹，飞上玉楼腰[⑤]。

【注释】

① 闹：使热闹、欢乐。② 舞凤翔鸾：指凤形和鸾形的花灯在飞舞盘旋。鸾，传说中凤凰一类的鸟。③ 可怜：可爱。④ 香烟：指灯火的光辉及焰火。⑤ 玉楼：华丽的高楼。

【译文】

万家灯火照耀着闹灯春桥，一派热闹景象，沿江十里灯火辉煌，互相映照。凤灯飞舞，鸾灯腾翔，气势恢宏绝妙。多么可爱的夜晚，波涛奔涌现出蓬莱仙岛。浓香的烟火纷散着乱飘，笙歌声声喧响欢闹，一起飘飞，直飞上华丽的高楼，冲到半腰间。

◎ 小桃红　杂咏（一） ◎

绿杨堤畔蓼花洲[①]，可爱溪山秀。烟水茫茫晚凉后。捕鱼舟，冲开万顷玻璃皱[②]。乱云不收，残霞妆就，一片洞庭秋[③]。

【注释】

① 蓼花洲：指水中的绿洲。蓼，又称水蓼，花或为淡红，或为白。② 玻璃皱：比喻水浪。③ 秋：指秋天的景色。

【译文】

碧绿的杨树满堤畔，小洲蓼花纷飞，最可爱的是这一派山溪秀色。夜晚来临，凉意渐起，在烟水茫茫的江上荡起渔舟，让它冲开万顷水面，涌起层层波纹。天上云彩散乱，停驻不收，霞光渐残，装点着这一片洞庭秋色。

◎ 小桃红　杂咏（二） ◎

淡黄杨柳月中疏，今古横塘路。为问萧郎在何处[①]？近来书，一帆又下潇湘去。试问别后，软绡红泪，多似露荷珠。

【注释】

① 萧郎：指女子爱恋的男子。一说出自汉代刘向《列仙传》："萧史者，秦穆公时人也，善吹箫，能致白孔雀于庭。穆公有女字弄玉，好之。公遂以女妻焉。"一说原指梁武帝萧衍。

【译文】

淡黄的杨柳树在月光下显得稀稀疏疏，站立在古今闻名的横塘路上。想问问情郎身处何地，近日来信说他挂上帆一下子又到潇湘之地去了。有谁能知，泪水沾在软软的红绢上，就像荷叶上的露珠一样多。

◎小桃红　客船晚烟◎

绿云冉冉锁清湾①，香彻东西岸。官课今年九分办②。厮追攀③，渡头买得新鱼雁。杯盘不干，欢欣无限，忘了大家难。

【注释】

① 绿云：此指烟霭汇聚成的如云烟团。冉冉：上升的样子。② 官课：指上缴官家的租税。九分办：免去一分赋税，按九成办理征收。③ 厮追攀：相互追赶、招呼。

【译文】

如绿云一般的繁枝纷披环锁了清清的江湾，花香四溢弥漫了东西两岸。官家的租税今年只按九成征收。前后呼叫相告，聚集在渡头，买了新捕获的鱼虾野味。在杯子里斟满酒，盘子里盛满食品，感到无比欢欣，暂且把各自的艰难事抛在脑后了。

◎潘妃曲（一）◎

带月披星担惊怕，久立纱窗下。等候他，蓦听得门外地皮儿踏。则道是冤家①，原来风动荼蘼架②。

【注释】

① 冤家：对亲爱者的昵称。② 荼蘼：木本植物，春末开白、红色繁花。

【译文】

身披星星，头顶月亮担惊受怕地在纱窗下久久地站立着，等候着他，忽然听到门外有踏地响动的声音。只以为是情郎来了，原来不过是风吹动了荼蘼花架。

◎ 潘妃曲（二）◎

闷酒将来刚刚咽[①]，欲饮先浇奠[②]。频祝愿，普天下心厮爱早团圆[③]。谢神天，教俺也频频的勤相见。

【注释】

① 刚刚：此为勉强意。② 浇奠：以酒洒地，以表示祭奠。③ 厮爱：相爱。

【译文】

把酒拿来独自闷饮，勉勉强强要咽下又难咽下，在饮酒之前先将酒浇奠在地上。一遍遍地祝愿，愿普天下有情人早早团圆。祈望上天，让我也能同心上人多多见面。

◎ 潘妃曲（三）◎

肠断关山传情字，无限伤春事。因他憔悴死，只怕傍人问着时。口儿里强推辞，怎瞒得唐裙祬[①]。

【注释】

① 唐裙：一种裙幅较多的长裙。祬（zhì）：裥。

【译文】

一道道关山辽远隔阻，寄不去传情表意的音书。叫人肝肠寸断，经受着凄苦，一春的悲愁历历难数。憔悴消瘦到了极度，还不是因为他的缘故！怕只怕旁人的关注。尽管嘴上勉强推托支吾，无奈裙腰上裥又宽松了些许，怎么瞒得住！

◎ 一半儿 ◎

荷盘减翠菊花黄，枫叶飘红梧干苍。鸳被不禁昨夜凉。酿秋光，一半儿西风一半儿霜。

【译文】

残败的荷叶消减了翠绿，而菊花越发金黄，枫叶渐渐泛红，梧叶苍黄。锦绣衾被已不能抵挡昨夜的寒冷。是什么酿就了这秋天的气象？一半儿是那卷地的秋风，一半儿是那清冷的白霜。

◎阳春曲　春景（一）◎

几支红雪墙头杏，数点青山屋上屏。一春能得几晴明？三月景，宜醉不宜醒。

【译文】

几支白里透红的杏花倚在墙头，点点青山从屋顶上显露出来，像画屏一样。一个春天能有几天晴朗的日子？三月美景，只宜用迷醉的眼光欣赏，不宜清醒地观赏。

◎阳春曲　春景（二）◎

残花酝酿蜂儿蜜，细雨调和燕子泥。绿窗春睡觉来迟①。谁唤起？窗外晓莺啼。

【注释】

① 觉来：醒来。

【译文】

蜜蜂用残花酿就了蜂蜜，燕子借春天的细雨调和好了筑巢的泥。在春天对着绿窗酣眠的我很晚才醒来。是谁把我唤醒？是那窗外啼叫的黄莺。

◎沉醉东风　赠妓朱帘秀◎

锦织江边翠竹①，绒穿海上明珠②。月淡时，风清处，都隔断落红尘土③。一片闲情任卷舒，挂尽朝云暮雨④。

【注释】

① 江边翠竹：指湘江边的竹子。② 海上明珠：中国古代传说中，珍珠为鲛人眼泪所化。西晋张华《博物志》："南海水有鲛人，水居如鱼，不废织绩，其眼能泣珠。" ③ 红尘：出自班固《西都赋》："红尘四合，烟云相连。"原指街上飞扬起的尘土，后指喧嚣的社会。④ 朝云暮雨：战国时宋玉《高唐赋序》中，楚怀王梦到巫山女子侍寝，称"旦为朝云，暮为行雨，朝朝暮暮，阳台之下"。人常指男女交合。

【译文】

由锦丝织编着湘江边的翠竹，用绒线穿缀着南海中的明珠，无论是月亮淡淡笼罩，还是清风徐徐吹拂，都将那落红与红尘隔断于外。仿如一片任意闲游的彩云舒卷自如，这一帘挂在那儿，历尽朝云暮雨。

◎人月圆◎

茫茫大块洪炉里①，何物不寒灰。古今多少，荒烟废垒②，老树遗台。太行如砺③，黄河如带④，等是尘埃⑤。不须更叹，花开花落，春去春来。

【注释】

① 大块：大地，大自然。洪炉：造物主的冶炉。② 垒：用于战守的工事。③ 太行：山脉名，在黄河北，绵亘山西、河南、河北三省。砺：磨刀石。④ 黄河如带：《史记》载封爵之誓，有“使河如带，泰山若厉（砺）”语，意谓即使黄河变成了狭窄的衣带，泰山变成细平的磨刀石，国祚依然长久。后人因有“带砺山河”的成语。此处仅在字面上借用了《史记》的成句。⑤ 等是：同样是。

【译文】

茫茫天地就像被装进一个巨大的炼炉，在这里，有什么东西能逃脱其冶炼，不带上寒冷灰暗的色调呢？时光纵横，古今发生多少变迁，废弃的兵垒上弥漫着荒凉的硝烟，古旧的遗址残台，只有枯老的树木相伴。看太行山仿佛一块砺石，黄河就像一条绸带，混同尘埃。更用不着去哀叹，什么花开花落，春去春来。

◎蟾宫曲 晓起◎

恨无端报晓何忙，唤却金乌[①]，飞上扶桑[②]。正好欢娱，不防分散，渐觉凄凉。好良宵添数刻争甚短长？喜时节闰一更差甚阴阳[③]！惊却鸳鸯，拆散鸾凰；尤恋香衾，懒下牙床[④]。

【注释】

①金乌：太阳。旧传日中有三足乌，故以“金乌”代日。②扶桑：神树名。《山海经》说它高三百里，植于咸池之中，树上可居十个太阳。③闰：在正常的时间中再增加出时间。阴阳：大道，此指道理。④牙床：象牙床。

【译文】

恨窗外无缘无故声声报晓的鸟儿为何着忙？唤醒了太阳，飞上天边，挂在云树间。正是欢娱的好时光，没想到分别时刻已到，渐渐地感觉到凄凉。如此良宵多添上几刻钟多好，计较什么短长？销魂时刻多饶一更坏什么阴阳大道！惊起恩爱鸳鸯，就要拆散和美相恋的鸾凰，临别还是贪恋着浓香的被窝，懒得走下牙床。

◎双鸳鸯 柳圈辞◎

问春工[①]，二分空[②]，流水桃花飐晓风。欲送春愁何处去，一环清影到湘东。

【注释】

①春工：春神之工，此处指春光。②“二分”之句：宋苏轼《水龙吟·次韵章质夫杨花词》中有“春色三分，二分尘土，一分流水”之句。

【译文】

问春光如何，春色三分，二分尘土已空，只有一分流水飘载着晓风中坠落的桃花。要把这春愁送往何处？但愿这一环柳圈的清影随流水直到潇湘之东。

◎黑漆弩 游金山寺[①]◎

邻曲子严伯昌，尝以《黑漆弩》侑酒。省郎仲先谓余曰：“词虽佳，曲名似未雅。若就以‘江南烟雨’目之，何如？”予曰：“昔东坡作《念奴》曲，后人爱之，易其名曰‘酹江月’，其谁曰不然？”仲先因请余效颦，遂追赋《游金山寺》一阕，倚其声而歌之。昔汉儒家畜声妓，唐人例有音学，而今之乐府，用力多而难为工。纵使有成，未免笔墨劝淫为侠耳。渠辈年少气锐，渊源正学，不致费日力于此也。其词曰：

苍波万顷孤岑矗[2]，是一片水面上天竺[3]。金鳌头满咽三杯[4]，吸尽江山浓绿。蛟龙虑恐下燃犀[5]，风起浪翻如屋。任夕阳归棹纵横[6]，待偿我平生不足。

【注释】

①金山寺：也叫江天寺，位于江苏省镇江市西北的金山上。②岑（cén）：底小而高的山。③上天竺：指上天竺寺，位于杭州灵隐山。④金鳌头：金山最高处的金鳌峰。⑤“蛟龙”句：意为蛟龙在忧虑，害怕有人燃着犀牛角深入水中，照出它们的丑恶形相。⑥棹（zhào）：船桨，此处指船。

【译文】

苍茫无边的万顷之波上一座孤峰矗立，天竺寺众佛寺仿佛是从一片水面上托出。金山像一只巨鳌，伸头从江面上满咽数杯，将江山的秀色浓绿尽行摄取。蛟龙深恐游人燃起犀角照耀出它的本来面目，兴起风浪，翻滚起巨大如屋的浪头。任它夕阳西下，而扬起船棹掉转船头踏上归途的船只穿梭纵横，我只愿好好地享受这平生未见过的壮丽奇景。

◎平湖乐◎

采菱人语隔秋烟，波静如横练[1]。入手风光莫流转[2]，共留连。画船一笑春风面。江山信美，终非吾土。问何日是归年？

【注释】

①横练：横铺着的白绢。用以形容湖水的平静澄清。②入手风光：映入眼帘的风景。入手，到手。

【译文】

采菱姑娘的声音透过烟波茫茫的秋水传来，湖面波涛不兴，平静如白色的素绢横铺。如此美好的风光可别虚掷光阴，不如一起在这儿共赏留观。佳人从画船上娇媚一笑，如春风拂面。江山确实秀丽，美景如画，可惜终究不是我的家乡。不知道哪一天才能回到故土？

◎平湖乐 尧庙秋社[1]◎

社坛烟淡散林鸦，把酒观多稼[2]。霹雳弦声斗高下，笑喧哗，壤歌亭外山如画[3]。朝来致有[4]，西山爽气，不羡日夕佳[5]。

【注释】

① 尧庙：在山西临汾境内汾水东八里。秋社：古代于春秋两季祭祀社神（土地神）。秋社在立秋之后的第五个戊日举行。② 多稼：丰收。语本《诗经·大田》："大田多稼，既种既戒。" ③ 壤歌亭：来自《击壤歌》，意思为尧庙中建筑名。据皇甫谧《帝王世纪》，尧时有老人击壤而歌，后人因此以"壤歌"为尧时清平的象征。壤，一种履形的木制戏具。④"朝来"二句：《世说新语》载晋名士王子猷在桓冲手下任骑兵参军，啸傲山水而不屑理事。桓冲当面督促，王子猷全然不答，只是望着远方自语："西山朝来致有爽气。"致有，尽有，有的是。⑤ 日夕佳：晋陶渊明《饮酒》诗："山气日夕佳。"主要表现一种非常自然的、非常率真的意境，禅意盎然，反映了隐居生活的情趣。

【译文】

社日的祭祀活动结束后，只剩下淡淡的烟雾，乌鸦回归林间，手持酒杯，喜看眼前茁壮繁密的庄稼。弦声骤急互争高下，笑声喧哗，壤歌亭外山色秀丽，美如图画。早上还能像晋朝名士一样享受西山爽气，不用去羡慕陶渊明的夕阳美景。

◎沉醉东风 秋景◎

挂绝壁松枯倒倚，落残霞孤鹜齐飞[1]。四围不尽山，一望无穷水。散西风满天秋意。夜静云帆月影低[2]，载我在潇湘画里[3]。

【注释】

①"落残霞"句：落霞。鹜，野鸭。王勃《滕王阁序》："落霞与孤鹜齐飞，秋水共长天一色。"此用其语意。② 云帆：一片白云似的船帆。③ 潇湘画里：宋代画家宋迪曾画过八幅潇湘山水图，世称潇湘八景。历代题咏者不少。潇、湘，湖南境内的两大水名。湘水流至零陵县和潇水合流，世称潇湘。这里极言潇湘两岸的风景如画。

【译文】

枯树倒持在悬崖峭壁上，残留的晚霞散落，与孤零的野鸭一起飘飞。四周是绵延不尽的山脉，一望无际的水流。漫天飞舞的西风带来浓浓秋意。夜晚如此静谧，高挂云帆的船儿在月亮的照射下投下低低的影子，载着我行驶在江面上，仿佛置身于潇湘美景图画中。

◎寿阳曲 别珠帘秀◎

才欢悦，早间别[1]，痛煞煞好难割舍[2]。画船儿载将春去也[3]，空留下半江明月。

【注释】

① 早：在词句中往往有“已经”的意思。间别：离别,分手。② 痛煞煞：非常痛苦的样子。③ 将：语气助词。春：春光，美好的时光。一语双关，亦暗指珠帘秀。

【译文】

才感受到相处的欢悦，早就又到了要分别的时刻，内心里感到非常悲痛，感到难以割舍这份爱。画船将春天同你一起载走了，空留下这映照着半江春水的明月。

◎蟾宫曲 邺下怀古◎

笑征衣伏枥悲吟①，才鼎足功成，铜爵春深②。软动歌残，无愁梦断，明月西沉。算只有韩家昼锦③，对家山辉映来今。乔木空林，几度西风，憾慨登临。

【注释】

① 伏枥：曹操在五十岁时写下《龟虽寿》，其中有“老骥伏枥，志在千里”之句。② 铜爵：即铜雀台。曹操建于邺城。③ 韩家昼锦：指北宋名臣韩琦所建昼锦堂。

【译文】

可笑曹操征西时发出“老骥伏枥，志在千里”的慨叹，而那时鼎足之势刚成，便用铜雀台深锁姬妾。北方民族的敕勒歌犹有人唱，而北齐后主的无愁歌已没有人唱了，只剩一轮明月往西边沉落。算起来只有韩琦的昼锦堂，历经岁月，还在辉映着家乡的山水。林中乔木空疏，几度吹起西风，登临邺城，让人百感交集。

◎沉醉东风 闲居◎

恰离了绿水青山那答①，早来到竹篱茅舍人家②。野花路畔开，村酒槽头榨。直吃的欠欠答答③，醉了山童不劝咱，白发上黄花乱插。

【注释】

① 那答：那块，那边。② 早来：已经。③ 欠欠答答：疯疯癫癫，痴痴呆呆。

【译文】

刚刚离开了那边的青山绿水，早就到了竹篱茅舍这儿的人家。路边开放着野花，槽头那边正在酿制美酒。喝得口唇颤动手舞足蹈，酩酊大醉了孩童也不劝我，直往我斑白的头发里插满了黄花。

◎蟾宫曲◎

沙三、伴哥来嗏[①]，两腿青泥，只为捞虾。太公庄上[②]，杨柳阴中，磕破西瓜。小二哥昔涎剌塔[③]，碌轴上渰着个琵琶[④]。看荞麦开花，绿豆生芽。无是无非，快活煞庄家[⑤]。

【注释】

① 沙三、伴哥：及下文的“小二哥”，都是元曲中常用的农村青壮年人名。嗏：语尾助词，略同于“呀”或“着呀”。② 太公：元曲中对农村大户人家老主人的习称。③ 昔涎剌塔：元人方言，垂涎三尺的样子。④ 碌轴：即碌碡，石碾子，碾谷及平整场地用的农具。渰（yǎn）：此同“弇”，合覆，这里是背朝上合扑之意。⑤ 庄家：农民。

【译文】

沙三、伴哥过来了，两条腿上满是青泥，原来刚才去捞虾去了。就在太公的田庄上，他们坐在杨柳树荫底下，将西瓜砸开品尝。小二哥在一旁馋得口水滴答流淌，一翻身趴在碌碡上，活像扣着一面琵琶。放眼去看荞麦花开，绿豆生苗儿。没有是非争执，真是快活的农家。

◎蟾宫曲 商女[①]◎

水笼烟明月笼沙[②]，淅沥秋风，哽咽鸣笳[③]。闷倚篷窗[④]，动江天两岸芦花。飞鹜鸟青山落霞[⑤]，宿鸳鸯锦浪淘沙。一曲琵琶，泪湿青衫[⑥]，恨满天涯。

【注释】

① 商女：歌女。②“水笼”句：杜牧《泊秦淮》中有“烟笼寒水月笼沙”。此调换语序化用。③ 笳：一种吹管乐器，其声凄厉，常为军中所用。④ 篷窗：船舱的舷窗。⑤“飞鹜”句：化用了唐王勃《滕王阁序》中“落霞与孤鹜齐飞”的语意。⑥“泪湿”句：此句化用白居易《琵琶行》中“座中泣下谁最多？江州司马青衫湿”的语意。青衫，唐官员品级最低之服色，后多作为卑官服色的代表。

【译文】

如烟一般的轻雾笼罩在江面上，月光洒在江岸。秋风淅淅沥沥，笳声好似人的呜咽。商女忧郁地倚靠着篷窗，看窗外的风景。两岸芦花舞动，江天仿佛随之摇晃。晚霞沉落于西山之外，野鸭子飞于其间。夕阳映照下的粼粼浪涛淘洗岸沙，鸳鸯相依眠于沙上。琵琶声响起，眼泪沾湿青衫，每个沦落天涯的人都无限感伤。

◎ 蟾宫曲 长沙怀古 ◎

朝瀛洲暮舣湖滨[①]，向衡麓寻诗，湘水寻春。泽国纫兰[②]，汀洲搴若[③]，谁与招魂？空目断苍梧暮云[④]，黯黄陵宝瑟凝尘[⑤]。世态纷纷，千古长沙，几度词臣？

【注释】

① 瀛洲：传说中仙人所居之神山。舣：船拢岸。左思《蜀都赋》："试水客，舣轻舟。" ② 纫兰：见宋张孝祥《水调歌头泛湘江》词注。③ 搴：拨取。若：香草名，即杜若。屈原诗中多见。④ 苍梧：即九嶷山，在湖南宁远县境。传舜帝葬于苍梧。⑤ 黄陵：山名，在湖南湘阴县北，滨洞庭湖，一名湘山。传舜帝二妃墓在其上。有黄陵亭、黄陵庙。

【译文】

早上还享受着登瀛洲般的幸运，傍晚已在湖滨泊船，去岳麓山寻求写诗的灵感，到湘水边寻找春天。在水乡中把兰花穿以为佩，在小洲中拔取香草杜若，又有谁为之招魂呢？只是徒然地极目远望那环绕在苍梧山上的暮云，湘山昏暗，那湘水之神的宝瑟也聚满了灰尘。世态纷争，悠久而古老的长沙又接纳过多少的迁客骚人呢？

◎ 湘妃怨 西湖 ◎

湖山佳处那些儿[①]，恰到轻寒微雨时。东风懒倦催春事。嗔垂杨袅绿丝，海棠花偷抹胭脂。任吴岫眉尖恨[②]，厌钱塘江上词[③]。是个妒色的西施。

【注释】

① 佳处那些儿：即"那些儿佳处"。② 吴岫（xiù）：指吴山，在西湖东南。岫，峰峦。③ 钱塘江上词：《春渚纪闻》《夷坚志》等宋人笔记中记载说，进士司马槱曾梦遇一美人献唱《蝶恋花》，上片为："妾本钱塘江上住，花落花开，不管流年度。燕子衔将春色去，纱窗一阵黄昏雨。" 司马槱任职杭州后，美人梦中必来，方知她是南齐名妓苏小小的鬼魂。钱塘江，浙江在钱塘（今浙江杭州）区段的别称。

【译文】

西湖的湖山那几分好处，恰好在微雨酿出轻寒时方能显露出来。东风慵懒地吹拂着，似在催促着百花绽放。嗔怪垂杨频频摇舞着翠绿的长条，海棠花也只得偷偷地涂抹着胭脂。任吴山群峰似美人的眉尖那般紧蹙，却不愿让钱塘江上的歌女倾吐情愫。若把西湖比成西施，那么她真是个喜欢嫉妒的姑娘啊。

◎蟾宫曲◎

想人生七十犹稀，百岁光阴，先过了三十。七十年间，十岁顽童，十载尪羸[①]。五十岁除分昼黑[②]，刚分得一半儿白日。风雨相催，兔走乌飞[③]。仔细沉吟，都不如快活了便宜。

【注释】

① 尪羸：身体衰弱。此指老朽。② 除分：平分。昼黑：白天与黑夜。③ 兔走乌飞：古人传说月中有玉兔，日中有三足乌，故常以乌兔指代太阳和月亮。兔走乌飞即日月流逝之意。

【译文】

想人的寿命到七十的已是稀少，这样百年光阴，三十年先匆匆过去。七十年间，前十年是无知的孩童，后十年是白发垂髫的老者。剩下的五十个年头，昼夜对分，才刚刚分到一半的时间享受着白日的普照。风雨交催，日月如梭，时光如水般流逝。沉下心来仔细想想，倒不如及时行乐的好。

◎喜春来过普天乐◎

琉璃殿暖香浮细，翡翠帘深卷燕迟。夕阳芳草翻小亭西，间纳履[①]，见十二个粉蝶儿飞。一个恋花心，一个搀春意[②]。一个翩翻粉翅，一个乱点罗衣。一个掠草飞，一个穿帘戏。一个赶过杨花西园里睡，一个与游人步步相随。一个拍散晚烟，一个贪欢嫩蕊。那一个与祝英台梦里为期[③]。

【注释】

① 纳履：步行于其间。② 搀：带着。③ 祝英台：民间传说中的东晋上虞（今属浙江）女子。与会稽书生梁山伯相爱，终未能结合。山伯死后，她前往哭灵，坟墓自开，两人化作一双蝴蝶而去。

【译文】

琉璃做顶的殿阁内飘袅着细细的暖香，翡翠制就的门帘缓缓卷起，放入了归燕。夕阳依照着绿草，在那小亭的西边。我闲步其间，见到十二只粉蝶儿轻轻舞过。一只眷恋花心，迟迟不去；一只搀带着阳光，不舍那昂昂春意。一只轻舞着粉翅，上下翻飞；一只乱点着罗衣。一只掠着草丛飞过；一只在帘前嬉游，穿进穿出。一只追逐着柳絮，直入西园里休憩；一只与游人依依相伴，步步相随。一只挥舞着粉翅，拍散那暮霭中云烟；一只贪恋那娇嫩的花蕊，一味地交欢。那一只正与祝英台在梦里相约一起，情意缠绵。

◎山坡羊（一）◎

晨鸡初叫，昏鸦争噪，那个不去红尘闹[①]？路遥遥，水迢迢，功名尽在长安道。今日少年明日老。山，依旧好；人，憔悴了。

【注释】

① 红尘：飞扬的尘土，形容都市的繁华热闹。

【译文】

早晨鸡叫了，黄昏时乌鸦也争着叫，他们哪个不想在人世俗间争相表现？追求功名利禄需去长安大道。哪知这其间路途遥远，要历尽千辛万苦。哪知啊，今天的少年明天也会衰老。山依旧美好如昔，而人却已经衰老了。

◎山坡羊（二）◎

伏低伏弱[①]，装呆装落[②]，是非犹自来着莫[③]。任从他，待如何？天公尚有妨农过[④]，蚕怕雨寒苗怕火。阴，也是错；晴，也是错。

【注释】

① 伏：屈服。② 落：衰朽。③ 着莫：招惹。④ 妨农过：妨碍农时之罪过。

【译文】

就算我伏低做弱者，哪怕我装傻装笨，不去招惹人家，是非还是会自己找上我。一切随它自己去吧，看又能怎么样？就是老天爷也有妨害农事的罪过，蚕虫不喜欢阴雨，初生的禾苗怕炙烤。老天爷让下雨，是犯了过；老天爷让天放晴，也是犯了错。

◎山坡羊（三）◎

愁眉紧皱，仙方可救：刘伶对面亲传授[①]。满怀忧，一时愁，锦封未拆香先透[②]，物换不如人世有[③]。朝，也媚酒。昏，也媚酒。

【注释】

① 刘伶：西晋名士，“竹林七贤”之一。平生好酒放达，曾作《酒德颂》。又常携一壶酒，让人带着锸（铁锹）跟随，声称：“死便埋我。”② 锦封：用绸子做成的酒瓮封口。③ 物换：事物亡佚变换。世有：元人方言，已有。

【译文】

如果你的愁眉紧皱，那么有个仙方可以为你解忧：那是刘伶面对面传授给我的。即便有满怀的忧结，或者是一时的忧愁，酒坛的封口尚未拆开，那股醉香就已先沁人心脾了。事物的亡佚变换，哪能比得上手中实实在在持有的杯盏呢？所以，我朝也贪杯，晚也饮酒，日夜酣醉在梦乡之中。

◎ 山坡羊（四）◎

江山如画，茅檐低厦，妇蚕缫婢织红奴耕稼[1]。务桑麻[2]，捕鱼虾。渔樵见了无别话，三国鼎分牛继马[3]。兴，休羡他。亡，休羡他。

【注释】

① 蚕缫：养蚕与抽收茧丝。织红：纺织与缝纫刺绣。耕稼：耕田与播种谷物。② 务：经营。桑麻：农作物的泛称。③ 牛继马：晋朝司马氏开国初，西柳谷出土一石，上有图画及“牛继马后”的谶语。后来恭王司马觐的妃子与军吏牛氏私通，生下的儿子便是日后东晋的第一代皇帝元帝司马睿，果然暗中继替了原先皇家的血统。这里借指历史上王朝的更迭与嬗变。

【译文】

山山水水如图画一般秀美，趁着美景盖上几间低矮的茅屋住下。妻子养蚕缫丝，婢女织布纺纱，长工耕田播种。一心从事农活，有时也捕鱼捉虾。见了渔夫樵子只说些闲话，无非是晋代了三国，牛氏又顶了司马。兴，不羡慕它；亡，也不羡慕它。

◎ 四块玉　闲适 ◎

旧酒投[1]，新醅泼[2]，老瓦盆边笑呵呵[3]。共山僧野叟闲吟和。他出一对鸡，我出一个鹅，闲快活。

【注释】

① 投：再酿之酒。② 醅（pēi）泼：未滤过的再酿酒。③ 老瓦盆：粗陋的盛酒器。

【译文】

把老酒滤进新酒再酿，新酒也粗酿出来了，围坐在老瓦盆边笑呵呵。与山寺的和尚和田叟一起饮酒唱和。大家他带一对鸡，我带一只鹅地凑份子，在这儿趁悠闲好好快活快活。

◎ 四块玉 别情 ◎

自送别，心难舍。一点相思几时绝，凭阑袖拂杨花雪[①]。溪又斜[②]，山又遮，人去也。

【注释】

① 凭阑袖拂杨花雪：写主人公靠着栏杆，用袖拂去如雪的飞絮，以免妨碍视线。杨花雪，如雪花般飞舞的杨花。语出苏轼《少年游》："去年相送，余杭门外，飞雪似杨花。今年春尽，杨花似雪，犹不见还家。" ② 斜：此处指溪流拐弯。作者用"杨花飞絮"来设障与下文的"斜""山"构成多重障碍，加深缠绵的愁思。

【译文】

自从那天将你送别，心里一直对你难分难舍。对你的相思之情充盈心间，什么时候才可以与你重逢以慰心怀；斜倚着栏杆，用衣袖拂去如雪花一样飞舞的杨花。看溪水沿斜坡流下，重重山峦遮住视线；才想起心上的人，早已远去了。

◎ 碧玉箫 ◎

秋景堪题[①]，红叶满山溪。松径偏宜[②]，黄菊绕东篱。正清樽斟泼醅[③]，有白衣劝酒杯[④]。官品极[⑤]，到底成何济[⑥]！归，学取他渊明醉[⑦]。

【注释】

① 堪题：值得写，值得描画。② 松径：指隐居的园圃。陶渊明《归去来辞》："三径就荒，松菊犹存。"又《饮酒》诗"采菊东篱下，悠然见南山"，见下句。③ 泼醅（pēi）：没有漉过的酒。李白《襄阳歌》："遥看汉水鸭头绿，恰似葡萄初泼醅。" ④ 白衣劝酒：陶渊明九月九日出宅边菊丛中，坐了很久，正苦无酒，忽值江州刺史王弘派白衣送酒至，陶渊明于是就酌，烂醉而归。白衣，给官府当差的人。⑤ 官品极：最高的官阶。⑥ 成何济：有什么益处。济，益处。⑦ 渊明：晋代陶潜的字，他是四至五世纪时的著名诗人。他过不惯官场的生活，只做了八十多天的彭泽县令，写了一篇《归去来辞》，就挂冠而归了。

【译文】

秋天的美景值得吟咏，只见山间溪头一树树火红的枫叶。松林间的小径此时最宜人，金黄的菊花盘绕着东边的篱笆。这时节，正对着酒樽，斟泻粗酒，恰有老百姓前来劝酒。即使做官升到最高品极，最终能有什么用？不如回归故里，学陶渊明归隐醉酒。

◎梧叶儿 别情◎

别离易，相见难，何处锁雕鞍[①]？春将去，人未还。这其间，殃及杀愁眉泪眼[②]。

【注释】

① 雕鞍：这里指代所骑的马。② 杀：极言程度之重。

【译文】

人生别时容易见时难，叫我怎得将他留在身畔？一年又到了春残，他还是不回来。这时候最让眉眼遭难：眉头愁不展，眼中泪不干。

◎大德歌 冬◎

雪粉华，舞梨花，再不见烟村四五家。密洒堪图画，看疏林噪晚鸦。黄芦掩映清江下，斜揽着钓鱼槎[①]。

【注释】

① 槎：木筏。

【译文】

雪花粉白，就像飞舞的梨花，遮住了视线，让人看不清飞雪迷蒙中的四五家村庄。这漫天飞舞密密飘洒的雪花堪入图画，只见晚归的寒鸦在稀疏的树林间鸣叫。钓鱼船斜斜地揽系在枯黄芦苇掩映的清江边。

◎四块玉 闲适◎

南亩耕[①]，东山卧[②]，世态人情经历多。闲将往事思量过。贤的是他，愚的是我，争甚么！

【注释】

① 南亩：语见陶渊明《归园田居》“开荒南亩际，守拙归园田”。② 东山卧：用晋代谢安隐居东山的典故。

【译文】

在南边地里耕田，在东边山上歇卧，世态人情经历了那么多。闲暇时一一将往事回想一遍，想起来，贤明的是他，愚蠢的是我，跟他们争什么？

◎碧玉箫◎

席上樽前，衾枕奈无缘[①]。柳底花边，诗曲已多年。向人前未敢言，自心中祷告天。情意坚，每日空相见。天，甚时节成姻眷？

【注释】

① 衾枕：被子和枕头。泛指卧具，此处指同床共枕。

【译文】

只能在酒宴上为他樽前斟酒，怎奈却无缘同床共枕。柳树底下，花畦旁边，一起写诗作曲已好多年。在人们面前从未敢吐露，只能自己在心中向天祷告，期盼老天助人遂愿。虽然对他的情意异常坚定，可只能每日徒然相见。老天呀，到底到什么时候才能结成姻缘呢？

◎一枝花 不伏老［套数］（节选）◎

我是个蒸不烂、煮不熟、捶不扁、炒不爆、响珰珰一粒铜豌豆[①]，恁子弟每谁教你钻入他锄不断、斫不下、解不开、顿不脱慢腾腾千层锦套头[②]。我玩的是梁园月[③]，饮的是东京酒[④]，赏的是洛阳花[⑤]，攀的是章台柳[⑥]。我也会围棋、会蹴踘[⑦]、会打围、会插科、会歌舞，会吹弹、会咽作、会吟诗、会双陆[⑧]。你便是落了我牙、歪了我口、瘸了我腿、折了我手，天赐与我这几般儿歹症候[⑨]，尚兀自不肯休。则除是阎王亲自唤，神鬼自来勾，三魂归地府，七魄丧冥幽。天哪，那其间才不向烟花路儿上走[⑩]。

【注释】

① 铜豌豆：这里用来比喻作者的性格无比坚强。② 恁（nèn）：那些。斫（zhuó）：砍。锦套头：锦缎制的套头，喻圈套、陷阱。③ 梁园：汉梁孝王所造的花园，也称兔园，又称梁苑，故址在今

河南商丘东。梁孝王好宾客，司马相如、枚乘等辞赋家皆曾延居园中，因而有名。这里代指汴京。④ 东京：五代至北宋都以汴州（今河南开封市）为东京。⑤ 洛阳花：指牡丹。古时洛阳以产牡丹花著名。⑥ 章台柳：指妓女。唐代许尧佐传奇《柳氏传》载，韩翃与妓女柳氏有婚姻之约，后因离别阻隔三年，朝翃作《寄柳氏》词说："章台柳，章台柳，昔日青青今在否？纵使长条似旧垂，也应攀折他人手。"按，章台原为汉时长安中街名。⑦ 蹴踘（cù jū）：即"蹴鞠"，古代一种踢球游戏。⑧ 双陆：一种棋盘游戏，以骰子点数决定棋子移动。⑨ 歹症候：恶习、坏毛病。⑩ 烟花路：指妓女聚居地。

【译文】

我是个蒸不烂、煮不熟、捶不扁、炒不爆、响当当的一粒铜豌豆，那些纨绔子弟们，谁让你们钻进他那锄不断、砍不下、解不开、挣不脱的慢腾腾地费人精神的千层锦囊圈套中呢？我赏玩的是梁园之月，饮的是东京美酒，观赏的是洛阳名花，攀折的是章台柳。我也会围棋、蹴鞠、狩猎、插科打诨，还会唱歌跳舞、吹拉弹奏、滑稽表演、双陆博戏。你即便是打落了我的牙、扁歪了我的口、打跛了我的腿、折了我的手，老天赐给我的这些坏习惯，还是不肯悔改。除非是阎王爷亲自传唤，神鬼自己来勾，三魂归入地府，七魄丧入黄泉。老天啊，到那个时候，才不往那通往烟花场所的路上走。

◎碧玉箫 十◎

笑语喧哗，墙内甚人家[①]？度柳穿花，院后那娇娃[②]。媚孜孜整绛纱，颤巍巍插翠花。可喜煞[③]，巧笔难描画。他，困倚在秋千架。

【注释】

① 甚：谁，那。② 娇娃：美丽的少女。唐刘禹锡《馆娃宫》诗："宫馆贮娇娃，当时意太夸。"③ 可喜：可爱。

【译文】

一阵阵欢声笑语传出来，不知围墙里面是什么人家？越过柳树透过花丛，只见院后一个娇艳的女孩。她妩媚地整理着红色的纱裙，头上插戴一朵颤巍巍的珠花。那可爱的样子，用丹青巧笔也难以描画。她，倦怠地倚靠着秋千架。

◎普天乐 虚意谢诚◎

东阁玳筵开[①]，不强如西厢和月等。红娘来请："万福先生[②]。""请"字儿未出声，"去"字儿连忙应。下工夫将额颅十分挣[③]，酸溜溜螫得牙疼。茶饭未成，陈仓老米，满瓮蔓菁[④]。

【注释】

①东阁玳筵：东阁，指代客场所。玳筵，指华贵的筵席。②万福：旧时女子所行之礼的一种。③挣：元人方言，漂亮。④蔓菁：萝卜。

【译文】

老夫人打开华堂，摆出华贵的筵席。可比在西厢外月夜下等待强得多，红娘奉命来邀请，向张生道："先生万福。""邀请"两字还没有说出声，张生就忙回应说："去。"他精心打扮，将脸收拾得格外漂亮，酸溜溜地让人牙齿发酸。上了筵席才发现，茶饭尚未备好，只有一碗陈仓老米，一瓮萝卜。

◎一半儿 题情◎

碧纱窗外静无人，跪在床前忙要亲。骂了个"负心"回转身。虽是我话儿嗔[①]，一半儿推辞一半儿肯。

【注释】

①嗔（chēn）：生气，含怒。

【译文】

绿纱窗外静谧无人，他跪倒在床前，急着要和我亲吻。我骂了他一声"没良心的"，就背过了身子。虽然我话里带着怨怒，到底只是表面上推辞，其实心里早就答应他了。

◎沉醉东风◎

咫尺的天南地北[①]，霎时间月缺花飞。手执着饯行杯，眼阁着别离泪[②]。刚道得声"保重将息[③]"，痛煞煞教人舍不得。"好去者望前程万里[④]。"

【注释】

①咫尺：形容距离极近。②阁：通"搁"，这里指含着。③将息：休息，调养。④好去者：好好地去着。者，着。

【译文】

尽管我俩近在咫尺，却面临着劳燕分飞，各散东西。霎时间就如月缺花落，幸福的希望亦随之破灭。手里握着饯行的酒杯，眼珠里含着离别的眼泪。刚道了一声"保重身体"，已让我心如刀割，怎么也舍不下这儿女情长。过了片刻，才说出："好好地去吧，望你前程无量!"

◎醉中天 佳人脸上黑痣◎

疑是杨妃在，怎脱马嵬灾。曾与明皇捧砚来①，美脸风流杀。叵奈挥毫李白②，觑着娇态，洒松烟点破桃腮③。

【注释】

① 捧砚：相传李白为唐明皇挥毫写新词，杨贵妃为之捧砚，高力士为之脱靴。② 叵奈：即叵料，不料。③ 洒松烟：乃作者构想之辞。松烟，用松木烧成的烟灰，古人多用以制墨。

【译文】

真怀疑是杨贵妃还在世，她怎样会逃脱了马嵬坡的灾难。曾经为唐明皇捧着砚台走过来，美丽的面庞风流无比。可恨挥毫的李白，眼看着娇态走了神，竟笔头一歪，用墨点破了桃花般娇艳美丽的脸颊。

◎沉醉东风 渔父◎

黄芦岸白蘋渡口，绿杨堤红蓼滩头。虽无刎颈交，却有忘机友。点秋江白鹭沙鸥。傲杀人间万户侯，不识字烟波钓叟。

【译文】

黄色芦苇铺满的江岸，白色芦苇花飘荡的渡口；碧绿杨柳围绕着的江堤，红色蓼花缀满的滩头。就在这些地方，虽然没有生死之交，却有一些毫无心机的朋友。他们就像那些点缀秋江自在飞翔的白鹭沙鸥。傲然地对待达官贵人，正是不识字的江上钓鱼翁。

◎阳春曲 题情◎

笑将红袖遮银烛①，不放才郎夜看书。相偎相抱取欢娱。止不过迭应举②，及第待何如③。

【注释】

① 红袖：红色的衣袖。银烛：雪亮的蜡烛。温庭筠《七夕》："银烛有光妨宿燕，画屏无睡待牵牛。" ② 迭应举：屡次参加科举考试。③ 及第：科举应试后中选。

【译文】

笑着用红袖遮挡着白色的蜡烛，不让我的才子情郎夜里苦读书。互相依偎互相拥抱欢娱取乐。只不过是为了应举才如此用功，就算是考不上又能怎么样？

◎ 驻马听 吹 ◎

裂石穿云[①]，玉管宜横清更洁[②]。霜天沙漠，鹧鸪风里欲偏斜。凤凰台上暮云遮[③]，梅花惊作黄昏雪。人静也，一声吹落江楼月。

【注释】

① 裂石穿云：形容笛声高亢。② 玉管：笛的美称。横：横吹。清更洁：形容格调清雅纯正。③ 凤凰台：故址在今南京西南角，六朝宋时所建。相传建前该处有凤凰飞集，故称。

【译文】

笛声就像是崩裂的石块穿云而过，接着玉笛横吹，音调越发清雅纯正。听来就像是穿越于风霜天气里的沙漠，鹧鸪在疾风中极力想要纠正姿态。凤凰台上日暮之时的黑云遮盖，梅花簌簌地抖落了，化作黄昏的雪花。人声都没有了，这时一声笛声，江楼上的月亮就被吹落下来。

◎ 天净沙 春 ◎

春山暖日和风[①]，阑干楼阁帘栊[②]，杨柳秋千院中。啼莺舞燕，小桥流水飞红[③]。

【注释】

① 和风：多指春季的微风。② 帘栊：窗户上的帘子。李煜《捣练子》："无赖夜长人不寐，数声和月到帘栊。" ③ 飞红：花瓣飞舞，指落花。

【译文】

桃红柳绿的春山，煦暖的阳光照耀，和柔的东风吹拂，楼阁上高卷起帘栊，倚阑干远望。杨柳垂条，秋千轻晃，院子里静悄悄。院外黄莺啼鸣，春燕飞舞；小桥之下流水飘满落红。

◎ 天净沙 秋 ◎

孤村落日残霞[①]，轻烟老树寒鸦[②]，一点飞鸿影下。青山绿水，白草红叶黄花。

【注释】

① 残霞：晚霞。② 寒鸦：天寒归林的乌鸦。

【译文】

一个孤零零的村庄笼罩在夕阳中，天边点缀着几朵残霞；炊烟轻轻地升腾而上，饱经风雨的老树上栖息着怕冻的寒鸦。一点鸿雁的飞影从天飘落。看天地间，山青水碧，白色的芦苇花飞扬，红色的枫叶艳丽，金黄的菊花开放。

◎庆东原（一）◎

忘忧草①，含笑花②，劝君闻早冠宜挂③。那里也能言陆贾④？那里也良谋子牙⑤？那里也豪气张华⑥？千古是非心，一夕渔樵话⑦。

【注释】

①忘忧草：即萱草，又名紫萱，可食，食后如酒醉，故有忘忧之名，又叫萱草花。②含笑花：木本植物，花如兰，"开时常不满，若含笑焉。"③闻早：趁早。冠宜挂：即宜辞官。④陆贾：汉高祖谋臣，以能言善辩知名。⑤子牙：姜太公，名姜尚，又名吕尚，字子牙。为周武王的谋士，帮助周武王伐纣灭殷。⑥张华：字茂先，西晋文学家。曾劝谏晋武帝伐吴，灭吴后持节都督幽州诸军事，虽为文人而有武略，故称豪气张华。⑦渔樵话：渔人樵夫所说的闲话。

【译文】

看到忘忧草，看到含笑花，劝你们知道了早点从官场隐退。哪里还能看到能言善辩的陆贾？哪里还能看到足智多谋的姜子牙？哪里还能找到豪气冲天的张华？千秋万代的是非功过，都只不过成了渔人樵夫们一夜闲谈的资料。

◎庆东原（二）◎

暖日宜乘轿，春风宜信马①。恰寒食有二百处秋千架②。对人娇杏花，扑人飞柳花，迎人笑桃花。来往画船边，招飐青旗挂③。

【注释】

①信马：骑马任其驰骋，一作"讯马"。②寒食：在清明节前一或二日。是日有禁止生火，食冷食的习俗。③招飐（zhǎn）：招展，飘动。青旗：旧时酒店前悬挂以招客的幌子。

【译文】

温暖的天气适合乘轿，东风吹起的日子适合骑马信步。正好是寒食的时候，处处可看到秋千张挂。粉白的杏花娇美艳丽，惹人流连；柳花飞扑，随人流走；鲜红的桃花绽开笑脸招引着游人。就在画船来来往往的江边，一道酒家的青旗高高地悬挂着迎风招展。

◎阳春曲 知儿[1]（一）◎

知荣知辱牢缄口[2]，谁是谁非暗点头，诗书丛里且淹留[3]。闲袖手，贫煞也风流[4]。

【注释】

① 知几(jī)：了解事物发生变化的关键和先兆。几：隐微预兆。② 知荣：就是要懂得"持盈保泰"的道理。知辱：就是要懂得"知足不辱"的道理。缄(jiān)口：把嘴巴缝起来。《说苑·敬慎》："孔子之周，观于太庙，右陛之前，有金人焉，三缄其口，而铭其背曰：古之慎言人也。"后因以缄口表示闭口不言。③ 淹留：停留。《离骚》："时缤纷其变易兮，曾何足以淹留。"④"贫煞"句：即使贫穷到了极点也是荣幸的。风流，这里作荣幸、光彩讲。

【译文】

懂得光荣耻辱的分别，只牢牢地闭口不言；知道谁是谁非也只暗地里点头。把时间都花在诗书堆里吧。没事时，悠闲地袖起双手，再穷也风流。

◎阳春曲 知几（二）◎

今朝有酒今朝醉[1]，且尽樽前有限杯[2]，回头沧海又尘飞[3]。日月疾，白发故人稀。

【注释】

①"今朝"句：出处为唐罗隐《自遣》诗："今朝有酒今朝醉，明日愁来明日愁。"此为劝人及时行乐之意。② 有限杯：唐杜甫《漫兴九首》中有"莫思身外无穷事，且尽生前有限杯"之句。这里是劝人忘记生活中的黑暗现实，以酒消愁壮怀。③"沧海又尘飞"句：化自"沧海桑田"与"沧海一粟"之意。比喻世事多变，人生无常，而人生在世犹如一粒尘土飞于沧海之中。

【译文】

今天有酒姑且今天喝醉，暂且喝尽眼前那有限的几杯。回过头来看沧海已化为灰烬，而人生在世犹如一粒飘飞的尘土。日月急速穿梭，时光流逝，如今白发斑斑，老朋友寥寥无几。

◎阳春曲 知几（三）◎

不因酒困因诗困[1]，常被吟魂恼醉魂[2]，四时风月一闲身[3]。无用人，诗酒乐天真[4]。

【注释】

① 酒困：谓饮酒过多，为酒所困。诗困：谓搜索枯肠，终日苦吟。② 吟魂：指作诗的兴致和动机。也叫“诗魂”。醉魂：谓饮酒过多，以致神志不清的精神状态。③ 四时：一指春、夏、秋、冬四季；一指朝、暮、昼、夜。风月：指清风明月等自然景物。欧阳修《玉楼春》：“人生自是有情痴，此恨不关风与月。” ④ 天真：指没有做作和虚伪，不受礼俗影响的天性。

【译文】

不为酒所困而为诗所困，常常为了无法吟出诗句而恼恨酒醉的困倦。赏尽四季美景，尽享风月无边，一身清闲。真是个无用之人，只知道沉湎于诗歌美酒，乐享这淳朴自然的生活。

◎阳春曲　知几（四）◎

张良辞汉全身计[①]，范蠡归湖远害机[②]，乐山乐水总相宜。君细推，今古几人知。

【注释】

① 张良辞汉全身计：汉高祖刘邦感念张良功劳令其自择齐国三万户为食邑，张良辞让，请刘邦封自己以留地（该地为张良与刘邦初遇之地）。汉定后，张良专心修道，避免了兔死狗烹的结局。② 范蠡归湖远害机：范蠡为春秋时期楚国人，帮助越王勾践兴越国，灭吴国。传说功成名就后，化名鸱夷子皮，一袭白衣泛扁舟于五湖之中。

【译文】

张良辞退汉的封赏是想要全身而退，范蠡泛舟五湖是为了远离祸害。无论是喜爱山还是喜欢水都是因人而异。细细推算一下，自古及今有几个人能领会它的真实含义。

◎凭阑人 寄征衣◎

欲寄君衣君不还，不寄君衣君又寒。寄与不寄间，妾身千万难[①]。

【注释】

① 千万难：难以抉择。

【译文】

想要给你寄冬衣，又怕你不再把家还；不给你寄冬衣，你就要挨冻受寒。寄还是不寄，我拿不定主意，真是感到千难万难。

◎醉高歌 感怀◎

十年燕月歌声[①]，几点吴霜鬓影[②]。西风吹起鲈鱼兴[③]，已在桑榆暮景[④]。

【注释】

① 燕：指大都。② 霜：指白发。③ 西风吹起鲈鱼兴：据《世说新语·识鉴》："张季鹰辟齐王东曹掾，在洛见秋风起，因思吴中菰菜羹、鲈鱼脍，曰：'人生贵得适意尔，何能羁宦数千里以要名爵！'遂命驾便归。俄而齐王败，时人皆谓为见机。"后来被传为佳话，"莼鲈之思"也就成了思念故乡的代名词。此处作宾语，指思念故乡。④ 桑榆晚景：比喻人的晚年。

【译文】

十年京城观赏燕月、笙歌宴舞的生活，到吴地后两鬓已是白霜点点。西风吹起兴起思归品鲈鱼之念，而此时人已步入晚年了。

◎寿阳曲 咏李白◎

贵妃亲擎砚，力士与脱靴。御调羹就飧不谢[①]。醉模糊将吓蛮书便写。写着甚"杨柳岸晓风残月"。

【注释】

① 飧（sūn）：即晚饭。

【译文】

杨贵妃亲自捧砚台，高力士为他脱靴子。御厨为他做好膳食，他享用后也不向皇帝谢恩。醉眼蒙眬中提笔就写出吓退番蛮的天书。其实写的不过是风月之类佳句。

◎黑漆弩◎

吴子寿席上赋。丁亥中秋遐观堂对月①，客有歌《黑漆弩》者②，余嫌其与月不相涉，故改赋呈雪崖使君③。

青冥风露乘鸾女④，似怪我白发如许。问姮娥不嫁空留⑤，好在朱颜千古。【幺】笑停云老子人豪⑥，过信少陵诗语⑦。更何消斫桂婆娑，早已有吴刚挥斧⑧。

【注释】

①丁亥：指元世祖至元二十四年（1287）。②《黑漆弩》：曲牌名，由同名词牌入正宫乐调而成，又名《鹦鹉曲》。③使君：对州县长官的尊称。④青冥：天空。乘鸾女：月宫的仙女。《异闻录》载唐玄宗与申天师游月中，见素衣仙娥十余人，"乘白鸾，笑舞于广庭大桂树下"。⑤姮娥：即嫦娥。⑥停云老子：南宋大词人辛弃疾于铅山居所筑停云堂，自称"停云老"。停云之名，用陶渊明《停云诗》意。⑦"过信"句：辛弃疾有《太常引》词咏月，末云："斫去桂婆娑，人道是清光更多。"语本杜甫《一百五日夜对月》："斫却月中桂，清光应更多。"所以说他"过信少陵诗语"。少陵，杜甫自号"少陵野老"。⑧吴刚挥斧：《酉阳杂俎》载汉西河人吴刚学仙犯过，遭罚砍斫月中桂树，树随斫随合。

【译文】

乘着白鸾的仙女随风露自浩荡的青天降落，她们见到我似乎感到奇怪，为什么我的头上会有这么多的白发。我问她们，嫦娥独居月殿不嫁，为什么如此空留？她们说，好就好在美丽的容貌千年不变。可笑辛稼轩虽然豪迈，却过于相信杜甫"斫却月中桂，清光应更多"的诗句。其实何须多费力去砍伐婆娑的桂树，那月中不是有吴刚，早就挥着斧子，向桂树砍了无数遍？

◎黑漆弩　村居遣兴◎

长巾阔领深村住①，不识我唤作伧父②。掩白沙翠竹柴门，听彻秋来夜雨。闲将得失思量，往事水流东去。便宜教画却凌烟③，甚是功名了处？

【注释】

①长巾阔领：巾为古代平民戴的便帽。阔领，指阔领的上衣。这里指古代隐士的衣着。②伧父：指鄙野的村民，当时南方人讥骂北方人的话。③便宜教：即便、即使。画却凌烟：被画到凌烟阁。

凌烟，即凌烟阁，唐太宗即位后，为表彰功臣建高阁，阁中绘24位功臣图像。

【译文】

戴着便帽穿起阔领的平民服居住在幽深的小乡村，不认识我的人称我为鄙夫。关起柴门，将远处的白沙翠竹掩在门外，倾听那入夜的绵绵秋雨。闲暇时将平生的得失一一细细地思量，往事随那东逝的流水一去不返。即便是已经将影像画到了凌烟阁上，那算什么功名了却之处呢？

◎金字经　樵隐◎

担头担明月，斧磨石上苔。且做樵夫隐去来。柴！买臣安在哉[①]？空岩外，老了栋梁材。

【注释】

①买臣：朱买臣，西汉会稽人。半生贫困，以樵薪为生，而不废诵书。五十岁时终被荐任会稽太守，官至丞相长史。

【译文】

起早赶黑，月亮升上山头了还在挑着柴担下山；斧子用了很多回了，石上的苔藓全被磨光了。就这样做个樵夫隐居在山间。打柴！那打柴的朱买臣现在到哪里去了？崇山峻岭中，栋梁之材虚度岁月，就这样老去。

◎寿阳曲（一）◎

云笼月，风弄铁[①]，两般儿助人凄切[②]。剔银灯欲将心事写[③]，长吁气一声吹灭[④]。

【注释】

①风弄铁：晚风吹动着挂在檐间的响铃。铁：即檐马，悬挂在檐前的铁片，风一吹互相撞击发声。②两般儿：指“云笼月”和“风弄铁”。凄切：十分伤感。③剔银灯：挑灯芯。银灯，即锡灯。因其色白而通称银灯。④吁气：叹气。

【译文】

月亮笼罩在云层里，月色朦胧；风儿吹动檐下悬挂着的铁马铜铃，响个不停；两种情景使得眼下倍感悲凉凄切。挑挑灯芯让灯光变得明亮一点，想把心事写下来寄给心上人；可是长叹一口气，“扑”一声把灯吹灭了。

◎寿阳曲（二）◎

人初静，月正明，纱窗外玉梅斜映[①]。梅花笑人休弄影[②]，月沉时一般孤另。

【注释】

① 玉梅：白梅。② 弄影：化用宋代张先《天仙子》“云破月来花弄影”句意。

【译文】

人声刚刚停息，四周渐渐寂静；月色正是明亮的时候；月光照耀着窗外的一树白梅，在纱窗上投下斜影。梅花偏要随风舞弄影子戏笑房中人；月亮沉落后，却与人一样无影相伴地孤零。

◎寿阳曲 远浦帆归[①]◎

夕阳下，酒旆闲[②]，两三航未曾着岸[③]。落花水香茅舍晚，断桥头卖鱼人散。

【注释】

① 浦：水边。② 酒旆（pèi）：酒店的旗帘，酒家悬于门前以招徕顾客。③ 两三航：两三只船。航：船。着岸：靠岸。

【译文】

夕阳的余晖中，酒旗悠闲自在地迎风招展，江上几只船儿还未曾靠岸。江水中飘浮着落花，香气氤氲，缭绕着茅舍，天色渐渐晚了；断桥头卖鱼人也散了。

◎天净沙 秋思◎

枯藤老树昏鸦，小桥流水人家。古道西风瘦马[①]。夕阳西下，断肠人在天涯[②]。

【注释】

① 古道：古老的驿路。李白《忆秦娥》词：“乐游原上清秋节，咸阳古道音尘绝。”张炎《念奴娇》词：“老柳官河，斜阳古道，风定波犹直。”② 断肠人：指漂泊天涯、百无聊赖的旅客。

【译文】

干枯的老藤缠绕着古树，栖息着黄昏归巢的乌鸦；一弯小桥跨着一道潺潺的流水，伴着几户人家。荒凉的古道上，一匹孤独的瘦马迎着萧瑟的秋风走来。夕阳自西边落下，漂泊未归柔肠寸断的游子还在天涯。

◎金字经◎

夜来西风里，九天雕鹗飞[①]，困煞中原一布衣[②]。悲，故人知未知？登楼意[③]，恨无上天梯[④]。

【注释】

① 九天：极言天之高远。雕鹗：均属鹰类，此以自谓。② 中原：泛指黄河中、下游地区。③ 登楼意：东汉末王粲依附荆州刺史刘表，不被重用，郁郁不乐，曾登湖北当阳的城楼，并作《登楼赋》以明志抒怀。④ 上天梯：此指为官的阶梯。

【译文】

傍晚时分，大雕和鹗鹰乘着秋风扶摇而上，翱翔在九天云海之上。而我这一个中原的平民百姓却上天无力，困居凡尘。实在是可悲呀。故人知不知道这种境况呢？心里直想攀楼而上，只恨没有通天的楼梯。

◎四块玉　紫芝路[①]◎

雁北飞，人北望[②]，抛闪煞明妃也汉君王[③]。小单于把盏呀剌剌唱[④]。青草畔有收酪牛[⑤]，黑河边有扇尾羊[⑥]。他只是思故乡[⑦]。

【注释】

① 紫芝路：昭君出塞时所经之路。② 人北望：指王昭君的企盼。③ 抛闪煞明妃也汉君王：意思是明妃让汉君王好生思念。④ 小单于：指呼韩邪单于。呀剌剌（là）：象声词，指小单于的歌声。⑤ 青草畔有收酪牛：指草原上有大量奶牛。⑥ 黑河边有扇尾羊：黑河岸边有尾呈扇状的肥羊。黑河：位于呼和浩特市南郊，河畔有昭君墓。⑦ 他：指王昭君。

【译文】

大雁往北飞翔，王昭君往北方张望，汉元帝啊，你将昭君抛撇得太凄惨。而小单于一手拿着酒杯，一边乌剌剌地高唱。青青的草原上，有的是产奶的牛群；黑河边上有的是大尾的绵羊。而昭君她却只是一味地思念故乡。

◎四块玉 浔阳江◎

送客时，秋江冷[①]，商女琵琶断肠声[②]。可知道司马和愁听[③]。月又明，酒又酲[④]，客乍醒[⑤]。

【注释】

① 冷：凄冷，萧条。② 商女琵琶：此处暗指白居易的《琵琶行》。③ 和：连，连同。④ 酲：喝醉了神志不清。喻指酒浓。⑤ 醒：醒悟，觉醒。

【译文】

送别客人时，秋天的江面上透着寒气，歌女弹着琵琶演奏着哀怨之极的送别曲。可知道听曲人是满怀着愁绪在倾听。月色正是明亮的时候，酒酣中又一次呈醉意，而客居之人刚刚才从酒醉中惊醒。

◎蟾宫曲 叹世◎

咸阳百二山河[①]，两字功名，几阵干戈。项废东吴[②]，刘兴西蜀[③]，梦说南柯[④]。韩信功兀的般证果[⑤]？蒯通言那里是风魔[⑥]？成也萧何，败也萧何[⑦]，醉了由他[⑧]。

【注释】

① 百二山河：谓秦地形势险要，利于攻守，二万兵力可抵百万，或说百万可抵二百万。② 项废东吴：指项羽在垓下兵败，被追至乌江自刎。乌江在今安徽和县东北，古属东吴地。③ 刘兴西蜀：指刘邦被封为汉王，利用汉中及蜀中的人力物力，战胜项羽。④ 梦说南柯：唐人李公佐传奇《南柯太守传》说：淳于棼昼梦入大槐安国，被招为驸马，在南柯郡做二十年的太守，备极荣宠。后因战败和公主死亡，被遣归。醒来才知道是南柯一梦。所谓大槐安国，原来是宅南槐树下的蚁穴。⑤ 韩信：汉高祖刘邦的开国功臣，辅佐高祖定天下，与张良、萧何并称汉兴三杰。后被吕后所害，诛夷三族。兀的般：如此，这般。证果：佛家语。谓经过修行证得果位。此指下场，结果。⑥ 蒯通：即蒯彻，因避讳汉武帝名而改。曾劝韩信谋反自立，韩信不听。他害怕事发被牵连，就假装疯。后韩信果被害。⑦ “成也萧何”二句：韩信因萧何的推荐被刘邦重用，后来吕后杀韩信，用的又是萧何的计策。故云“成也萧何、败也萧何”。⑧ 他：读 tuō，协歌戈韵。

【译文】

咸阳那一川山河，因为功名二字，曾兴起过多少次战乱。项羽攻破东吴，刘邦在西蜀建国，最终烟消云散，都像南柯一梦。韩信劳苦功高哪里成了正果？蒯通的预言哪里是疯话？当初成功也是因为萧何，失败也是因为萧何；还不如喝醉了一切让它自己去吧！

夜行船［套数］（节选）

百岁光阴一梦蝶[①]，重回首往事堪嗟。昨日春来，今朝花谢，急罚盏夜阑灯灭[②]。【乔木查】想秦宫汉阙[③]，都做了衰草牛羊野。不恁么渔樵无话说[④]。纵荒坟横断碑，不辨龙蛇[⑤]。【庆宣和】投至狐踪与兔穴[⑥]，多少豪杰。鼎足三分半腰折，魏耶？晋耶[⑦]？【落梅风】天教富，莫太奢。无多时好天良夜[⑧]。看钱奴硬将心似铁[⑨]，空辜负锦堂风月[⑩]。【风入松】眼前红日又西斜，疾似下坡车。晓来青镜添白雪[⑪]，上床与鞋履相别。休笑巢鸠计拙[⑫]，葫芦提一向装呆[⑬]。【拨不断】利名竭，是非绝。红尘不向门前惹，绿树偏宜屋角遮，青山正补墙头缺，竹篱茅舍。【离亭宴煞】蛩吟一觉方宁贴，鸡鸣万事无休歇。争名利何年是彻[⑭]。密匝匝蚁排兵，乱纷纷蜂酿蜜，闹攘攘蝇争血。裴公绿野堂[⑮]，陶令白莲社[⑯]。爱秋来时那些：和露摘黄花，带霜烹紫蟹，煮酒烧红叶，人生有限杯，几个登高节。嘱咐俺顽童记者：便北海探吾来[⑰]，道东篱醉了也[⑱]。

【注释】

① 梦蝶：《庄子·齐物论》，“昔者庄周梦为蝴蝶，栩栩然蝴蝶也。……俄然觉，则蘧蘧然周也。”这句话是说人生就像一场幻梦。②“急罚盏”句：赶快行令罚酒，直到夜深灯熄。夜阑，夜深，夜残。③ 秦宫汉阙：秦代的宫殿和汉代的陵阙。④ 不恁（nèn）：不如此，不这般。⑤ 龙蛇：这里指刻在碑上的文字。古人常以龙蛇喻笔势的飞动。李白《草书歌行》：“时时只见龙蛇走，左盘右蹙如惊电。”⑥ 投至：及至，等到。⑦“鼎足”句：言魏、蜀、吴三国鼎立的形势，到中途就夭折了。最后的胜利者到底是魏呢？还是晋呢？⑧ 好天良夜：好日子，好光景。⑨ 看钱奴：元代杂剧家郑廷玉根据神怪小说《搜神记》，关于一个姓周的贫民在天帝的恩赐下，以极其悭吝、极其刻薄的手段，变为百万富翁的故事，塑造了一个为富不仁，爱财如命的悭吝形象——看钱奴。⑩ 锦堂风月：富贵人家的美好景色。此句嘲守财奴情趣卑下，无福消受荣华。⑪ 添白雪：添白发。⑫ 巢鸠计拙：指不善于经营生计。《经·召南·鹊巢》：“维鹊有巢，维鸠居之。”朱熹注：“鸠性拙不能为巢，或有居鹊之成巢者。”⑬ 葫芦提：糊糊涂涂。⑭ 彻：了结，到头。⑮ 裴公：唐代的裴度。他历事德宗、宪宗、穆宗、敬宗、文宗五朝，以一身系天下安危者二十年，眼见宦官当权，国事日非，便在洛阳修了二座别墅叫作“绿野堂”，和白居易、刘禹锡在那里饮酒赋诗。⑯ 陶令：陶潜。因为他曾经做过彭泽令，所以被称为陶令。相传他曾经参加晋代的慧远法师在庐山虎溪东林寺组织的白莲社。⑰ 北海：指东汉的孔融。他曾出任过北海相，所以后世称为孔北海。他曾说：“座上客常满，樽中酒不空，吾无忧矣。”⑱ 东篱：指马致远。他慕陶潜的隐逸生活，因陶潜《饮酒》诗有“采多数东篱下，悠然见南山”之句，乃自号为“东篱”。

【译文】

人的一生不过百岁，就像庄周梦蝶。再回头想想往事实在令人慨叹。昨天春天才来，今天早上春花就谢了。赶紧的行令劝酒，夜还是很快来临，灯就要灭了！想一想那些秦朝的宫殿和汉朝的城阙，现在无影无踪，只是生满了杂草，变成了放牧牛羊的荒野。不是如此的话，渔翁和樵翁倒没有聊天的话题了。那些断碑横七竖八地倒在荒坟堆上，原来上面龙飞凤舞般的文字也面目全非，分辨不清楚了。最终成了狐狸出没的地方和兔子的洞穴，多少英雄豪杰的坟地都是如此。三国鼎立中途便夭折，最后胜利的是魏呢？还是晋呢？即便是上天让你富足，你也不要过于奢侈，并没有多少好日子良夜美时。看钱奴心肠硬得像铁，白白地辜负了华美的堂舍和那无边风月。眼前的红日，又要快速西沉了，快得像是急速滚落的下坡车。早上对着镜子发现头发又添了许多白色的，晚上一上床说不定就是和鞋袜永别，第二天就不用再穿它了。别嘲笑鸠鸟自己笨不会搭窝，哪里知道它其实稀里糊涂从来是装傻。不追求名利，也就没有是非缠身了。红尘中的烦心事也不会到自家门前，只要把绿树栽在屋角让它遮阴挡凉；院墙破损了，就让青山补上缺损之处吧，再加上竹子编插的篱墙，茅草舖顶的屋舍。静静的夜里听到蛐蛐儿的叫声，这时睡觉才觉得踏实宁帖；待到五更鸡鸣时，乱七八糟的事就又纷至沓来，没有时间休息。这人间争名争利的事，何年是个了结呢！密密麻麻的蚂蚁，又在排兵布阵了，乱纷纷的蜜蜂又在酿蜜了，闹闹嚷嚷的苍蝇又要去争抢污血了。裴度饮酒论诗的绿野堂，陶渊明雅聚的白莲社。我喜欢的是这些，到秋天时：带着露水采摘菊花，带着白霜烹煮紫蟹，用红色的枫叶煮酒。人的一生只有那有限的几杯酒，还能过几个重阳登高节！我告诉孩子们哪，听好记住了：就是好客的孔北海来探望我，我也不见，你们就告诉他说，我马东篱喝醉了！

◎ 赏花时　掬水月在手[1]［套数］◎

古镜当天秋正磨，玉露瀼瀼寒渐多[2]。星斗灿银河。泉澄潦净[3]，仙桂影婆娑。

【幺】不觉楼头二鼓过，慢撒金莲鸣玉珂[4]。离香阁，近花科[5]。丫鬟唤我："渴睡也，去来呵。"

【赚煞】紧相催，闲笃磨[6]，快道与茶茶嬷嬷[7]："宝鉴妆奁准备着，就这月华明乘兴梳裹[8]。"喜无那[9]。非是咱风魔[10]，伸玉指盆池内蘸绿波。刚绰起半撮[11]，小梅香也歇和[12]，分明掌上见嫦娥。

【注释】

① 掬水月在手：唐于良史《春山夜月》诗句。后人常作为赋得体咏作的题目。② 瀼（róng）瀼：露水浓重的样子。③ 潦：沟洼的积水。④ 撒金莲：女子迈开脚步。金莲，指女子的纤足。玉珂：此指佩戴的饰物。⑤ 花科：成堆的花丛。科借作"窠"。⑥ 笃磨：宋元方言，徘徊，回旋。⑦ 茶茶：金元时对年青女的习称。嬷嬷：老年使女。⑧ 梳裹：梳妆。⑨ 无那：无奈。这里是"非常"的意思。

⑩ 风魔：轻狂。⑪ 绰：抄。⑫ 梅香：使女，丫鬟。歇和：同“邪许”，大声叫唤。

【译文】

月亮如古镜般悬挂着，在秋空中显得分外明妍。满地露水浓重，让人渐感清冷。银河中星光灿灿，地面上的清泉和积水异常澄净，桂树婆娑摇曳的影子映现其中。

不知不觉楼上传来了二更的鼓点，我款移莲步，身上的珠玉相碰，发出“珊珊”的鸣声。离开香闺，走近花丛。身旁的丫鬟叫着我说：“瞌睡得睁不开眼，快些回去吧。”

她那里紧催紧唤，我这里慢吞吞地徘徊。快向使女们传话说：“准备好镜子妆奁，乘着美好的月色，让我漂漂亮亮地梳妆打扮一番。”我欣喜无限。不是我轻狂，伸出玉指往小池里蘸些绿水。刚捧起一掬清波，小丫鬟也跟着惊喜地叫唤。手掌中分明映着我那美如嫦娥的容颜。

◎ 拨不断（一）◎

叹寒儒[①]，漫读书[②]，读书须索题桥柱[③]。题柱虽乘驷马车，乘车谁买《长门赋》[④]？且看了长安回去。

【注释】

① 寒儒：贫穷的读书人。② 漫：徒然，枉自。③ 须索：应该，必须。题桥柱：司马相如未发迹时，从成都去长安，出城北十里，在升仙桥桥柱上题云：“不乘驷马高车，不过此桥。”④《长门赋》：陈皇后失宠于汉武帝，退居长门宫，闻司马相如善作赋，以黄金百斤请其作《长门赋》，以悟主上。武帝看后心动，陈皇后复得宠。

【译文】

可叹那寒酸的读书人，枉读了那么久的书，读书必须要题字在桥柱发誓。即便题柱后如愿乘坐上了驷马车，可乘了车又有谁能像陈皇后那样重金求买《长门赋》？暂且到长安看看就回去吧。

◎ 拨不断（二）◎

立峰峦，脱簪冠[①]，夕阳倒影松阴乱。太液澄虚月影宽[②]，海风汗漫云霞断[③]。醉眠时小童休唤。

【注释】

① 簪冠：簪是古人用来固定发髻或冠帽的一种长针。此处簪冠指官帽。② 太液：大液池，皇家

宫院池名，汉武帝建于建章宫北，中有三山，象征蓬莱、瀛洲、方丈三神山。这里泛指一般的湖泊。澄虚：澄澈空明。③ 汗漫：浩瀚、漫无边际。

【译文】

站在山顶上，摘下簪帽远望，夕阳照耀下松树投下凌乱的阴影。太液池水影映着虚空，月亮发出澄澈光明；海风漫无边际地吹来，片片云霞离散。喝醉了酣眠时，那小书童你不要叫醒我。

◎清江引 野兴◎

西村日长人事少[①]，一个新蝉噪。恰待葵花开，又早蜂儿闹。高枕上梦随蝶去了[②]。

【注释】

① 日长：指长长的夏日。② 梦随蝶：《庄子·齐物论》说庄周梦见自已化成蝴蝶，翩翩而飞，竟然忘记了自己是庄周。此处作者引来形容自己进入梦乡。

【译文】

住在西边村庄，白天时间长，日常事务却很少；只听见一只新蝉在树上聒噪。恰好葵花正要开放，又早碰上蜜蜂出来喧闹。枕着高高的枕头入眠，在梦中随着蝴蝶飞去了。

◎拨不断◎

布衣中[①]，问英雄，王图霸业成何用？禾黍高低六代宫，楸梧远近千官塚[②]。一场噩梦。

【注释】

① 布衣：平民百姓，未得功名的人。②“禾黍”二句：本唐许浑《金陵怀古》诗：“楸梧远近千官塚，禾黍高低六代宫。”六代，即六朝，指三国吴、东晋、南朝宋、齐、梁、陈，均在今南京建都。楸梧，两种树木名，常植于墓地。

【译文】

在平民百姓之中，试问那几个英雄人物，称王图霸建立功业究竟有什么用处？你看那六朝宫殿，如今长满了高高低低的禾黍；千万名达官的坟墓上，如今远远近近长满了楸树和梧树。只不过像是一场噩梦。

◎赠长春宫雪庵学士[1]（摘调）◎

莫苦求，休强揽。莫教邂逅遭坑陷[2]。恐哉笞杖徒流绞[3]，慎矣公侯伯子男[4]。争夸炫[5]，千钟美禄，一品高衔？

【注释】

① 长春宫：在大都（今北京市），为全真教教主丘处机所设立的道观。② 邂逅：不期而遇。③ 笞杖徒流绞：古代官方制定的五种肉刑。④ 公侯伯子男：古代的五等爵位。⑤ 争：岂，怎。

【译文】

遇事不要强自苦求，也别硬性代揽。别在无意间遭遇陷阱坑壑。恐怖啊，笞、杖、徒、流、绞的刑罚，谨慎啊，公、侯、伯、子、男各位贵族。何必争相夸耀，什么千钟厚禄，一品高官的官衔？

◎后庭花◎

清溪一叶舟，芙蓉两岸秋[1]。采菱谁家女，歌声起暮鸥[2]。乱云愁，满头风雨，戴荷叶归去休[3]。

【注释】

① 芙蓉：荷花。② 鸥：水鸟。③ 休：语气助词。

【译文】

清清溪水上飘荡着一叶小舟，荷花沿着溪水延伸至两岸，一派秋天风光。谁家采莲女，展歌喉，唱起歌谣，惊起一群栖息的鸥鸟。黑云猛然间狂乱聚集，令人发愁地在大风中夹带着雨点吹向人脸，采莲女不慌不忙地在头上顶着荷叶，划舟回家去了。

◎十二月过尧民歌 别情◎

自别后遥山隐隐，更那堪远水粼粼[1]。见杨柳飞绵滚滚[2]，对桃花醉脸醺醺[3]。透内阁香风阵阵[4]，掩重门暮雨纷纷。怕黄昏忽地又黄昏，不销魂怎地不销魂。新啼痕压旧啼痕，断肠人忆断肠人。今春，香肌瘦几分？缕带宽三寸[5]。

【注释】

① 粼粼（lín）：形容水明净清澈。②“杨柳”句：形容柳絮不扬。③“对桃花”句：醺醺，形

容醉态很浓。这是暗用崔护的“去年今日此门中，人面桃花相映红”的语意。④ 内阁：深闺，内室。⑤ 缕带：用丝纺织的衣带。

【译文】

自分别后，望不尽隐隐约约的重峦叠嶂，更难忍受那波光粼粼的江水奔流而逝。只见柳絮纷纷扬扬漫天飘洒，面对娇艳的桃花如痴如醉脸色晕红。闺房楼阁透出一阵阵香风，掩闭了重门，到黄昏听着雨点声声敲打的声音。怕黄昏到来偏偏黄昏忽地来临，不想失魂落魄又怎不叫人落魄伤心？旧的泪痕盖着新的泪痕，断肠人想念着断肠人。今年春天，身上的香肌瘦减了多少？看衣带宽出了三寸。

◎ 普天乐（一）◎

朔风寒，彤云密[①]。雪花飞处，落尽江梅。快意杯，蒙头被。一枕无何安然睡[②]，叹邙山坏墓折碑[③]。狐狼满眼[④]，英雄袖手，归去来兮。

【注释】

① 彤云：冬天的阴云。② 无何：过了不久。③ 邙（máng）山：即北邙山，在洛阳城北，汉魏时多葬公卿。后因以作墓地的代称。④ 狐狼：喻大小恶人。《后汉书·张纲传》载张纲欲巡行纠恶，曰：“豺狼当路，安问狐狸！”

【译文】

北风寒冷呼啸，浓云密密层层地聚集。雪花飘飞，江边梅花纷飞飘散，枝头梅花抖落干净。此时豪饮，真是畅快愉悦，饮尽后，一头蒙着被子入睡。头靠在枕头上很快安心地熟睡；可叹邙山多少断折的石碑。那里入眼全是豺狼和狐狸，英雄只能袖手旁观，走上归隐的路途。

◎ 普天乐（二）◎

柳丝柔，莎茵细[①]。数枝红杏，闹出墙围。院宇深，秋千系。好雨初晴东郊媚[2]，看儿孙月下扶犁。黄尘意外[3]，青山眼里，归去来兮[4]。

【注释】

① 莎茵：像毯子一样的草地。莎，即莎草。茵，垫子、席子、毯子之类的通称。② 媚：娇美。③ 黄尘：暗用唐令狐楚《塞下曲》："黄尘满面长须战，白发生头未得归。"指官场上的风尘。④ 来兮：为语气助词，相当于"吧"。

【译文】

新发的柳丝柔软绵长，莎草如茵细密嫩绿。几枝红杏争春意，探出围墙。庭院深深，正好将秋千系。喜人的春雨刚停，初晴的阳光映照着东郊，一派明媚的春光；看看儿孙们在月亮的光辉中扶犁。不再想扬起奔赴官场的风尘，眼里心里就只有这青山，回乡啊，学陶渊明那样隐居。

◎ 叨叨令　道情[1]（一）◎

想这堆金积玉平生害，男婚女嫁风流债。鬓边霜头上雪是阎王怪，求功名贪富贵今何在？您省的也么哥[2]，您省的也么哥？寻个主人翁早把茅庵盖。

【注释】

① 道情：道家勘破世态、清静无为的情味。② 省：明白。也么哥：语尾助词，无义，是【叨叨令】曲牌五、六句的定格。

【译文】

想想这堆积钱财一生的祸害，男婚女嫁留下的风流债。鬓发出现斑白，容颜衰老，那是阎王爷在责怪，那些追求功名富贵的小人，现在到哪里去了？您醒悟了么，您醒悟了么？找个贤主人，早点盖所茅草庵去修行吧。

◎ 叨叨令　道情（二）◎

白云深处青山下，茅庵草舍无冬夏。闲来几句渔樵话，困来一枕葫芦架。您省的也么哥，您省的也么哥？煞强如风波千丈担惊怕[1]。

【注释】

① 煞强如：全然胜过。

【译文】

在幽深偏僻的青山下，白云缭绕的地方，盖几间茅草庵，真是冬暖夏凉的好住处。

闲暇时同渔人樵夫聊几句话，困了，头枕着葫芦架安然入睡。您醒悟了么，您醒悟了么？同那些到名利场的风波中去担惊受怕的人相比，不知强多少。

◎一枝花［套数］◎

连云栈上马去了衔[①]，乱石滩里舟绝了缆。取骊龙颏下珠[②]，饮鸩鸟酒中酣[③]。阔论高谈，是一个无斤两的风月担[④]，蝜蝂虫般舍命的贪[⑤]。此事都谙，从今日为头罢参[⑥]。

【梁州第七】俺只待学圣人问礼于老聃[⑦]，遇钟离度脱淮南[⑧]，就虚无养个真恬淡。一任教春花秋月，暮四朝三，蜂衙蚁阵[⑨]，虎窟龙潭[⑩]。阑纷纷的尽入包涵[⑪]，只是这个舞东风的宽袖蓝衫。两轮日月是俺这长明朗不灭的灯龛，万里山川是俺这无尽藏长生药篮，一合乾坤是俺这养全真的无漏仙庵[⑫]。可堪，这些儿钝憨，比英雄回首心无憾。没是待雷破柱落奸胆[⑬]，不如将万古烟霞付一簪[⑭]，俯仰无惭。

【随煞】七颠八倒人谁敢，把这坎位离宫对勘的崮[⑮]。火候抽添有时暂[⑯]，修行的好味甘。更把这谈玄口缄，什么细雨斜风哨得着俺[⑰]！

【注释】

① 连云栈：古栈道名，在陕西褒城与凤县之间，为历史上川陕之间的交通要道，依崖壁凿成，极其险峻。② 骊龙：传说中的黑龙。据《庄子·列御寇》载，骊龙生活于九重之渊，颔下有珠，必须等它睡着时才能探取，否则就会遭到生命危险。③ 鸩鸟：一种有剧毒的鸟。以鸩羽浸酒，饮者会立刻死亡。④ 风月担：元曲中通常代指烟花生涯，这里指不正经、不务正业。⑤ 蝜蝂虫：据唐柳宗元《蝜蝂传》述，蝜蝂是一种性贪而拙的小甲虫，遇物则取之负于背上，虽困剧犹不止。⑥ 罢参：不去谒见，也即不理睬。⑦“俺只待”句：孔子曾前往周国，问礼于老子，见《史记·孔子世家》。圣人，指孔子。老聃，即老子，春秋战国间大哲学家，为后世的道教尊为祖师。⑧ 钟离：钟离权，道教传说中的“八仙”之一。淮南：西汉淮南王刘安，因谋反罪入狱自杀，《神仙传》等则传说他得道升天成仙。但钟离权实为唐人；据《神仙传》载，度化刘安的是汉代的八公。⑨ 蜂衙蚁阵：蜂房中群蜂簇拥蜂王如上衙参拜，称蜂衙；蚂蚁群聚如列战阵，称蚁阵。喻世俗的扰杂。⑩ 虎窟龙潭：喻境地的险危。⑪ 阑纷纷：乱纷纷。⑫ 全真：保全先天的本性。无漏：无孔隙，修行者则常指无烦恼欲望的杂念。⑬ 没是：与其。⑭ 簪：指道簪，道家束发所用。⑮ 坎位离宫：坎离的位置。在道家外丹术中，坎为铅为水、离为汞为火；内丹术中坎为肾为气，离为心为神。崮：严实。⑯ 火候：道家借指修行时精、气、神在体内运行中意念的操纵程度。抽添：减少或增加。时暂：长久或暂时。⑰ 哨：同“潲”，斜飘。

【译文】

悬在半空中的连云栈上，马儿脱去了缰绳正在狂奔；乱石滩里，断缆的孤舟飞速漂流着。为了得到利益不惜取下骊龙下巴上的珠子，为了满足欲求不惜喝掉鸩酒止渴。夸夸其谈，自吹自擂，在风月场中厮混，追求钱财就像蚰蜒虫那样贪婪。这一切我早已习以为常，从今天起彻底一刀两断。

我只想着学习孔子虔诚地向老子问礼，效法淮南王刘安寻访高人而成仙，参悟虚无大道，享受恬淡人生。任凭那时光流逝，人情翻覆，世俗扰杂，处境危险，这一切都与我没有任何干系。把那乱纷纷的世界尽数包涵，只用我身上的这个舞东风的宽袖蓝衫便足够了。两轮日月是我修道的长明灯盏；万里山川是我取之不尽的装药的筐篮，整个乾坤是我养全真去杂念的道观。怎能受得了呵，我本就愚钝傻憨，回过头来与世上的英雄相比，却也没留下过一点儿遗憾。与其作奸犯科遭受天谴，倒不如出家入道，寻访那千古存在的自然风光呢！俯仰之间就没有可愧疚的了。

我怎敢七颠八倒呵，对这坎、离的位置细细品对，一心炼丹。操纵意念，掌握着抽添的时间，修炼习得精髓要旨，真是很得意呵。还要处事谨慎，决不多说话，什么人世的斜风细雨，这些怎能吹打着我呢！

◎ 鹦鹉曲　赤壁怀古[①] ◎

茅庐诸葛亲曾住，早赚出抱膝梁父[②]。笑谈间汉鼎三分[③]，不记得南阳耕雨[④]。【幺】叹西风卷尽豪华，往事大江东去。彻如今话说渔樵[⑤]，算也是英雄了处。

【注释】

① 赤壁：在今湖北蒲圻县长江南岸，汉末时孙权、刘备合兵在此大破曹操的军队。② 赚出：骗了出来。抱膝梁父：指隐居的诸葛亮。抱膝，手抱住膝盖，安闲的样子。史书记诸葛亮隐居时，“每晨夜从容，常抱膝长啸”。梁父，本指《梁父吟》，相传为诸葛亮所作，这里代指诸葛亮。③ 汉鼎三分：将汉帝国一分为三。鼎，旧时视作国家的重器，比喻政权。④ 南阳：汉代郡名，包括今湖北襄樊及河南南阳一带。诸葛亮早年曾在南阳隐居耕作。⑤ 彻：直到。

【译文】

南阳那茅庐，诸葛亮曾亲自居住，他抱膝长吟，从容潇洒，可惜早早被刘备骗出山来经营天下。他谈笑之间便奠定了鼎足三分的格局，早已不记得当初在南阳雨中耕作的旧日生活。那西风卷走了历史的风流繁华，往事像大江一样滚滚东去，怎不叫人感叹嗟呀。一直到现在，诸葛亮在赤壁大战中的传说和佳话，已成了渔人樵夫的谈资，也算是英雄的一种结局吧。

◎ 鹦鹉曲　农夫渴雨 ◎

年年牛背扶犁住[①]，近日最懊恼杀农夫[②]。稻苗肥恰待抽花[③]，渴煞青天雷雨[④]。【幺】恨残霞不近人情[⑤]，截断玉虹南去[⑥]。望人间三尺甘霖[⑦]，看一片闲云起处[⑧]。

【注释】

①扶犁住：把犁为生。住，过活，过日子。此句是说年年都是在牛背后扶着犁杖，泛指干农活。②最：正。懊（ào）恼杀：心里十分烦恼。③恰待：正要，刚要。抽花：抽穗。④渴煞：十分渴望。⑤残霞：即晚霞。预示后几天为晴天。⑥玉虹：彩虹。虹为雨后天象。俗谚："晚霞日头朝霞雨。"截断玉虹，即谓残霞无情断雨。此句意思是说，由于彩霞满天，彩虹不可能出现，下雨没有指望。⑦三尺甘霖：指大雨。甘霖：好雨。⑧此句的意思是：由于盼雨心切，甚至对一片无用的闲云也抱着微茫的希望。

【译文】

每年在牛背后扶犁耕作为生，近日里这却成了农夫最懊恼的事。稻苗肥壮正等着抽穗呢，望眼欲穿那晴朗朗的天空快来一阵雷雨。可恨残霞不关心人们渴雨的急切心情，截断了玉虹裹挟着它向南飘去。农夫们注视着天边升起的一片白云，盼望人间能降下三尺好雨。

◎鹦鹉曲　野渡新晴◎

孤村三两人家住，终日对野叟田父。说今朝绿水平桥，昨日溪南新雨。【幺】碧天边云归岩穴，白鹭一行飞去。便芒鞋竹杖行春[①]，问底是青帘舞处[②]。

【注释】

① 芒鞋竹杖：草鞋和竹手杖，为古人出行野外的装备。行春：古时地方官员春季时巡行乡间劝督耕作，称为行春。此处则为春日行游之意。② 底是：哪里是。青帘舞处：酒旗招展的地方。

【译文】

在这偏僻的村落里，只住着两三户人家，人烟稀少。我整天价面对的，是淳朴的农村父老。他们说起今早上溪水猛涨，水面漫过了小桥，又说溪南昨天刚下了一场新雨。青湛湛的天边，云朵飘回了石缝里的旧巢。白鹭排成行，向天边飞去。我当即穿上草鞋，操起手杖，乘兴踏游春郊。就不知挂着青帘的歌舞酒乡，上哪儿可以找到？

◎鹦鹉曲　忆西湖◎

吴侬生长西湖住[①]，舣画舫听棹歌父[②]。苏堤万柳春残，曲院风荷番雨。

【幺】草萋萋一道腰裙，软绿断桥斜去。判兴亡说向林逋，醉梅屋梅梢偃处。

【注释】

① 吴侬：吴地自称曰我侬，称人曰渠侬、个侬、他侬。因称人多用侬字，故以吴侬指吴人。这里指吴地。② 舣画舫：舣，让船停靠到岸边。画舫，装饰华丽的游船。

【译文】

我出生在吴地，长在西湖边上。把装饰华丽的游船停在岸边，人坐在船上，听撑船的渔夫把歌儿满嘴地唱。苏堤上无数的柳条，春天过了就显得零落衰败。曲院里风吹着荷花，又下起了雨。芳草萋萋，像一道绿色的腰裙。柔嫩的绿色从倾斜的断桥边蔓延至远方。说兴亡得失，就想起隐士林逋，醉倒在梅屋旁那梅花掩映之处。

◎ 鹦鹉曲　夷门怀古① ◎

人生只合梁园住②，快活煞几个白头父。指他家五辈风流，睡足胭脂坡雨③。【幺】说宣和锦片繁华④，辇路看元宵去⑤。马行街直转州桥⑥，相国寺灯楼几处⑦。

【注释】

① 夷门：战国魏都大梁（今河南开封）的东城门，后成为开封城的别称。② 梁园：西汉梁孝王刘武所建的园囿，位于今开封市东南。③ 胭脂坡：唐代长安地名。④ 宣和：宋徽宗年号（1119—1125）。⑤ 辇路：天子车驾常经之路。此指汴京御街。⑥ 马行街：宋代汴京（今河南开封）地名。孟元老《东京梦华录》："土市北去，乃马行街也，人烟浩闹。"州桥：又名汴桥、天汉桥，在汴京御街南，正对皇宫。⑦ 相国寺：本北齐建国寺，宋太宗朝重建，为汴京著名建筑，其中庭两庑可容万人。《东京梦华录》载其元宵灯市情形："竞陈灯烛，光彩争华，直至达旦。"

【译文】

人生就应该居住在开封古城，梁园佳处。你看那几位白头老汉，真快乐死了。他们中有的人好几代都在这享尽风流，在胭脂坡的雨中早就睡够了。

他们说起了宋徽宗宣和年间，汴京城那花团锦簇的繁华。人们都涌上御街，去看正月十五日元宵之夜的灯市。从马行街转来转去，直转到州桥。更有那著名的大相国寺里，坐落着几处张灯结彩的高楼。

◎ 鹦鹉曲　渔父 ◎

沙鸥滩鹭褵依住①，镇日坐钓叟纶父②。趁斜阳晒网收竿，又是南风催雨。【幺】绿杨堤忘系孤桩，白浪打将船去。想明朝月落潮平，在掩映芦花浅处。

【注释】

① 褵依：羽毛团合的样子。② 纶父：钓鱼人。纶，钓鱼的丝绳。

【译文】

沙滩是鸥鹭的住处，一只只长着丰满的毛羽。还有整日坐在那儿的客人，那就是执竿垂钓的渔翁。趁着夕阳晒晒渔网，收拾好渔具，这时候又来了一阵南风，夹带着夏日的暴雨。

绿杨堤边谁家的小船忘了系在桩头上了，白浪把它卷入了江中。不过没什么关系，估计明天早晨月儿落下时，潮水就平息了。岸边的芦花参差起伏，掩映于熹微之间，小船就搁浅在那美丽的花丛里。

◎ 鹦鹉曲 都门感旧[1] ◎

都门花月蹉跎住，恰做了白发伧父[2]。酒微醒曲榭回廊，忘却天街酥雨[3]。【幺】晓钟残红被留温，又逐马蹄声去。恨无题亭影楼心，画不就愁城惨处。

【注释】

① 都门：京城，此指大都（今北京市）。② 伧（cāng）父：贱俗的平民。南北朝时，南方人以之作为对北方人的鄙称。《晋书·周圮传》："吴人谓中州人曰伧。" ③ 天街酥雨：唐韩愈《早春呈水部张十八员外》："天街小雨润如酥。"天街，京城的街道。

【译文】

在这京城的春花秋月里，我荒废了这么多时日。如今我已成了一个白发苍苍的老头。曲折的水榭边，回环的长廊里，我饮酒醉倒，刚刚醒来，竟忘了自己是在都城，观看那满街酥油般的雨丝。

拂晓的钟声响起，落花满地，被子中还残留着体温，我又随着马蹄踏上了行程。亭台楼阁不曾留下题咏，不能不使人感到憾恨。我在这充满愁绪的城里的凄惨之处，也没法描画得出。

◎ 寿阳曲 答卢疏斋[1] ◎

山无数，烟万缕，憔悴煞玉堂人物[2]。倚篷窗一身儿活受苦[3]，恨不得随大江东去[4]。

【注释】

① 卢疏斋：元代文学家卢挚的字。这支曲是回答卢挚《寿阳曲·别珠帘秀》的。② 玉堂人物：卢挚曾任翰林学士，故称。玉堂：官署名，后世称翰林院。因翰林院为文人所居之处，故元曲多称文士为“玉堂人物”。③ 篷窗：此指船窗。④ 随大江东去：随东流的江水一块逝去。暗寓对离人的依恋之情。

【译文】

数不尽的青山，弥漫着千万缕烟雾。面对此景，我这舞文弄墨之辈，已变得憔悴不堪。我在船窗边一个人活活忍受着心中的凄苦，恨不能随东流的江水一块逝去。

◎小梁州 秋◎

芙蓉映水菊花黄，满目秋光。枯荷叶底鹭鸶藏[①]。金风荡[②]，飘动桂枝香。【幺】雷峰塔畔登高望[③]，见钱塘一派长江。湖水清，江潮漾，天边斜月，新雁两三行。

【注释】

① 鹭鸶：即白鹭，一种水鸟。② 金风：即秋风。③ 雷峰塔：五代时吴越王钱俶妃黄氏建，遗址在西湖南夕照山上，于 1924 年 9 月倾塌。

【译文】

荷花的身影映照在水中，菊花也已经变得金黄。满眼都是秋天的风光。干枯的荷叶底下，有白鹭躲在那里。秋风荡漾，桂枝上桂花的幽香随风飘动起来。在雷峰塔边登上高处向远方望去，只看见那长长的钱塘江。湖水清澈，江潮涌起，一弯新月斜挂在天边，两三行大雁刚刚飞去。

◎蟾宫曲 送春◎

问东君何处天涯[①]？落日啼鹃[②]，流水桃花。淡淡遥山，萋萋芳草[③]，隐隐残霞。随柳絮吹归那答[④]？趁游丝惹在谁家？倦理琵琶[⑤]，人倚秋千[⑥]，月照窗纱。

【注释】

①“问东君”句：问春之神到何处去了。东君，春之神。② 啼鹃：出自“望帝啼鹃”，相传战国时蜀王杜宇号望帝，为蜀治水有功，死后化为杜鹃鸟，啼声凄切，后常指悲哀凄惨的啼哭。③ 萋萋芳草：唐崔颢《黄鹤楼》中有“晴川历历汉阳树，芳草萋萋鹦鹉洲”之句。《楚辞·招隐士》曰：

“王孙游兮不归，春草生兮萋萋。”此处比喻游子久行于外，归思难禁。④“随柳絮”二句：这是化用秦观《望海潮》“正絮翻蝶舞，芳思交加，柳下桃蹊，乱分春色到人家”的意境。⑤琵琶：我国民族乐器。⑥秋千：我国古代贵族妇女的体育游戏。相传春秋时齐桓公由北方的山戎所传入。

【译文】

春之神到何处去了？夕阳落下，杜鹃叫了起来，看落花于流水之中。远处的山峰颜色暗淡，芳草萋萋，晚霞若隐若现。是随着柳絮一道，被吹走了吗？还是跟游丝一样，不知飘到了谁家里去了？我心不在焉地调试着琵琶，倚靠着秋千架，月亮升起，月光照在窗上的纱纸上。

◎清江引 惜别（一）◎

若还与他相见时，道个真传示[①]：不是不修书，不是无才思，绕清江买不得天样纸[②]！

【注释】

①传示：消息，音信。②清江：水名，一在湖北，即古夷水；一在江西，即流经新干、清江等地的那段赣江。也可泛指清澈的河流。

【译文】

如果还能和她见上一面的话，我一定就要跟他一五一十地说说我的情况：我不是不肯写信，也不是没有才气和情思，而是绕遍了清江也买不到天那样大的信纸！

◎清江引 惜别（二）◎

玉人泣别声渐杳[①]，无语伤怀抱。寂寞武陵源[②]，细雨连芳草，都被他带将春去了。

【注释】

①玉人：美人。②武陵源：晋陶渊明《桃花源记》述武陵郡渔人入桃花源，俨然世外，故后人又称桃花源为武陵源。指生活的理想世界，元曲中常代指男女风情之所。

【译文】

美人因离别而痛哭，声音越来越远。我说不出一句话来，心中怀着无限的伤感。在这寂寞的武陵源，绵绵细雨落在绿草上，这春天啊，都被他带走了！

◎清江引　立春◎

金钗影摇春燕斜[1]，木杪生春叶[2]。水塘春始波，火候春初热[3]。土牛儿载将春到也[4]。

【注释】

① 金钗：古代妇女的一种头饰。春燕：旧俗，立春日妇女皆剪彩纸为燕，并金钗戴于头上，盛装出游。② 木杪（miǎo）：树梢。③ 火候：本指烹煮食物的火功。这里指气候温度。④ 土牛儿：即春牛。古代每逢立春前一日有迎春仪式，由人扮神，鞭土牛，地方官行香主礼，以劝农耕，谓“打春”，象征春耕开始。

【译文】

妇女们头上的金钗摇动着媚影，她们剪裁出纸燕斜戴在头上。树梢生出了嫩叶。在这春天里，水塘开始泛起了波浪，天气也开始变得暖和。满身泥土的牛儿把春天带来了。

◎殿前欢◎

隔帘听，几番风送卖花声。夜来微雨天阶净[1]。小院闲庭，轻寒翠袖生。穿芳径，十二阑干凭[2]。杏花疏影，杨柳新晴。

【注释】

① 天阶：原指宫殿的台阶，此处是泛指。② 十二阑干：十二是虚指，意谓所有的栏杆。古人好用十二地支的数目来组词，如“十二钗”“十二楼”等。

【译文】

我隔着帘听，风儿一次又一次地吹来卖花人的叫卖声。时值夜晚，一场小雨之后，台阶被冲洗得干干净净。在安静清幽的庭院里，翠绿色的袖子中生出微微的寒意。我穿行在花间的小路中，或是倚靠着栏杆来欣赏春日的美景。只见盛开着的杏花舞动着稀疏的倩影，杨柳沐浴着雨后的晴岚。

◎塞鸿秋　代人作◎

战西风几点宾鸿至[1]，感起我南朝千古伤心事[2]。展花笺欲写几句知心事[3]，空教我停霜毫半晌无才思[4]。往常得兴时，一扫无瑕疵[5]。今日个病恹恹刚写下两个相思字[6]。

【注释】

① 战西风：迎着西风。宾鸿：即鸿雁，大雁。大雁秋则南来，春则北往，过往如宾，故曰“宾鸿”。《礼记·月令》：“（季秋之月），鸿雁来宾。”② 南朝：指我国历史上宋、齐、梁、陈四朝，它们都建都在南方的建康（今南京市）。吴激《人月圆》：“南朝千古伤心事，还唱后庭花。”③ 花笺：精致华美的纸，多供题咏书札之用。徐陵《玉台新咏序》：“五色花笺，河北胶东之纸。”④ 霜毫：白兔毛做的、色白如霜的毛笔。⑤ 一扫无瑕疵（xiá cī）：一挥而就，没有毛病。瑕疵：玉上的斑点。引申为缺点或毛病。⑥ 病恹恹：病得精神萎靡不振的样子。《世说新语·品藻》：“曹蜍、李志虽现在，恹恹如九泉下人。”

【译文】

迎着西风，几只大雁飞来，这让我回想起有关南朝兴亡的悠久往事。展开华美的信纸，想写几句心里话，却只是停住笔尖半天也没有什么奇思妙想。平常有兴致的时候，写文章都是一挥而就，找不到一点毛病，今天却病恹恹的，才刚写下“相思”两字。

◎ 红绣鞋 ◎

挨着靠着云窗同坐[①]，偎着抱着月枕双歌[②]。听着数着愁着怕着早四更过[③]。四更过情未足，情未足夜如梭[④]。天哪，更闰一更儿妨甚么[⑤]！

【注释】

① 云窗：镂刻有云形花纹的窗户。② 月枕：形如月牙的枕头。③ 四更过：意为即将天明。④ 夜如梭：喻时光犹如梭织，瞬息即逝。⑤ 闰一更儿：延长一更。公历有闰年，农历有闰月，岁之余为“闰”，更次当然没有“闰”的说法，此处是恋人欢会尤恐夜短才有此想法。

【译文】

互相挨着互相靠着在窗下一同坐着，互相依偎着互相拥抱着枕着月一起哼歌。细心听着，一下一下地数着，怀着烦恼与害怕，四更已经敲过了。四更过了，欢情还没有享够，觉得夜过得飞快像梭子一样。天啊，再加上一更有什么不可以啊！

◎ 寿阳曲 ◎

新秋至，人乍别[①]，顺长江水流残月。悠悠画船东去也[②]，这思量起头儿一夜。

【注释】

① 乍：刚刚，起初。② 悠悠：悠闲自在的样子。

【译文】

新秋来了，心上人刚刚离去。顺着绵长的江面，水儿流淌着，月儿也是残缺的。那华美的船儿悠悠然向东远去了。这离别的愁苦啊，在这第一个夜晚就暗暗生起。

◎清江引 咏梅◎

芳心对人娇欲说，不忍轻轻折。溪桥淡淡烟，茅舍澄澄月。包藏几多春意也。

【译文】

它像是有什么心事，娇滴滴地要对人似诉说，让人不忍心去攀折。溪上的桥边笼罩着淡淡轻烟，茅舍上升起了明亮的月儿，这景致里包含着多少春意啊。

◎殿前欢◎

怕秋来，怕秋来秋绪感秋怀。扫空阶落叶西风外。独立苍苔，看黄花谩自开。人安在？还不彻相思债[①]。朝云暮雨，都变了梦里阳台[②]。

【注释】

① 彻：全，完全。② 梦里阳台：这一典故出自宋玉的《高唐赋序》。楚顷襄王游高唐，在高台之下，夜梦一女，自称巫山之女，与之欢会。后来，人们便将男女欢会之所称为“阳台”。

【译文】

我害怕秋天的到来，我害怕秋天来了之后，悲秋之情又触动我的心怀。西风扫净了空荡荡的台阶上的落叶。我独自站在苍苔上，看菊花兀自盛开。思念的人在哪儿呢？我已经还不完那相思债了。往日的一切都变成了梦里阳台。

◎清江引◎

狂风一春十占九，摇撼花枝瘦。沙摧杏脸愁，土蚀桃腮皱。阑珊了一株金线柳[①]。

【注释】

① 阑珊：空残稀疏的样子。金线柳：柳的美称。

【译文】

这整整一个春天，十天里有九天刮着狂风。这狂风不住地撼动着花枝，都把它吹瘦了。在尘沙的摧残下，杏花瓣愁容满面；在泥土的侵蚀下，桃花也苍老了。河边那一株柳树，枝条也变得稀疏了。

◎金字经◎

泪溅描金袖[①]，不知心为谁。芳草萋萋人未归。期，一春鱼雁稀[②]。人憔悴，愁堆八字眉[③]。

【注释】

① 描金：以他色勾托金色的装饰手法。② 鱼雁：古人谓鱼、雁俱能传书，故以鱼雁代指书信。③ 八字眉：又称鸳鸯眉，一种源于唐代宫中女子的眉式。韦应物《送宫人入道》："宝镜休匀八字眉。"

【译文】

泪水落在描金的袖子上，不知她伤心是为了谁？满目皆是茂盛的青草，她的情郎却还没有归来。等着等着，整整一个春天，也很少收到他寄来的书信。她满脸憔悴瘦损，愁闷堆满了皱成了"八"字的眉头。

◎红绣鞋 痛饮◎

东村醉西村依旧，今日醒来日扶头。直吃得海枯石烂恁时休[①]。将屠龙剑、钓鳌钩[②]，遇知音都去做酒。

【注释】

① 恁（nèn）时：那时。② 屠龙剑：该典故出自《庄子》。传说，有个叫朱评漫的人花了三年时

间学习屠龙之术，学成后却找不到可屠之龙。钓鳌钩：《列子》中有龙伯国巨人将渤海负山巨鳖钓走的故事。后人常用此典比喻抱负远大。

【译文】

在东村喝醉了，跑到西村还喝。今天醒了，明天又醉得要扶住头。直到吃得海也枯了石也烂了才罢休。若是遇到了知音，就是屠龙的宝剑，钓鳌的鱼钩，也都拿去换酒。

◎ 普天乐 平沙落雁[1] ◎

稻粱收，菰蒲秀[2]，山光凝暮，江影涵秋。潮平远水宽，天阔孤帆瘦。雁阵惊寒埋云岫[3]，下长空飞满沧洲[4]。西风渡头，斜阳岸口，不尽诗愁。

【注释】

① 平沙落雁：此为《潇湘八景》之第五首。② 菰(gū)蒲：菰是多年水生草本植物。蒲亦是水生植物，即苇子，可以编席。③ 岫（xiù）：峰峦。④ 沧洲：水边比较开阔的地方，常用指隐士住地。

【译文】

稻谷高粱收完之后，水边的菰和蒲正值秀美之时。群山静静地沐浴在暮色里，朦胧的江面满含秋韵。潮水平静下来了，水面渐宽；天空辽阔，反衬得帆船更加瘦小。雁阵为秋寒所惊，飞进了云层里，又从空中落下，在江边沙滩上漫天飞舞。渡口吹拂着西风，红日西沉，我心中生出了无尽的忧愁。

◎ 折桂令 卢沟晓月[1] ◎

出都门鞭影摇红[2]。山色空蒙，林景玲珑。桥俯危波，车通远塞，栏倚长空。起宿霭千寻卧龙，掣流云万丈垂虹。路杳疏钟，似蚁行人，如步蟾宫。

【注释】

① 卢沟晓月：北京著名景色。卢沟，指卢沟桥。② 鞭影摇红：马鞭在拂晓的霞光中摇动。

【译文】

出了城门，马鞭在拂晓的霞光中摇动。山色空濛，远处的山林看上去灵通剔透。卢沟桥俯身就着急流，车马向远方的边塞驶去，栏杆高耸，依偎在天边。在暮霭中，卢沟桥犹如一条千寻长的横躺着的巨龙腾空而起，又像万丈彩虹从行云里直扑水面。远处传来稀稀落落燕山的晨钟，路上行人多得像蚂蚁一样，（这情形）犹如在仙境月宫之中行走一般。

◎ 普天乐　潇湘夜雨[1] ◎

白蘋洲，黄芦岸。密云堆冷，乱雨飞寒。渔人罢钓归，客子推篷看。浊浪排空孤灯灿，想鼋鼍出没其间[2]。魂消闷颜，愁舒倦眼，何处家山？

【注释】

① 潇湘夜雨：北宋画家宋迪所作组画《潇湘八景》之一。潇湘，二水名，主要流经湖南境，潇水为湘水的支流。但“潇湘”亦可作清湘解，《水经注》：“潇者，水清深也。” ② 鼋鼍（yuán tuó）：两种大型水生动物。鼋，大鳖。鼍，扬子鳄。

【译文】

水中的小洲泛着白色，岸上的芦苇有些儿发黄。乌云堆积，大雨乱飞，让人感到一阵阵寒意。渔夫停止了垂钓匆匆往家里赶，舟中的旅客也推开篷窗朝外面看。混浊的浪潮翻向空中，远方只有一盏孤灯闪闪发光。我想，这情形一定是鼋鼍一类的庞然大物在水中出没造成的。本来就已经忧闷难释，容颜黯淡，又碰到如此销魂的图景，我在愁烦中睁开疲倦的双眼，在夜雨里寻辨：我的家乡在哪儿呀？

◎ 折桂令　苏学士[1] ◎

叹坡仙奎宿煌煌[2]。俊赏苏杭，谈笑琼黄[3]。月冷乌台[4]，风清赤壁[5]，荣辱俱忘。侍玉皇金莲夜光[6]，醉朝云翠袖春香[7]。半世疏狂，一笔龙蛇[8]，千古文章。

【注释】

① 苏学士：苏轼曾官翰林学士、龙图阁学士、端明殿学士，故有是称。② 奎宿：二十八宿之一。《星经》谓“奎主文章”，故俗称奎星为“文曲星”。③ 琼黄：琼州（今海南琼山）、黄州（今湖北黄冈），均为苏轼贬谪之地。④ 乌台：御史台，因汉御史台柏树上常栖乌数千而得名。1079年（元丰二年），苏轼因“诗涉讪谤”而被押系御史台狱达4个月之久，史称“乌台诗案”。⑤ 赤壁：此指黄州的赤鼻矶。苏轼游此，作前、后《赤壁赋》，有“清风徐来”“唯江上之清风……取之无禁，用之不竭”等语。⑥“侍玉皇”句：《宋史·苏轼传》：“（哲宗元祐二年）召入封便殿……已而命坐赐茶，撤御前金莲烛送归院。”玉皇，皇上。⑦ 朝云：王朝云，苏轼的侍妾，伴随苏轼二十一年，后卒于惠州。⑧ 龙蛇：喻书法笔势的灵妙，也可喻文章的灵动流美。

【译文】

苏东坡文才盖世，犹如天上的文曲星一般，发出万丈光焰，令人惊叹。他流连玩赏过苏州、杭州的美景，即便贬官到黄州、琼州，也依然谈笑自若。乌台诗案中，他曾在牢狱里独对那凄冷的明月月；赤壁之下，他也曾沐浴过江上的清风。人生的荣耀与屈辱，他都全然忘却了。他忠心事君，皇上曾撤下御前的金莲烛送他回去；他也曾沉醉在朝云的绿袖与熏香里。他平生豪放，下笔如走龙蛇，更创作出了千古流传的文章。

◎ 折桂令　玉泉垂虹[1] ◎

跨寒流低吸长川。截断生绡，界破苍烟。喋壁琼珠，悬空素练[2]，泻月金笺。惊翠嶂分开玉田[3]，似银河飞下瑶天[4]。振鹭腾猿，来往游人，气宇凌仙。

【注释】

① 玉泉垂虹：在北京西山风景区。玉泉，山名。山中有石洞三：一在山之西南，洞下有泉；一在山之南，泉漫经之；一在山之根，泉自洞涌出。因泉流蜿蜒逶迤，其状若虹，故称“玉泉垂虹”，为“燕台八景”之一。② 素练：白色的绢疋。③ 玉田：玉泉流经处，石骨尽见，色自如玉，故以“玉田”喻之。④ 瑶天：仙界的天空。

【译文】

仿佛是俯身吸入了长河之水，湛寒的泉流横跨山体，在地面匍匐。泉身像一段段生绢被山峰截断，同时又将山上苍翠的云烟划破成了两部分。水沫如同一颗颗珍珠散落石壁，瀑布如同一条白练悬挂在天空，流水在月光下飞泻，像金色的信笺。一派葱绿的山峰矗立着，隔开了这浅处见玉石的泉水，令人惊叹；那泉水像是银河从瑶池飞泻而下。白鹭振翅高飞，猿猴也腾跳在树间。来往的游人，一个个意气轩昂，远胜过天界的神仙。

◎ 折桂令　中秋 ◎

一轮飞镜谁磨[1]？照彻乾坤，印透山河。玉露泠泠[2]，洗秋空银汉无波[3]。比常夜清光更多，尽无碍桂影婆娑。老子高歌，为问嫦娥。良夜恹恹，不醉如何？

【注释】

① 飞镜：比喻中秋之月。② 玉露泠泠：月光清凉、凄清的样子。③ 银汉：天河。

【译文】

那一轮高飞在天空的明镜，是谁磨制出来的呀？它照遍了整个山河。秋天的露珠清凉凄清，洗过一般明净的秋夜天空里，银河平静地流淌，看不到波澜。这月亮比平时放射出更多的清辉，桂树的影子在舞动，人可以清晰无碍地看到。我不由得高声歌唱，问嫦娥仙子，在这美好的夜晚，怎能不图一醉呢？

◎ 折桂令 ◎

功名百尺竿头[①]，自古及今，有几个干休[②]：一个悬首城门[③]；一个和衣东市[④]；一个抱恨湘流[⑤]。一个十大功亲戚不留[⑥]；一个万言策贬窜忠州[⑦]。一个无罪监收，一个自抹咽喉。仔细寻思，都不如一叶扁舟。

【注释】

① 百尺竿头：喻已到极点。② 干休：白白地结束。③ 悬首城门：指春秋时的伍子胥。他曾辅佐吴国打败楚、越二国，后受谗言而被吴王夫差迫令自杀。死前他痛心地要求把自己的头颅悬挂在京城东门之上，以亲睹日后越军入侵的惨象。④ 和衣东市：指西汉的晁错。他在汉景帝时官任御史大夫，上书请削诸侯封地以维护中央集权，后诸侯胁持景帝将他处死，"衣朝衣斩于东市"。东市，汉代长安的杀人刑场。⑤ 抱恨湘流：指战国时代楚国的屈原。他曾任左徒、三闾大夫，因力主抗秦，于怀王、顷襄王时两度遭到放逐。屈原苦于无力挽回楚国衰亡的命运，愤然投入湘水自杀。⑥ 一个十大功亲戚不留：指汉代开国功臣韩信，助汉高祖刘邦平定天下，却终为刘邦、吕后设计谋害，诛夷三族。十大功，韩信平生曾伐魏、徇赵、胁燕、定齐、破楚将龙且、围项羽于垓下，功高盖世，故后人有"韩信十大功劳"之说。⑦ 一个万言策贬窜忠州：指唐代的陆贽。他在德宗时任中书侍郎同门下平章事，上奏议数十篇，指陈时病，因而遭谗贬为忠州别驾。忠州，重庆忠县。

【译文】

尽管功业地位已高至极点，从古到今，还是有那么几个人结局悲惨：一个是伍子胥，头颅被高悬城门之上；一个是晁错，穿着朝服走上了刑场；一个是屈原，怀着深深的愤怨自投湘江；一个是韩信，立下十大功勋，却连亲戚都保不住命；一个是陆贽，上万言书直言，却被贬黜到忠州；还有人无罪入狱，或不得已自寻短见。仔细想想，他们都比不上隐士，驾着小船儿游荡。

◎ 山坡羊 潼关怀古[①] ◎

峰峦如聚，波涛如怒，山河表里潼关路[②]。望西都[③]，意踌蹰[④]。伤心秦汉经行处[⑤]，宫阙万间都做了土[⑥]。兴[⑦]，百姓苦！亡，百姓苦！

【注释】

① 潼关：古关口名，现属陕西省潼关县，关城建在华山山腰，下临黄河，非常险要。② 山河表里：外面是山，里面是河，形容潼关一带地势险要。具体指潼关外有黄河，内有华山。③ 西都：指长安（今陕西西安）这是泛指秦汉以来在长安附近所建的都城。古称长安为西都，洛阳为东都。④ 踌躇：犹豫、徘徊不定，心事重重，此处形容思潮起伏，陷入沉思．表示心里不平静。⑤ 伤心：令人伤心的是，形容词作动词。秦汉经行处：秦朝（前 221—前 206）的都城咸阳和西汉（前 202—公元 8 年）的都城长安都在陕西省境内潼关的西面。经行处，经过的地方。指秦汉故都遗址。⑥ 宫阙：宫殿。阙，皇门前面两边的楼观。⑦ 兴：指政权的统治稳固。

【译文】

山峰从西面聚集到潼关来，黄河的波涛如同发怒一般吼叫着。内接着华山，外连着黄河的，就是这潼关古道。远望着西边的长安，我徘徊不定，思潮起伏。令人伤心的是秦宫汉阙里那些走过的地方，昔日的千万间宫阙，都只剩下一片黄土。国家兴起，黎民百姓也要受苦受难；国家灭亡，黎民百姓更是要受苦受难。

◎最高歌兼喜春来◎

诗磨的剔透玲珑[1]，酒灌的痴呆懵懂。高车大纛成何用[2]，一部笙歌断送。金波潋滟浮银瓮[3]，翠袖殷勤捧玉钟[4]。对一缕绿杨烟，看一弯梨花月，卧一枕海棠风。似这般闲受用，再谁想丞相府帝王宫？

【注释】

①"诗磨"句：诗歌琢磨得明净灵巧。磨，琢磨，推敲。玲珑，这里作"灵巧""生动"讲。②高车大纛（dào）：高大的车子和旗子，古时显贵者的车舆仪仗。③金波：指酒言其色如金，在杯中浮动如波。潋（liàn）滟：形容水波流动。④"翠袖"句：晏几道《鹧鸪天》："彩袖殷勤捧玉钟。"此用其句。翠袖：指穿着翠绿衣服的美人。玉钟：指珍贵的酒器。

【译文】

诗句雕琢得明净灵巧，喝酒喝得呆头呆脑。那些高大的车子或是宽大的幡旗有什么用处呢？一首送殡的笙歌就把它们打发走了。金色的美酒在银制的杯中晃动着波纹，身着绿衣的美人殷勤地捧着玉制的酒杯，我看着翠绿的柳梢头那一缕青烟，和梨花般雪白的明月，枕着那裹挟着海棠清香的微风躺下身子。有了这样闲适的生活，谁还会去想什么丞相府帝王宫？

◎水仙子 咏江南◎

一江烟水照晴岚[1]，两岸人家接画檐[2]。芰荷丛一段秋光淡[3]。看沙鸥舞再三，卷香风十里珠帘[4]。画船儿天边至，酒旗儿风外飐[5]，爱杀江南[6]！

【注释】

①"一江烟水"句：意思是说阳光照耀江水，腾起了薄薄的烟雾。烟水：江南水气蒸腾有如烟雾。晴岚：岚是山林中的雾气，晴天天空中仿佛有烟雾笼罩，故称晴岚。②画檐：绘有花纹、图案的屋檐。③芰（jì）荷：芰是菱的古称。芰荷指菱叶和荷花。芰，菱角。④"卷香风"句："即十里香风卷珠帘。"化用杜牧《赠别》诗句"春风十里扬州路，卷上珠帘总不如"。⑤飐（zhǎn）：

风吹物使之颤动。⑥杀：用在动词后表示程度深。

【译文】

满江的烟波映照着晴天里山中的雾气，两岸的人家屋檐描着图案，一家连着一家。荷花丛里秋光恬淡，看沙鸥一遍遍地飞舞盘旋，家家的珠帘里都飘出了香风。美丽的船儿从天边驶来，酒店的幡旗在风里飘荡。真喜欢这江南！

◎朱履曲◎

才上马齐声儿喝道[①]，只这的便是送了人的根苗。直引到深坑里恰心焦[②]。祸来也何处躲？天怒也怎生饶？把旧来时威风不见了。

【注释】

①喝道：旧时官吏出行，有仪仗或衙卒在队伍前吆喝清道，使行人回避，叫作喝道。②恰：才真正。

【译文】

刚刚才骑上宝马，就有衙役在前方一齐吆喝开道，这就已经埋下了别人害他的把柄。可他们还一意孤行，直到陷入深坑，心里才开始焦虑。灾祸来了，上哪躲？老天怒了，哪还会把你饶？这时候，往日的威风，早就没有了！

◎雁儿落兼得胜令　退隐◎

云来山更佳，云去山如画。山因云晦明，云共山高下。倚杖立云沙[①]，回首见山家[②]。野鹿眠山草，山猿戏野花。云霞，我爱山无价。看时行踏[③]，云山也爱咱[④]。

【注释】

①云沙：犹言如海。②山家：山那边。家，同“价”。③行踏：走动、来往。④咱：自称之词。

【译文】

白云飘来，山上的景致更好；白云飘去，山上的景致也依然美如图画。山因为云的来去忽明忽暗，云随着山势的高低上下穿行。我倚着手仗站在云海之中，回头就看见了山中的美景。野鹿睡在草丛里，猿猴在玩弄着野花。因着这变幻迷人的云霞，我爱上了这山峰，它的美是无价的。我走走看看，那云雾缭绕的山峰，其实也是爱我的呀。

一枝花 咏喜雨［套数］

用尽我为民为国心，祈下些值玉值金雨[①]。数年空盼望，一旦遂沾濡[②]，唤省焦枯[③]。喜万象春如故，恨流民尚在途[④]。留不住都弃业抛家，当不的也离乡背土[⑤]。

【梁州】恨不的把野草翻腾做菽粟[⑥]，澄河沙都变化做金珠。直使千门万户家豪富，我也不枉了受天禄[⑦]。眼觑着灾伤教我没是处[⑧]，只落的雪满头颅[⑨]。

【尾声】青天多谢相扶助，赤子从今罢叹吁[⑩]。只愿的三日霖霪不停住[⑪]。便下当街上似五湖，都渰了九衢[⑫]，犹自洗不尽从前受过的苦[⑬]。

【注释】

① 祈雨：古代人们祈求天神或龙王降雨的迷信仪式。值玉值金：形容雨水的珍贵。② 沾濡（zhān rú）：浸润，浸湿。③ 省：通“醒”。焦枯：指被干旱焦枯的庄稼。④ 恨流民尚在途：指雨后旱象初解，但灾民还在外乡流浪逃荒，作者心中引为憾事。⑤ 当不的：挡不住。⑥ 翻腾：这里是变成的意思。菽（shū）粟：豆类和谷类。⑦ 天禄：朝廷给的俸禄（薪水）。⑧ 没是处：束手无策，不知如何是好。⑨ 雪满头颅：愁白了头发。⑩ 赤子：指平民百姓。罢叹吁：再不必为久旱不雨叹息了。⑪ 霖霪（yín）：长时间的透雨。⑫ 渰（yān）：同“淹”。九衢：街道。⑬ 犹自：依然。

【译文】

为百姓，为国家，我用尽了心，才求来了这一场金玉般宝贵的雨。老百姓空盼了空等了好几年，今天雨水一下子大地润湿了，也唤醒了干枯的庄稼。春天像以往一样万物欣欣向荣，令人高兴；只是逃荒的百姓仍颠沛流离，使我忧伤。灾民们受不了了便背井离乡。我恨不得把野草都变成粮食，把闪亮的河沙都变成金珠。只要家家户户都生活富足，我也算没有白白拿国家的俸禄。眼看着天灾让我不知如何是好，到最后白发长满了头颅。多谢苍天扶持帮助我们，大伙儿从此不用再唉声叹气了。但希望这大雨连下几天也别停下来，就算下得街道成了湖泊，大水淹没了所有大路，也还是洗不完老百姓这几年遭受过的苦楚啊！

沉醉东风

班定远飘零玉关[①]，楚灵均憔悴江干[②]。李斯有黄犬悲[③]，陆机有华亭叹[④]，张柬之老来遭难[⑤]。把个苏子瞻长流了四五番[⑥]。因此上功名意懒。

【注释】

① 班定远：即班超。超以战功封定远侯。年老思乡，因上疏请求调回关内说：“蔬不敢望到酒泉

郡，但愿生入玉门关。”② 楚灵均：屈原，楚国人，字灵均，故称“楚灵均”。《楚辞·渔父》中写道：“屈原既放，淤于江潭，行吟泽畔，颜色憔悴，形容枯槁。”③ 李斯：秦朝丞相，显赫一时。后为赵高所害，腰斩于市。临死前对儿子说：“我想和你出上蔡东门牵黄犬逐狡兔，还能做到吗？”④ 陆机：西晋时人，被谗言所害，正值壮年，身首异处。临死之前，发出“华亭鹤唳，岂可复闻呼”的悲叹。⑤ 张柬之：唐朝权臣，帮助唐中宗李显复位，后遭武三思所害，被流放致死。⑥ 苏子瞻：即宋代文学家苏轼。苏轼曾遭到五次贬谪。

【译文】

班超独自飘零在玉门关，屈原在汨罗江边容颜憔悴。李斯忍受过与儿子牵黄犬打猎都没机会的悲哀，陆机也有过再也听不到故乡华亭之上鹤唳之声的感叹。那张柬之年老之时还要遭受磨难，苏轼四五次被放逐。就因为这些，我对求取功名之事已变得心灰意懒。

◎朱履曲（一）◎

弄世界机关识破[①]，叩天门意气消磨。人潦倒青山慢嵯峨[②]。前面有千古远，后头有万年多。量半炊时成得什么[③]？

【注释】

① 弄世界：周旋人生，在社会上施展心计。② 慢：此处有“莫要”之意。③ 半炊时：饭熟的一半工夫，形容时间极短。

【译文】

我在社会上处心积虑追求理想，却回回都被人看穿。想叩开天门，可我的意图和气概早被这世道消磨掉了。人已潦倒不堪了，青山啊，你就不要再这么高峻难攀了。前面有千古遥远的历史，身后更有万年长久的光阴。细细思量，这做顿饭工夫的一半时间，还能有什么成就呢？

◎朱履曲（二）◎

那的是为官荣贵？止不过多吃些筵席。更不呵安插些旧相知。家庭中添些盖作[①]，囊箧里攒些东西。教好人每看做甚的[②]！

【注释】

① 盖作：元人方言，房屋之类的产业。② 每：同“们”。

【译文】

什么是做官的荣耀显贵？只不过能多吃点宴席。再就是把旧日里相好的人安插到官场中去。家里多建几栋房子，腰包箱子里攒积些值钱的东西。这得让那些好人看成啥呀！

◎朱履曲（三）◎

鹦鹉杯从来有味①，凤凰池再也休提②。荣与辱展转不相离。挂冠归山也喜③，抬手舞月相随。却原来好光景都在这里。

【注释】

① 鹦鹉杯：鹦鹉螺（一种海螺）壳制成的酒杯。李白《襄阳歌》："鸬鹚杓，鹦鹉杯，百年三万六千日，一日须倾三百杯。"此用其意。② 凤凰池：中书省的别称。《通典·职官》："魏晋以来，中书监令掌赞诏命，记会时事，典作之书。以其地在枢近，多承宠任，是以人固其位，谓之凤凰池焉。"提：提起。③ 挂冠：东汉逢萌在长安，因不满时政，解冠挂于东都门而归。后因以"挂冠"作为弃官的代称。

【译文】

鹦鹉杯里的美酒从来都是有滋有味的，再别提什么去中书省求取官名了。荣耀与耻辱翻转交错，分也分不开。弃官还乡也一样欢喜。举起手来跳起舞，月光也跟着一起跳。啊，原来那美好的光景，全都在这儿呀。

◎普天乐◎

折腰惭①，迎尘拜②。槐根梦觉③，苦尽甘来。花也喜欢，山也相爱④，万古东篱天留在⑤，做高人轮到吾侪。山妻稚子，团栾笑语⑥，其乐无涯。

【注释】

① 腰惭：陶渊明为彭泽令，郡遣督邮至省，吏请曰："应束带见之。"渊明叹曰："我岂能为五斗米折腰向乡里小儿？"即日解绶去职，赋《归去来》。见萧统《陶渊明传》。这里是作者以陶渊明自比。② 迎尘拜：晋潘岳谄附贾谧，每候其出，辄望尘而拜。见《晋羽·潘岳传》。又高适在开元二十三年，因宋州刺史张九皋的推荐，担任封丘县尉。他在《封丘作》一诗中描写自己任职期间内心的痛苦与矛盾："迎拜长官心欲碎，鞭挞黎庶令人哀。""乃知梅福徒为尔，转忆陶潜归去来？"此兼用其事。③ 槐根梦：即南柯梦。认为官场得意，不过是"槐根梦觉"而已。④ 山也相爱：辛弃疾《贺新郎》："我见青山多妩媚，料青山见我应如是。情与貌，略相似。"这里是化用他的语意。⑤ 东篱：这里代借隐逸处所。⑥ 团栾：团圆，团聚。

【译文】

低眉折腰的行为已让人惭愧，又要像潘岳那样对着尘土叩拜，真让人难堪。这一切

就像一场南柯梦一样，如今醒来了，愁苦没有了，生活迎来了甘甜。花儿也为我欢喜，山也和我互相喜爱，隐者高尚的情操流芳千古，这做世外高人的事情也轮到我了。和妻子、孩子一起团聚，欢笑，这里头乐趣无边。

◎ 鹦鹉曲[1] 渔父 ◎

侬家鹦鹉洲边住[2]，是个不识字渔父。浪花中一叶扁舟，睡煞江南烟雨[3]。【幺】觉来时满眼青山，抖擞绿蓑归去[4]。算从前错怨天公，甚也有安排我处[5]。

【注释】

① 鹦鹉曲：原名【黑漆弩】，后因本曲首句易名为鹦鹉曲。② 侬：我，吴地方言。鹦鹉洲：在今武汉市汉阳西南长江中，后被江水冲没。此乃泛指。③ 睡煞：睡得香甜沉酣。煞，甚极。烟雨：烟雾般的蒙蒙细雨。④ 抖擞：此作抖动、振动。⑤ 甚也有：真也有，正也有。

【译文】

我家住鹦鹉洲边，是个不认识字的渔夫。我在浪花里划着一艘小船，在江南的烟雨中睡下。醒来时满眼看到的都是青山，抖擞抖擞我那绿色的蓑衣回家里去。就算我从前错怪了天公，他总算给了个安置我的地方啊。

◎蟾宫曲◎

弊裘尘土压征鞍，鞭倦袅芦花[①]。弓剑萧萧[②]，一竟入烟霞[③]。动羁怀西风禾黍[④]，秋水蒹葭[⑤]。千点万点，老树寒鸦。三行两行，写高寒呀呀雁落平沙[⑥]。曲岸西边近水涡[⑦]，鱼网纶竿钓艖。断桥东下傍溪沙，疏篱茅舍人家。见满山满谷，红叶黄花。正是凄凉时候，离人又在天涯。

【注释】

① 鞭倦袅芦花：马鞭懒得像芦花那般摇动。② 萧萧：冷落的样子。③ 一竟：一直。④ 羁怀：久客他乡的情怀。⑤ 蒹葭：芦苇。⑥ 写高寒：在天空中排列成字。呀呀：雁叫声。⑦ 水涡：水流旋转处。

【译文】

裘衣已经破了，周围尘土飞扬，我骑在马上疾驰而去；倦摇马鞭，像芦花那般摆动。背上的弓和剑冷清清的，我一路跑进了烟霞的深处。西风里的庄稼搅动了我那寄居他乡的愁怀，秋天那清冷澄澈的水面倒映着芦苇的影子。夜幕里千千万万的黑点，是停留在路旁的老树上的寒鸦；三两行雁阵，在寒冷的天空中呀呀地叫着，又突然俯冲下来，落在在平旷的沙滩上。西边弯曲的河岸近处，湍急的水流转出了水涡，渔民的渔网钓竿都已经准备好了。那座断桥的东头下，是溪边的小沙滩；稀疏的篱笆围着一座茅屋，在那里住着一户人家。山头上，山谷里，都缀满了枫叶和菊花。这正是悲凉的时节，而离家漂泊的游子，又远在天涯！

◎蟾宫曲◎

博山铜细袅香风[①]，两行纱笼[②]，烛影摇红。翠袖殷勤捧金钟，半露春葱[③]。唱好是会受用文章巨公[④]，绮罗丛醉眼朦胧[⑤]。夜宴将终，十二帘栊[⑥]，月转梧桐。

【注释】

① 博山铜：铜制的博山香炉。博山，一种重叠山形的纹饰。② 纱笼：纱面的灯笼。③ 春葱：女子纤白的手指。④ 唱好是：真正是。⑤ 绮罗丛：美女聚集之处。⑥ 帘栊：帘幕与窗棂。

【译文】

铜制的博山香炉里升起袅袅轻烟；两行纱面的灯笼高高地挂着，烛焰在纱纸里摇曳着红色的影子。穿绿衣的侍女们捧着金质酒盅殷勤地劝酒，袖口处露出一半纤美的玉指。那些文章大家真是会享受，在美人群里醉眼蒙眬。夜宴就要结束了，看那一扇扇窗儿外，月亮已移至梧桐树梢头。

◎塞鸿秋◎

雨余梨雪开香玉[1]，风和柳线摇新绿。日融桃锦堆红树，烟迷苔色铺青褥。王维旧画图[2]，杜甫新诗句[3]。怎相逢不饮空归去[4]？

【注释】

① 梨雪：像雪一样白的梨花。② 王维：唐朝著名诗人、画家，字摩诘，祖籍山西祁县，外号“诗佛”。③ 杜甫：盛唐时期伟大的现实主义诗人，字子美，自号少陵野老，巩县（今河南巩义）人。④ 怎相逢不饮空归去：宋蔡沆《复斋漫录》：“世所传‘相逢不饮空归去，洞口桃花也笑人’之句，盖出于敬方。”敬方即李敬方，唐长庆年间诗人，但二句在《全唐诗》李敬方名下失载。

【译文】

雨刚刚停下来，雪白的梨花绽放，像白玉一般，香气四散。惠风和畅，柳条摇曳着新长出的绿叶。阳光和煦，桃花将树身堆成了红色；在迷蒙的烟雾里，苔藓的色泽像给地面铺上了一层青毡。这美景就像王维旧时的画，杜甫刚作的新诗。故人啊，我们既然遇见了，怎么不喝两杯就白白地回家了？

◎蟾宫曲　梦中作◎

半窗幽梦微茫，歌罢钱塘[1]，赋罢高唐[2]。风入罗帏[3]，爽入疏棂[4]，月照纱窗。缥缈见梨花淡妆[5]，依稀闻兰麝余香[6]。唤起思量，待不思量，怎不思量？

【注释】

① 歌罢钱塘：用南齐钱塘名妓苏小小的故事。《春渚纪闻》记载她的《蝶恋花》词一首，词中有“妾本钱塘江上住，花落花开，不管流年度”之句。钱塘，即杭州，曾为南宋都城，古代歌舞繁华之地。② 赋罢高唐：高唐，战国时楚国台馆名，在古云梦泽中。相传楚怀王游高唐，梦见巫山神女与其欢会，见宋玉《高唐赋》。③ 罗帏：用细纱做的帐子。④ 疏棂：稀疏的窗格。⑤ 缥缈：隐约、仿佛。梨花淡妆：形容女子装束素雅，像梨花一样清淡。此句化用白居易《长恨歌》“玉容寂寞泪阑干，梨花一枝春带雨”诗意。⑥ 依稀：仿佛。兰麝：兰香与麝香，均为名贵的香料。

【译文】

半掩的窗下朦胧的美梦，好像钱塘江边刚刚停息的歌声，又好像在高唐才和神女欢会完毕。风儿吹进罗帐里，轻爽地透过窗棂，月光照进了纱窗。我眼前隐约出现了她梨花一般淡雅的妆容，鼻息里仿佛还残留着她那兰花麝香般的香味儿。这一切勾起了我的怀想，就是不愿怀想，又怎能做到？

◎鸳鸯煞尾◎

一点来不够身躯小[①]，响喉咙针眼里应难到。煎聒的离人[②]，斗来合噪，草虫之中无你般薄劣把人焦[③]！急睡着，急惊觉，紧截定阳台路儿叫[④]。

【注释】

① 一点来不够：还不到一丁点儿大。② 煎聒：扰闹。③ 薄劣：恶劣。焦：指心烦。④ 紧截定阳台路儿叫：意谓专门盯着，总在人梦里欢会时将人吵醒。阳台，传说中巫山神女行云行雨之处，后常指男女欢会之所。

【译文】

这蟋蟀儿，身躯还不到一丁点儿大，喉咙再响，那声音估计也穿不过针眼。可它们就是吵个不停，叫成一片，让我这离别的人儿听见了。昆虫之中哪有像你这样恶劣的，弄得人家心里焦灼难忍！匆匆忙忙睡下了，又突然被惊醒：它们肯定是紧紧盯住了阳台的通路，就在那儿声声鸣叫，不许人近前。

◎寄生草 色◎

花尚有重开日，人决无再少年。恰情欢春昼红妆面，正情浓夏日双飞燕，早情疏秋暮合欢扇。武陵溪引入鬼门关[①]，楚阳台驾到森罗殿[②]。

【注释】

① 武陵溪：陶渊明《桃花源记》述武陵人以捕鱼为业。缘溪行，终于进入桃花源。诗文中因以“武陵溪”喻真善美的理想境地，元曲中更作为男女情乡的代指。② 楚阳台：宋玉《高唐赋》记楚顷襄王与巫山神女欢会，神女自言“朝朝暮暮，阳台之下”。后因以“楚阳台”指称男女合欢之所。森罗殿：传说中阎王的居殿。

【译文】

花儿就算谢了，也还有重新开放的时候；人要是老了，就绝没有再回到青春年少时的可能了。当我在这在爱情的春天里，与红粉佳人尽情寻欢，当我对你情深意浓，像夏日一齐飞翔的燕子一般，我没有想到，我们之间早已冷漠疏远，我就像晚秋的团扇那样被你抛弃了。美好的境遇突然转向毁灭；如此的欢爱，到头竟也逝去了。

◎寄生草 酒◎

常醉后方何碍[①]，不醉时有甚思？糟腌两个功名字[②]，醅渰千古兴亡

事[3]，曲埋万丈虹霓志[4]。不达时皆笑屈原非[5]，但知音尽说陶潜是[6]。

【注释】

① 方何碍：没有妨碍。③ 糟腌（yān）两个功名字：将“功名”二字抛弃。糟腌，用酒或盐渍食物。③ 醅渰（pēiyān）千古兴亡事：将千古兴废大事淹没在酒里；指但求终日一醉，不管古今兴亡之事。醅，未过滤的酒。④ 曲埋万丈虹霓志：将远大的志向埋没在酒醉之中。曲，酿酒的酵母。虹霓志，指远大的志向。⑤ 不达时皆笑屈原非：屈原不愿与世俗同流合污，被人讥笑为不识时务。⑥ 但知音尽说陶潜是：了解陶潜的人，都说他的行为是对的。

【译文】

经常喝醉又有何妨？就算不喝醉，又能作何想！这酒啊，渍坏了功名这俩字。将千古兴废大事都淹没在酒里，把冲天的远大志向也埋没了。屈原不愿与世俗同流合污，却被人讥笑不识时务；了解陶潜的人，都说他做得好。

◎喜春来　未遂◎

功名希望何时就？书剑飘零甚日休[1]！算来著甚可消愁？除是酒。醉倚仲宣楼[2]。

【注释】

① 飘零：漂泊流落。唐杜甫《衡州送李大夫七丈赴广州》诗：“王孙丈人行，垂老见飘零。”② 仲宣楼：在湖北当阳东南麦城城楼上。汉末王粲依附刘表未得重用，曾登城楼作《登楼赋》，后人为纪念他而建此楼。仲宣，王粲字。

【译文】

求取功名的愿望什么时候才能实现？携书佩剑，四处漂泊的日子，哪天才能到头？有什么能消解我的愁绪？只有喝酒了！我就像当年王粲一样，醉靠在仲宣楼的栏杆上。

◎四块玉　酷吏◎

官况甜[1]，公途险[2]。虎豹重关整威严[3]，仇多恩少人皆厌。业贯盈[4]，横祸添，无处闪。

【注释】

① 官况甜：官运亨通。甜为亨通之意。② 公途险：仕途险恶。③ 虎豹重关：形容酷吏和官衙可怖。④ 业贯盈：恶贯满盈之意。业即“孽”，指人所行之恶。

【译文】

就算今天官运亨通，也难改仕途险恶。酷吏凶恶如虎豹一般，官衙更是威严可怖。结仇太多，施恩太少，人人都会厌恶你。到恶贯满盈、横祸飞来之时，你根本就没地方躲闪。

◎ 骂玉郎过感皇恩采茶歌 闺中闻杜鹃 ◎

无情杜宇闲淘气[①]，头直上耳根底[②]，声声聒得人心碎。你怎知，我就里[③]、愁无际？帘幕低垂，重门深闭。曲阑边，雕檐外，画楼西。把春醒唤起[④]，将晓梦惊回。无明夜[⑤]，闲聒噪，厮禁持[⑥]。我几曾离、这绣罗帏？没来由劝我道“不如归”。狂客江南正着迷，这声儿好去对俺那人啼。

【注释】

① 杜宇：杜鹃鸟。其鸣声如“不如归去”。② 头直：头顶。③ 就里：内里，指心中。④ 春醒(chéng)：春天里醉酒的状态。醒，病酒。⑤ 无明夜：无日无夜。⑥ 厮：相。禁持：纠缠。

【译文】

那不懂人情的杜鹃鸟一味淘气，在人头顶上耳根边，一声声地吵得人心都碎了。你哪里知道我心里的忧愁无边无际？帘幕低低地垂下，一道道门儿紧紧地关着。你却在那弯曲的栏杆边、雕花的屋檐外、小楼的西边，到处叫个不停，把我从醉酒中唤醒，惊醒了我早晨的美梦。你总是瞎吵，同我纠缠不清。我什么时候离开过床边？无缘无故就劝我说：“不如归去。”我那狂荡的情人儿在江南正着迷呢，你这些声儿最好还是对他叫去！

◎ 山坡羊 题情 ◎

青鸾舞镜[①]，红鸳交颈。梦回依旧成孤另。冻云晴，月华明[②]。香消烛灭人初静，窗外朔风梅萼冷。风，寒夜景。梅，横瘦影。

【注释】

① 青鸾舞镜：南朝宋刘敬叔《异苑》谓鸾鸟见类则鸣，罽宾国王得一孤鸾，使之照镜，鸾睹影悲鸣，冲霄一奋而绝。青鸾，凤凰的一种。② 月华：月光。

【译文】

昨夜的梦里，我和你像鸾鸟见到了镜里的自己一样对舞，像红鸳鸯那样耳鬓厮磨。然而从梦里醒来，我又成了孤零零一个人。寒云已经放晴，月亮也发出了明亮的光辉。麝香已经烧完，蜡烛也灭了，万籁俱静，窗外北风阵阵，吹动着梅花，传来阵阵冷气。这冷风造就了这寒冽的夜景，那梅花晃动着它消瘦的影子。

◎四块玉 警世◎

狗探汤①，鱼着网，急走沿身痛着伤。柳腰花貌邪魔旺②。柳弄娇，花艳妆，君莫赏。

【注释】

① 汤：沸水。② 邪魔：本意问为妖魔，这里形容不正当的手段。

【译文】

狗蹚进了沸水，鱼儿遭遇了绳网，带着一身伤痛，急急地跑开。那细如弱柳的腰肢，那美如春花的容貌，害人的魔力最强。她们像柳树一样弄娇作媚，像花儿一样浓妆艳抹，你可别只顾玩赏！

◎四块玉 述怀◎

衣紫袍①，居黄阁②，九鼎沉如许由瓢③。调羹无味教人笑④。弃了官，辞了朝，归去好。

【注释】

① 紫袍：古代四五品以上官员的袍服。② 黄阁：宰相厅署。古代丞相、三公官署厅门饰涂黄色，故称。③ 九鼎：喻国家重器。历史上最早由大禹铸九鼎，作为国家政权的象征。许由瓢：许由为上古高士，尧让其天下而其不受。他隐居箕山时，家产只有一只水瓢，挂在树上，风吹瓢鸣，许由嫌声烦就将瓢弃之水中。④ 调羹：《尚书》载商王武丁命傅说为相，说："若作和羹，尔惟盐梅。"意谓如调味做羹那样治理国家。后人以"调羹"喻宰相行职。

【译文】

身穿着紫色的官袍，高居那宰相的厅堂，却把个国家搞得乱七八糟，像许由的水瓢那样惹人烦恼。治国无方，徒然让人耻笑。还不如把官职丢弃，远离朝廷，回老家去的好。

◎ 哨遍[1] 高祖还乡 ◎

社长排门告示[2]，但有的差使无推故[3]。这差使不寻俗[4]。一壁厢纳草也根[5]，一边又要差夫，索应付[6]。又言是车驾，都说是銮舆[7]，今日还乡故。王乡老执定瓦台盘[8]，赵忙郎抱着酒胡芦[9]。新刷来的头巾，恰糨来的绸衫[10]，畅好是妆么大户[11]。

【耍孩儿】瞎王留引定火乔男女[12]，胡踢蹬吹笛擂鼓[13]。见一彪人马到庄门[14]，匹头里几面旗舒[15]。一面旗白胡阑套住个迎霜兔[16]，一面旗红曲连打着个毕月乌[17]。一面旗鸡学舞[18]，一面旗狗生双翅[19]，一面旗蛇缠葫芦[20]。

【五煞】红漆了叉，银铮了斧[21]。甜瓜苦瓜黄金镀[22]。明晃晃马镫鎗尖上挑[23]，白雪雪鹅毛扇上铺[24]。这几个乔人物[25]，拿着些不曾见的器仗，穿着些大作怪衣服。

【四】辕条上都是马，套顶上不见驴。黄罗伞柄天生曲[26]。车前八个天曹判[27]，车后若干递送夫。更几个多娇女[28]，一般穿着，一样妆梳。

【三】那大汉下的车，众人施礼数。那大汉觑得人如无物。众乡老展脚舒腰拜，那大汉那身着手扶[29]。猛可里抬头觑[30]，觑多时认得，险气破我胸脯。

【二】你须身姓刘[31]，你妻须姓吕。把你两家儿根脚从头数[32]：你本身做亭长耽几盏酒[33]，你丈人教村学读几卷书。曾在俺庄东住，也曾与我喂牛切草，拽坝扶锄[34]。

【一】春采了桑，冬借了俺粟，零支了米麦无重数。换田契强秤了麻三秤[35]，还酒债偷量了豆几斛。有甚胡突处[36]？明标着册历[37]，见放着文书[38]。

【尾】少我的钱差发内旋拨还[39]，欠我的粟税粮中私准除[40]。只道刘三、谁肯把你揪捽住[41]，白甚么改了姓更了名唤做汉高祖[42]！

【注释】

①哨遍：曲牌名，又作“稍遍”。②社：古时地方的基层单位。元代以五十家为一社。③无推故：不要借故推辞。④不寻俗：不寻常，不一般。⑤“一壁厢”句：一边要供给马饲料。一壁厢，一边。也，衬字，无义。⑥索应付：须认真对待。索，须。⑦车驾、銮舆：都是帝王乘的车子，因以作为皇帝的代称。⑧乡老：乡村中的头面人物。⑨忙郎：一般农民的称谓。⑩糨（jiàng）来：浆好，刷洗。用米汁给洗净的衣服上浆叫“糨”。⑪“畅好是”句：正好充装有身份的阔佬。畅好是，又作“常好是”“畅是”“唱道”，作“真是”“正是”讲。妆么（yāo）：装模作样。⑫“瞎王留”句：爱出风头的青年率领一伙装模作样的坏家伙。瞎，犹言坏，胡来。王留，元曲中常用以指好出风头的农村青年。火，同“伙”“夥”。乔男女：坏家伙，丑东西。⑬胡踢蹬：胡乱，

胡闹。踢蹬，语助词，起强调作用。⑭一彪（diū）人马：一大队人马。周密《癸辛杂识》别集下“一彪”条：“虏中谓一聚马为彪，或三百匹，或五百匹。”⑮匹头里：犹“劈头”“打头”“当头”。⑯“白胡阑”句：指月旗。胡阑：“环”的合音。即圆圈。迎霜兔：玉兔，古代神话谓月中有玉兔捣药。一面旗上画的是白环里套住只白玉兔,即月旗。⑰“红曲连”句：指日旗。曲连：“圈”的合音,即红圈,像日的形状。毕月乌：古代传说日中有三足乌。后来的星历家又以七曜（日、月、火、水、木、金、土）及各种鸟兽配二十八宿，如“昴日鸡”“毕月乌”等。⑱鸡学舞：这是指舞凤旗。⑲狗生双翅：这里指飞虎旗。⑳蛇缠葫芦：这是指蟠龙戏珠旗。这些旗帜都是乡下人没有看到过的，只是根据自己的生活经验。随意加以解释的。㉑银铮：镀了银的铮。㉒“甜瓜”句：这是说金瓜锤,帝王的仪仗。㉓“明晃晃”句：这是说朝天镫,帝王的仪仗。㉔“白雪雪”句：这是写鹅朱宫扇。㉕乔人物：怪人物,装模作样的人。㉖“黄罗伞”句：此指帝王仪仗中的“曲盖”。曲盖象伞，柄是曲的。㉗天曹判：天上的判官。形容威风凛凛、表情呆板的侍从人员。㉘多娇女：指美丽的宫娥。㉙那身：挪动身躯。㉚猛可里：猛然间,忽然间。觑（qū）：偷看。上文“觑得人如无物”的“觑”，当“斜视”讲。㉛“你身”句：你个人本姓刘。须，本。㉜根脚：根基，犹今言出身。㉝亭长：刘邦曾经做过泗水亭长。秦制。十里为亭，十亭为乡。耽（dān）：沉溺，迷恋。㉞拽埧（zhuài jù）扶锄：：泛指平整土地之类的农活。两牛并耕为一埧。埧通“椇”。㉟麻三秤：麻三十斤。乡间以十斤为一秆。㊱有甚糊突处：有什么糊涂的地方，意即十分清楚。糊突，糊涂，含混不清。上句中斛（hú）：量器名，古人以十斗为一斛。㊲明标着册历：明白地记载在账簿上。标，记载。册历，账簿。㊳见（xiàn）放着文书：现在还放着借据在那儿。文书，契约，借条。㊴差发内旋拨还：在官差内立即偿还。差发，差拨，官家派的差役和钱粮。旋，立刻，马上。㊵私准除：暗地里扣除。准除，抵偿，折算。㊶刘三：刘邦，排行当为第三。因为他有一个哥哥排行第二。揪扯：揪住，抓着。㊷白甚么：为甚么无故地。

【译文】

（听说有个大人物要还乡了）社长挨家挨户地下通知：“所有的差使都不许推脱。”这些差使可不一般，一边要交去了根的草料，一边要派壮丁供差，都必须认真执行。有的说是驾着车，有的说是乘着舆，今天要回来了。王乡老紧紧握着个瓦托盘，赵农夫抱着一个装酒的葫芦，带着刚浣过的头巾，穿着才浆洗过的绸缎衬衫，一个个装成了大户人家。瞎王留带来一伙怪模怪样的男女，胡乱地吹着笛敲着鼓，只见一大队人马走进村口，队伍的前头打着几面幡旗。一面旗上画的是一面旗上画的是白环里套住只白玉兔，一面旗上画的是红圈圈里待着只黑乌鸦，一面旗上画的是一只鸡在学跳舞，一面旗上画的是长着翅膀的狗，一面旗上画的是蛇缠在葫芦上。他们用红漆把叉刷过，又用银把斧头镀过，连甜瓜苦瓜也镀上了金。明晃晃的马镫，枪尖向上挑，扇子上铺着雪白的鹅毛。还有那几个稀奇古怪的人，拿着一些我们见都没见过的东西，穿着些怪里怪气的衣服。辕条上套着的都是马，套顶上也没见有驴。黄丝绸做的伞把好像天生就是弯的。车前头走着的是八个天上来的判官，车后还有几个随从。还有几个漂亮女子，穿着打扮都一样。那个大汉一下车，大家都向他行礼，他却把人当不存在。乡亲们伸腿弯腰拜他，他才转身伸手扶。我突然抬起头一看，看久了才发现认识，差点气炸了！你本来自己姓刘，妻子姓吕。把你从头到脚数落一番：你原来是亭长，没事就喝几碗酒。你丈人在村里教书，你在我屋子东边住过，和我一起切草喂牛，一起犁田，春天摘我的桑叶，冬天借我家的米，不知道给了你多少了。你换田契时强拿了我三十斤麻，还酒债时偷着瞒了我几斛豆。哪里不清楚？账上明写着，还放有字据呢。欠我的钱债官差这马上还我，欠我的粮食要从交你的粮税里扣。就说刘三啊，谁愿意揪住你，平白地干啥更名改姓叫汉高祖？

◎小桃红◎

当时罗帕写宫商①，曾寄风流况②。今日樽前且休唱。断人肠，有花有酒应难忘。香消夜凉，月明枕上，不信不思量。

【注释】

① 宫商：中国古代五声音阶中的第一、第二两个音阶，常用以代指音乐。此指歌词。② 风流况：指男女之间的情意。

【译文】

当时我们曾用罗帕写下歌词，寄送着绵绵情意。现在面对着杯中美酒你还是别再唱了。这歌声能唱断肝肠，有鲜花有美酒，这样的情景本应是难忘的。香气渐渐消散，夜晚慢慢地变得阴凉，枕头上洒着明亮的月光，我就不信那远方的人儿不会把我思量。

◎叨叨令 悲秋◎

叮叮当当铁马儿乞留玎琅闹①，啾啾唧唧促织儿依柔依然叫②。滴滴点点细雨儿淅零淅留哨③，潇潇洒洒梧叶儿失流疏刺落④。睡不著也末哥，睡不著也末哥，孤孤另另单枕上迷彫模登靠⑤。

【注释】

① 铁马：即檐马，屋檐下的风铃。乞留玎琅：象声词，铁马摇动的响声。② 促织：蟋蟀的别称，夏末秋初最盛。它的鸣声报凉秋已至，催促妇女速织布以制寒衣，故称“促织”。依柔依然：象声词，促织的叫声。③ 淅零淅留：状滴滴点点的细雨之声。哨，应为“潲”，雨经风而斜扫。④ 失流疏刺：树叶一片一片下落的声音。⑤ 迷彫模登：形容迷惘困倦的神态。

【译文】

屋檐上的风铃叮叮当当地响，乞留玎琅的，煞是吵闹；墙外的蟋蟀啾啾唧唧，依柔依然地叫。点点滴滴的细雨在风里淅零淅留地飘落下来，梧桐叶儿也失流疏刺地潇潇洒洒往地上落。睡不着啊，睡不着啊，我一个人孤孤零零的，迷惘困倦地靠在枕头上。

◎ 折桂令　过多景楼 ◎

滔滔春水东流。天阔云休，树渺禽幽。山远横眉[①]，波平消雪，月缺沉钩。桃蕊红妆渡口，梨花白点江头。何处离愁？人别层楼，我宿孤舟。

【注释】

① 横眉：美人的眉黛。

【译文】

春水滔滔，流向东边。天空辽阔，云儿也散去了，树梢上停栖着的鸟儿显得那么悠闲。远处的群山仿佛美人的眉毛一般，水面上波浪已经平静下来，积雪也已渐渐融化，只有半边的月亮像弯钩一样沉入水中。用桃花装扮过的渡口，梨花点缀在江头。我的离愁是怎么来的？自从在高楼上与情人离别后，我就独自借宿在孤舟里。

◎ 叨叨令　自叹（一） ◎

筑墙的曾入高宗梦[①]，钓鱼的也应飞熊梦[②]，受贫的是个凄凉梦，做官的是个荣华梦。笑煞人也末哥[③]，笑煞人也末哥，梦中又说人间梦[④]。

【注释】

①“筑墙”句：传说是一个从事版筑的奴隶，在傅岩那个地方劳动，高宗“夜梦得圣人，名曰说，以梦所见视群臣百吏，皆非也。于是乃使百工营求之野，得说于傅险（岩）中。……得而与之语，果圣人，举以为相，殷国大治”。见《史记·殷本纪》。②“钓鱼”句：钓鱼的，指吕尚，即姜太公。《史记·齐太公世家》：“西伯将出猎，卜之，曰：‘所获非龙非彨，非虎非罴，所获霸王之辅。’于是周西伯猎，果遇太公于渭之阳，与语大说……载与俱归，立为师。”西伯，即周文王。按“非虎”《宋书·符瑞志》作“非熊”，后又由“非熊”论为“飞熊”，因有“飞熊入梦”的传说。③ 也末哥：也作“也么哥”。语尾助词，无义。此句在这里重复两遍，是【叨叨令】的定格。④“梦中”句：这是化用《庄子·齐物论》中的“梦之中又占其梦焉”的意思。

【译文】

筑墙的傅说，曾进入殷高宗梦里；钓鱼的姜太公，也应了周文王的飞熊梦。受穷受苦，是一场凄凉的噩梦；做官封侯，也只是个荣华富贵的梦。真是笑死人了啊，真是笑死人了啊。我自己其实也是处在梦境之中，评说起了人间的梦。

◎叨叨令　自叹（二）◎

去年今日题诗处，佳人才子相逢处。世间多少伤心处，人面不知归何处。望不见也末哥，望不见也末哥，绿窗空对花深处①。

【注释】

① 绿窗：指闺阁的窗户。

【译文】

这是去年的今天我题下了诗章的地方，这是美丽的姑娘与才华横溢的少年相遇的地方。这世间有多少让人伤心的地方啊，当时相对的美人，不知如今在什么地方？找不到啊，找不到啊！只见那绿漆的窗儿空自对着百花丛生的地方。

◎折桂令　过金山寺◎

长江浩浩西来，水面云山，山上楼台。山水相连，楼台相对，天与安排①。诗句成风烟动色②，酒杯倾天地忘怀。醉眼睁开，遥望蓬莱③。一半儿云遮，一半儿烟霾。

【注释】

① 天与安排：老天做的安排。② 诗句成风烟动色：指吟咏诗句可令风烟变色。③ 蓬莱：古代传说中的仙岛，《史记·秦始皇本纪》："海中有三神山，名曰蓬莱、方丈、瀛洲。"

【译文】

江水浩浩荡荡从西边涌来，水面上坐落着轻云缭绕的山峰，山上建起了楼台。山和水互相连接，楼与台互相对峙，这真是天造地设的美景。我吟着诗句，风烟也变色了，我又对着苍天大地忘怀地饮酒。睁开醉眼，远远地望着蓬莱仙岛：一半被云遮住，一半被烟掩埋。

◎满庭芳 渔父词◎

沙堤缆船，樵夫问讯，溪友留连。笑谈便是编修院[1]，谁贵谁贤？不应举江湖状元，不思凡蓑笠神仙。鱼成串，垂杨岸边，还却酒家钱。

【注释】

① 编修院：翰林院。翰林院职任之一为编修国史。

【译文】

我在沙堤上系住游船，打柴人同我问候致意，溪边那一群朋友，都不舍得离去。我们言笑中谈论的是古往今来的历史，争辩着谁是真的富贵者，谁又是真的贤人。虽然不参加应试，却也称得上江湖上的状元；不去想凡俗事物，就可以算是戴笠帽、披蓑衣的神仙了。把捞回来的鱼儿串成一串，提到那长满绿杨柳的岸边，去偿还日前欠着酒店的饭钱。

◎喜春来 秋望◎

千山落叶岩岩瘦[1]，百尺危阑寸寸愁[2]。有人独倚晚妆楼。楼外柳，眉暗不禁秋。

【注释】

① 岩岩：劲瘦的样子。② 危阑：高高的栏杆。

【译文】

数不尽的山峰里，木叶飘落，那山峰也变得劲瘦了；在高楼的栏杆上倚着，我被一丝丝愁绪烦扰。有人在傍晚独自倚着梳妆的小楼。楼外的秋柳，叶子像那女子的眉毛一样，禁不住这秋光的消磨。

◎水仙子 怨风情◎

眼前花怎得接连枝[1]？眉上锁新教配钥匙[2]，描笔儿勾销了伤春事[3]。闷葫芦刬断线儿，锦鸳鸯别对了个雄雌。野蜂儿难寻觅，蝎虎儿干害死[4]，蚕蛹儿毕罢了相思。

【注释】

① 连枝：连理枝。② 眉上锁：喻双眉紧皱如锁难开。③ 描笔：画笔。④ 蝎虎：即壁虎，又名守宫。传说用朱砂喂养壁虎，使其全身赤红，然后捣烂，涂在女子身上，如不与男人交接，则终身不灭。

古代用以表示守贞。见张华《博物志》。

【译文】

眼前这些花儿怎么才能接上连理枝？这眉头的锁，要想将它打开要重新配把钥匙才行。画几笔画就勾销了伤春的心事。我像个闷葫芦被铰断了线，多漂亮的鸳鸯啊，却另配了雄雌。他就像野外的蜜蜂一般难以寻找，我则像蝎虎一般被活活害死，我们俩就像蚕蛹一般停止了相思。

◎满庭芳 渔父词◎

携鱼换酒，鱼鲜可口，酒热扶头①。盘中不是鲸鲵肉②，鲟鲊初熟③。太湖水光摇酒瓯④，洞庭山影落鱼舟。归来后，一竿钓钩，不挂古今愁。

【注释】

① 扶头：有两解，一为酒名，一种烈性酒；一为振奋头脑之意。此处应为后者。② 鲸鲵：即鲸鱼，雄为鲸，雌为鲵。典出《左传·宣公十二年》。后世即以鲸鲵比喻叛逆之人。③ 鲟鲊：鲟，一种产于近海或江河的大鱼，味极鲜美。鲊，经过加工的鱼类食品。④ 瓯：盆、盂一类的瓦器。

【译文】

我带着鱼去换酒，鱼肉鲜美可口，几杯热酒喝下去，我精神振奋，热血盈头。盘子里装着的不是鲸鱼肉，是刚刚煮熟的鲟鱼佳肴。太湖的水光，摇晃着酒瓯，洞庭湖边的山影，落在渔船上。回来这后，我就带着这一根钓竿，不再牵挂那古往今来的烦恼忧愁。

◎绿幺遍 自述◎

不占龙头选①，不入名贤传②。时时酒圣③，处处诗禅④。烟霞状元⑤，江湖醉仙。笑谈便是编修院⑥。留连，批风抹月四十年⑦。

【注释】

① 龙头：头名状元。② 名贤传：名人贤者的册簿。③ 酒圣：善饮酒的人。酒之清者为圣，浊者为贤。④ 诗禅：以诗谈禅，以禅喻诗。即以禅语、禅趣入诗。⑤ 烟霞：指山水、自然。⑥ 编修院：即翰林院，编修国史的机构。⑦ 批风抹月：犹言吟风弄月。

【译文】

我不去争什么头名状元，也不求名字写进名贤传。时不时喝点酒，做个酒圣，随处吟首诗，参悟下禅机。我是个玩烟捋霞的状元，泛舟江湖的醉酒神仙。笑谈今古事就算是进了翰林院。在捕风捉月的日子里流连了四十年。

◎ 水仙子 赋李仁仲懒慢斋 ◎

闹排场经过乐回闲[1]，勤政堂辞别撒会懒[2]，急喉咙倒换学些慢。掇梯儿休上竿[3]，梦魂中识破邯郸[4]。昨日强如今日，这番险似那番。君不见鸟倦知还！

【注释】

①闹排场：热闹的戏场。乐回闲：享受一回安闲。②勤政堂：官员的办公场所。③掇梯儿休上竿：元人有“掇了梯儿上竿”的俚语，意谓只知贪进而不考虑退路和危险。④梦魂中识破邯郸：唐沈既济《枕中记》述卢生在邯郸（今属河北）旅舍中入梦，享尽荣华，醒后发现店中黄粱尚未炊熟。

【译文】

走过了热闹的戏场，如今又终于可以享受一回安闲的日子了。离开了忙碌的公堂，过一过懒散的生活。我这习惯了说快话的急喉咙，如今也倒换过来开始学着慢慢儿说话了。别再搬梯子往高危处爬了，黄粱美梦也早就该识破了。昨天比今天还强；这回比前一回还险恶。你没有看到那鸟儿飞倦了，还懂得反过头来往家里飞吗？

◎ 水仙子 寻梅 ◎

冬前冬后几村庄，溪北溪南两履霜[1]，树头树底孤山上[2]。冷风来何处香？忽相逢缟袂绡裳[3]。酒醒寒惊梦[4]，笛凄春断肠，淡月昏黄[5]。

【注释】

① 两履霜：一双鞋沾满了白霜。② 孤山：位于杭州西湖之中，北宋著名诗人林逋曾隐居于此。③ 缟袂绡裳：缟（gǎo）袂（mèi）：素绢的衣袖。绡（xiāo）裳：薄绸的下衣。这里将梅花拟人化，将其比作缟衣素裙的美女，圣洁而飘逸。④ 酒醒寒惊梦：寒气融着梅香袭来，酒也醒了，梦也醒了。⑤ 淡月昏黄：月色朦胧（空气中浮动着梅花的幽香）。这是对宋代诗人林逋《山园小梅》诗句“疏影横斜水清浅，暗香浮动月黄昏”的化用。

【译文】

从冬天到来之前，直到冬天过去之后，我转了好几个村庄；从溪南边直走到溪北边，两只鞋子沾满了霜；我又爬上孤山，在一棵棵树中上下寻觅（都没有找到梅花的踪迹）。忽然一阵冷风风袭来，那是从什么地方吹来的一缕清香？蓦地看见它，像一位美妙的少女，穿着素绢的衣服，薄绸的下衣（站在那儿）。寒气袭来，酒也醒了，梦也被惊醒了。凄怨的笛声传来，便想到到了春天梅花会片片凋落，于是我愁肠寸断，淡淡的月色也变得昏黄了。

◎水仙子 咏雪◎

冷无香柳絮扑将来[①]，冻成片梨花拂不开，大灰泥漫了三千界[②]。银棱了东大海，探梅的心噤难挨[③]。面瓮儿里袁安舍[④]，盐堆儿里党尉宅[⑤]，粉缸儿里舞榭歌台[⑥]。

【注释】

① 冷无香：指雪花寒冷而无香气。② 漫：洒遍。三千界：佛家语，这里泛指整个世界。③ 噤：牙齿打战。挨：忍受。④ 面瓮：面缸。袁安：东汉人，家贫身微，寄居洛阳，冬日大雪，别人外出讨饭，他仍旧自恃清高，躲在屋里睡觉。⑤ 党尉：即党进，北宋时人，官居太尉，他一到下雪，就在家里饮酒作乐。⑥ 榭：建在高土台上的敞屋。

【译文】

雪花像冷冰冰而又没有香味儿的柳絮一样扑来，落地之后又冻结成片，如同梨花一般，擦也擦不开。它们如同白灰一般洒遍了整个世界，把东边的大海都变白了。我想去寻找梅花，却被冻得打战，挨受不住。袁安的房舍，如同埋在了面缸里。党尉的深宅大院里也好像被盐堆给埋了。舞榭歌台也好像在粉缸里一样。

◎折桂令 寄远◎

怎生来宽掩了裙儿[①]？为玉削肌肤[②]，香褪腰肢[③]。饭不沾匙，睡如翻饼，气若游丝[④]。得受用遮莫害死[⑤]，果实诚有甚推辞。干闹了多时，本是结发的欢娱，倒做了彻骨儿相思。

【注释】

① 怎生：为什么。② 为玉削肌肤：因为玉体减少了肌肤，即人消瘦了。③ 香褪腰肢：腰肢瘦了。④ 游丝：空中飘飞的细蛛丝，比喻气息微弱。⑤ 遮莫：即使。

【译文】

这裙子怎么变宽了？是因为玉体消瘦，肌肤憔悴，腰肢也变瘦小了。饭也不想吃，睡觉像烙饼一样翻腾，气息细得像游丝。就算被这忧愁害死也要挨着，若真是真心诚意，那还有什么好推辞的？只是白闹了这么久，本该是喜结连理的欢乐，却成了深入骨髓的相思。

◎ 卖花声 悟世[①] ◎

肝肠百炼炉间铁[②]，富贵三更枕上蝶[③]，功名两字酒中蛇[④]。尖风薄雪[⑤]，残杯冷炙[⑥]，掩青灯竹篱茅舍[⑦]。

【注释】

① 卖花声：曲牌名。又名"秋云冷""秋云冷孩儿"。亦入中吕宫。悟世：从人世间悟出道理，即对世态人情有所醒悟。②"肝肠"句：谓备受煎熬，意志变得如烘炉百练的纯铁那样坚强。③"富贵"句：谓富贵如梦幻。枕上蝶：化用庄生梦蝶的典故。④"功名"句：谓功名亦属虚幻。杯中蛇，即杯弓蛇影。《晋书·乐广传》载：乐广有客久不来，广问其故，言上次赴宴见杯中有蛇，回家就病了。乐广告诉他，那是墙上的弓影，客顿愈。⑤ 尖风：指刺骨的寒风。⑥ 残杯冷炙：剩酒和冷菜。冷炙：指已冷的菜肴。杜甫《奉赠韦左丞丈二十二韵》："残杯与冷炙，到处潜悲辛。"⑦ 竹篱茅舍：常指乡村中因陋就简的屋舍。

【译文】

肝肠像炉中千锤百炼过的钢铁，富贵对我来说就像三更天梦中的蝴蝶，功名这两个字也不过是酒杯中的蛇影罢了。窗外吹着刺骨的寒风，下着小雪，我对着半杯剩酒和冷了的菜肴，关上了灯守着这竹篱茅屋。

◎ 满庭芳 渔父词（一） ◎

扁舟最小。纶巾蒲扇，酒瓮诗瓢。樵青拍手渔童笑[①]，回首金焦[②]。箬笠底风云缥缈，钓竿头活计萧条。船轻棹，一江夜潮，明月卧吹箫。

【注释】

① 樵青：指夫妻。唐代书法家颜真卿的《浪迹先生玄真子张志和碑》中有"肃宗尝赐奴婢各一，玄真配为夫妻，名夫曰渔僮，妻曰樵青"。② 金焦：金山与焦山的合称。两山都在今江苏省镇江市。

【译文】

这扁舟真小！我戴着纶巾，手拿蒲扇，喝着酒吟着诗。夫妻俩一个拍手一个笑，回头又看到了金山和焦山。斗笠下风吹着缥缈的云，我钓到的鱼很少。轻轻划着船，整晚上江潮滚滚。我对着明月卧着吹起了箫。

◎ 满庭芳 渔父词（二） ◎

扁舟棹短。名休挂齿，身不属官。船头酒醒妻儿唤，笑语团圈。锦画图芹香水暖，玉围屏雪急风酸[①]。清江畔，闲愁不管，天地一壶宽。

【注释】

① 风酸：寒风刺人。

【译文】

小舟上划着短短的船桨。别再谈什么功名了，我就不是当官的料。在船头酒醒后，妻子儿子在叫我，一家人笑成一团。这锦缎织成的图画里，芹菜飘香，水烧得暖暖的。大雪覆盖住了小舟，像玉做的围屏，雪下得很急，寒风刺骨。清清的江边，不去管什么忧愁，一壶酒喝下去，天地也变得开阔了。

◎ 满庭芳 渔父词（三）◎

江声撼枕，一川残月，满目遥岑[①]。白云流水无人禁，胜似山林。钓晚霞寒波濯锦[②]，看秋潮夜海镕金[③]。村醪窨[④]，何人共饮，鸥鹭是知心[⑤]。

【注释】

① 遥岑：远山。岑：小而高的山。② 濯锦：形容江水映着晚霞有如被濯洗的锦缎一样闪闪发光。③ 镕金：形容日落入海时海面上一片金色。④ 醪（láo）：浊酒。窨（yīn）：窖藏。⑤ 鸥鹭：《列子·黄帝》中载："海上之人有好沤鸟者，每旦之海上，从沤鸟游，沤鸟之至者百住而不止。其父曰：'吾闻沤鸟皆从汝游，汝取来，吾玩之。'明日之海上，沤鸟舞而不下也。"

【译文】

江上的涛声撼动着枕头，月光洒遍水面，满眼是远处的群山。白云流水没有人管束，比树林还要美丽。我在晚霞里垂钓，冷冷的江水如濯洗过的锦缎一般闪闪发亮。我看见秋日的潮水兴起，太阳落入大海，傍晚的海面上一片金色。去乡村里打些酒吧，谁跟我一起喝呢？鸥鹭应该就是我的知己了。

◎ 满庭芳 渔父词（四）◎

秋江暮景，胭脂林障，翡翠山屏。几年罢却青云兴[①]，直泛沧溟[②]。卧御榻弯的腿疼，坐羊皮惯得身轻。风初定，丝纶慢整[③]，牵动一潭星。

【注释】

① 青云兴：指对于平步青云的兴趣。② 沧溟（míng）：指江海。③ 丝纶：指垂钓的丝线。

【译文】

这是秋日里江边傍晚的景致。树林在夕阳里像是抹上了胭脂，群山则犹如翡翠制成的屏障一样。这几年我已没有了平步青云的兴趣，只想泛舟在江海之上。躺在御榻旁的日子，腿脚弯得直疼；现在坐着羊皮垫子倒是觉得一身轻松。风刚刚停下来，慢慢整理我的钓线，没想到牵动了满潭星星的倒影。

◎山坡羊 冬日写怀◎

朝三暮四①，昨非今是，痴儿不解荣枯事②。偶儹家私③，宠花枝④，黄金壮起荒淫志⑤。千百锭买张招状纸⑥。身，已至此；心，犹未死。

【注释】

① 朝三暮四：本指名改实不改，后引申为反复无常。② 痴儿：指傻子、呆子。指贪财恋色的富而痴之人。荣枯：此处指世事的兴盛和衰败。事：道理。③ 儹（zǎn）家私：积存家私。④ 宠花枝：宠爱女子。⑤ 黄金壮起荒淫志：有了金钱便生出荒淫的心思。⑥ 锭：金银的量词。招状纸：指犯人招供认罪的供状文书。此句意为：贪官污吏搜刮钱财，到头来不过等于买到一张招供认罪的状纸。

【译文】

早上还是三个，晚上就成了四个，昨天还说是这样，今天就说不是了。这帮愚蠢的人根本不懂得荣枯变化的道理。整天积攒家财，宠幸美媛，是金钱壮大了他们荒淫的情志。千百锭金银买来张供状文书。人都这样了，也还不死心。

◎水仙子 游越福王府①◎

笙歌梦断蒺藜沙②，罗绮香余野菜花，乱云老树夕阳下。燕休寻王谢家③，恨兴亡怒煞些鸣蛙。铺锦池埋荒甃④，流杯亭堆破瓦，何处也繁华！

【注释】

① 福王府：南宋福王赵与芮的府第，在绍兴府山阴县。《万历会稽县志》："宋福王府在东府坊，宋嘉定十七年（1224）理宗即位，以同母弟与芮奉荣王祀，开府山阴蕺山之南。" ② 蒺藜（jí lí）：一种平铺着生在地上的蔓生植物。③"燕休寻"句：语本唐刘禹锡《乌衣巷》："旧时王谢堂前燕，飞入寻常百姓家。"王谢，东晋以王导、谢安为代表的两家豪族。④ 铺锦池：与下句的"流杯亭"，均为福王府内的游赏处所。甃（zhòu）：井、池之壁。

【译文】

那动人的笙歌，在布满蒺藜的沙砾上已成断了的梦；那罗绮还有余香，眼前却只有野菜花了。天上飘飞着杂乱的云彩，古树边，夕阳西下。燕子啊，你别再找王、谢的家了。我感叹着千古兴亡，却只听得青蛙们鼓着肚子哇哇叫。铺锦池已被荒草埋没，流杯亭只剩一堆破瓦。昔日的繁华，如今到哪里去了呢！

◎ 折桂令　荆溪即事 ◎

问荆溪溪上人家[1]：为甚人家[2]，不种梅花？老树支门[3]，荒蒲绕岸，苦竹圈笆[4]。庙不灵狐狸样瓦[5]，官无事乌鼠当衙[6]。白水黄沙，倚遍阑干，数尽啼鸦。

【注释】

①荆溪：水名，在江苏省宜兴县，因靠近荆南山而得名。②为甚人家：是什么样的人家。③老树支门：用枯树支撑门，化用陆游诗："空房终夜无灯下，断木支门睡到明。"④圈笆：圈起的篱笆。⑤样瓦：戏耍瓦块。⑥乌鼠当衙：乌鸦和老鼠坐了衙门。

【译文】

问荆溪岸边的人家：你们是什么人家，怎么不种植梅花呢？他们用老树支撑着大门，荒芜的蒲草长满了水岸。他们用细瘦的竹棍圈出了篱笆。小庙的神明不灵验，狐狸在瓦上跳腾；当官的不管事，让乌鸦和老鼠满衙门跑。溪水白茫茫的，岸上满是黄沙。我倚遍一处处栏杆，一只只数尽了那乱叫的乌鸦。

◎ 折桂令　客窗清明 ◎

风风雨雨梨花，窄索帘栊[1]，巧小窗纱。甚情绪灯前[2]，客怀枕畔，心事天涯。三千丈清愁鬓发，五十年春梦繁华。蓦见人家，杨柳分烟，扶上檐牙[3]。

【注释】

①窄索：紧窄。②甚：甚是，正是。③檐牙：檐角上翘起的部位。

【译文】

风儿一阵阵，雨儿一阵阵，吹打着梨花；客馆里，窗帘和窗牖又窄又小，窗纱也小巧玲珑。我面对着孤灯，满心愁绪；在枕头边上，也满是羁旅之思。远在天边，想着自己的心事。阵阵清愁染白了我的三千丈发丝，五十年来的繁华，就像一场春梦一样。我忽然看到一处人家，在那里，杨柳被烟雾缭绕，柳条掩映着屋子的檐角。

◎ 折桂令　风雨登虎丘[1] ◎

半天风雨如秋，怪石於菟[2]，老树钩娄[3]。苔绣禅阶，尘粘诗壁，云湿经楼。琴调冷声闲虎丘[4]，剑光寒影动龙湫[5]。醉眼悠悠，千古恩仇。浪卷胥魂[6]，山锁吴愁[7]。

【注释】

①虎丘：在江苏苏州市西北，相传春秋时有虎踞丘上三日，故名。②於菟（wū tù）：虎的别称。③钩娄：枝干屈曲伛偻的样子。④琴调冷声闲虎丘：虎丘寺塔基，原为晋司徒王珣的琴台，故谓“琴调冷”。⑤剑光寒影动龙湫：虎丘有剑池，相传吴王阖庐以宝剑殉葬，后秦始皇开掘找寻，有神龙跃出而成池。湫，深潭。⑥胥魂：相传春秋时伍子胥为吴王夫差所杀，精魂不散，成了涛神。⑦吴愁：春秋时吴国终为越国所灭，故言。

【译文】

半空中吹起了风，下起了雨，这情景像秋天一样。奇形怪状的石头一块块像猛虎一般，古树伛偻着立在那里。苔藓装点着寺院的台阶，灰尘沾满了题着诗文的墙壁，浮云霑湿了收藏经文的小楼。琴声凄冷，缭绕着虎丘塔，宝剑的寒光冷影，还在龙潭水水中晃动。我酒醉之后，两眼朦胧，想起了千百年的恩怨仇杀。浪涛卷动着伍子胥的英魂，青山紧锁着吴国灭亡的怨恨。

◎天净沙　即事◎

莺莺燕燕春春，花花柳柳真真[1]，事事风风韵韵[2]。娇娇嫩嫩，停停当当人人[3]。

【注释】

①真真：暗用杜荀鹤《松窗杂记》故事：唐进士赵颜得到一位美人图，画家说画上美人名真真，为神女，只要呼其名，一百天就会应声，并可复活。后以“真真”代指美女。②风风韵韵：指美女富于风韵。③停停当当：指完美妥帖，恰到好处。

【译文】

莺儿啊莺儿，燕子啊燕子，看这一派春光！一朵朵花儿，一棵棵柳树，实在迷人。每一件事都显得别有风韵。娇嫩多情，真是美得恰到好处的佳人。

◎凭阑人　金陵道中◎

瘦马驮诗天一涯[1]，倦鸟呼愁村数家[2]。扑头飞柳花，与人添鬓华[3]。

【注释】

①“瘦马”句：诗人骑着瘦马浪迹天涯。②“倦鸟”句：倦鸟知返，带着离愁鸣叫，盘旋于数家村舍之上。③鬓华：两鬓头发斑白。

【译文】

瘦弱的马驮着我满腹的诗情奔走天涯。飞倦了的鸟儿哀鸣着，小山村里只有几户人家。柳絮扑打着我的头，给我增添了白发。

◎水仙子　重观瀑布◎

天机织罢月梭闲[1]，石壁高垂雪练寒，冰丝带雨悬霄汉。几千年晒未干，露华凉人怯衣单[2]。似白虹饮涧，玉龙下山，晴雪飞滩。

【注释】

① 天机：天上的织布机。月梭：以月牙儿作为天机的梭子。② 露华：晶莹的露珠。

【译文】

天上的织机已经停止了编织，月梭儿闲在一旁。石壁上高高地垂下一条如雪的白练，闪着寒光。冰丝带着雨水，挂在天空中，晒了几千年了，都还没有晒干。晶莹的露珠冰凉冰凉的，人忽然觉得身上的衣服有些单薄。这瀑布啊，如白虹一头扎进涧中饮吸一般，像玉龙扑下山冈一样，又像晴天里的雪片在沙滩上飞舞。

◎山坡羊　自警◎

清风闲坐，白云高卧，面皮不受时人唾[1]。乐跎跎[2]，笑呵呵，看别人搭套项推沉磨[3]。盖下一枚安乐窝。东，也在我；西，也在我。

【注释】

① 唾：唾弃。② 跎跎：乐而忘忧的样子。③ 套项：套在牲口脖子上的曲木。

【译文】

清风里我悠闲地坐着，白云高高地躺在天边。我的脸不会遭受世人的唾弃。我乐陶陶、笑呵呵地看别人像牲口那样搭着套绳推那沉重的石磨。盖一座安乐的小窝，去东去西都随我。

◎山坡羊　冬日写怀◎

离家一月，闲居客舍，孟尝君不费黄齑社[①]。世情别，故交绝。床头金尽谁行借，今日又逢冬至节。酒，何处赊？梅，何处折？

【注释】

① 孟尝君：战国四君子之一，以好客著称。此指代作者所投靠的人。黄齑（jī）：切碎了的咸菜。社：集聚，此指供养食客。

【译文】

离开家里已经一个月了，在旅舍中，我想起当年孟尝君用切碎了的咸菜来供养食客。世情冷漠，旧时的朋友都没了，床头的钱已经用完，谁又会借些给我呢？今天又碰上冬至。酒，上哪去赊；梅花，上哪去折？

◎凉亭乐　叹世◎

金乌玉兔走如梭，看看的老了人呵。有那等不识事的痴呆待怎么？急回头迟了些儿个。你试看凌烟阁上，功名不在我。则不如对酒当歌，对酒当歌且快活。无忧愁，安乐窝。

【译文】

日月交替像飞梭，看着这些，人都老了。有没有那种不懂事的痴汉？急急忙忙地回头，却已经晚些儿了。你去看看那凌烟阁上，功名都不由我决定。那就不如喝酒唱歌，喝酒唱歌还快活。无忧无虑，就像在安乐窝里。

◎四块玉◎

禄万钟[①]，家千口。父子为官弟封侯，画堂不管铜壶漏[②]。休费心，休过求，攧破头[③]。

【注释】

① 禄万钟：优厚的俸禄。禄，俸钱，薪金。钟，古代以六斛四斗为一钟。② 画堂：华丽的房子。铜壶滴漏：古代的计时器。此句言时光过得快，岁月不饶人。③ 攧（diān）破头：碰破头。攧，跌倒、碰着。

【译文】

俸禄多至万钟，家中养着上千口人。父子都当着官，兄弟也都封侯拜相。房子华美，也不管时光飞逝。不要浪费心思，也不要过分追求，免得到头来抢破了头。

◎醉中天◎

花木相思树，禽鸟折枝图①。水底双双比目鱼，岸上鸳鸯户。一步步金厢翠铺②。世间好处，休没寻思，典卖了西湖③。

【注释】

① 折枝：国画花卉画法的一种，指弃根干而单绘上部的花叶，形同折枝，故名。② 厢：通“镶”。③“典卖”句：“宋谚有‘典卖西湖’之语。台谏谓之‘卖了西湖’，既卖则不可复；省院谓之‘典了西湖’，典犹可赎也。无官守言责，则无往不可，此古人所以轻视轩冕者欤？”

【译文】

你看那花花树树交枝接叶，像是互诉着情愫；鸟儿点缀其间，构成了一幅幅折枝画图。湖里的游鱼成双结对，在水下快乐地追逐；岸上的人家门当户对，男男女女都是亲密相处。一步步镶金铺翠，到处见琳琅满目。真是人间的天堂乐土。你可别糊里糊涂，把西湖当了卖了，白白地辜负这美景。

◎折桂令　再过村肆酒家◎

鬟双丫十八鬟儿，春日当垆，袅袅腰肢。徙倚心招①，依稀眉语，记得前时。探锦囊都无酒资，恨邮亭不售新诗。可惜胭脂，转首空枝。千里关山，一段相思。

【注释】

① 徙倚心招：徙倚，徘徊。心招，以情态动人。

【译文】

十八岁少女梳着双丫发髻，在春天里蹲在垆边，我看到了她袅袅的腰肢。她走走靠靠，情态动人，眉宇之间似有许多话语。我手伸进口袋里，却掏不出酒钱，可恨邮亭不卖新诗。可惜她如此美貌，转眼成了空枝上的花儿早就没了。关山千里，只留下一段相思。

◎山坡羊 侍牧庵先生西湖夜饮[1]◎

微风不定，幽香成径，红云十里波千顷[2]。绮罗馨[3]，管弦清，兰舟直入空明镜。碧天夜凉秋月冷。天，湖外影[4]；湖，天上景。

【注释】

① 牧庵先生：指姚燧。② 红云：形容盛开的荷花。③ 绮罗馨：仕女们身着绫罗，幽香扑鼻。④ 湖外：犹言湖中。

【译文】

微风不停地吹着，幽幽的香气萦绕在小路上，十里芙蓉宛若红云，千顷湖面，微波荡漾。绮罗衣馨香扑鼻，管弦乐声是那么清新。小船儿直驶入那明镜般的湖中。碧蓝的天空中，在这清凉的夜色里，秋天的月色凉凉的。天是湖的影子；湖是天上的景致。

◎朝天子 邸万户席上[1]◎

柳营[2]，月明，听传过将军令。高楼鼓角戒严更[3]，卧护得边声静[4]。横槊吟情[5]，投壶歌兴[6]，有前人旧典型[7]。战争，惯经，草木也知名姓[8]。

【注释】

①邸(dǐ)万户：邸万户是作者的好朋友邸元谦，万户是元代三品世袭军职。②柳营：细柳营之省。《史记·绛侯世家》:“文帝后六年，匈奴大入边。乃以宗正刘礼为将军，军霸上；祝兹侯徐厉为将军，军棘门；以河内守（周）亚夫为将军，军细柳，以备胡。上自劳军，至霸上及棘门军，直驰入，将以下骑送迎。已而至细柳军，军士吏被甲，锐兵刃，彀弓弩，持满，天子先驱至，不得入。……文帝曰：‘嗟乎！此真将军矣！曩者霸上、棘门军，若儿戏耳。’”后因以“细柳营”为军纪严明、战斗力强的代称。③严更：警戒夜行的更鼓。④边声静：边塞上的各种声音，如风声、马鸣声、笳鼓声之类都静悄悄的，表示边境很宁静，没有战事。⑤横槊吟情：形容文武双全的大将风度。苏轼《前赤壁赋》:“方其（指曹操）破荆州，下江陵，顺流而东也，舳舻千里，旌旗蔽空，酾酒临江，横槊赋诗，固一世之雄也。”⑥投壶歌兴：投壶是我国古代宴会时的一种娱乐。《礼记·投壶》篇说，以壶口为目标，用矢投入，以投中多少决胜负，负者要罚酒。⑦典型：模范，样板。⑧“草木”句：极言将军的声誉。黄庭坚《送范德孺知庆州》:“乃翁知国如知兵，塞垣草木识威名。”此用其意。

【译文】

军营纪律严明，月光明亮，军帐中依次传过了将军的命令。高楼上响起更鼓和号角，半夜还在戒严。在将军的守护下，边塞上一片宁静。将军文武双全，扔开酒壶就唱歌，真有古人的风采。战争，经历惯了，就连花草树木都知道了将军的名字。

◎山坡羊 与邸明谷孤山游饮◎

诗狂悲壮，杯深豪放，恍然醉眼千峰上。意悠扬，气轩昂，天风鹤背三千丈，浮生大都空自忙[①]。功，也是谎；名，也是谎。

【注释】

① 浮生：人生。古代老庄学派认为人生在世空虚无定，故称人生为浮生。

【译文】

诗歌狂放悲壮，酒装满深深的酒杯，我们满腹豪情，恍惚之间醉眼蒙眬，仿佛站立在千峰之上。意气悠扬，气宇轩昂，野鹤乘着天上的大风高飞千丈。人这一生都在白忙。什么功勋名望，都是在说谎。

◎端正好 上高监司［套数］（节选）◎

众生灵遭磨障[①]，正值着时岁饥荒。谢恩光拯济皆无恙[②]，编做本词儿唱。

【滚绣球】去年时正插秧，天反常，那里取若时雨降[③]？旱魃生四野灾伤[④]。谷不登，麦不长，因此万民失望，一日日物价高涨。十分料钞加三倒[⑤]，一斗粗粮折四量[⑥]。煞是凄凉。

【倘秀才】殷实户欺心不良[⑦]，停塌户瞒天不当[⑧]。吞象心肠歹伎俩[⑨]。谷中添秕屑，米内插粗糠，怎指望他儿孙久长！

【滚绣球】甑生尘老弱饥[⑩]，米如珠少壮荒[⑪]。有金银那里每典当[⑫]？尽枵腹高卧斜阳[⑬]。剥榆树餐，挑野菜尝。吃黄不老胜如熊掌[⑭]，蕨根粉以代糇粮[⑮]。鹅肠苦菜连根煮，荻笋芦莴带叶哇[⑯]，则留下杞柳株樟。

【倘秀才】或是捶麻柘稠调豆浆，或是煮麦麸稀和细糠，他每早合掌擎拳谢上苍[⑰]。一个个黄如经纸，一个个瘦似豺狼，填街卧巷。

【滚绣球】偷宰了些阔角牛，盗斫了些大叶桑。遭时疫无棺活葬，贱卖了些家业田庄。嫡亲儿共女，等闲参与商[⑱]，痛分离是何情况！乳哺儿没人要撇入长江。那里取厨中剩饭杯中酒？看了些河里孩儿岸上娘，不由我不哽咽悲伤。

【货郎】见饿殍成行街上[⑲]，乞丐拦门斗抢。便财主每也怀金鹄立待其亡[⑳]。感谢这监司主张，似汲黯开仓[㉑]。披星带月热中肠，济与粜亲临发

放。见孤孀疾病无皈向，差医煮粥分厢巷。更把脏输钱分例米，多般儿区处的最优长㉒。众饥民共仰，似枯木逢春，萌芽再长。

【注释】

① 磨障：折磨，障碍。② 恩光：犹“恩德”，此指高监司放赈救民。③ 取：语助词，相当于现代汉语中的“得”“着”。时雨：下得正是时候的好雨。④ 旱魃（bá）：旱神。《神异经》：“魃所见之国大旱，赤地千里。”⑤ 料钞：元初发行的新币，它是以丝料作本位的，故名“料钞”。加三倒：旧钞兑换新钞，要加三成，这是说钞票贬值。倒：兑换。⑥ 折四量：打四折计算。这是因为钞票贬值，买粮时只能打个四折。⑦ 殷实户：富裕户。殷实，富裕，厚实。⑧ 停塌户：囤粮户。元代有“塌仓”，即堆栈。停塌，就是停积起来的意思。⑨ 吞象心肠：比喻贪得无厌的心。《山海经·海内南经》：“巴蛇食象，三岁而吐其骨。”⑩ 甑生尘：形容贫苦人家断炊已久。典出《后汉书·范冉传》：“（冉）所止单陋。有时绝粒。……闾里歌之曰：‘甑中生尘范史云。’”⑪ 米如珠：形容物价昂贵。⑫ 那里每：犹言“怎么”“何处”。⑬ 枵（xiāo）腹：饿着肚皮。枵：空虚。⑭ 黄不老：一种野菜。熊掌：一种珍贵的食品。⑮ 糇粮：干粮。⑯ 荻笋、芦莴：皆野生植物。咗：同“噇”，吞、咽的意思。⑰ 上苍：天，上帝。⑱ 等闲参与商：随便分离。等闲，轻易，随便。参、商，二星名，一西一东，此出彼入，永远不能相见。这是借以喻骨肉分离。⑲ 饿殍（piǎo）：饿死的人。⑳ 鹄（hú）立：谓如鹄之延颈而立，形容焦切的期待。《后汉书·袁绍传》：“今整勒士马，瞻望鹄立。”鹄：天鹅。㉑ 似汲黯开仓：汲黯，字长儒，西汉有名的直臣，多次犯颜敢谏，面折廷过。《史记·汲黯列传》：“何南贫人伤水旱万余家，或父子相食，臣（汲黯）谨以便宜，持节发河南仓粟以赈贫民。”这里指的是这件事。㉒ 区处：分别处置。

【译文】

世间生灵遭受磨难，正碰着这饥荒之时。多谢您的救济，让我们都安然无恙，我把这事儿编成词唱一唱。

就在去年插秧的时候，气候反常，哪里下过及时雨？旱灾四起，到处受灾，谷子麦子都不长，所以百姓们都大失所望。物价一天天上涨，十分料钞加三成才可换新钞，交粮租时一斗里要减去四升核算，很是凄凉。

富庶的人家居心不良，囤积粮食，伤天害理。他们有蛇吞象般的贪心，手段歹毒，在谷子里中掺瘪谷，在米里放粗糠，他们真该绝子绝孙啊！

穷人的甑里都铺满了灰尘，米如珍珠一般金贵，壮年、孩子都熬着饥荒，哪还有东西拿去典当？人们一个个都空着肚子躺倒在夕阳里，剥下榆树皮来吃，找一些野菜来尝。吃黄不老都觉得比熊掌还甘美，用蕨根磨成粉来代替干粮。鹅肠菜虽苦，也要连根一起煮，荻笋、芦莴全带着叶子一起吃。地里只剩下杞柳和樟树没被人吃了。

有时捶出些麻柘汁和豆浆一起喝，有时用麸皮和糠粒一起煮着吃，能这样老百姓就会合起手掌感谢上苍了。人们一个个脸色黄得像书纸，身体瘦得像豺狼，填满了街道，睡满了小巷。

有人偷偷地杀掉了耕牛，有人盗砍桑树。有人被流行病夺去性命却没棺材下葬，只好低价卖掉自己的家产。亲生子女无端便远隔天涯了，骨肉分离是多么让人难忍的事情！那些还在喝奶的孩子没人要，都被扔进了河里。到哪里去找人家厨房里的剩饭剩菜啊？看到河中的婴儿和岸上的母亲。我不由得伤心痛哭起来。

我看见饿死者的尸体一行行排列在街上，乞丐拦在人家门前争抢人家的施舍。就算是有钱人也买不到吃的抱着钱伸颈张望，等待死亡。感谢官老爷为民做主，像汲黯那样开仓赈灾。您披星戴月，古道热肠，亲自发放救灾粮。看到孤儿寡妇患病无依，就叫医生煮好粥上街巷里分发。您公平合理地处置收上来的罚款并按规定分发，很多事情都处理得很好。灾民们都仰仗着您，就像枯树又遇到了春天，又长出新芽来了。

◎蟾宫曲◎

理征衣鞍马匆匆，又在关山，鹧鸪声中。三叠阳关[①]，一杯鲁酒[②]，逆旅新丰[③]。看五陵无树起风[④]，笑长安却误英雄。云树蒙蒙，春水东流，有似愁浓。

【注释】

① 三叠《阳关》：唐王维《送元二使安西》，有“劝君更尽一杯酒，西出阳关无故人”的名句。全诗四句，后人反复叠唱用作送别曲，称《阳关三叠》。② 鲁酒：春秋时鲁国所酿酒，味薄。③ 逆旅新丰：唐代名臣马周未做官时客游长安，住在新丰旅舍中，受尽店主人白眼。逆旅，旅舍。新丰，在今陕西省西安市临潼区。④ 看五陵无树起风：语出杜牧《登乐游原》：“看取汉家何事业？五陵无树起秋风。”五陵，西汉高祖长陵、惠帝安陵、景帝阳陵、武帝茂陵、昭帝平陵，均在长安一带。

【译文】

整理好行装，骑上马匆匆出行，我在关山路途中，又听到了鹧鸪的啼声。送别的歌儿唱了一遍又一遍，一杯淡薄的水酒喝下肚，我打量着这新丰旅社。看那一座座王陵已经荒芜，没有一棵树，还吹起了大风，真该笑长安这地方，耽误了多少英雄的一生。远方的树木在云烟里蒙蒙一片，春天里河水向东边滚滚流去，就像我心中浓重的愁情一样。

◎寿阳曲◎

千年调，一旦空，惟有纸钱灰晚风吹送。尽蜀鹃血啼烟树中，唤不回一场春梦[①]。

【注释】

① 春梦：比喻美好辉煌的往日。

【译文】

一千年的长远计划，一旦失败，就只剩纸钱灰被晚风吹走了。就算到处都是杜鹃在烟雾迷离的树林里叫到吐血，也唤不回一场春梦。

◎湘妃怨◎

夜来雨横与风狂，断送西园满地香。晓来蜂蝶空游荡，苦难寻红锦妆。问东君归计何忙[1]？尽叫得鹃声碎，却教人空断肠。漫劳动送客垂杨。

【注释】

①东君：司春之神。

【译文】

夜晚吹着大风，下着大雨，把西园的花儿打落一地。蜜蜂蝴蝶飞来，到处游荡，也找不着那红衣美人般的花丛了。春神啊，为什么这么忙着回去！到处都是杜鹃，叫得声音都碎了，却教人徒然肝肠寸断，无端地让那些给人送行的流水忙碌不停。

◎蟾宫曲　怀古◎

问人间谁是英雄？有酾酒临江[1]，横槊曹公。紫盖黄旗[2]，多应借得，赤壁东风[3]。更惊起南阳卧龙[4]，便成名八阵图中[5]。鼎足三分，一分西蜀，一分江东。

【注释】

①“有酾（sī）酒”二句：苏轼《前赤壁赋》写曹操：“酾酒临江，横槊赋诗，固一世之雄也。”酾酒，斟酒。槊，长矛。②紫盖黄旗：两种象征王者的云气。三国魏黄初四年（223），东吴使者陈化来到洛阳，魏文帝曹丕要他说说魏吴对峙的结果，陈化回答：“紫盖、黄旗，运在东南。”此即指东吴定国。③“多应”二句：建安十三年（208）冬，东吴周瑜于赤壁（今湖北蒲圻西北）大破曹军，阻止了曹操向江南的推进。赤壁大战使用了火攻，故后人小说有“借东风”的渲染。④南阳卧龙：诸葛亮汉末隐居南阳隆中（今湖北襄阳西），自比管仲、乐毅，人称卧龙先生。⑤“便成名”句：杜甫《八阵图》：“功盖三分国，名成八阵图。”八阵图，聚石为天、地、风、云、龙、虎、鸟、蛇八阵，用于军事，传为诸葛亮所布作。《三国志·诸葛亮传》：“推演兵法，作八阵图。”

【译文】

问人世间谁算得上英雄人物？有在江边喝酒，横着长矛吟诗的曹操。紫盖黄旗这预兆着孙权建立霸图的云气，也多亏借助了赤壁的东风（才得以成为现实）。最脱颖而出的，要算南阳的诸葛亮了，他的八阵图留名千古。三分天下，一部分分给了蜀汉，一部分分给了东吴。

◎ 折桂令 席上偶谈蜀汉事因赋短柱体 ◎

鸾舆三顾茅庐[①]，汉祚难扶[②]，日暮桑榆[③]。深渡南泸[④]，长驱西蜀，力拒东吴。美乎周瑜妙术，悲夫关羽云殂[⑤]。天数盈虚[⑥]，造物乘除[⑦]。问汝何如？早赋归欤[⑧]。

【注释】

① 鸾舆：皇帝的车驾，亦指代皇帝。此处指代刘备。② 祚：皇位。③ 桑榆：指日暮时，因日暮时夕阳光照在桑树和榆树梢上。古人据此又用以比喻人的暮年垂老之时。④ 泸：泸水，今金沙江。⑤ 云殂：死亡，云为语气助词。⑥ 天数：天命。盈虚：圆缺。⑦ 造物：指主宰创造大自然万物的神灵。乘除：增减。与“盈虚”意近，都是指此消彼长的变化。⑧ 归欤：即归家吧。欤，语气助词。

【译文】

刘备亲自出马，三顾茅庐请出诸葛亮，无奈汉室气数已尽，如同日落桑榆，难以扶持了。诸葛亮南下五渡泸水，远赴西南蜀地，全力抗击东吴。周郎巧妙计策真是好啊，关羽的死亡又多么令人悲叹！天命的变化自有定数，造物主也自有安排。我问你，你又能怎样呢？还是早些儿回老家去得了。

◎ 夜行船 送友归吴[①]［套数］◎

驿路西风冷绣鞍，离情秋色相关。鸿雁啼寒，枫林染泪，撺断旅情无限[②]。

【风入松】丈夫双泪不轻弹，都付酒杯间。苏台景物非虚诞[③]，年前倚棹曾看。野水鸥边萧寺[④]，乱云马首吴山。

【新水令】君行那与利名干。纵疏狂柳羁花绊，何曾畏，道途难？往日今番，江海上浪游惯。

【乔牌儿】剑横腰秋水寒，袍夺目晓霞灿。虹霓胆气冲霄汉，笑谈间人见罕。

【离亭宴煞】束装预喜苍头办[⑤]，分襟无奈骊驹趱[⑥]。容易去何时重返？见月客窗思，问程村店宿，阻雨山家饭。传情字莫违，买醉金宜散。千古事毋劳吊挽，阖闾墓野花埋[⑦]，馆娃宫淡烟晚[⑧]。

【注释】

① 吴：指苏州。② 撺断：怂恿，激成。③ 苏台：姑苏台，在苏州城外西南隅的姑苏山上。此处

泛指苏州。④萧寺：佛寺。⑤苍头：仆人。⑥骊驹：远行的坐骑。古逸诗："骊驹在路，仆夫整驾。"骊，黑马。趱（zǎn），赶行。⑦阖庐墓：在苏州虎丘山上。阖庐，春秋时吴国国君。⑧馆娃宫：吴王夫差为西施专造的宫殿，在苏州灵岩山上。

【译文】

征途上秋风把马鞍吹得冰冷，离别的愁绪，被这惨淡的秋光勾起。大雁在空中哀叫声音那么凄凉，枫林像染上了人的泪水一般，这一切都激起了我无限的羁旅之情。

大丈夫有泪不轻弹，把这一切都交付给举杯痛饮之事吧。姑苏台的美景是那么的真切，一年前我们曾靠着船沿一起观看。江水茫茫，沙鸥飞起，野外有一座萧条的寺庙；纵马所至，乱云簇拥着吴地的青山。

你这一行，哪里跟求取功名相干？就算纵情狂放一番，也要在寻花问柳中耽搁了行程，从以前到现在，总是路途艰难，你又哪里畏惧过？你在世间浪荡已经习惯了。

宝剑在腰间横挂着，射出秋水般寒冷的剑光，身上的锦袍如此夺目，像朝霞那样灿烂。你有冲天的志向和胆略，谈笑间就叫人感受到，你这样的人很是罕见。

好在仆人早已帮你把行装准备好，无奈的是你的坐骑急着出发，我俩就要分手了。这一去容易，只是你不知何时才能回来。你在窗前看着明月，思念着故人，你打听前程，在野店中寄宿，被大雨挡住去路，只能在某个农家吃些粗茶淡饭。你别忘了来信报报平安，遇上喝酒的机会，就花上一点儿薄钱。千年往事就别再凭吊惋惜了，那吴王阖闾的坟墓早被野花埋了，馆娃宫在傍晚也笼罩着一层云烟。

◎喜春来　泰定三年丙寅岁除夜玉山舟中赋[①]◎

江梅的的依茅舍，石濑溅溅漱玉沙[②]，瓦瓯篷底送年华[③]。问暮鸦，何处阿戎家[④]？

【注释】

①泰定三年：1326年。玉山：今江西玉山县。②石濑：岩石上的激流。溅溅：水花溅射的样子。③瓦瓯篷底：语本唐杜荀鹤《溪兴》："瓦瓯篷底独斟时。"瓦瓯，陶制的酒盆。篷，船篷。④阿戎家：杜甫《杜位宅守岁》诗："守岁阿戎家。"阿戎，堂兄弟的别称。

【译文】

江边的梅花挨着一栋茅屋，水流在岩石上溅起水花，洗漱着沙滩上的细沙。我躲在船篷下喝着瓦瓯里的酒，度过了多少时光！我那黄昏的乌鸦：我的亲人，我的家，究竟在哪里呢？

◎一枝花 妓女蹴踘[1][套数]◎

红香脸衬霞[2]，玉润钗横燕。月弯眉敛翠，云亸鬓堆蝉。绝色婵娟。毕罢了歌舞花前宴[3]，习学成齐云天下圆[4]。受用尽绿窗前饭饱茶余[5]，拣择下粉墙内花阴日转。

【梁州】素罗衫垂彩袖低笼玉笋[6]，锦靿袜衬乌靴款蹴金莲[7]。占官场立站下人争羡[8]。似月殿里飞来的素女[9]，甚天风吹落的神仙。拂花露榴裙荏苒，滚香尘绣带蹁跹。打着对合扇拐全不斜偏[10]，踢着对鸳鸯扣且是轻便[11]。对泛处使穿臁抹膝的搟搭[12]，撄俊处使拂袖沾的撇衣演[13]，妆翘处使回身出鬓的披肩[14]。猛然，笑喘，红尘两袖纤腰倦，越丰韵越娇软。罗帕香匀粉汗妍，拂落花钿。

【尾声】若道是成就了洞房中惜玉怜香愿，媒合了翠馆内清风皓月筵，六片儿香皮做姻眷[15]。荼蘼架边，蔷薇洞前，管教你到底团圆了半步儿远[16]。

【注释】

①蹴踘：即“蹴鞠”，古代的踢球游戏，有对抗性与表演性二种。这里属后者，以踢球的动作技巧为标。②脸衬霞：“霞脸衬”的倒装。以下“钗横燕”“眉敛翠”“鬓堆蝉”俱同。③毕罢：结束，抛下。④齐云：宋代蹴鞠组织“球社”名，后以之代称球社。天下圆：技高天下的球技。圆，蹴鞠用球的别称。⑤绿窗：闺阁的窗户。⑥玉笋：女子纤手的美称。⑦锦靿(yào)袜：长筒锦袜。靿，靴筒。金莲：纤足。⑧占：取得某一领域的名声。官场：三人蹴鞠的表演场地。站：球网。在表演性质的足则指场地的中央（单人表演）或指定站位（多人表演）。⑨素女：指月中仙女。⑩合扇拐：《蹴蹄图谱》：“合扇拐：论从右过，侧脚先使左拐，后用右拐出寻论。”论，古种气球。⑪鸳鸯扣：《蹴踢谱》作鸳鸯拐，即双脚同时触球而完成“拐”的动作。⑫对泛：传球。搟搭：停球而不落地。⑬撄（rún）俊、撇演：义均不详，当为蹴鞠术语。足立地，俯身后一足后踢。⑭披肩：疑即“背肩”，以背部或肩部顶球。⑮六片儿香皮：指球。蹴踢六片或八片熟牛皮缝制而成，如唐归仁绍《荅日休皮字诗》：“八片尖裁浪作球。”（八片，一本作“六片”）。⑯到底团圆：蹴踘有“团圆到底”的术语，指完成一组动作而不让球中途落地。

【译文】

红霞衬着脸上的香晕，玉光清润的燕状宝钗横插在头上。眉梢如弯弯的月儿一般皱起，满头云彩般的鬓发像蝉翼一般。真是一位绝色的美人啊！她推掉了花前唱歌跳舞的宴会，刚学会球社蹴鞠的绝技。她充分利用绿窗前吃饱饭喝完茶之后的间隙，在粉墙内选好场地玩乐了一整天，直到花色阴暗，日头西转。

她身着白色的罗布衫，垂下的彩袖低低地笼着纤纤手指。锦织的靴袜衬着黑色靴子，缓缓地踢出小脚。她立在蹴鞠场地的中心，大家都争相羡慕。他就像月宫里飞来的嫦娥，她的美貌比过了天风吹落到人间的神仙。飞扬着的石榴裙拂下了花露，那锦绣的带子卷起一阵阵香尘。打着一对合扇拐，不偏不斜；踢出一双鸳鸯扣，也很是轻松。传球时，球在小腿和膝盖间穿过而不落地；后翻时，扬起袖子，球擦上衣；接着又转过身子，使出肩膀，把球从鬓发间顶出。突然间，她笑着喘起了粗气，两袖上沾着红土，细腰儿也已疲倦无力，越发显得丰韵娇柔了。她用罗帕擦拭着满是脂粉的汗渍，不小心将首饰拨落到地上了。

倘若能成全了我在洞房中怜香惜玉的夙愿，就着清风皓月，在翠馆里排设下喜宴做好了媒，那蹴鞠球就做了我俩的媒人。荼蘼架边，蔷薇洞前，我一定让你不离开我半步。

◎柳营曲 叹世◎

手自搓，剑频磨，古来丈夫天下多。青镜摩挲，白首蹉跎[①]，失志困衡窝[②]。有声名谁识廉颇，广才学不用萧何。忙忙的逃海滨，急急的隐山阿。今日个，平地起风波[③]。

【注释】

① 摩挲：抚摸。剑频磨：喻胸怀壮志，准备大显身手。贾岛《述剑》诗："十年磨一剑，霜刃未曾试。今日把示君，谁有不平事？""青镜摩挲"二句：言对镜自照，白发欺人。青镜：青铜镜。摩挲：抚摩。蹉跎：虚度光阴。② 衡窝：即衡门，指隐者所居的横木为门的简陋小屋。③ 今日个：今天。个：语助词。风波：借指仕途的凶险。辛弃疾《鹧鸪天·送人》："江头未是风波恶，别有人间行路难。"

【译文】

搓着自己的手掌，一遍遍将宝剑研磨，自古以来世上的大丈夫实在太多。而如今抚摸着明镜，却发现自己头已经白了，时光也虚度了，人生失意，寄居在简陋的小屋里。就算有名声，谁还会认识廉颇那样的人？就算像萧何那样才学广博，也得不到重用。急急忙忙逃到海边，隐居深山去吧。现在这世道，平地里也会生起风波。

◎卖花声 怀古◎

阿房舞殿翻罗袖[①]，金谷名园起玉楼[②]，隋堤古柳缆龙舟[③]。不堪回首，东风还又[④]，野花开暮春时候。

【注释】

① 阿房（旧读 ēpáng）：公元前 212 年（秦始皇三十五年），征发刑徒七十余万修阿房宫及骊山陵。阿房宫穷极侈俪，仅前殿即"东西五百步，南北五十丈；上可以坐万人，下可以建五丈旗；周驰为阁道，自殿下直抵南山"。但实际上没有全部完工。全句大意是说，当年秦始皇曾在华丽的陕西省房宫里观赏歌舞，尽情享乐。② 金谷名园：在河南洛阳市西面，是晋代大官僚大富豪

石崇的别墅，其中的建筑和陈设也异常奢侈豪华。③ 隋堤古柳：隋炀帝开通济渠，沿河筑堤种柳，称为“隋堤”，即今江苏以北的运河堤。缆龙舟：指隋炀帝沿运河南巡江都（今扬州市）事。④ 东风还又：现在又吹起了东风。这里的副词“又”起动词的作用，是由于押韵的需要。

【译文】

阿房宫的大殿里，宫女翩翩起舞罗袖翻腾。金谷园里，建着华美的高楼。堤上古老的柳树，系着隋炀帝南游的龙舟。往事不堪回首，东风却又吹了起来，野花也在这暮春时节开了。

◎阳春曲 闺怨◎

妾身悔作商人妇，妾命当逢薄幸夫。别时只说到东吴[1]，三载余，却得广州书。

【注释】

① 东吴：泛指太湖流域一带。

【译文】

我真后悔嫁给了商人，我这命啊，竟碰到个负心的汉子。临走时，说是到东吴去。过了三年多，收到了从广州寄来的信。

◎蟾宫曲 春情◎

平生不会相思，才会相思，便害相思。身似浮云[1]，心如飞絮，气若游丝。空一缕余香在此[2]，盼千金游子何之[3]？证候来时[4]，正是何时？灯半昏时，月半明时。

【注释】

① 身似浮云：形容身体虚弱，走路晕晕乎乎，摇摇晃晃，像飘浮的云一样。② 余香：指情人留下的定情物。③ 盼千金游子何之：殷勤盼望的情侣到哪里去了。何之，往哪里去了。千金：喻珍贵。千金游子：远去的情人是富家子弟。④ 证候：即症候，疾病，此处指相思的痛苦。

【译文】

有生以来都不懂相思，刚懂了相思，便害了相思。身子像飘浮的云儿一样，心像纷飞的柳絮，气息微弱，像游丝一般。空剩下一缕余香留在这儿，我的心上人去了哪里？相思病要是来了，是在什么时候呢？是灯光半昏半明的时候，是月亮半明半暗的时候。